신과 함께 한 골프

신과 함께 한
골프

롤랜드 메럴로 지음 | 김문호 옮김

팩컴북스

차례

내가 천상의 법정에 서게 되면 신은 나에게
왜 아브라함이나 야곱, 또는 모세처럼 살지 않았느냐고 묻지 않을 것이다.
왜 랍비 주시아처럼 살지 않았느냐고 물으실 것이다.
— 랍비 주시아

골프는 혈압을 오르게 하고, 성격을 망가뜨리고, 소화불량을 일으키고,
신경쇠약을 유발하고, 시력을 상하게 하고, 손에 못이 박이게 만들고,
신경조직을 굳게 하고, 도덕성을 상실케 하고, 음주와 자살 충동을 일으키고,
가정을 파괴하고, 내분비선에 문제를 일으키고, 미주신경을 좀먹게 하고,
척추골 가장자리를 부서뜨리고, 척수수막염을 일으키고,
거짓말하는 습관을 갖게 하고, 협심증의 원인이 된다.
— A. S. 램브

위대한 인물들이 어떻게 그렇게 될 수 있었는지
논쟁하는 일로 시간을 낭비하지 말라.
당신 자신이 되라!
— 마르쿠스 아우렐리우스

나는 사람들이 종교에 관하여 끊임없이 논쟁하는 것을 본다.
힌두교도, 이슬람교도, 브라만교도, 샤크티 숭배자들,
비슈누 숭배자들, 시바 숭배자들 모두 서로 다투고 있다.
그들에게는 크리슈나라고 불리는 존재가 또한 시바도 되고 샤크티도 된다는 것,
그리고 그가 또한 예수도 되고 알라도 된다는 것을 깨달을 만한 지각이 없다.
"라마는 단 한 사람이다. 다만 수천 개의 이름을 가지고 있을 뿐이다."
— 라마크리슈나

이 책을 조 메럴로, A. J. 블레이시, 론 페럴로,
그리고 뛰어난 골퍼이자 막역한 친구들인
제프와 리사 포한에게 바친다.

프롤로그

이것은 내가 천국과 지상에서 신과 함께 지낸 얼마간의 일들을 기록한 이야기이다. 나는 여기에 기록된 사건들을 독자들이 이상하게 생각하리라는 걸 잘 알고 있고, 심지어 어떤 독자들은 전혀 믿지 못하리라는 것도 알고 있다. 또한 '골프'라는 아주 오래된 게임이 나에게는 상당히 매력적이지만 (신에게도 그렇지만) 모든 사람들에게 그런 것은 아니라는 사실도 잘 알고 있다. 이 책에서 펼쳐지는 골프 게임은 말하자면 심포니에서 연주되는 제1 바이올린 주자의 악보와도 같은 것이며, 주된 이야기는 한 사람의 영혼에 대한 영성적 교육에 관한 것이다. 지극히 평범한 영혼, 고백컨대 변덕이나 충동, 오래된 실수들이나 처음 겪는 당혹스러운 일들로 점철된 영혼 말이다.

그럼에도 내가 신과 함께 한 기간 동안 배운 교훈들 가운데 하나는, 실제로는 평범한 영혼 같은 것은 없으며 오로지 그를 에워싸고 있는 혼란의 안개가 걷히지 않은 영혼만이 존재한다는 사실이다. 그 안개는 두려움, 분노, 비통, 폭력, 후회, 수치심, 탐욕, 욕정, 또는 그런 것들의 복합으로 이루어진 어떤 것이다. 이런 안개는 자신을 비난하고 자신을 무가치하다고 생각하는 것으로부터 피어오른다. 삶의 온갖 걱정거리들이 뿜어내는 열기 속에서 조리되어 나오는 것이다. 하지만 일단 안개가 걷히기 시작하고 (대개 이렇게 안개가 걷히기 시작하는 데에는 여러 번의 생애가 걸린다) 습관적인 생각의 소용돌이가 약해지기 시작하면 전혀 다른 세계가 점점 더 또렷하게 눈에 들어오게 된다. 이 과정은 마치 골프 스윙에서 결점들이 하나씩 사라지는 것과 같으며 골프에 몰두한 사람이 점차적으로 향상되는 것과 같다. 그리고 늘 그렇듯이 이러한 과정 속에서 우리는 점점 기쁨과 평안을 맛보게 된다.

따라서 내가 천국에서 보낸 시절에 관한 이 이야기는 내 영적 여행의 한 부분이다. 아직 가야 할 길은 멀다. 그러나 적어도 안개는 걷혔고 게임에서 나의 큰 결점들은 어느 정도 극복되었다. 이제 지상에서 나의 목적이자 우리의 목적은 한결 분명해졌다. 내가 생각하기에 우리의 목적은 지극히 선한 의도를 가진 영혼들의 세상을 만드는 것이다. 물론 우리는 아직 실망과 고통과 안개 낀 혼란 속에서 헤매고 있다. 하지만 매우 다행스럽게도 나는 천국을 여행하면서 한동안 이런 것들로부터 자유로울 수 있었고 지상과 천국을 오가는 여정 속에서 몇몇 위대한 성인들의 지도를 받을 수 있었다. 이 행운의 모험담이 어떤 이의 삶에 조금이라도 즐거움과 깨달음을 줄 수 있다면 나는 그것으로 만족할 것이다. 어쨌거나 기록하느라 꽤 애를 먹었지만 이제 이 일도 다 끝났다. 신이 나에게 요청한 일을 다는 아니더라도 일부는 해냈으니 이제 내가 좋아하는 게임으로 돌아가도 되지 않을까.

1부

그래서 신은 골프를 친다.
이런 사실은 골퍼들에게는 그리 놀라운 일이 아니다.
천국에 사는 어떤 이들은 신이 볼링도 하고
피겨 스케이트도 타고 다트도 던진다고 말하지만
그것은 사실이 아니다.
그 모든 걸 다 하기에는 신은 너무도 바쁘다.

1

천국에는 8,187개의 골프 코스가 있고 내가 이 글을 쓰고 있는 지금도 계속해서 새로운 코스들이 만들어지고 있다. 골프가 약 500년 전부터 있었던 게임이고 지구상의 수많은 사람들이 즐겨왔다는 것을 감안한다면 천국의 골프 코스는 비교적 적은 편이라고 봐야 할 것이다. 중요한 사실은 (이 말을 어떻게 해야 골퍼들이 기분이 상하지 않을지 모르겠지만) 이런저런 이유로 인해 골퍼들 가운데 상당수는 결코 천국에 이르지 못한다는 것이다.

그럼에도 몇몇 세계 정상급 골프 코스 설계사들은 천국을 집으로 삼아서 살다시피 하고 있으며, 신은 그들이 새로운 18홀 코스들을 설계하고 조성하는 데 분주히 움직이게 하고 있다. 천국에 관하여 들려주고 싶은 놀라운 것들 중 하나는 바로 이것이다. 사람들은 천국에 올 때 그들이 가지고 있던 기술을 그대로

지니고 온다. 하지만 당신이 지상에 있을 때 비서였거나 의사였다 해도 그 일을 싫어했다면 신이 억지로 당신에게 생계를 위해 전화를 받거나 쓸개 제거 수술을 하도록 시키지는 않는다. 그런 장소가 존재한다면 그건 천국보다는 지옥에 가까울 것이다. 천국의 이와 같은 구조에 대해서는 차차 더 자세히 설명하게 될 것이다. 이 이야기의 목적을 위해 알아두어야 할 것은 우리가 무덤 너머까지 우리의 재능은 물론 변덕이나 결함들까지도 그대로 지니고 간다는 것이다. 천국은 우리가 일반적으로 상상하는 정적인 곳이 아니다. 사람들은 그곳에서도 역시 변화하고 성장한다. 심지어 신조차도 어느 정도는 그렇게 변화하고 성장하고 있고 이 점은 내가 아직도 이해하기 힘든 부분이다.

어쨌거나 천국에는 8,187개의 골프 코스가 있고, 당신도 짐작하겠지만 몇몇 아주 뛰어난 골퍼들도 있다. 그들의 이름을 거명하는 것은 금지되어 있다. 다만 내가 말할 수 있는 것은 신도 그런 골퍼들 가운데 하나라는 사실이다. 내 말은 신 '자신도' 그런 골퍼들 가운데 하나라는 것이다. 그러나 당신 또한 천국에 있다면 종종 듣게 되겠지만 신은 실제로는 남성이 아니다. 천국에서 오랫동안 살아서 신을 잘 안다고 주장하는 사람들의 말에 따르면, 신은 어떤 때는 남성이고 어떤 때는 여성이며 그밖에 다른 많은 상황에서는 남성이라고도 할 수 없고 여성이라고도 할 수 없는 그런 형상을 하고 있다. 최근에 내가 천국에 다녀왔을 때까지만 하더라도 나 역시 직접 겪어보지 못했다. 나는 신을 천국에 막 도착했을 때 얼핏, 그것도 단 한 번 보았다. 그 역시도 형식적인 인사 정도였다. 입구처럼 생긴 곳에서 잠깐 악수만 했을 뿐이니까. 이후로 나는 대부분 혼자 지냈고 실제로 신을 대면하기보다는 신에 대한 소문만 숱하게 들었다. 그러나 천국에서는 소문이 상당히 정확하다. 그리고 전문가를 자처하는 사람들은 신은 남성도 여성도 아니며 어떤 인종이나 민족으로도 격하될 수 없다고 주장한다. 신의 나이조차도 논쟁거리이다. 머리가 하얗게 센 제사장? 아름답고 젊은 존재? 신은 그런 피상적인 디테일들을 가지고 장난하는 것을 즐긴다. 조금 지나면 사람들은 뭔가 다른 방식, 즉 은혜로운 기운이나 예기치 못한 능력의 역사 같은 것을 통해 신을 인식하는 방법을 배우게 될 것이라고 말한다. 신은 유머감각이 뛰어나기로도 유명하다. 신은 할 수만 있다면 당신의 평정을 깨뜨리고 싶어 한다.

그래서 신은 골프를 친다. 이런 사실은 골퍼들에게는 그리 놀라운 일이 아니다. 천국에 사는 어떤 이들은 신이 볼링도 하고 피겨 스케이트도 타고 다트도 던진다고 말하지만 그것은 사실이 아니다. 그 모든 걸 다 하기에는 신은 너무도 바쁘다. 잠시 한숨을 돌릴 때면 신은 종종 변장을 하고 8,187개의 코스 가운데 하나로 나간다. 신은 탁구를 치지 않으며 텔레비전을 보는 일도 없다.

앞서 말했듯이 우리는 죽음이라는 얇고 어두운 커튼 너머로 우리의 재능을 지니고 간다. 우리가 이전에 했던 일을 즐겼다면 신은 천국에서도 우리에게 그와 같은 일을 맡긴다. 예를 들어 나는 골프 전문가, 즉 골프 코치였고 한창때에는 꽤 잘나가 던 골프 선수였다. PGA 투어에 정기적으로 출전했다고 말하는 것만으로는 부족하다. 나는 네 번의 시즌에서 입상했고 거기서 최고의 영광을 누린 적도 있다. 그러나 코치로서는 내가 살던 작은 지역을 벗어날 정도로 그리 유명하지는 않았다. 내게 배운 학생들 가운데 단 한 사람도 메이저 대회에서 우승하지 못했다. 하지만 내게 배운 이후로 그들이 게임을 더 잘하게 되었고 이전보다 더 즐기게 되었다고는 생각한다.

나는 가르치는 일에 전심전력을 다 했고 그 일을 사랑했으며, 도저히 고칠 수 없을 것 같았던 스윙을 내가 바로잡아주었다고 주장하는 사람들이 몇 년에 걸쳐 수백 명에 달한다. 사실상 그 일은 내 전문이다. 배우려는 사람이 의지만 가지고 있다면 말이다. 한때 아주 좋았지만 마치 악령에 사로잡힌 것처럼 못쓰게 된 골프 스윙을 원상복귀 시켜주는 일이 바로 그것이다.

천국에는 비밀이라는 게 없다. 그래서 나는 내가 지상에서 얻고 있던 평판이 그대로 그곳에서도 돌아다닐 것이라고 생각했다. 어쨌거나 최근 내가 천국에서 머물던 무렵의 어느 완벽한 봄날 아침, 나는 완벽하게 안락한 콘도 앞에 있는 완벽하게 편안한 테라스에 앉아 천국의 코스들 중 다소 수수한 편에 속하는 열세 번째 골프 코스인 엘 란초 오비스포 컨트리클럽을 바라보고 있었다. 이때 한 중년 남자가 잔디밭을 성큼성큼 건너오더니 나를 마주보고 앉았다. 그는 천국에서는 좀처럼 찾아

보기 어려운 근심어린 표정을 하고 있었다.

"당신이 헤르만 핀스 윈스턴이죠. 그렇지 않습니까?"

소개 대신 그는 이렇게 말했다.

지상에서 몸을 입고 사는 동안 나는 결코 내 이름을 좋아한 적이 없다. 사실 나는 내 이름이 부끄러웠다. 영국에서 미국으로 이주하면서 (그 이야기를 하자면 너무 길다) 나는 만나는 모든 사람에게 나를 행크 윈스턴이라 불러달라고 부탁했다. 천국에서도 여전히 나를 행크라 소개했고 그래서 한동안 헤르만이나 핀스 윈스턴이라는 이름을 들어보지 못했다. 어쨌거나 나는 약간 주춤하면서도 고개를 끄덕이고는 예기치 않은 그 손님에게 카푸치노를 마시겠느냐고 물었다. 천국에서는 일들이 다소 격식을 갖추지 않고 벌어진다. 우리는 다른 사람의 잔디밭을 아무 거리낌 없이 걷기도 하고 지상에 있을 때보다 더 쉽게 짝을 이뤘다 헤어지기도 한다. 물론 어떤 관계는 실로 아주 오랫동안 지속되기도 한다.

손님은 성급히 고개를 저으며 이렇게 말했다.

"줄리안 에버……."

마치 내가 다그치기라도 한 것 같은 말투였다.

"당신도 내 얘기를 들어본 적이 있다고 생각하고 있소만."

"누구나 다 당신에 대한 이야기를 듣고 있습니다. 하지만 당신이 실제로 어떻게 생겼는지는 아무도 모르는 것 같은데요."

이 대답으로 인해 그가 살짝 미소를 지었다. 적어도 그날의 줄리안 에버는 외모가 특이했다. 날씬하고 키가 컸으며 어떤 면에서는 잘생겼다 할 수 있는, 초록빛 눈동자에 기다란 요정 같은 코를 가진 손힘이 좋은 사람이었다.

"프로숍 주변에서는 당신을 '신의 대리인'이라고 부르죠."

내가 한마디 덧붙였다.

줄리안은 마치 그런 말은 처음 듣는다는 듯 의아한 표정으로 눈을 껌벅이더니 몸을 기울여 가까이 다가와 미소를 거두고는 이렇게 말했다.

"이봐요, 나는 시간이 별로 없소."

나는 웃음이 나왔지만 에버 씨가 농담을 하고 있는 것 같지는 않았다.

"당신은 지구에서 만년에 골프 전문가였소. 그렇지 않소?"

그가 물었다.

"그런데요."

"유명한 코치였다던데?"

"아뇨, 유명하지는 않았어요. 지역 동호회에 약간 알려져 있기는 했죠. 당신도 아시다시피. 하지만……."

"펜실베이니아……, 맞소?"

"예, 베들레헴 외곽이죠."

"신은 왜 당신이 남부로 가지 않았는지 의아하게 생각하고 있소."

"아, 영국에서 미국으로 이주한 것만으로도 충분히 끔찍했어요. 아내와 함께 행복했던 시절에는 겨울 한 달 동안은 마이애미에서 지내곤 했죠."

"하지만…… 인간들 말마따나 왜 완전히 이주하지 않았느냐는 거요. 왜 그곳으로 아주 이주하지 않았소? 거기라면 더 자주 골프를 칠 수 있었을 텐데."

나는 어깨를 으쓱했다.

"당신도 아시다시피 나는 영국 토박이예요. 우리는 밝은 태양에는 익숙지 않아요."

"남부에 대해 무슨 편견이라도 가지고 있는 거요?"

"뭐라고요? 아녜요, 난 그런 거 없어요……."

"인종적인 편견을 가지고 있지는 않을 거요. 그렇지 않소?"

"지금 무슨 말을 하는 거예요. 당연히 없죠."

줄리안은 그의 당혹스러운 질문에 내가 솔직하게 대답을 한 것에 만족하는 것 같았고, 내가 정말 영국 태생인가를 확인하기 위해 그런 질문을 한 것이라는 생각이 들었다. 나에게 배우려고 찾아온 사람들도 같은 질문을 했었다. 골프라는 위대한 경기가 창시된 장소에서 태어났다는 사실 그 자체만으로도 어느 정도의 권위를 보장해주는 것 같았다.

"좋소. 관심이 있다면 당신에게 가르칠 기회를 주겠소. 아주 특별한 학생이오."

나는 다른 프로들도 이따금 사소한 곤경에 빠진다고 들었다. 때로는 이전의 PGA 스타가 갑자기 모든 롱 아이언 샷을 너무 오른쪽으로 밀어 치는 일이 발생하거나 또는 퍼팅 스트로크가 형편없이 잘못되기도 하고 고작 8피트짜리 퍼팅을 성공시키지 못하기도 한다. (천국에서도 이런 일은 발생한다. 내 말을 믿어주기를 바란다.) 이때 그의 천사가 있어서 (물론 이런 영적인 존재는 실제로 있다) 그에 맞는 코치를 찾아 나선다면 어떻게 될까. 그리고 그 코치가 문제를 바로잡아주고 훗날 그의 이름을 언급하겠다는 약속을 미리 받는다면, 그리고 생계를 위해 일해야만 하는 지구에서 얻었던 것으로 기억하는 그 옛날의 만족을 얻게 된다면 어떻게 될까. 천사가 나에게 그런 식으로 접근해 온 일은 없다. 그러나 내 친구들 가운데 많은 이들이 그런 일을 겪었기에 그리 놀랄 만한 일은 아니었다. 정작 놀라운 것은 줄리안 에버 자신이 나를 찾아와 부탁했다는 사실이었다. 신의 대리인이 직접 오다니. 그가 부르면 달려올 코치들은 천국에 얼마든지 있었을 것이다.

"왜 나죠?"

나는 이렇게 묻지 않을 수 없었다.

"당신이 최고이기 때문이오."

미처 몰랐겠지만 칭찬은 천국의 대화에서 큰 비중을 차지하고 있다. 나는 개인적으로 칭찬을 싫어한다. 나는 영국인들이 하는 식으로 말을 절제하고 삼가는 것을 늘 선호한다. 그러나 천국에서 오래 살았던 사람들은 나에게 때가 되면 당신도 익숙해질 것이고, 심지어는 칭찬의 형식들, 즉 과장법이 지닌 창조적인 가능성들을 즐기게 될 것이라고 말해주었다. 천국에서의 칭찬이란 뻔한 거짓말과 흡사하다. 물론 천국에는 뻔한 거짓말 이란 것이 존재하지 않지만.

"배울 사람이 누구죠?"

"당신이 승낙하기 전에는 말해줄 수 없소."

"하지만 천국에는 비밀이 없잖아요. 말해줘야만 해요."

"내가 아는 선에서는 비밀이 있소. 이 일에 관심이 있소, 없 소? 보수는 당신만의 코스를 설계하게 되는 것이오."

나는 의지와는 달리 잔뜩 긴장되었다. 잠시 그를 응시하며 그가 윙크를 하거나 잠깐이라도 미소를 짓지 않는지, 아니면 클럽하우스의 내 친구들이 나에게 장난을 칠 때와 비슷한 표정 이라도 하고 있는지 살폈다.

"나는 설계에 대해 전혀 아는 바가 없어요."

내가 말했다.

"맞아요. 하지만 오랫동안 당신이 몰래 꿈꾸어왔던 거잖소. 그렇지 않소?"

"그랬죠. 항상."

그는 다시 한 번 슬쩍 미소를 지었다.

"보수 말인데, 이런 건 우리가 아무에게나 제안하는 것이 아 니오. 서쪽으로 새로운 땅이 만들어지고 있소. 바다도 하나 생 길 테고 근처에 완만한 모래사장도 생길 거요. 기후는 아마 웨 일스와 비슷할 거요. 바람이 불고 약간 덥고. 하지만 낮에는 비가 오지 않을 거요. 그렇게 되면 당신은 그곳에 골프 코스를 하나 만들 수 있겠지. 모래 해안을 따라서. 당신이 원한다면 말이오. 핀스 윈스턴 씨, 이쯤 했으면 가부를 알려줄 때도 된 것 같은데."

나는 늘 그런 식의 링크스 코스들을 각별히 좋아해왔다. 내가 대답했다.

"그렇게 하지요."

"좋소."

그가 내 카푸치노 잔에 눈길을 보냈다.

"아주 잘됐군. 이제 그가 누군지 말해줘도 될 것 같소."

"특별한 사람일 것 같은데요. 아주……."

"그분은 신이오."

줄리안 에버가 말했다. 내가 십억 년을 산다 해도 그날 천국의 빛 가운데 있던 나의 작은 테라스에 울려 퍼진 그 말만큼은 결코 잊지 못할 것이다.

"신이라고요? 하지만 신은 완벽하게 게임을 하지 않나요? 신이 골프 스윙을 처음 생각해냈을 테니까요."

"골프 복장으로 갈아입으시오."

줄리안이 말했다.

"4분밖에 시간이 없소."

2

그때의 내 마음 상태가 어땠는지 당신도 충분히 짐작할 수 있을 것이다. 그런 순간들은 마치 꿈결과도 같다. 일의 시작과 끝이 분명한 천국에서는 좀처럼 경험할 수 없는 비현실적인 느낌이었다. 나는 치노 바지에 가진 것 중 가장 멋진 줄무늬 저지 셔츠로 갈아입고 테라스로 돌아왔다. 줄리안은 이미 코스로 나가 금테를 두른 카트 운전석에 앉아 시간이 없다는 듯 손짓하고 있었다. 내가 옆자리에 오르자 그는 전생에 그랑프리 카레이서라도 됐던 것처럼 급격히 카트를 출발시켰다.

"천국에서 이렇게 서두르는 사람은 본 일이 없는데."

나는 불안해하며 이렇게 말하고 한 손으로 금박을 입힌 지붕 가장자리를 잡았다.

"신은 참을성이 없소."

"그건 불가능한 일 아닌가요?"

그 말에 줄리안이 나를 너무도 오랫동안 빤히 쳐다보는 바람에 카트가 자갈길을 벗어날 뻔했다.

"이봐."

그는 이렇게 말하더니 다시 정면을 바라보며 앞에 있는 도랑을 피하기 위해 급히 운전대를 틀었다.

"당신이 그분과 함께 무언가를 하려면 그런 모든 선입견들을 버려야만 할 거요. 그분이 보시기에 우주는 너무나도 느려터지게 움직이고 있단 말이오. 태양과 행성들은 마치 꿈 속에라도 빠진 것처럼 꾸물거리고 있소. 인간은 수천 생애는 살아야 그런 가르침들을 얻게 될 거요. 사실 그런 것들은 그분에게는 터무니없이 기본적이고 단순한 것인데 말이오. 그분은 불안한 가운데 조금이라도 그 과정을 단축시켜 보려고 성인이나 구원자, 갖가지 성향의 예언자들을 보내고 있지만 인간들은 잠시 귀를 기울일 뿐 이내 배운 걸 잊어버리고 다시 이전의 습관으로 돌아가 버리지. 증오, 탐욕, 살인, 전쟁 뭐 그런 것들 말이오. 게다가 그 모든 것 이상으로 그분은 골프를 창안한 이후부터 줄곧 골프를 완벽하게 해오고 있소. 내가 말하는 완벽하다는 말은 정확히 그런 뜻이오. 그런데 갑자기 오늘도 어제 아침과 마찬가지로 뭔가 심각하게 잘못됐소."

"그게 뭐죠?"

"그분께 직접 설명하라고 하겠소."

"그렇다면 그분도 인간이군요."

"오늘은 그렇소."

우리는 엘 란초 오비스포에 있는 열여덟 번째 페어웨이 근처를 쏜살같이 내달려 클럽하우스 왼쪽을 지나 난생 처음 보는 길을 따라 달렸다. 내가 천국에서 머무는 7년 동안 엘 란초에서 천 번도 넘게 게임을 했지만 결단코 단 한 번도 보지 못한 길이었다. 길은 매력적인 아몬드색 언덕들로 이어졌고 그 뒤 멀리 서쪽으로는 눈 덮인 산봉우리들이 배경을 이루고 있었다. 새롭게 창조된 땅. 새삼 무엇이 새로운 것이고 무엇이 새롭지 않은 것인지를 구별할 수 있을 만큼 내가 천국에 오래 있지 못했다는 생각이 들었다. 가속이 붙은 골프 카트 안에서 이리저리 흔들리던 우리는 언덕들 가운데 하나를 넘어 미리 대기해 있던 헬리콥터 옆에 미끄러지듯 멈춰 섰다. 프로펠러는 이미 돌아가고 있었고 조종석에 앉아 있던 빨강머리 여자는 반색하며 우리를 맞이했다. 그녀는 신을 위해 헬기를 조종하는 것이다.

우리는 마치 작전을 수행하는 군인처럼 허리를 굽히고 달려가 헬기에 올랐고 헬기는 그 즉시 이륙했다. 지상에 있을 때 나는 늘 비행을 두려워했다. 그러나 천국이 좋은 점 중 하나는 설사 당신이 두려움을 기억한다 할지라도 그 두려움이 더는 당신에게 영향을 끼치지 못한다는 사실이다. 천국에는 이러한 자유를 만끽하는 사람들이 더러 있다. 광장 공포증에 시달렸던 사람들이 축제나 스포츠 행사가 열릴 때마다 매번 참가하고 엄청나게 많은 사람들로 붐비는 극장을 찾는다. 로맨틱한 사랑을 두려워했던 남자들이 한 여자와 삼사백 년을 함께 지낸다. 단지 한 여자와 그렇게 오래 지내는 것이 어떤 느낌일지 궁금해서 말이다. 수십 번의 생애 동안 극심한 익사 공포증에 시달렸던 여자들이 새로운 바다가 생겨나자마자 유람을 나가고 각종 실내외 올림픽 수영장에서 수영을 즐긴다. 하지만 내가 이해하기로 이러한 만끽은 대개 오래가지 못하며 기껏해야 몇 세기 정도 지속되고 이런 것을 전혀 경험하지 못하는 영혼들도 있다.

헬리콥터 여행은 즐거웠다. 물론 임무라 부를 수 있다면 그 임무 때문에 약간 긴장이 되기는 했다. 우리는 꽤 먼 거리를 비행했고 눈 덮인 산을 넘어 실로 아주 오래돼 보이는 대륙으로 들어갔다. 그곳은 온통 초록빛에 완만한 구릉과 곡식이 자라는 들판, 과실이 가득한 과수원이 있는 곳이었다. 당신이 그 광경을 봤다면 태곳적부터 영혼들이 그곳의 길을 따라 거닐며 나무들 사이에서 열매를 따는 모습을 상상했을 것이다. 줄리안은 나의 이런 생각을 눈치 챈 게 분명했다. 그가 내 쪽으로 고개를 기울여 다가오더니 헬리콥터 아래로 펼쳐진 아름다운 풍광을 코끝으로 가리키며 내 귀에 대고 큰소리로 말했다.

"에덴."

조종사 또한 어깨 너머로 나를 돌아보고 미소를 지었다.

"지금 농담하는 거죠?"

내가 줄리안에게 말했다.

"아니오."

몇 분 후 우리는 착륙했다. 지금까지 내가 보아온 곳 중에서 가장 아름답고 동시에 가장 난이도가 높은 골프 코스의 티였다. 페어웨이는 장대하고 눈부시고 잔디들은 완벽하게 다듬어져 있었으며 수백 개의 작은 골짜기들과 언덕들 좌우로 부드러운 곡선을 이루고 있었다. 저 멀리 첫 번째 그린이 눈에 들어왔다. 하얀 자작나무들이 믿을 수 없을 정도로 빽빽하게 에워싸고 있었고 그 앞으로 아주 작은 틈이 나 있었다. 주변에는 깊은 벙커들이 가득했다.

"신의 전용 코스요."

줄리안이 말했다. 그러고는 다시 어딘가를 가리켰다.

"저기는 연습용 그린이오. 이제 나는 가겠소. 또 다른 심부름이 있어서 말이오. 하지만 이따금 들러 잘 진행되고 있는지 확인할 거요."

"그런데 그분은 어디 계시죠?"

내가 작은 소리로 물었다.

"만나게 될 거요."

"하지만 어디에……?"

줄리안과 미모의 조종사는 내 물음에 아무런 대답도 남기지 않고 멀어져 갔다. 나는 먼지가 이는 회오리바람 속에 홀로 남게 되었다.

연습용 그린에는 약 400개의 홀이 있는 것 같았고 홀마다 꽃혀 있는 깃발들은 지금까지 존재했던 모든 나라들의 색상과 상징들로 장식되어 일대를 뒤덮다시피 하고 있었다. 잔디가 전혀 흠 없이 깔끔하게 다듬어져 있는 것은 이제 놀라운 일도 아니었다. 새 공과 반짝이는 골프 클럽들이 에이프런 위에 나란히 줄지어 있어 언제라도 꺼내 쓸 수 있게 되어 있는 것도 마찬가지였다. 주변에는 세 사람이 퍼팅 연습을 하고 있었다. 두 사람은 부부였고 다른 한 남자는 혼자였다. 처음에는 그들에게 별 관심을 두지 않았다. 시간도 절약하고 신에게 내가 그를 만나는 일로 조금도 불안해하고 있지 않다는 걸 보여주고 싶었다. (당신도 천국에서 신 앞에 서게 되면 마찬가지로 행동할 것이다.) 나는 랙에서 퍼터 하나와 공 세 개를 꺼내 들었다. 내가 지상에서 애용하던 브랜드 제품이었다. 하지만 상표는 밝힐 수 없다. 천국에서는 골퍼들이 특정 상품을 추천하는 일이 금지되어 있다. 그 이유는 당신도 이해하리라 생각한다. 나는 4피트짜리 퍼팅을 연습하기 시작했다. 딸랑 하고 첫 번째 공이 고대 그리스 국기 아래로 떨어졌다. 딸랑, 딸랑. 두 번째와 세 번째 공이 잇달아 들어갔다. 나는 재미 삼아 구소련 국기로 이동하여 공을 6피트 밖에 놓았고 이번에도 성공이었다. 오르막, 내리막, 빠르게, 느리게, 직선 그리고 크게 휘돌아가는 퍼팅. 손대는 족족 공은 마치 놀란 토끼가 은신처를 찾아 뛰어들듯이 컵 안으로 곧장 빨려 들어갔다. 지상에 있을 때도 그랬다. 사실 퍼팅은 나의 주특기였다. 그래서 나는 이것이 단순히 천국의 마법 때문만이 아니라는 걸 잘 알고 있었다.

하지만 천국이라 할지라도 그렇게 매번 퍼팅에 성공할 수 있는 것은 아니다. 나는 자연스럽고 유연한 나의 퍼팅 스트로크에 너무 심취한 나머지 처음 그 부부가 그린을 떠난 것도 모르고 있었다. 결국 나는 퍼팅 하나를 실패하게 되었다. 아틀란티스 식민지 깃발 가운데 하나를 목표로 했던 30피트짜리 퍼팅이 심하게 빗나간 것이다. 고개를 들어 주위를 살피니 다른 한 사람은 여전히 그린에 있었다. 그는 다소 늙어 보이는 외관에 엉클어진 백발을 사방으로 늘어뜨리고 있었다. 갑자기 이상한 느낌이 들었다. 앞서는 왜 알아차리지 못했을까? '아인슈타인일까?' 처음에는 그렇게 생각했다. 왜냐하면 그가 여기 천국에 있는 것이 어느 정도 당연할 것 같았고 그렇다면 바로 이곳, 약속된 땅의 특별한 지역에 있을 것만 같았다. 그 친구 역시 여느 사람들처럼 퍼팅을 하고 있었고 다만 언짢은 어조로 무어라 혼잣말을 중얼거리고 있었다. 나는 동작을 멈추고 그를 바라보았다. 그의 스트로크는 아주 멋졌으나 그에 비해 차림새는 뭔가 좀 아쉬운 구석이 있었다. 헐렁하고 구겨진 낡은 푸른색 치노 바지와 다 떨어진 저지 셔츠를 입고 있었고 모자도 쓰지 않고 양말도 신지 않았다. 구두 역시 제대로 된 골프용이 아닌 평범한 흰색에 푸른색 스티치를 넣은 것이었다. 나는 다시 한 번 아인슈타인이 분명하다고 생각했다. 괴벽스러운 천재의 모습 그대로였기 때문이다. 혼자 중얼거리는 소리도 그가 몰두하고 있는 어떤 새로운 이론에 관한 것처럼 들렸다.

그는 공 하나를 가지고 퍼팅하고 있었다. 4피트짜리, 8피트짜리, 그리고 또 4피트짜리. 그는 비교적 짧은 퍼팅에 조금 문제가 있는 것 같았다. 나는 신을 기다리는 동안 그와 잠시 이야기를 나눠보기로 했다.

"멋진 스트로크입니다."

내 말에 그가 시선을 돌렸고 그의 눈동자에서 반짝이는 빛을 보고 나는 깜짝 놀랐다. 거기에는 분명 어떤 기운이 흘러나오고 있었다. 당신도 살면서 한 번쯤 보았을, 황혼 무렵 고요한 바다 표면 너머로 아득히 비추는 이 세상의 것이 아닌 그런 광채였다. 그러나 그 노인의 입에서 나오는 음성은 전혀 다른 것이었다. 몹시 거칠고 껄끄러워서 마치 담배를 많이 피우는 사람의 목소리 같기도 하고 술주정뱅이의 목소리 같기도 했다.

"형편없어."

그가 중얼거렸다.

"형편없어. 아주 글러 먹었어."

"행크 윈스턴이라고 합니다."

그렇게 말하고 손을 내미는데 갑자기 손이 덜덜 떨렸다. 그는 내 손을 부드럽게 한 번 꽉 쥐었다 놓으며 뭔가 언짢은 듯 말했다.

"신이오."

"저는…… 저…… 저……."

그가 잠시 나를 살피더니 입가에 엷은 미소를 지었다.

"친구들은 저를 행크라고 부릅니다."

나는 속으로 몇 번을 되뇌다가 간신히 그렇게 말했다.

"그만 하시오."

그는 조금 전과 같이 언짢은 투로 말했다.

"당신은 전생에서 좋은 이름을 받았소. 그 이름을 부끄러워할 필요가 없단 말이오. 날 보시오. 오랜 세월 동안 터무니없는 존재라고 조롱받아 온 이 내 몰골을 좀 보란 말이오. 마찬가지로 나를 보고 부끄러워할 필요가 없소. 당신의 이름을 자랑스럽게 여기시오, 핀스 윈스턴."

그는 한 손으로 헝클어진 백발을 뒤로 쓸어 넘겼다.

"자, 이제 본론으로 들어갑시다. 티는 비어 있소. 클럽들을 한 벌 가지고 갑시다. 나는 지금 백만 년 동안 그 누구도 경험하지 못한 엄청난 슬럼프에 빠져 있소. 당신이 나를 바로잡아 주시오. 그렇지 않으면 이 빌어먹을 경기를 영원히 그만두고 뜨개바늘이나 잡을 작정이오."

3

신은 티로 걸어가 (지금도 그렇고 거룩한 존재와 그 모든 시간을 함께 한 이후로도 이런 말을 쓰는 것이 여전히 생소하기만 하다) 조금도 주저하지 않고, 단 한 번의 예비 스윙도 없이 드라이버를 뒤로 돌려 공을 쳤다. 전생에 나와 동시대를 살았던 저 위대한 벤 호건*도 그의 평생에 단 한 번 보여줄까 말까 한 샷이었다. 마치 대포가 바로 앞에 있는 나무의 몸통에 맞는 것처럼 큰 소리가 났다. 클럽이 공을 때리는 소리로 보아 신은 구식 감나무 클럽을 사용하고 있었다. 땅! 티를 떠난 공이 페어웨이 오른쪽 가

---

* 벤 호건 Ben Hogan : 미국의 전설적인 프로 골퍼. 1946년 PGA 우승을 시작으로 이후 메이저 대회 포함 총 63회의 우승 기록을 가지고 있다. 1949년 자동차 사고로 거의 목숨을 잃을 뻔했다가 이듬해 전미 오픈에 출전, 우승을 거머쥐며 화려하게 재기한 일화가 유명하다. 1965년 역사상 가장 위대한 골퍼로 선정되었다.

장자리에 있는 수목한계선 안쪽으로 30센티미터가량 치우쳐 날아갔다. 순간 나는 공이 나뭇가지들에 닿을 것이라 생각했다. 신의 문제는 모든 힘을 오른쪽으로 밀어붙이는 거였다. 하지만 그는 공에 우리가 소위 '드로 스핀'이라고 부르는 것을 가했다. 말하자면 공이 중심으로부터 서서히 왼쪽으로 회전하는 것이다. 공은 한없이 치솟으며 살짝 휘더니 정점에서 몇 초가량 머물다가 이윽고 페어웨이의 완벽한 잔디 카펫 정중앙에 깔끔하게 떨어졌다. 무려 390야드짜리였다.

"당신 차례요."

그는 퉁명스럽게 말하며 머리카락을 쓸어 올렸다.

"쳐보시오."

"저는 코치하러 왔는데요."

"나는 단순히 코치를 원하는 게 아니라 게임 파트너를 원하오. 내가 쳐보라고 하잖소."

누구도 신의 직접적인 명령을 거역하지 않는다. 적어도 천국에서는 그렇다. 왜 그런지는 나도 정확히 알 수 없다. 나와 내 친구들은 지상에 있을 때 도덕적인 계율들을 스스럼없이 어겼었다. 하지만 그런 일은 천국에서는 전혀 생각조차도 않는 일이었다. 나는 그 이유가 모든 의심이 사라졌기 때문이라고 생각한다. 당신이 실제로 내세에 있다면 내세를 믿지 않을 도리가 없는 것이다.

나 역시 신을 믿지 않을 도리가 없었다. 구닥다리 드라이버

로 390야드짜리 티 샷을 날리는 것을 보고 나서 그런 생각을 한
것은 아니다. 하지만 그는 내가 예상했던 것보다 거칠었고 너
무 초라했으며 마치 번득이는 눈동자를 가진 하역인부 같았다.

나는 또한 이런 것도 말할 수 있다. 방금 전 그 광경을 보고
나서는 티에 서 있는 것이 불편했다. 내가 그를 코치하기 위해
이곳에 왔다는 걸 의식하고 있었기 때문이다. 하지만 나는 지
상에 있을 때 불안감을 떨치는 법을 훈련했었다. 그리고 그 방
법에 대해 가르치던 학생들에게 수백 번도 더 이야기했었다.
나는 그저 내 자신의 조언을 따르기로 했다. 그런 불안감은 스
윙을 짧게 만들고 행여 실수를 하지는 않을까 초조한 마음에
자세가 부자연스럽게 되도록 만든다. 공 옆에 너무 오랫동안
서 있으면 안 된다. 공을 원하는 방향으로 날아가게끔 조종하
려고 해서도 안 된다. 그저 거기 서서 일이 초 동안 마음을 잠
시 가라앉힌 후 공이 당장이라도 튀어 올라 당신을 물어뜯기라
도 할 것처럼 응시하다가 자신의 몸을 믿고 휘두르면 된다. 크
고 멋지고 아주 편안한 스윙을 말이다.

나는 그렇게 했다. 공은 신의 공과 같은 루트를 따라 약간 오
른쪽으로 갔다가 왼쪽으로 휘어 날아갔다. 하지만 그의 샷과
비교했을 때 나의 것은 십대 소년이나 자랑스러워할 만한 것이
었다. 기껏해야 255에서 260야드 정도.

"단정한 샷이군."

신이 말했다.

"에덴동산에는 카트가 없다네. 이 게임은 걷도록 만들어진 것이거든. 이의 있나?"

"없습니다."

그리고 잠시 후 나는 이렇게 덧붙였다.

"폐하."

신은 나를 보더니 억지웃음을 지었다.

"그만두지 그래."

그가 말했다.

"하지만 두 번째 계명이 뭐였죠?"

"너는 주의 이름을 헛되이 말하지 말라고 되어 있는 걸로 기억하는데."

그가 말했다. 그의 목소리에는 농담을 하는 듯한 기색이라고는 눈곱만큼도 없었다.

"내 좋은 친구 한 사람이 나를 위해 그걸 정해놓았지. 하지만 여기에서는 해당이 안 돼. 자네도 알겠지만 천국에는 '헛되다'라는 개념이 없으니까. 그리고 어쨌거나 난 이름 같은 건 없어. 그냥 신이면 됐지. 나와 관련해서 유일한 원칙이 있다면 공연히 호들갑 떨지 말라는 거네."

"호들갑을 떨지 말라고요?"

"그게 진짜 유일한 계명이지……. 다른 사람을 해하지 않는 법을 배우고 나면 남게 되는 유일한 계명은 바로 그걸세. 자네도 이미 배운 걸로 짐작하네만. 그렇지 않았다면 애당초 이곳에 오지도 못했을 테니.”

짐작한다고? 나는 생각했다. 짐작하다니. 신인 당신이 확실히 알지 못하는 것도 있단 말인가? 신이라면 내 생애의 모든 행적들을 낱낱이 다 꿰고 있을 게 아닌가.

나는 아무 말도 하지 않았다. 오만 가지 생각이 다 들었다. 내가 진짜로 천국에 온 걸까? 서류상의 실수 때문은 아니었을까? 언젠가 내 모든 것이 들통 나 버리면 당장 짐을 싸서 쫓겨나게 되는 것은 아닐까?

나는 골프백을 집어 들었다. 신도 그의 백을 들어 올려 한쪽 어깨에 멨다. 페어웨이를 함께 걸으면서 보니 그는 얼굴과 머리카락은 늙었지만 어깨와 상박은 근육이 탄탄했고 걸음걸이는 마치 이십 대 올림픽 체조선수처럼 경쾌했다. 우리는 말없이 200야드를 걸었다.

“티 샷과 아까 연습용 그린에서의 퍼팅을 볼 때 당신께서는 그다지 도움이 필요하지 않을 것 같습니다. 혹시 무슨 속임수라도 있는 건 아니겠죠? 저를 시험해보는 것이거나?”

또다시 그가 보일 듯 말 듯 쓴웃음을 지으며 불쾌한 기색을 드러냈다.

“나는 시험하지 않아.”

그가 말했다.

“속임수도 쓰지 않지.”

허나 신인 당신은 나뿐 아니라 수십억의 사람들도 바보로 만들 수 있지 않은가. 나는 생각했다. 하지만 입 밖으로 내지는 않았다. 지금부터 하는 말은 이상하게 들릴지도 모르겠지만 신의 내면에 내가 모르는 무언가가 있었고 그로 인해 신이 문제에 봉착했다는 것만은 분명했다. 지상에서 골프 전문가였던 나는 늘 고객들의 심리를 잘 간파했었다. 그리고 나는 항상 맡은 책무를 지나치다 싶을 정도로 진지하게 받아들여 어떤 때는 가르치던 12 핸디캐퍼나 28 핸디캐퍼가 너무나 걱정이 된 나머지 저녁식사를 하다 말고 전화를 걸어 연습 때 미처 생각하지 못했던 도움말을 주기도 했다. 일단 코스에 들어가 일을 할 때면 도저히 일을 잊어버리지 못하는 이런 성격 때문에 나는 결혼을 한 번 했다가 결국 실패하고 말았다. 물론 다시는 휘말리고 싶지 않은 다른 이유들도 있었다. 어쨌거나 나는 신에게 직접 도움을 요청받았고, 비록 문제의 실체는 여전히 오리무중이었지만 나는 계속해서 관심을 갖고 지켜보고 있었던 것이다.

에덴동산에 있는 첫 번째 홀은 666야드 4파 홀로 '뱀의 전진'이라는 이름을 가지고 있었다. 나의 '단정한' 티 샷은 400야드를 날아갔다. 그저 3번 메탈 아이언 하나를 꺼내 휘둘렀을 뿐인데 말이다. 내 샷은 직선거리로 적어도 225야드는 날아갔고, 두 번째 샷을 끝내고 보니 신의 처음 티 샷보다 페어웨이에 좀더 근접해 있었다. 우리는 말없이 공이 있는 곳으로 걸어갔고 나는 뒤로 물러나 그가 하는 것을 지켜보았다. 그는 8번 아이언을 꺼내 들더니 이번에도 역시 망설이지 않고 바로 공을 궤도 안으로 날렸다. 커다랗게 잔디가 뜯겨 나가며 공이 30야드가량 공중으로 치솟았다. 족히 20층 높이로 날아오른 공은 마치 핀의 위치를 확인하기라도 하는 양 잠시 정지해 있더니 이내 자작나무 숲 꼭대기 사이로 떨어졌다. 홀에서 클럽 한 개 길이도 채 안 되는 거리였다. 8번 아이언으로 270야드를 치다니! 믿을 수 없군! 나는 속으로 감탄했다.

"멋집니다!"

내가 말했다.

신은 디보트 자국을 메웠다.

나는 샷을 두 번 더 해 그린에 도달했고 30피트를 남겨놓고 두 번 퍼팅을 해서 더블 보기로 홀을 마쳤다. 신의 두 번째 샷은 핀에서 3피트 거리에 멈춰 서 있었다. 그는 퍼터를 꺼내 들고 공 옆에 서더니…… 서 있었고…… 그대로 그렇게 서 있었다. 나는 그의 억센 손이 떨리고 있는 것을 보았다. 이윽고 그는 손을 진정시키더니 목표를 가늠하고 버디 퍼팅을 했다. 공은 2인치 왼쪽으로 빗나갔다. 신은 앞서보다 더 심하게 투덜거렸다. 그러고는 걸어가서 가볍게 쳐서 파로 마무리했다. 우리는 두 번째 티를 향해 이동했다. 소름이 끼칠 만큼 무거운 침묵이 흘렀다. 티 샷 지점에 이르기 직전 나는 용기를 내어 물었다.

"조금 전 당신은 입스*가 있었습니다. 그게 문젠가요?"

---

* 입스 yips : 퍼팅이나 어프로치 샷을 할 때 실패에 대한 두려움으로 몹시 불안해하는 증세. 호흡이 빨라지며 손에 가벼운 경련이 일어나는 것을 말한다.

하지만 내 목소리는 점점 갈라져 마지막 음절은 마치 열네 살 아이가 말하는 것처럼 들렸다. 신은 말없이 티 위에 공을 올려놓고 두 번째 홀을 준비했다.

4

　'섕크'*라고 하는 괴로움을 겪고 나면 입스는 골프에서 가장 무서운 질병이다. 잘하는 선수들도 곧잘 입스에 걸려 짧은 퍼팅에서 실수를 하곤 한다. 골프를 하지 않는 사람들이나 하이 핸디캐퍼들에게는 다소 생소하게 들릴 수 있다. 그린에서 통상적으로 버디나 파를 기록하는 사람들도 이해가 쉽지 않을 것이다. 그러나 입스는 정말이지 사람을 돌아버리게 만든다. 나는 이런 사실을 사람들에게 골프를 가르치면서, 프로 경기들을 가까이서 지켜보면서, 그리고 나 자신의 경험을 통해 알게 되었다. 골프 투어 2년차 시절, 나는 실력이 상당 수준 향상했으며 결국

---

* 섕크 shank : 공이 클럽 헤드의 중앙이 아닌 힐(클럽 헤드와 손잡이가 연결되는 부분)에 맞아 발생하는 미스 샷.

성공적인 대학 이력을 완성하리라 생각하고 있었다. (나는 올-아메리카 퍼스트 팀 선발에 두 번이나 뽑혔으며 이것은 영국인으로서는 세 번째 누리는 영예였다.) 하지만 바로 그때 그 무서운 질병이 찾아왔다.

그것이 시작되던 순간을 나는 결코 잊지 못한다. 당시에는 상당히 큰 규모였던 '웨스턴 펜실베이니아 오픈'이라는 대회에 서였다. 나는 넷째 날이자 대회 마지막 날 열한 번째 선수로 입장해 멋지게 타구했다. 훗날 내 아내가 된 안나 리사를 비롯한 내 친구들이 대거 출동하여 나를 응원하고 있었다. 경기를 진행하면서 나는 서서히 상위권에 진입했고 여덟 홀을 마친 후에는 8위로 올라섰다. 네 사람과 함께 코스를 돌면서 세 번째 위치에 있을 때는 리더와 겨우 두 타 차이였다. 그때였다. 갑자기 손이 악령에 사로잡힌 것 같았다. 마음이 이리저리 널을 뛰고 있었다. 열다섯 번째 홀에 이르러 4피트짜리 버디 퍼팅을 하기 위해 공 옆에 서자 온갖 말도 안 되는 이상한 생각들이 떠오르기 시작했다. 내일 아침식사로는 무엇을 먹게 될까? 멀리서 짹짹거리는 저 새는 무슨 종류일까? 안나 리사와의 키스는 정확히 어떤 맛이었던가? 그 맛을 한 단어로 표현하면 어떤 단어일까? (나는 '담배 냄새가 나는'이라는 뜻의 단어를 찾고 있었다.) 안나 리사와 친구들이 경기장 바로 옆에서 지켜보는 가운데 나는 경련을 일으켜 퍼팅이 왼쪽으로 흘렀고 공은 홀을 지나 2.5피트 떨어진 곳에 섰다. 말도 안 돼! 그 다음 2.5피트 퍼팅도 마찬가지로 실수하여 거의 다 잡았던 버디를 놓치고 보기를 범하여 결국 나는 다시 아홉 번째로 밀려났고 내 자신감은 수소폭탄이라도 맞은 듯 산산조각이 나고 말았다.

나는 수십 년 동안 그 퍼팅 장면을 꿈에서도 보았다. 그리고 말 그대로 수십 년 동안 나는 상상 속에서 비아냥거리는 목소리를 들어왔다. (때로는 상상이 아니라 실제로 듣기도 했다. 후에 우리가 심하게 다툴 때면 안나 리사는 가끔 "웨스턴 펜실베이니아 오픈에서의 헤르만."이라고 특유의 목소리로 말했고 그 말을 들으면 나는 결정타를 맞은 듯 녹아웃이 되곤 했다.) 그 경기 이후 나는 다시는 이전의 나로 돌아가지 못했다. 단 한 번, 피닉스 오픈에서는 25위로 꽤 선전하기도 했다. 하지만 나는 결코 이전의 골퍼가 아니었고 이전의 나도 아니었다.

신의 문제는 좀 더 복잡한 것으로 드러났다. 그는 입스가 있었는데 모든 홀에서 다 그런 것은 아니었다. 문제를 더욱 복잡하게 만드는 것은 그가 종종 샌드웨지를 꺼내 들고 (공이 공중으로 높이 솟아올랐다가 곧바로 정지하도록 고안된 클럽이다) 마지막 순간 고개를 든 채 낮게 일직선으로 강한 샷을 해서 공을 그린 너머에 있는 러프까지 날려보낸다는 것이었다.

하지만 이런 문제는 교정이 불가능한 것이 아니다. 실제로 나는 지상에 있을 때 그런 문제를 가진 사람 수백 명을 교정해준 바 있다. 그러나 이런 문제는 본질적으로 심리적인 것이지 기술이나 신체적인 문제는 아니다. 나는 신이 파3 355야드 두 번째 홀에서 플레이하는 것을 지켜보았다. 커다란 연못 너머로 긴 내리막 경사가 있는 난코스였다. 그는 4번 아이언으로 그린 샷을 치고 달려가 홀에서 2피트 거리의 멋진 래그 퍼팅을 성공시켰다. 그러나 이때 손이 다시 떨리기 시작해 4인치를 남겨놓고 실패하고 말았다. 신이 투덜거리는 소리가 들리는 것 같았다.

세 번째 티를 시작한 지 절반도 못 미쳐서 나는 이렇게 말했다. "저도 한때 입스를 겪었습니다. 당신께서도 그걸 알아야 합니다. 그건 전혀 부끄러워할 일이 아닙니다."

그러나 너무나 놀랍게도 신은 부끄러워하고 있었다. 너무도 부끄러워한 나머지 이후 전반 9홀이 끝날 때까지 한 마디도 하지 않았다. 하지만 입스 증세를 겪으면서도, 게다가 무려 4,900야드에 달하는 전반 9홀에서 (현재 PGA 투어는 통상 3,500야드나 3,600야드로 되어 있다) 그는 1언더파를 기록했다. 그러고도 자신에게 불같이 화를 냈다.

5

　무언가를 지적하기 전에 오랜 시간 학생을 관찰하는 것이 내가 가르치는 전형적인 방식이다. 학생이 연습용 티나 코스에서 공을 칠 때에도 거의 이야기를 하지 않는다. 신을 가르칠 때에도 나는 그런 내 방식에서 크게 벗어나지 않았다. 에덴동산의 18홀을 돌면서 우리는 그다지 많은 대화를 나누지 않았다. 나는 23오버파를 기록한 것에 만족했다. 신은 3언더파를 기록했음에도 무척 우울해보였다. 전반적으로 그의 게임은 첫 번째 홀에서 본 것과 동일한 패턴을 따르고 있었다. 엄청난 기세의 드라이브 샷, 멋진 아이언 샷, 그리고…… 이따금 입스로 인한 웨지 샷의 실수. 변화가 있다면 때때로 롱퍼팅을 한다는 것, 또는 한 번 정도 그린 밖에서 칩 샷으로 홀에 공을 넣는 것이다. 즉 누구나 성공하리라고 예상하는, 그리고 웬만한 경기자가 성공시키지 못하면 창피하게 생각할 만한 3피트나 4피트짜리 퍼팅은 결코 해내지 못하는 것이다. 그러나 까다롭기 짝이 없는 598야드 도그 레그 파4 18번 홀에서는 좀 특이한 일이 발생했다. 종전처럼 홀에서 2피트 거리의 멋진 어프로치 샷을 하고 난 후 신은 떨리는 증세 없이 침착하게 공을 홀 안으로 집어넣었다. 나는 그 한 번의 퍼팅으로 입스 증세가 완전히 정복되었다고 할 수는 없지만 적어도 증세가 호전되었다고 생각했다. 간단히 말해 신이 내가 그럭저럭 그에게 도움을 주었다고 생각할 것이라 상상했던 것이다. 내가 함께 있다는 사실 자체가 어느 정도 치료제 역할을 했으리라.

라운드가 끝나자 클럽들을 제자리로 돌려놓고 신과 나는 클럽하우스 레스토랑으로 들어갔다. 그가 말하는 '한 잔'을 하러 간 것이다. 그는 누더기 옷이나 텁수룩한 머리를 전혀 개의치 않는 것처럼 보였다.

여기서 한 가지 말해둘 게 있다. 천국에서는 먹을 필요가 없다. 먹는 것은 선택사항이며 단지 즐기기 위해서 하는 것일 뿐 몸은 풍부한 빛 외에 다른 영양 공급이 없어도 완벽하게 건강한 상태를 유지한다. 다만 지상에서 그곳을 방문한 사람들에게는 먹는 것은 일종의 습관 같은 것이었고 따라서 사교적인 자리에서는 종종 먹는 일이 있었다.

우리는 텅 빈 카페 구석자리에 기네스 두 잔과 (천국에는 수천 개의 기네스 양조장이 있다) 라지 사이즈 어니언 링을 마주하고 앉앗다. 나는 약간의 가벼운 대화로 그를 진정시키고자 이렇게 운을 뗐다.

"그런데 에덴동산은 개인용 클럽인가요?"

내 말을 듣자 그는 마치 이쯤 됐으면 낙원의 법칙들에 대해 어느 정도 파악할 때도 되지 않았냐는 듯 한심하다는 눈빛으로 나를 쳐다봤다. 이때 지나가던 웨이트리스가 잠시 멈춰 서더니 그에게 짤막하게 객쩍은 농담을 건넸다. 그녀는 그의 눈동자가 맘에 든다고 했다. 그 말을 듣고 나는 여자가 그가 누구인지 전혀 모른다는 사실에 놀라지 않을 수 없었다. 그녀가 자리를 뜨자 신은 어니언 링 하나를 집어서 천천히 씹었다. 천국에는 수천 명에 이르는 똑똑한 골프 전문가들이 있는데 왜 하필 저 친구한테 도움을 요청했지. 신은 자신이 어리석은 선택을 한 게 아닐까 의심하고 있는 것처럼 보였다. 그러나 그는 누구나 신에게 기대할 만한, 애정 어린 인내가 배어 있는 말투로 대답했다.

"전혀 그렇지 않네, 핀스 윈스턴. 천국에는 개인용이란 것이 없지. 단지 예외가 있다면 지상에 살 때 부자들을 사무치게 시샘했던 사람들을 위해 만들어놓은 고립된 공동체들이 몇 개 있기는 하네. 그들은 한동안 높은 울타리 안에서 지내다가 그들의 시스템을 벗어나서 이곳으로 나와 우리와 함께 살게 되지."

"죄송합니다만 제가 이곳에 있은 지 얼마 되지 않아서 그러는데요, 그들이 그렇게 사무치게 시샘을 했던 사람들이라면 애당초 어떻게 천국에 올 수 있었습니까?"

"자네도 완전하지 않아. 안 그런가, 핀스 윈스턴?"

"완전…… 하곤 거리가 멀죠, 주님."

"그들도 마찬가질세. 자네도 완전해서 이곳에 온 게 아니잖나. 단지 완전하려고 노력하면 되고, 또 완전하기를 원하는 바로 그 태도가 신실하면 되는 거지. 전생에서 다른 사람을 지독하게 해하지만 않았으면 되는 거네. 성범죄자나 살인자들, 사기꾼들은 이곳에 올 수 없지. 유괴범들, 아내나 남편이나 아이들에게 폭력을 휘둘렀던 사람도 마찬가지고. 우리는 그런 놈들은 들어오지 못하도록 막지. 그래서 여기가 천국이야."

모든 이야기가 흥미로웠지만 '단지 완전하려고 노력하면 되고'라는 말은 나를 밑바닥까지 흔들어놓았다. 나는 이슬이 맺힌 맥주잔 뒤로 표정을 숨겼다. 그 말은 정확히 내가 학생들에게 해주던 말이기도 했다. 당신은 완벽할 필요가 없다. 단지 좀 더 잘하고자 하면 된다. 정말로, 진심으로 그러려고만 하면 된다. 나는 분명 그 말을 일만 번은 반복했을 것이다. 신이 맥주를 한 모금 마실 때 나는 그의 눈동자가 반짝 빛나는지, 또는 얼굴에 미소의 기미가 있는지 살폈다. 하지만 아무것도 발견할 수 없었다. 그는 진지한 것처럼 보였다.

"앞으로 이곳 에덴동산에서 부처를 만나게 될 걸세. 그도 이 레이아웃을 좋아하니까."

"부처도 골프를 하나요?"

"물론. 그도 아주 열렬하지. 한 번은 그가 여기 16번 홀에서 클럽을 내던지는 것도 보았어.”

“부처가 클럽을 던져요?”

“자네도 16번 홀을 보지 않았나? 그 고약한 2단으로 된 그린 말일세. 누군들 당황하지 않겠나? 그는 퍼팅 클럽을 빌어먹을 호수에 던져버렸지.”

“하지만 부처는 알려졌다시피…….”

“이제는 평정을 되찾았다네. 나는 그에게 다른 사명을 주어 지상으로 다시 내려보내려고 생각 중이야. 그는 매주 크리슈나, 그리스도, 모세와 함께 포섬 플레이를 하지. 가끔 무하마드가 합류해 다섯이서 치기도 하고. 그래서 나는 앞으로 한 세기 또는 두 세기 동안은 그가 그들의 우정을 즐기도록 하고 싶어. 자네도 곧 보게 될 거야. 내 장담하지. 혹 그들이 변장을 하고 플레이를 한다면 누가 누군지 알려주겠네.”

“제가 그때도 다시 오나요? 그렇다면 다른 레슨이 또 있는 건가요?”

“다른 레슨? 이런 건 레슨이라고도 할 수 없지. 그렇지 않은가? 나는 자네에게 조언이라고는 한 마디도 듣지 못했어. 단 한 마디도 말이야.”

“그게 제 방식입니다.”

내가 말했다.

“특히 문제가…… 그러니까 기술적인 것이 아닐 때 그렇죠. 송구합니다만 이건 정신적인 문제입니다. 집에 가서 하룻밤 자

면서 생각을 좀 해봐야겠어요. 괜찮으시다면…… 저에게 생각
할 시간을 주세요."

신은 억지웃음을 지으며 기네스를 한 모금 마셨고 나는 그가
좀 더 장기적인 관점에서 게임을 생각하고 있다는 것을 감지할
수 있었다. 그에게는 아주 색다른 느낌의 유머러스한 부분이
있었다. 그의 모든 것이 약간의 코믹한 느낌을 가지고 있었다.
모든 것이 그랬다. 그러나 그가 골프 코스에 있을 때 그의 게임
만은 그렇지 않았다.

"좋네, 핀스 윈스턴."

이윽고 그가 입을 열었다.

"이건 자네의 시합일세. 아주 큰 경기지. 기회를 날려버리지
말게."

그렇게 말하고 그는 홀연히 자취를 감추어버렸다. 잔은 절반
이 빈 채로 그대로 남아 있었다. 어니언 링도 마찬가지였다. 그
에 대한 일정한 느낌의 기억만이 남아 있었다. 그러나 신은 다
른 곳에 있었다. 웨이트리스가 다가와 계산은 이미 끝났다고
말하더니 다소 수줍은 표정으로 이렇게 물었다.

"머리가 텁수룩한 멋진 친구 분은 누구세요?"

나는 그의 이름은 앨버트라고 말해주었다.

줄리안 에버는 다시 나타나지는 않았지만 나를 집으로 데려
다주기 위해 미모의 헬리콥터 조종사를 보내주었다. 콘도로 돌
아와 나의 완벽하게 안락한 침대에 누워 달콤한 밤의 심연 속

으로 빠져들 준비를 하면서 나는 이런저런 상상을 해보았다. 도대체 무엇 때문에 신에게 입스가 생긴 걸까? 그의 스윙은 더할 나위 없이 좋았는데 숏 게임에서는 왜 그렇게 형편없었을까? 나는 그 이유를 생각해보려고 애썼지만 사실은 신이 마지막에 남긴 전혀 신답지 않은 말의 여운을 곱씹고 있었다.

"기회를 날려버리지 말게. 이건 아주 큰 경기지."

그 말은 웨스턴 펜실베이니아 오픈 마지막 날 아침, 내가 속으로 다짐했던 바로 그 말이 아닌가? 내게 주어졌던 큰 기회. 나는 마치 천국이 아닌 지상의 옹색한 세계에 있는 것처럼, 그것도 대회장 숙소, 베이스캠프, 또는 마이너 경기나 미니 투어 중에 있는 것처럼 밤새도록 잠을 이루지 못하고 이리저리 뒤척였다.

6

예상했던 대로 다음 날 신은 나를 부르지 않았다. 그 다음 날도 마찬가지였다. 나는 그에 대해 생각했다. 내가 부탁받은 그 일에 대해 말이다. 나는 신에게 효과가 있을 만한 몇 가지 아이디어들을 가지고 있었다. 몇 번의 훈련과 긍정적인 마인드 트레이닝이 필요할 것 같았다. 그러나 나는 무엇이 그를 성가시게 하는지 알 길이 없었다. 그 미스터리를 풀기 위해서는 그가 플레이하는 모습을 몇 번 더 지켜볼 필요가 있었고 퍼팅에서 실수하는 것을 수십 번은 더 지켜보아야 할 것 같았다. 그러나 일주일이 지나도록 아무도 찾아오지 않았다. 나 대신 더 나은 코치를 구했거나 신 스스로 문제를 해결한 것이 분명했다.

그런데 내가 '잠깐 동안' 또는 '일주일'이라고 말하는 것은 단지 의미를 전달하기 위해 사용하는 개념일 뿐이지 정확한 천국의 시간 단위는 아니다. 밤과 낮이 있는 것은 사실이다. 그리고 천국 중에서도 가을의 낙엽, 첫눈, 문순과 같이 계절적 구분이 있는 곳을 선택해 사는 이들도 있다. 지상에서 오래 살았던 사람들은 그런 것에 애착을 가지기도 한다. 하지만 실제로 푸른 별 지구에 살 때 그렇게 큰 의미를 차지하던 시간이라는 개념은 천국에는 없으며, 설사 있다고 하더라도 거의 무시된다. 당신은 변화를 감지할 수 있다. 분명히 천국에도 일정한 흐름을 따라 변화하고 성장하는 현상이 존재한다. 그러나 죽음이라는 종착점이 없고 도저히 회복 불가능한 노년이라는 이정표가 없는 한, 그런 변화는 그 효력을 대부분 상실할 수밖에 없다.

 물론 간단한 문제는 아니다. 원한다면 언제라도 되돌릴 수 있다는 것을 알기에 실제로 늙어가기를 선택하는 이들도 있다. 믿거나 말거나 이십 대나 삼십 대에만 머물러 있는 것은 어찌 보면 무척 피곤한 일이다. 많은 영혼들이 어린 시절의 느낌을 좋아하여 때때로 그 시절로 다시 돌아가고자 하며, 또는 자신들이 지혜로운 어른으로 인정받는 느낌을 좋아하여 노년으로 되돌아가기도 한다. 심지어 나도 그랬지만 어떤 사람은 부름을 받고 지상으로 돌아가기도 한다. (지상의 시간은 인간이 가정하는 것과 달리 실제로는 뒤로도 움직이고 앞으로도 움직이며 직선이 아니라 역사적인 원을 그리며 움직인다. 그래서 우리는 때때로 우리의 정신을 다른 시대에 투영해볼 수 있는 것이다.) 그런 사람들은 전생에 있을 때 사랑했던 이들을 돕거나 특정한 사명을 수행하기 위해, 아니면 특별한 교훈을 배우기 위해 60년이나 70년, 혹은 100년을 그곳에서 지낸다.

　이제는 분명히 알 수 있다. 내가 지상에서 살고 있는 지금, 나는 천국에서 많은 시간을 보낸 이런 사람들이 누구인지 안다. 그들이 처한 분위기나 상황이 어떻든지 간에 지속적인 불변의 행복이 그들에게서는 뿜어 나온다. 무관심……은 전혀 아니며 아마도 초연함이라고 봐야 옳을 것이다. 그들은 어떤 역할을 수행하는 것 같고, 그들 자신도 어느 정도 그것을 인식하고 있다. 나의 바로 앞 전생에 계셨던 할머니가 바로 그런 부류의 사람이었다. 할머니는 내가 열네 살 때 돌아가셨다. 그리고 내가 안나 리사를 만나기 전에 조라고 하는 대학시절 여자친구가 있었다. 조와 내가 잘 되지 못한 것은 매우 후회스러운 일이다. PGA 투어에서의 실패보다도 더. 조 또한 그런 부류의 사람이었으며, 내게 영적인 무언가를 주었다. 나는 그 삶을 마감한 후에 내가 천국에 올 수 있었던 것은 전적으로 조의 덕분이라고 생각해왔다. 내가 천국에 갔던 것은 명백한 사실이지만 그 이유는 다른 어떤 것으로도 설명할 수 없다. 그러나 지금 나는 방황하고 있다.

　어쨌든 지상에서 '시간'이라고 부르는 것이 어느 정도 지났다. 편의상 그냥 그렇게 해두자. 대략 열흘 정도. 나는 신을 돕기로 한 임무에 실패했다고 확신했고, 그에 대한 후회로 번민했다. 지상에서였다면 고통스러웠을 것이다. 하지만 천국에서는 그저 배경음악과도 같은 것이다. 그곳에서는 현재라는 것이 아주 강력한 의미를 지닌다. 아마도 천국의 삶과 지상의 삶의 가장 큰 차이라고 할 수 있을 것이다. 과거의 실패에 시달리거나 이루지 못한 꿈 때문에 강박을 느끼는 것은 천국에서는 불가능한 일이다. 거의 그렇다.

일상적인 스케줄에 따라 골프를 치고, 친구들을 만나고, 수영을 하고, 춤도 추고, 또 골프를 치고 하면서 그렇게 열흘이 지난 후, 나는 다시 테라스에 앉아 화창한 여름 같은 아침을 즐기고 있었다. 그때 낯선 사람 하나가 작지만 언제나 완벽하게 다듬어져 있는 콘도의 잔디를 가로질러 서둘러 다가왔다. 피부가 마치 코코넛 껍질 같았지만 가까이 왔을 때 보니 줄리안 에버였다. 그가 나를 다시 찾아온 것이다.

"어디 있었소?"

'좋은 날이군요.' 같은 인사 한마디 없이 그가 다짜고짜 물었다.

"거의 두 주가 지났지 않소. 신은 혼자 계시오."

"나는 신이 연락을 취하실 거라 생각했는데요."

줄리안은 주먹을 꽉 쥐었다. 그는 몹시 화가 난 상태로 페어웨이를 둘러보더니 내게로 고개를 돌렸다.

"사람들은 늘 그런 식이지. 정말이지 도저히 못 참겠다니까!"

"어쨌다는 거죠? 공을 굴리기라도 했나요?"

나는 페어웨이에 있는 누군가가 클럽 헤드로 공의 라이를 바꿔놓았다고 생각했다. 이런 일은 골프에 있어 사람들이 별로 애기하고 싶어 하지 않는 부분이다. 부정행위이기 때문이다. 골프 초보자들 중에는 덜 엄격한 코치들이나 친구들이 권하는 대로 페어웨이에서 공을 '더 좋은 라이'로 바꿔놓다가 그것이 습관처럼 되어버린 사람들이 있다. 그렇게 하면 공을 치기는 분명 쉬워지지만 골프의 규칙은 위반하는 것이 된다. 더 큰 문제는 이것이다. 처음 골프를 시작할 때 이런 행동을 배우게 되면 실력 있는 선수가 되어서도 왕왕 그런 짓을 하게 되는 것이다. 지상에 있을 때 나는 이런 문제로 다투는 것을 보기도 했다. 어떤 사람이 '공을 굴리거나', '공을 위로 놓거나', '라이를 바꿀' 권리가 있다고 고집을 부리다가 우정에 금이 갔다는 이야기도 들었다. 그는 결국 원래의 라이에서 게임을 다시 시작해야 했다.

"나도 그런 짓은 싫어해요."

내가 줄리안에게 말했다.

"그렇다면 당신은 왜 그런 짓을 하오?"

그가 말했다.

"내가 그런다고요? 나는 절대 그런 적이 없어요! 초보 시절에도 그런 짓은 하지 않았죠. 우리 아버지는 스코틀랜드 사람이라서 내가 공을 굴리는 것을 보았다면 날 가만두지 않으셨을걸요!"

줄리안은 나를 뚫어지게 쳐다보았다. 하지만 신의 비서관이든 아니든 분명히 짚고 넘어가야만 했다. 내 기록은 깨끗했다. 나는 결코 공을 굴린 적이 없다.

"왕국들 중에 왕국이라는 천국에서 지금 무슨 이야기를 하는 거요?"

"공을 굴리는 이야기요."

"누가 공을 굴린다는 이야기를 했단 거요?"

"방금 당신이 그런 걸로 아는데요. 페어웨이에 있는 저 노신 사를 보고 그런 걸 보면 도저히 못 참겠다고 말했잖아요."

줄리안은 다시 페어웨이를 바라보더니 이내 고개를 돌렸다.

"당신이 나를 도저히 못 참게 해서 내가 시선을 돌린 거요. 그런 태도가 나를 화나게 한단 말이오."

"어떤 태도 말입니까?"

"신이 당신에게 올 것이라는 그 생각 말이오. 당신은 아무런 노력도 할 필요가 없다는 그 생각. 굳이 전화기를 들거나 '그녀' 의 이름을 큰 소리로 부르거나 자신에게 속삭이지 않아도 된다 는 바로 그 생각 말이오. 당신은 수십억의 사람들이 신이 무언 가를 보여주기만을 그저 앉아서 기다린다는 것에 대해 아무것 도 느끼는 바가 없소? 재림(再臨)이든 삼림(三臨)이든 말이오. 어떤 우주의 어떤 행성에서는 빌어먹을 아흔 번째 강림일 수도 있지. 그런데도 그들은 여전히 기다린다니까."

"'내'가 '그'를 초청해야 합니까?"

"그는 오늘은 여성이시오. 그렇소. 당신은 그분께 이르기 위 해 무언가 제스처를 해야 했소. 내가 하는 일이 겨우 당신을 신 의 면전에 데려다 놓았다가 다시 데리고 오는 일인 줄 아시오?"

"그분의 영역에 들어가는 암호가 무엇입니까?"

나는 그렇게 물었지만 줄리안은 미소 짓지 않았다. 잠시 후 우리는 금테를 두른 카트를 타고 또 다른 한 번도 본 적이 없는 카트 트랙을 달리고 있었다. 또 다른 헬기장에 역시 또 다른 헬리콥터 한 대가 시동을 걸고 프로펠러를 돌리고 있었다. 또 다른 아름다운 조종사 한 사람이 기다리고 있었고, 적어도 조종사가 아름답다는 사실은 변함이 없었다.

헬기 가까이 이르렀을 때 요란한 모터 소리 너머로 줄리안이 소리쳤다.

"이제부터는 당신 스스로 알아서 신과 함께 하시오. 뭔가 말할 게 있으면 당신이 직접 그분을 부르란 말이오."

"그분을 어떻게 부르죠?"

"이미 알고 있잖소. 그렇게 하면 되오!"

"그렇다면 이게 앞으로도 계속해야 되는 일이란 말입니까? 레슨 말입니다."

줄리안은 다시 나를 똑바로 쳐다보았다. 나는 그의 얼굴에서 유머의 기미를 찾아보려 했다. 그러나 천국 거주민의 얼굴에서 그렇게 화가 나 있는 표정을 본다는 것이 좀 이상하다는 생각이 들었지만 어쨌든 그는 화가 나 있는 것 같았다.

"왜 신의 이름으로 그렇게 하면 안 된다고 생각하시오?"

그가 말했다.

그렇게 말하고 그는 카트를 타고 사라졌고 우리 또한 헬리콥터를 출발시켰다.

조종사는 이름이 리비니아로 전의 조종사만큼 차분한 성격은 아니었다. 그녀는 헬기를 왼쪽으로 기울인 채 급히 몰았고 (내가 유심히 관찰했던 신의 티 샷처럼) 나무 꼭대기에 닿을 듯이 아슬아슬하게 날면서 헬기를 앞뒤로 흔들리게 만들었다.

"전생에 비행기 타는 것을 무서워했나요?"

나는 요란한 프로펠러 굉음 속에서 소리쳐 물었다.

리비니아는 즐거운 듯 고개를 끄덕이고는 랜딩 기어가 전나무 꼭대기 부분에 스치게 했다.

"혹시…… 골프 때문에 무슨 문제라도 있었나요?"

그녀가 큰 소리로 말했다.

"아뇨, 전혀요. 나는 골프를 사랑해요!"

내가 그녀에게 말했다. 그러나 그 말이 입 밖으로 튀어나가자마자 나는 어투가 좀 잘못되었다는 것을 느꼈다. 물론 나는 골프를 사랑한다. 그러나 정확히 말해 아무 일도 없었던 것은 아니었다. 나는 아무에게도 인정한 적은 없지만 골프로 인해 상처를 입었다. 나는 늘 가족과 친구들에게, 그리고 나 자신에게 내가 PGA 투어를 그만두고 조용히 지내면서 컨트리클럽의 프로 선수로 정착한 것에 대해 완벽히 만족하고 있다고 말해왔다. 그러나 그 순간 마지막 능선을 넘어 거대한 사막을 가로질러 건너면서, 나는 내가 그동안 교묘하게 나 자신에게 거짓말을 해왔다는 사실을 깨달았다. 우리가 마지막 말다툼을 할 때 안나 리사는 그런 이야기를 많이 했었다. 우리가 대화를 완전히 중단하고 오로지 변호사를 통해서만 소통하게 되기 전에 말이다.

그러나 나는 끝까지 그 논리를 받아들일 수 없었다. (지상에서의 우리는 가장 받아들이기 어려운 진실을 온갖 합리화를 동원해 매장해버린다. 그렇지 않은가?) 나는 클럽 프로로서 꽤 괜찮은 봉급을 받았고 친구들도 많았으며 상당한 존경도 받았다. 좀 성가시게 구는 멤버들 몇몇과 타협을 해야 했던 것은 사실이다. 때로는 골프 중계를 보면서 후회를 하기도 했고, 모욕과 실패를 극복하고 복귀하여 토너먼트에서 우승을 한 선수들의 이야기를 들으면서 후회를 한 것도 사실이다. 나는 그렇게 치열해지기를 원치 않았다. 나 자신에게도 그렇게 해명했다. 하지만 그곳 헬리콥터 안에서 나는 그것이 엄청난 실수였다는 사실을 깨달았다.

리비니아 역시 어떤 형태로든 나의 그런 후회를 알고 있는 것처럼 생각되었다. 그녀는 마치 나의 거짓말이 자신을 향한 것이라도 되는 양, 화가 난 것처럼 아무런 말도 하지 않았다. 우리는 오아시스 하나를 지나갔다. 나는 그곳에 펼쳐진 골프 링크스를 볼 수 있었다. 그리고 그녀는 연습 구역 바로 옆의 또 다른 이착륙 지점에 다소 거칠게 나를 내려주었다. 내가 비틀거리며 헬기를 빠져나오자 그녀는 끈에서 풀려난 매처럼 헬기를 급히 이륙시키더니 긴 먼지꼬리만 남긴 채 줄지어 선 야자나무들 뒤로 자취를 감추었다.

먼지가 가라앉자 내 마음은 요동치고 있었다. 내 마음은 폭풍에 휩쓸린 듯 이리저리 흔들리며 수치심, 당혹스러움, 분노, 변명 같은 감정들로 뒤섞였다. 이런 혼란은 천국에 온 이래로 한 번도 겪어본 적이 없는 것이었다. 잠시 동안 나는 말없이 우두커니 서서 연습 구역에서 공을 치고 있는 사람들을 바라볼 수밖에 없었다. 나는 그날 신의 얼굴을 직접 대면할 자신이 없었다. 나는 그럴 가치가 없는 사람이라는 생각이 들었던 것이다. 후에 나는 그런 종류의 수치심이 무엇인지 배우게 되었다. 수치심이란 정확히 그런 감정이다. 자신이 무가치한 존재라는 것을 인식하는 것. 그런 인식은 심오한 영적인 문제들을 싹트게 하는 비옥한 토양이 된다. 진부하게 들릴지 모르지만 월트 휘트먼이라는 친구의 표현을 빌리면 우리를 창조한 존재는 우리를 사랑하고 우리를 용인하고 우리로부터 가장 최상의 것을 기대하고 있는 것이 사실이다. 그러나 우리는 너무도 쉬이 지상의 소용돌이 속에서, 복잡다단한 가정생활과 직업적인 야망 속에서 그런 존재의 관용을 바라보는 시각을 상실하고 만다. 우리는 그런 사랑을 외면해버린다. 결국 우리는…… 갈 곳을 잃고 쓰러져버리는 것이다.

7

잠시 후, 그런 부정적인 감정이 가라앉자 나는 평정을 되찾을 수 있었다. 늘 보는 거대한 클럽하우스, 늘 보는 페어웨이들이 저 멀리 아득한 곳에서 아른거리고 있었다. 모래 가장자리로 잿빛 산들이 보였다. 그것은 사막 코스로, 에메랄드그린 빛띠들이 선인장과 은빛 돌이 뒤섞인 황무지 사이로 펼쳐져 있었다. 투어 시절 나는 황무지 코스를 결코 좋아하지 않았다. 무엇보다 영국에는 사막이 없고 펜실베이니아도 마찬가지였다.

그러나 그곳은 또 하나의 매력적인 코스였고 한눈에도 그런 부분들이 많아 보였다. 나는 신이 모습을 드러내기를 기다리는 동안 연습 구역을 이리저리 배회하다 새 드라이버와 공 한 상자를 집어 들었다. 이 시점에서 이미 분명해진 무언가를 이야기하지 않으면 안 될 것 같다. 천국에 있다 하더라도 한 개인의 골프 플레이는 완벽하지 않다는 것이다. 완벽할 것이라고 나는 생각했다. 천국의 시민들에게는 완벽한 스윙, 매 경기에서 완벽한 스코어를 만들 수 있는 모종의 메커니즘, 칩 인이나 그린에서의 원 퍼트가 영원히 계속되는 장치가 있을 것이라고 상상했다. 하지만 누구도 그런 것을 원치 않는다. 천국의 거주민들은 사실 불완전함이 게임을 좀 더 흥미롭게 만들어준다는 사실을 잘 알고 있다. 사람들은 이따금 슬럼프에 빠지기도 하지만 점차적으로 발전한다. 언제나 새롭게 배워야 할 것이 있고 고쳐야 할 나쁜 버릇이 있으며 겨루어야 할 더 나은 선수들과 더 어려운 코스들이 있다. 그렇지 않다면 무슨 재미로 골프를 하겠는가?

그날 그 연습 구역에서 나는 한동안 미들 아이언들을 가지고 머릿속으로 상상한 홀 배치에 따라 공의 방향이 오른쪽이나 왼쪽으로 움직일 수 있도록 스윙을 조절하는 연습을 했다. 공을 드로잉한다는 것은 공이 부드럽게 왼쪽으로 휘어지도록 만드는 것을 말하며(오른손잡이의 경우) 공을 페이딩한다는 것은 오른쪽으로 휘어지도록 만드는 것을 말한다. 훅이란 드로잉을 너무 많이 한 것이고 슬라이스란 페이딩을 너무 많이 한 것이다.

그렇게 나는 드로잉과 페이딩을 연습하면서 공이 훅과 슬라이스에 가까워지도록 만들었다가 다시 바로잡곤 했다. 이것은 전적으로 물리학적인 문제이다. 스윙 궤도의 변화, 그립이나 스탠스, 공을 통한 움직임의 변화. 그러다 보면 자, 오른쪽으로 휘던 공이 왼쪽으로 휘게 된다.

연습을 마치고 쉬고 있을 때 나는 아주 매력적인 동양 여성을 발견했다. 그녀는 내가 있는 곳 몇 칸 아래쪽에서 페어웨이 우드들을 가지고 연습하고 있었다. 천국에는 추파를 던지는 사람이 없다. 어떤 의미로 생각하면 추파를 던지기가 쉬울 것이다. 천국에서는 아름다움이라는 것이 더 광범위하게 정의되기 때문이다. 그러나 다른 의미에서 생각하면 천국에는 간통이나 성적인 부정행위 같은 것이 없기 때문에 추파를 던지기란 오히려 어렵다. 무엇이든지 어느 순간에라도 일어날 수 있다. 꿈속에 그리던 여인과 함께 침대에 누워 있을 수도 있고 두 사람 모두 엑스터시 상태에 있을 수도 있다. 멋진 이야기이다. 그렇지 않은가? 엑스터시는 좋은 것이며 정말이지 아주 좋다. 하지만 일단 천국의 영적 엑스터시를 맛본 후에라면, 그것은 아마도 1938년산 샤또네프 뒤 빠쁘*의 복잡 미묘한 맛을 경험한 후에 평범한 포도 한 송이를 먹는 것에 비교할 수 있을 것이다. 내 말의 의미를 알아차렸으리라 믿는다.

그러나 그날 나에게는 좀 더 복잡한 무언가가 있었다. 내가 앞서 말했던 대학시절의 애인이자 나의 소울메이트였던 조는 아시아계 미국인이었다. 천국에서도 나는 그녀에 대한 생각을 완전히 지워버릴 수가 없었다. 나는 조가 천국에 있기를 희망하면서

---

* 샤또네프 뒤 빠쁘 Chateauneuf du Pape : 프랑스 남부 론(Rhone) 지방의 대표적인 레드 와인으로 알코올 함량이 높고 맛이 강한 고급 와인이다.

만나기만 한다면 지난날의 잘못들을 바로잡고 천년만년 함께 살리라 생각했다. 여러 해가 지나도록 나는 그런 희망을 놓지 않고 있었다. 수십 번의 관계들, 수백 번의 황홀한 정사. 그녀에 대한 생각은 그 순간에도 여전히 나를 따라다니고 있었다.

그리고 정말 이상하게도 그날 그 사막 코스의 드라이빙 레인지에서 연습을 하고 있던 여성은 조와 너무나 많이 닮아 있었다. 나는 고개를 돌리고 미들 아이언 샷 50번을 더 쳤다. 그러나 그녀를 다시 쳐다보지 않을 수 없었고, 찬찬히 다시 살펴봤을 때 그녀의 눈동자에서 뿜어 나오는 압도적인 광채를 발견하고야 말았다. 그것이 무엇을 의미하겠는가? 단 한 가지뿐.

내가 입을 열기도 전에 그녀가 먼저 말을 건넸다.

"핀스 윈스턴. 오늘 당신의 5번 아이언 샷이 꽤 멋지군요."

"감사합니다, 주님."

그녀가 내게로 왔다. 가까이서 보니 그녀는 조와 아주 닮지는 않았지만 그녀와 자매라 할 수는 있을 것 같았다. 나는 침을 꿀꺽 삼키고 마음을 가다듬었다.

"좋은 아침입니다, 하느님."

"여신이요."

그녀가 말을 고쳐주었다.

"네, 주님, 물론 그렇지요. 저는……."

그녀는 웃음을 터뜨렸다. 웃는 모습도 조와 닮아 있었다.

"농담이에요, 핀스 윈스턴. 편하게 해요. 괜찮죠? 자, 코스로

가요."

그곳 역시 멋진 코스였다. 그러나 에덴동산보다는 훨씬 쉬웠다. 통상적인 길이의 파4홀이었고 워터 해저드가 몇 군데 있었으며 그린은 100피트짜리 퍼팅을 해도 눈에 보일 정도로 평평했다. 대부분의 구역에서는 페어웨이 옆으로 단독주택들이 줄지어 서 있었다. 대추야자나무들로 둘러싸인, 뒤로는 수영장, 진입로에는 공기 동력 자동차*가 반짝이는 고급 주택들이었다. 그러나 세 번째 홀과 네 번째 홀에서 우리는 몇 개의 동굴들을 지나쳤는데 그 앞에는 수척해 보이는 사람들이 앉아서 뜨거운 햇볕을 쬐고 있었다.

"사막의 교부들**이에요."

신이 나지막하게 말했다.

"놀라운 친구들이죠. 그들을 알게 되면 아주 재미있을 거예요."

"그들도 골프를 하나요?"

그녀는 고개를 저었다. 윤기가 흐르는 그녀의 검은 머리채가 이리저리 흩날렸다.

---

* 공기 동력 자동차 air-propelled auto : 압축 공기를 동력으로 사용하는 자동차. 프랑스에서 처음 개발에 성공했으며 현재 여러 나라에서 연구, 시판을 시도하고 있다.

** 사막의 교부들 Desert Fathers : 313년 기독교 승인 후 혼란스러웠던 정치 상황으로부터 도피하여 팔레스타인, 이집트 등지의 사막의 동굴과 움막에서 금욕과 고행, 무소유 등의 수도 생활을 했던 가톨릭 교부들을 말한다.

"한동안 포기한 상태죠."

우리가 지나갈 때 사막의 교부 한 사람이 손을 흔들었다. 나도 답례로 손을 흔들어주었다. 축복이라도 받은 것 같은 느낌이었다.

여신은 그날 다른 스윙을 구사했다. 그녀의 템포는 여성의 근육조직에 더 적절한 것으로, 약간 느리고 몸 쪽으로 굽는 느낌이 있었다. 그녀는 그리 멀리 친다고 할 수는 없으나 침착하게 타구했다.

"그렇다면."

아홉 홀을 마치고 두 사람 모두 2언더파가 되고 나자 그녀가 입을 열었다.

"당신의 조언은 뭐죠?"

"오늘 보니 전혀 조언이 필요 없을 것 같습니다. 당신은 꼭 바비 존스*처럼 퍼팅을 하고 있어요."

"하지만 드라이빙 샷은 좀 고쳐야 되지 않겠어요? 안 그래요?"

그녀는 실제로 티 샷을 두 번이나 너무 왼쪽으로 끌어당겨쳐서 공이 고급 주택의 앞마당으로 들어갈 뻔했고 그 두 번의

---

* 바비 존스 Bobby Jones : 미국의 골프선수로, 1930년 전영 오픈, 전미 오픈, 전영 아마추어, 전미 아마추어의 4개 메이저 대회에서 모두 우승하는 대기록을 달성하였으며 골프의 신, 스트로크의 천재로 불린다. 이후 오거스타 내셔널 골프 클럽을 설립하고 그곳에서 매년 열리는 마스터스 대회를 창립했다.

경우 모두 보기를 범했다. 나는 퍼팅에 지나치게 집중한 나머지 티 샷에는 별로 신경을 쓰지 못했었다.

"잘 모르겠습니다."

나는 솔직하게 인정했다.

"지난번에는 퍼팅이나 또는 샌드웨지 블레이드 샷이 문제였습니다. 오늘은 드라이빙이 문제군요. 당신 정도 급의 사람은 아주 작지만 일정 부분 결함을 가지고 있을 수밖에 없습니다……."

"나 정도 급의 사람이라."

그녀는 노골적으로 웃었지만 애정이 어려 있었다. 그것이 내게는 또 하나의 상처가 되었다.

"당신을 보니 다른 누군가가 생각납니다."

내가 말했다. 조금 전 그녀의 웃음이 조의 웃음과 너무나 똑같았기 때문이었다.

"그래요?"

그녀는 4번 아이언을 들고 178야드 샷을 날렸다. 공은 핀에서 8피트 거리에 떨어졌다.

"당신은 지난번에는 4번 아이언으로 그보다 세 배 정도 더 멀리 쳤습니다. 혼란스럽군요. 마치 제가 놀림을 당하고 있는 것 같으니까요."

"일을 그만두기를 원하나요, 핀스 윈스턴? 새로운 땅에 링크스 코스를 설계하는 걸 포기하고 란초 오비스포에 있는 친구들에게 돌아가기를 원하냐 말이에요."

대답을 하면서 나는 4번 아이언 샷을 쳤고 공은 신의 공보다 홀에서 한두 걸음 가까이 떨어졌다.

"아뇨, 다만 제 임무를 분명히 하고 싶을 뿐이에요."

"그게 당신 자신을 주장하는 방식이군요, 핀스 윈스턴."

그녀는 그렇게 말하면서 발걸음을 떼었다.

"도전을 받아들이는 방식 말이에요. 나는 앞으로 나아가려고 하지 않는 사람들은 결코 좋아하지 않아요. 내가 설정해둔 영혼의 진화 시스템 전체를 거스르며 살아가는 사람들."

그린에서 그녀는 실책을 범하여 퍼팅이 왼쪽으로 빗나갔고 나는 홀에 넣었다. 열한 번째 홀에서 그녀의 드라이브 샷이 선인장 안으로 들어갔다. 또 왼쪽으로 휜 것이다. 나는 다시 한 번 버디에 성공했다. 열두 번째 홀, 워터 해저드 건너편으로 길게 뻗은 파5홀에서 그녀는 땅볼로 티 샷을 쳤고 두 번째 샷으로 그린에 도달했으며 세 번 퍼팅을 했다. 왠지 그녀가 연기를 하고 있다는 느낌이 들었다. 나는 1센티미터 차이로 아슬아슬하게 이글 칩 샷을 놓쳤다.

열세 번째 티 그라운드에 이르자 나는 이만하면 됐다 싶었다. 내가 입을 열었다.

"네, 그렇게 하겠습니다. 저는 이 일을 그만두고 싶어요. 제 편안한 콘도로 돌아가 란초 오비스포에서 영국인들과 늘 하듯이 포섬 플레이나 하고 싶습니다."

"정말이에요? 확실해요?"

그녀가 나를 응시했고 눈동자에서는 광채가 이글거렸다. 마치 압도적인 사랑 같은 것이 그녀의 전신에서 뿜어져 나오는 것만 같았다. 이상하게 들릴지 모르겠지만 나는 욕정이라고 말할 수 있는 것과 같은 고통을 느꼈다. 신앙이 특별히 돈독하지는 않았지만 나는 지상에 있을 때 시간이 남으면 종교적인 책들을 더러 읽기도 했다. 이혼의 고통 때문에 한동안 그런 쪽으로 관심을 돌리기도 했던 것이다. 그래서 나는 일부 기독교 성자들이나 여러 힌두교 신비주의자들이 신과의 관계를 신랑 신부의 사랑에 빗대어 이야기했다는 것을 기억하고 있었다. 그 순간 나는 마침내 그들을 이해했다고 느꼈다. 물론 신의 면전에서 욕정의 고통을 느낀다는 것이 다소 혼란스럽기는 했다.

"아니요."

내가 말했다.

"하지만…… 당신이 제게 원하는 게 뭐죠? 제가 어떻게 당신을 도울 수 있나요?"

"지난번 그 오후에 당신은 한 가지 현명한 이야기를 했어요, 핀스 윈스턴. 당신은 내 문제가 '정신적인' 것이라고 생각한다고 말했죠. 나는 당신이 '심리적인' 것이라고 말한 걸로 생각하고 동의했었어요. 뛰어난 관찰이에요. 내가 당신에게 레슨을 받기로 한 이유가 바로 그것이죠."

"좋습니다."

내가 말했다. 나는 칭찬에 둔감한 적이 없었다. 특히 아름다운 젊은 여성의 칭찬에 대해서는 그랬다. 하물며 신이 직접 칭찬을 하고 있지 않은가.

"내 문제는 심리적인 거예요."

신은 말을 이어나가며 눈앞으로 내려온 머리카락 한 가닥을 쓸어 올렸다.

"몇 해 전에 나는 골프가 지겨워질 위험에 처했죠. 두려웠어요. 솔직하게 말하는 거예요. 나는 두려웠죠. 당신도 알다시피 골프는 나에게 있어 유일한 안식처이니까요. 나는 아주 큰 책임을 짊어지고 있어요, 핀스 윈스턴. 당신은 상상조차 못할 그런 책임이죠. 마치 수천억의 자녀들을 하루 24시간, 일주일 내내, 영원토록 돌봐야 하는 것과도 같은 일이에요. 한번 생각해봐요…… 그리고 그런 막중한 책임감을 해소하기 위해 나는 골프를 하죠…… 해서 골프가 지겨워지는 걸 막기 위해 이렇게 했어요. 골프 코스에서만큼은 인간의 마음을 갖기로 한 거죠. 남성이든 여성이든 여전히 신의 육체고 기질, 지성, 자비심 모두 신의 것이지만 골프 코스에서는 그렇지 않아요. 어떤 날은 퍼팅이 엉망이고 어떤 날은 드라이브가 엉망이죠. 어떤 날에는 아주 형편없는 롱 아이언 샷을 치기도 하고요. 무슨 말인지 알죠?"

"물론입니다. 누구나 다 그렇죠. 그게 골프니까."

"이제야 알아듣는군요, 핀스 윈스턴. 골프 선생은 당신이에요. 그러니 가르쳐주시죠."

"지구로 가야 할 겁니다."

나는 불쑥 이렇게 말해버렸다.

"무슨 말이죠?"

"지구로 가야 할 거라고요."

부디 나를 믿어주기 바란다. 그렇게 말할 의도는 눈곱만큼도 없었다. 마치 어떤 신적인 존재나 악마, 아니면 마법이 내게서 그런 말을 끌어낸 것 같았다.

"아아."

활짝 웃으며 여신이 말했다.

"지구라. 그곳에 대해 들어본 적이 있는 것 같아요."

어찌된 일인지 당시 나는 돌이킬 수가 없었다. 나는 신이 나를 그녀의 면전에서 추방하기 직전이라고 생각했다. 자신의 실수를 깨닫고 천국 밖으로 나를 쫓아내려는 것 같았다. 나는 그런 고통을 감내하기가 어려웠다. 앞으로 내가 설계할 골프 코스를 잃는 것도 참을 수 없기는 매한가지였다.

"천국에서 인간의 마음을 갖는 것은 전혀 도움이 되지 않습니다."

나는 마치 그에 관해 잘 알고 있는 양 말을 이었다.

"효과가 없단 말입니다. 코스만 해도 너무나 완벽해요. 스트레스 또한 없고 나쁜 날씨도 없고 관절통도 없고 돈이나 가족 문제 같은 것도 없죠. 당신이 진정 문제를 바로잡기를 원한다면 지구로 가야만 할 겁니다."

"영원히 말인가요?"

"물론 아니죠."

"당신은 영원히 돌아가고 싶을 수도 있을 것 같은데요, 핀스 윈스턴."

"절대 그렇지 않아요."

내가 말했다.

"그렇다면 잠시 동안은 돌아가고 싶다는 얘기군요. 당신은 그곳에서 무언가 실수를 했다고 생각하는 것 같아요. 경기를 잘못했다든가 뭐 그런. 그리고 이런 얘기를 하는 이유는 당신이 '지구'라고 부르는 혼란스러운 업보의 상황으로 공짜 여행을 떠나고 싶어서 아닌가요?"

내가 생각하는 것을 완벽하게 이해한 그녀는 이렇게 비아냥거렸다. 그 모습이 조와 너무나 닮아서 나는 그녀에게 완전히 빠져버릴 것만 같았다.

"아닙니다. 정말 아니에요."

내가 말했다.

"제 말은, 그렇게 생각하지 않는다는 거예요."

"적어도 그렇게 하는 것이 당신에게 좋을 거라고는 생각하겠죠."

"저도 그런 생각은 했어요. 하지만 이곳을 떠나고 싶지 않아요. 너무 편안하니까."

그녀는 들고 있던 클럽을 백에 넣었다.

"아하, 편안하다? 드디어 진실에 가까워지고 있군요."

그녀가 말했다.

"편안하다라. 하지만 그건 그리 좋은 동기가 아닌데. 진짜 솔직히 말해봐요, 핀스 윈스턴."

"좋습니다…… 지금 이 순간 꼭 묻고 싶은 게 있어요. 일들이 어떻게 정해져 있는지, 정녕 일들이 어떻게 되어 가도록 정해져 있느냐는 거죠."

"큰 그림을 말하는군요."

그녀가 말했다.

티 그라운드에는 우리 둘 외에 다른 골퍼는 보이지 않았다. 나는 누군가가 지켜보고 있다는 생각이 들어서 잠시 사방을 둘러보았다. 사막의 교부 한 사람이 망원경을 들고 나를 바라보고 있는 것 같았다. 망원경의 전면 렌즈가 태양 빛을 받아 반짝거렸다.

"그렇습니다. 큰 그림 말입니다."

"우주가 움직이는 방식을 알고 싶은 거군요."

"맞습니다. 그게 알고 싶어요."

"좋아요. 미처 예상하지는 못했지만 말해주죠. 우주는 정확히 골프와 같은 방식으로 움직여요."

"무슨 말씀이시죠, 주님?"

"이런 이야기예요. 골프는 창조와 영성의 길과 우주의 숨겨진 구조를 가리키는 은유조. 어떤 단어를 사용하든 마찬가지예요. 큰 그림이라 해도 좋고."

그녀는 가늘지만 근육이 잡힌 팔을 휘저으며 주변의 코스들을 가리켰다. 마치 해저드와 매력적인 그린, 유혹과 굴욕, 너무나 큰 기쁨과 극심한 불안, 골프가 가지고 있는 모든 것을 가리키는 것만 같았다.

"그 모든 것들이 다 이곳에 있어요, 핀스 윈스턴. 하지만 당신이 이미 알고 있다고 생각했는데."

"저도 짐작은 했습니다."

그렇게 말하고 나는 말을 이었다.

"하지만 그게 다인가요? 그것이 당신의 창조의 비밀 전부입니까? 골프와 같다는 거?"

그녀는 나를 보며 눈썹을 치켜 올렸다. 나는 그녀가 윙크를 한 걸지도 모른다고 생각했다.

"전부? 골프에 완전히 통달한 사람처럼 말하네요. 마치 골프가 간단한 게임이라는 듯이."

"저는 통달하지 못했어요. 앞으로도 그렇지 못할 거고요. 결코요. 그런 일은 절대 있을 수 없습니다."

"하지만 통달하기를 원하지 않나요?"

"물론 원하죠."

그녀는 한쪽 어깨에 백을 메고 코스를 벗어나 걷기 시작했다. 나는 따라갈 수밖에 없었다. 몇 분을 말없이 걷고 나자 클럽하우스가 나왔다.

"한 잔 하죠."

여신이 제안했고 나는 그날에는 더 이상 큰 그림에 대한 정보를 얻을 수 없을 거라는 생각이 들었다.

우리는 안으로 들어가 수영장이 내다보이는 창가 테이블에 자리를 잡았다. 아이들은 물장구를 치고 있었고 부모들은 그들을 바라보고 있었다. 마치 플로리다의 대서양 연안에 있는 백만장자의 골프 리조트 같았다. 하지만 아니었다. 이곳은 천국이었다. 신은 기네스 두 잔과 어니언 링을 주문했다. 적어도 스낵에 대한 취향만은 일관됐고 내가 꼭 말해두고 싶은 것은 나의 취향도 그와 똑같았다는 사실이다.

나는 그녀가 지구 여행에 관한 것만은 잊어주기를 바랐다.

그러나 잠시 앉아 있고 나서 그녀는 이렇게 말했다.

"그렇다면 우리가 갈 만한 좋은 장소를 알고 있어요? 북반구는 지금 이른 봄일 텐데 나는 펜실베이니아에서 긴 내복을 입고 골프를 하고 싶진 않아요. 스코틀랜드도 마찬가지고. 그 행성으로 돌아간다는 건 정말이지 나에게는 충격일 거예요. 게다가 인간의 전 역사를 통틀어 신이 추운 곳에 나타난 적은 결코 없어요. 한번 생각해봐요."

"지구 여행을 진지하게 생각하고 있군요."

"매우 진지하죠."

"그렇다면 제가 자주 다니던 곳이 있기는 합니다. 자주 갔었죠. 남부. 미국 남부 말입니다."

"설마."

신이 말했다. 그러나 그녀는 사실상 터져 나올 것 같은 웃음을 간신히 참고 있었다.

"날씨가 추워지면 한동안 클럽하우스를 닫고 안나 리사와 저는 뷰익을 타고 마이애미로 가곤 했죠. 그곳에는 제가 자주 찾는 코스들도 있었고 친구들도 있었습니다."

"아, 그래요."

그녀가 말했다.

"그렇다면 이렇게 하는 게 어때요. 지구로 여행을 가자는 건 당신이 제안한 거니까 일정을 짜는 건 내가 맡지 못할 이유는 없겠죠? 나도 그곳에 친구 몇 사람이 있어요. 당신도 만나보면 좋을 사람들이죠. 당신은 코치가 되고 나는 여행사 직원이 되는 거예요. 괜찮죠?"

"좋습니다, 주님. 당신이 원한다면 뭐든."

그녀가 나를 바라보았다. 그녀의 눈동자에는 매혹적인 사랑이 깃들어 있었고 가식은 찾아볼 수 없었다. 그녀는 입을 다물고 나를 찬찬히 살피고 있었고 내 마음속에서는 작은 두려움의 불꽃이 타오르기 시작했다. 행여나 지구에 가자고 한 말을 다시 주워담을 방법이 없을까 생각도 해보았다.

"진심으로 나를 돕기를 원하나요, 헤르만?"

"네, 물론이죠, 주님. 할 수만 있다면 무엇이든 하겠습니다."

"두렵지 않나요? 속으로 겁을 먹고 있는 건 아니에요?"

"아닙니다, 주님."

그녀는 고개를 끄덕이며 나에게 미소를 보냈다. 조의 미소였다. 마지막 기네스 한 모금을 마시고 작별의 표시로 어니언 링 하나를 집어 들더니 이번에도 검은 머리칼의 여신은 천상의 밝은 오후의 빛 속으로 홀연히 자취를 감추었다.

8

이후 나흘 동안 나는 줄리안이 충고한 대로 신을 찾으려 애썼다. 나는 갖가지 전통적인 방식으로 기도를 올렸다. 서서, 앉아서, 무릎을 꿇고. 천국에는 성당이나 교회도 없고 사원이나 모스크도 없다. 존재하는 모든 것이 이미 거룩하다는 전제가 있기 때문에 예배를 드리기 위해 어떤 장소를 선택한다는 것 자체가 말이 되지 않는다. 나는 콘도에서, 또는 산책을 하면서, 또는 골프 샷을 하는 중간 중간에 기도를 올렸다. 나는 이렇게 말했다.

"신이여, 저는 저 푸른 행성으로 돌아갈 준비가 되어 있습니다. 사실 처음에는 그런 이야기를 입 밖에 내고 싶지 않았습니다. 당신이 저를 다시 이곳으로 오지 못하도록 할까 봐 두려웠던 겁니다. 저는 늘 제가 이곳에 오게 된 것이 어떤 착오 때문이 아닐까 불안했습니다. 하지만 당신이 원한다면 가겠습니다. 저는 당신의 문제들에 대해 줄곧 고민했고 당신이 시도해볼 만한 몇 가지 훈련 과제들과 다른 심리적 접근 방법들도 생각해두었습니다. 그러니 가능하다면 저를 만나주시기 바랍니다. 아멘."

그러나 아무 일도 일어나지 않았다. 나는 이렇게 기도했고 또 이와 비슷한 기도를 나흘 동안 하루에 열 번 혹은 열두 번 올렸다. 아무것도, 아무런 응답도 없었다. 아인슈타인으로 가장한 환영도, 아름다운 동양 여성이 어깨를 두드리는 일도, 여행 가방을 들고 반짝이는 눈으로 나를 돌아보는 존재도 없었다. 정말이지 아무런 일도 없었다.

다시금 늘 따라다니는 의문이 들기 시작했다. 신은 나를 포기한 거야. 나는 그가 생각하는 그런 코치가 아니었던 거야. 처음부터 모든 것이 어떤 시험이나 농담이었던 거야. 신이 고안한 게임에 관하여 나 같은 사람이 신을 가르칠 수 있다고 생각하는 게 말이나 돼? 나는 나흘 낮 나흘 밤 동안 이런 터무니없는 생각들과 씨름했고 결국 항복을 하기로 작정했다. 지상에서 내가 좌지우지할 수 없는 문제들에 부딪혔을 때 하던 일, 즉 밖으로 나가 골프 한 라운드를 돌기로 한 것이다.

골프가 그렇게 중독적인 오락거리가 되는 이유들 가운데 하나는 이런 것이라고 생각한다. 일단 기본기를 익히고 핸디캡이 15 정도가 되면 어느 정도 코스에서 발생하는 일들을 통제할 수 있게 된다. 모든 샷을 그렇게 할 수는 없겠지만 당신이 치는 샷들 가운데 상당수를 통제할 수 있게 된다. 거의 모든 샷이 당신에게 달려 있다는 환상을 갖게 되는 것이다. 그러한 재량권은 작은 것에 지나지 않지만 어떤 날에는 결혼생활이나 일적인 부분에서나 또는 정계에서의 재량권보다 수백만 배의 크기에 달하게 된다. 그렇지 않은가? 당신은 135야드 떨어진 곳에서 9번 아이언으로 샷을 하고 이렇게 생각한다. 좋아, 내가 해냈어. 나는 파열음을 내며 하얀 공을 405피트 공중으로 날려보냈고 목표한 곳에서 겨우 한 팔 거리 지점에 떨어뜨렸지.

그것은 다소 특별한 느낌이다.

그래서 나는 한 라운드를 돌면서 신과 그의 문제를 떨쳐버리기 위해 밖으로 나갔다. 하지만 어떤 이유 때문에 엘 란초 오비스포로는 가지 않았다. 그곳은 말 그대로 내 집 뒷문 밖에 있었고 나는 숱하게 그곳에서 게임을 했다. 또한 그곳에는 친구들이 있었다. 그러나 나는 셔틀을 타고 니르바나 초원이라고 하는 아담한 나인 홀로 갔다. 아는 사람들을 피해 생각할 시간을 갖고 싶었던 것 같다. 예전에 한 번 잠시 동안 봐 줬던 한 여성과 비회원 자격으로 게임을 했던 곳이었다.

니르바나 초원은 열대의 분위기를 띄고 있다. 습도가 높고 무더우며 페어웨이에는 야자나무와 빵나무가 점점이 박혀 있고 클럽하우스는 카리브 해에 있는 코수멜 섬 해안이나 인도의 봄베이, 콩고의 킨샤사에 있는 것처럼 밝은 색으로 단장되어 있다. 코스는 오른쪽으로 굽은 까다로운 도그레그로 시작되는데 굽어지는 곳에는 커다란 나무 한 그루가 페어웨이를 가로막고 있다. 때때로 관람객 한두 사람이 그 나무 아래 앉아 위험하게도 그곳에서 피크닉을 하며 조용히 경기가 진행되는 것을 지켜보곤 한다.

그날 나는 3번 우드를 들고 약간 오른쪽으로 휜 멋진 240야드 샷을 날렸다. 공은 완벽하게 튀어 올라 나무를 아슬아슬하게 지나쳐 오픈 에어리어 너머로 떨어졌다. 이제 피칭 웨지를 한 번만 사용하면 그린으로 공을 올려놓을 수 있게 되었다.

"멋진 스윙입니다."

내가 티 그라운드를 막 떠나려는데 누군가가 뒤에서 말했다.

"감사합니다. 함께 치시겠습니까?"

그는 고개를 끄덕였다. 나는 그를 보았으나 때는 이미 늦었다. 그는 서너 개의 클럽밖에 없는 작은 골프백을 들고 있었다. 그것은 그가 아주 고수이거나 아니면 아주 초짜라는 뜻이었다. 고수들은 클럽을 두어 개만 가지고 연습을 나오며 초보자도 9번 아이언과 8번 아이언이 어떻게 다른지 아직 잘 구분하지 못하기 때문에 클럽을 두어 개만 가지고 나오기 때문이다.

그 친구는 통통한 편이었고 나이를 짐작하기가 어려웠다. 삼십 대 같기도 했고 몸을 잘 관리한 육십 대로 보이기도 했다. 이마의 헤어라인이 뒤쪽으로 밀려 있는 것으로 보아 중동이나 남아시아계 같았다. 그는 아주 느긋하게 백을 내려놓고 드라이버를 꺼내 들더니 티 없이 공을 그냥 그라운드에 떨어뜨리고 놀라운 힘으로 페이드 샷을 날렸다. 380야드는 족히 되어 보였다. 공은 나무 주위를 커브를 그리며 날아가 한 번 땅에 맞아 튀어 오른 후 굴러가 첫 번째 그린에서 열 걸음 정도 떨어진 곳에 정지했다.

"멋집니다."

내가 말했다. 그는 내 말을 듣고 있는 것 같지 않았다. 우리는 페어웨이로 걸어 내려가기 시작했다. 햇볕은 따갑게 우리 등을 내리쬐고 있었고 부겐빌레아 향기가 바람에 실려 왔다. 나는 손을 내밀어 악수를 청했다.

"행크라고 합니다."

"부처라고 하오."

그가 말했다.

나는 눈길을 돌렸다. 그 티 샷만 아니었더라면, 그리고 최근에 믿을 수 없을 정도로 재치 있는 경기자를 만난 그 경험이 없었더라면 나는 그 이야기를 그저 짓궂은 농담 정도로 생각했을 것이다. 그러나 무엇보다도 그런 짓궂은 농담을 하는 사람은 천국에 올 수가 없다. 신은 그런 짓궂은 농담을 하는 사람들에게 특별한 반감을 갖고 있다. 재치 있는 코미디언은 좋아하지만 말이다. 그리고 두 번째로 올드 톰 모리스*는 최상의 컨디

---

* 올드 톰 모리스 Old Tom Morris : 19세기 스코틀랜드 프로 골프의 선구자. 그의 아들 영 톰 모리스 또한 뒤를 이어 프로 골퍼가 됐다. 1867년 아버지의 전영 오픈 우승에 이어 다음 해 1868년 아들 또한 같은 대회에서 우승함으로써 최초의 부자 챔피언으로 기록됐다.

션을 자랑하는 날이라도 드라이버로 잔디를 날리지 그런 티 샷은 치지 못할 것이다. 신과 골프를 한 이후로 나는 어느 정도 개방적이 되었다. 공을 얼마나 잘 칠 수 있고 공이 얼마나 멀리 날아갈 수 있는지에는 어떤 한계도 없음을 깨달은 것이다. 물론 한계가 없다는 것은 부정확한 표현일 수도 있지만 여기서 한계란 우리가 알고 있던 것과는 조금 다른 의미다. 더구나 그 친구에게는 평온한 분위기가 있었다. 그만의 미소 짓는 방법이나 움직이고 있으면서도 멈춰 있는 것처럼 보이는 것 말이다. 아주 특별한 느낌이었다.

나는 10피트짜리 웨지 샷을 했으나 버디에 실패했다. 부처는 드라이버를 다시 꺼내 공을 때렸고 공은 아담한 페어웨이를 따라 굴러가서는 홀 속으로 들어갔다. 그는 이런 기막힌 샷을 하고도 기뻐하며 환호하지 않았다. 아주 침착하게 걸어가 핀과 컵 가장자리 사이에 있는 공을 두 손가락으로 집어 올리더니 특유의 엷은 미소를 짓고 두 번째 티 그라운드로 향했을 뿐이다.

그는 두 번째 홀에서도 다시 이글을 기록했다. 나는 파였다. 우리가 세 번째 티 그라운드로 걸어가고 있을 때 그는 말하지 않으면 안 되겠다는 듯이 이렇게 말했다.

"여긴 내 전용 코스요."

애초에 그와 실력을 비교하는 것이 어리석음을 알아주기를 바라는 눈치였다.

그는 참으로 멋진 골프 상대였다. 처음에는 신과 골프를 할 때처럼 다소 위압적이었다. 부처는 티를 쓰지 않았고 연습 스윙도 하지 않았다. 퍼팅을 할 때 라인 업을 하는 일도 없었다. 그러고는 곧바로 샷에 들어가 이글, 이글, 버디, 파, 버디를 기록했다!

그러나 그는 다소 뭐랄까…… 욕심을 초월한 어떤 분위기가 있었다. 허세도 전혀 없었다. 마침내 6번 홀에서 퍼팅에 실패해 보기를 범했을 때에도 화를 내는 기미라고는 찾아볼 수 없었다. 이상하게도 그와 게임을 하는 것은 그에 투영된 최고의 나 자신과 게임을 하는 것 같았고, 실제로 그의 분위기에 전염되어 나 또한 전성기 이래 처음으로 침착하고 정확하게 플레이를 하게 되었다.

우리는 처음 아홉 홀을 돌고 나서 걸음을 멈추고 코코넛 과즙을 한 잔 마셨다. 그리고 다시 다음 아홉 홀로 향했다. 나는 상황을 이용하기로 했다. 수줍어하며 점잔을 빼기보다는 다시는 부처와 골프를 칠 기회가 없을지도 모르기 때문에 (무엇보다 천국에는 그의 추종자들이 수십억에 달하고 따라서 그가 나보다는 그들을 더 반길 것이다) 나는 이번 상황을 최대한 잘 활용해야만 한다고 생각했다.

몇 홀을 더 돌면서 용기를 북돋운 후 내리막 코스인 17번 파3 홀에서 티 샷으로 두 사람 모두 그린에 이르렀을 때 내가 이렇게 말했다.

"불교에 대해 늘 궁금한 게 있었습니다. 물어봐도 괜찮겠습니까?"

"물론이오."

"제가 지구에 있을 때 다른 종교들은 모두 종국에 가서는 전쟁에 이르는 게 이상하다고 생각했습니다. 가톨릭교도들은 개신교도들과 싸우고 시크교도들과 이슬람교도들은 힌두교도들과 싸우고 있었죠. 또 유대교도들은 이슬람교도들하고."

"십자군 전쟁도 있소."

그가 추가로 말하며 거들었다.

"그렇죠. 십자군 전쟁. 하지만 불교도들이 전쟁을 했다는 이야기는 들어본 적이 없거든요. 같은 불교도끼리 싸운다든가 기독교인들과 영역 다툼을 한다든가 하는. 제가 뭘 잘못 알고 있나요?"

"잘못 알고 있지 않소."

그가 말했다.

"그렇다면 비결이 있을 텐데요."

"그런 표현을 쓰는 건 당신이지 내가 아니오."

그가 말했다.

우리는 둘 다 버디 퍼팅을 성공시키고 빵나무 숲을 지나 마지막 티 그라운드로 갔다.

"제게 알려줄 수 있나요?"

"뭘 말이오?"

"그 비결이요. 제 물음에 대한 대답 말입니다."

그는 어깨를 으쓱했다.

"비폭력이오."

부처는 귀찮다는 듯이 말했다.

"하지만 수많은 종교들 또한 비폭력을 표방하고 있고 그런데도 여전히 전쟁을 하고 있습니다."

그는 다시 어깨를 으쓱하더니 내 얼굴을 정면으로 바라보았다. 신의 눈동자가 빛으로 형형했다면 부처의 눈동자는 바닥이 보이지 않는 계곡처럼 텅 비어 있는 느낌이었다. 한없이 다정하지만 크고 울림이 있는 목소리로 그는 말했다.

"조심하시오, 핀스 윈스턴. 당신도 이 말을 알고 있잖소. 지구의 일에 지나치게 호기심을 갖게 되면 결국 그곳으로 다시 돌아가게 된다는 걸."

"저는 그곳으로 다시 내려갈 겁니다."

단속을 할 겨를도 없이 말이 튀어나왔다.

"신과 함께 내려갈 겁니다."

"신?"

"네, 신요. 그는 그의 골프 게임을 돕기를 원합니다. 비밀이 아닙니다. 당신도 분명 알 텐데요."

"물론 알고 있소."

그가 수긍하며 말했다.

"신과 나는 실제로 아주 가깝소. 그가 당신에 대해 이야기해 줬소. 게임을 하는 데 도움이 필요하면 당신을 찾아가라고 했지요."

"물론이죠."

내가 말했다.

"언제라도 오세요. 제가……."

"신은 알다시피 내가 클럽을 던졌다는 악의 없는 거짓말도
했소. 나는 클럽을 던진 적이 없소. 지구에 있을 때조차도."

"비폭력에 대한 제 물음은 어떻게 됐나요? 제 말은……."

"대답 대신 문제를 주죠. 그 물음에 답을 하시오…… 그러면
깨닫게 될 거요."

"공안*인가요?"

내가 말했다.

"선종에서 말하는 것 가운데 하나죠. 한 손으로 박수를 치면
어떤 소리가 나는가, 뭐 그런 건가요?"

부처는 미소를 짓더니 다시 350야드짜리 드라이브 샷을 날
렸다. 그러고는 고개를 돌리더니 이렇게 말했다.

"만일 이런 사람이 있다면 당신은 그 사람을 누구라 하겠소?
어떤 사람이 처음에 가까스로 천국에 왔고 그것도 오로지 그를
열렬히 추천한 몇몇 오랜 친구들 덕분에 왔는데, 다시 지구로
어리석은 심부름을 가게 되어 이곳 천국에서의 자리마저 위태

---

* 공안: 화두공안(話頭公案). 불가의 수행자가 깨달음을 얻기 위해 참구하는 문제.

롭게 된 사람 말이오."

그는 이제 나를 뚫어져라 바라보고 있었다. 마치 내 과거를 꿰뚫고 있는 것만 같았고 내 모든 전생들과 모든 실수, 스릴, 천국에까지 지니고 온 나의 허기와 교만까지도 훤히 알고 있는 것만 같았다. 나는 그의 눈길에 사로잡혀 한동안 말을 더듬다가 간신히 새된 목소리로 이렇게 말했다.

"신실한 주의 종이라고 해야 할까요?"

"아하."

그렇게 말하면서 그의 엷은 미소는 치아가 보이는 활짝 웃음으로 바뀌었다. 이윽고 그는 큰 소리로 웃음을 터뜨렸고 웃음소리는 오른쪽에 있는 바나나 농장을 뚫고 나가 울려 퍼졌다.

"옳은 대답이 아닌가요?"

그의 웃음으로부터 나온 빛이 잠깐 나를 감쌌고 나는 불안감으로 몸이 움츠러들었다. 그리고 그가 말했다.

"아니오."

우리는 어깨를 나란히 하고 마지막 페어웨이를 함께 걸었다.

신과 달리 부처는 라운드가 끝나도 먹거나 마실 필요를 느끼지 않는 것 같았고 홀연히 자취를 감추지도 않았다. 마지막 그린에서 악수를 나눈 후 그는 정중하게 고개를 숙여 인사를 하고 백을 다른 어깨로 바꿔 멨다.

"잠깐 같이 걸읍시다."

그가 제안했고 우리는 클럽들을 들고 버려진 시골길을 따라 나왔다.

　나는 늘 시골길에 대해 각별한 애정을 가지고 있었다. 전생에서 언젠가 골프 답사의 일환으로 프랑스 남부를 여행한 적이 있었는데 그때 길을 잃고 우연히 몽펠리에에서 멀지 않은 한 작은 마을에 갔었다. 그곳에는 길 하나가 있었는데 (나는 그 길을 영원히 잊지 못할 것이다) 한쪽으로 멋들어진 미루나무들이 늘어서 있었고 그 뒤로는 오래된 먼지가 쌓인 돌담이 있었다. 마침 투르 드 프랑스*가 그날 그 마을을 지나가고 있어서 나는 길 한쪽으로 차를 대고 지켜보았다. 심장박동과 함께 꿈틀대던 다리 근육, 뒤따르던 자동차들, 자욱이 일던 먼지구름을 기억한다. 나에게는 그 순간이 마치 마법처럼 느껴졌던 것도 기억한다. 그로부터 머지않은 6주 후 나는 세상을 떠났다. 임종 때 그 길에 대한 환상이 다시 보였고 그로 인해 나는 한없는 평온을 얻을 수 있었다. 다음 순간 나는 천국에 와 있었다.

　그렇게 나는 부처와 함께 시골길을 걸어 나왔다. 앞서 말했듯이 그곳은 열대지방이어서 우리 둘 모두 걷는 동안 땀을 흘렸다. 내가 신과 함께했을 때처럼, 혹은 적어도 그 중의 몇몇 순간들처럼 부처와 함께한 시간 또한 따스한 느낌, 내가 사랑받을 만한 사람이며 사랑받고 있다는 확신 같은 것을 주었다. 그런

---

* 투르 드 프랑스 Tour de France : 매년 7월 프랑스에서 개최되는 프랑스 일주 사이클 대회. 1903년부터 시작되었으며 장장 3주에 걸쳐 프랑스 전역을 도는 장기 레이스다.

느낌들이 정확히 어떻게 전달되는지는 알 수 없지만 지구의 표현을 쓰자면 새로 시작한 연인과 함께 걷는 것에 비유할 수 있을 것이다. 당신을 당신의 존재와 외로움 안에 가두고 있던 벽들이 막 무너져 내린 느낌. 당신은 이제 처절할 정도로 이 사람과 함께 있기를 원한다. 그리고 그 또한 당신과 함께 있기를 원한다고 확신한다. 공기는 달콤함으로 가득하고 당신은 그것을 흠뻑 들이마신다.

특별히 어떤 곳을 향해 서둘러 걷지는 않았다. 우리는 어딘가로 걸어가는 게 아니라 그냥 걸었다. 얼마 후 부처는 이렇게 말했다.

"보리수 마을에서 경기를 해본 적이 있소?"

"전혀 없습니다."

내가 대답했다.

"레이아웃이 환상적이오. 물도 많고. 논 위로 공을 치게 될 거요. 그게 다요. 언젠가 그곳에서 함께 경기를 하게 될 거요. 내가 초대하겠소."

"감사합니다."

내가 말했다.

"맘에 들 것 같군요."

그리고 몇 걸음 더 가자 나는 더 이상 태연함을 유지할 수 없었다.

"뭐라도 좀 알려주실래요?"

"뭐든지."

"도대체 제가 무엇을 했기에 이렇게 좋은 대접을 받는 겁니까? 제 말은 신이 저에게 레슨을 받기를 원하는 것 말입니다. 부처가 저를 초대해 골프 한 라운드를 돈다든지요. 저는 천국에서 정말 행복합니다. 이 모든 일이 한편으로는 보너스 같기도 하지만……."

"다른 한편에서 보면 뒤로는 고통이고."

"맞습니다."

"당신은 혼자 내버려두기를 원하는군요. 맞소?"

"그렇습니다. 거의 맞아요. 제 말이 바로 그겁니다."

"좋소. 당신이 사태의 본질에 대해 그렇게 호기심이 강하니 말해주겠소, 행크. 당신은 절대로 혼자 있게 되지 않을 거요."

"그런 것이 천국이라고 생각했는데요."

"그건 그렇소. 하지만 내 말을 믿으시오. 당신을 혼자 내버려두면 몇 년 안 가 곧 지치게 될 거요. 당신은 남성에서 여성이 되기를 바랄 것이고 아프리카인에서 유럽인으로, 늙은이에서 젊은이로, 골퍼에서 볼링 선수로, 크리켓 선수로, 학자로, 우표 수집가가 되기를 원할 것이고, 그러다 결국에는 다 질려서 미쳐버릴 거요. 그게 비밀 가운데 하나요. 모든 것이 발전하고 있고 우주는 팽창하고 있소."

"아인슈타인이 그렇게 말했죠."

"그가 옳았소. 모든 것은 팽창하오. 이 말은 당신 또한 팽창한다는 말이오. 그것을 멈추려 하지 마시오."

"하지만 그것은 저를 다치게 합니다. 아니, 정확히 다치게 하는 것은 아니지만 저에게는 힘겹습니다."

"그게 바로 우리가 '일'이라고 부르는 것이오. 우리는 일을 하도록 프로그램되어 있소."

"당신도 그래요?"

내가 말했다.

그는 고개를 끄덕였다.

"신조차도 말입니까?"

"특히 신이 그렇소. 신은 프로그램을 짜니까. 영혼은 진화하면서 싸우는 것은 덜 즐기고 일하는 것을 더 즐기게 되오. 바로 그것이 당신이 이곳에 올 수 있었던 이유 가운데 하나요, 핀스 윈스턴."

그는 내 진짜 이름을 부르면서 실제로 내 등을 툭 쳤다. 미국식 축하 인사였다.

"당신은 당신 일을 사랑했소. 자신을 그 일에 모두 쏟아 부었죠. 신은 그런 것을 절대 잊지 않소."

"그래서 당신도 이곳에 온 거군요. 잠시 쉬려고. 그렇다면 이제 또 다른 임무가 주어졌겠네요."

"빙고!"

부처가 말했다.

"그렇다면 당신에게는 선택권이 없나요?"

"물론 있소. 당신 또한 언제나 선택권이 있소. 언제나 말이오. 당신은 싫다고 말하고 이곳에 있음으로 얻게 되는 즐거움에 젖어도 되오. 하지만 나는 몇백 년 동안 그렇게 하라고 권하고 싶진 않소. '싫다.'라고 말하는 것은 단지 일을 뒤로 미루는 것에 불과하오. 당신은 결국에는 하게 될 것이오. 하지만 그런 태도는 나쁜 것이고 더 힘겨워지게 될 거요. 그냥 '좋다.'라고 하고 안락의자를 박차고 나와 불꽃, 즉 다시금 열기 속으로 뛰어들면 결국에는 그것이 최선이었음을 알게 될 것이오. 그 점에 있어서는 나를 믿어야만 할 거요."

"믿습니다."

내가 말했다.

"좋소. 여행 잘 하시오. 신에게도 안부 전해주고. 내가 클럽을 던졌다는 거짓말 때문에 아직 화가 안 풀렸다는 말도 전해주시오."

"그러죠. 어쨌거나 감사합니다."

부처는 나의 감사 인사에 손을 흔들어 답하고 한쪽 입꼬리만 올려 미소를 짓더니 교차로에 있는 커다란 나무를 향해 천천히 걸어갔다. 나는 집 방향으로 꺾기 전에 한 번 더 뒤를 돌아보았다. 그는 작은 클럽백을 옆에 놓고 가부좌를 틀고 앉아 있었다.

9

부처의 조언을 듣고 나는 줄곧 추측만 했던 것에 대해 확신을 갖게 되었다. 신은 나에게서 배우고 있었던 게 아니다. 그가 나를 가르치고 있었다. 그 가르침의 본질이 무엇인지는 아직 모르겠다. 그러나 오랫동안 선생 노릇을 해온 덕에 나는 어떻게 하면 좋은 학생이 될 수 있는지에 대해서는 누구보다 잘 알고 있었다. 내가 가르쳤던 학생들 가운데 몇몇은 연습용 티나 퍼팅 그린에서 내가 했던 말들을 주의 깊게 듣지 않았고, 마음을 열고 경험을 통해 배울 능력이 없었으며, 진정한 변화를 받아들일 만큼 겸손하지도 않았다. 그러나 뛰어난 학생들은 기본적인 신뢰를 가지고 수업에 임했다. 그들은 자신이 배워야 할 게 있다는 것을 알고 있었고 내가 그것을 가르쳐줄 것이라고 믿었다. 가장 중요한 것은 그들이 자신의 스윙이 나아지리라는 것을 믿고 그 과정에 어느 정도 불편이 따를 것을 안다는 사실이다.

그래서 나는 그들의 눈높이에 맞추려고 해보았다. 부처는 천국에 있다고 할지라도 내가 가진 행복이 고정되어 있지 않음을 가르쳐주었다. 나는 성장하기로 되어 있었다. 나는 그 사실을 받아들이고 성장에 따르는 난관들을 헤쳐 나갈 수 있었다. 반대로 거부할 수도 있었다. 하지만 나는 그것을 받아들이기로 다짐했다.

문제는 이런 것이다. 인생과 마찬가지로 골프에서도 우리가 겪는 문제들은 대개 우리가 원하는 형태를 띠지 않는다. 우리는 우리가 가진 불완전한 필터를 통해 우리의 문제들을 본다. 그것이 문제를 더 어렵게 만드는 것이다. 심지어 뛰어난 골퍼조차도 그랬고, 자신에게 문제가 있음을 아는 사람들도 종종 자신의 결함을 잘못 판단하고 나를 찾아오곤 했으며 수업을 통해 그러한 착오를 깨닫곤 했다. 예를 들어 슬라이스 문제가 있을 경우 그들은 '좀 더 인사이드에서' 타구해야 한다고 생각한다. 그러나 실제로 고쳐야 할 부분은 다운스윙의 시작점에서 긴장을 푸는 것이며 그렇게 하면 인사이드 동작은 저절로 해결된다. 그러나 그 점을 깨닫게 하기 위해서는 노력이 필요하다! 인사이드에 대한 고민 대신 상체가 패닉 상태에 빠지지 않도록 신경 쓰게끔 만들어야 하는 것이다.

내 문제 역시 마찬가지였다. 돌이켜보니 이제는 알 것 같다. 여신을 만나고, 그리고 부처와 대화를 나누고 나자 내가 신의 게임을 돕기 위해 지구로 되돌아가게 되었다는 것이 더욱 분명해졌다. 그러나 더 중요한 것은 그것이 또한 나 자신을 돕기 위한 일이라는 것이다. 일단 그 사실을 깨닫고 나니 나에게 필요한 변화가 무엇일지 고민하느라 뜬눈으로 밤을 지새우게 되었다. 지구에서 내가 가지고 있던 습성과 저질렀던 실수들을 하나하나 곱씹으면서 문제가 무엇인지, 걸리는 측면은 무엇인지, 신이 좋아하지 않을 만한 부분은 무엇인지 생각하느라 골치를 썩였다. 어쩌면 나중에 가서는 이러한 접근들이 완전히 어리석었던 것으로 밝혀질지도 모르는데.

그러나 그것은 먼 훗날의 일이었다. 당장 나는 지구로 돌아가려면 무엇부터 준비해야 할지 걱정이 되었다. 전혀 예상치 못한 재방문. 또다시 신은 나를 기다리게 만들었다. 부처와 라운드를 돌고 하루가 지났다. 또 하루가 지났다. 무엇을 해야 할까? 짐을 꾸려? 수염을 바짝 깎을까? 뭐라도 먹어둘까? 아니, 먹는 것을 삼가야 할까? 일지를 써야 할까? 속옷은 매일 두 번씩 갈아입어야 할까? 신이 나에게 원하는 게 도대체 뭘까? 나는 그 문제에 대한 해답을 찾고자 급급한 나머지 실제로 신이 나에게 부여했던 단 한 가지 문제에는 집중하지 못했다. 신의 플레이가 무엇 때문에 잘못되고 있는지 생각하는 일을 중단한 것이다. 그것은 나도 예전에 익히 보아왔던, 문제의 전형적인 패턴이었다. 신의 바람을 충족시키기 위해 해야 할 것은 단 한 가지인데 공연한 걱정들로 문제를 복잡하게 만드는 것이다. 이것은 경기를 엉망으로 풀어 나가고 있을 때 코스에서 벌어지는 현상들과 정확하게, 아주 정확하게, 놀라울 정도로 똑같다.

나는 기다렸다. 이틀이 지나고 사흘이 지나고 나흘이 흘렀다. 란초 오비스포에서의 게임도 지겨워졌고 무릎을 꿇고 신에게 내가 무엇을 해야 할지 묻는 것에도 신물이 났다. 약속대로 나를 보리수 리조트로 데려가기 위해 부처가 찾아오지 않는지 뒷문 밖을 살피는 것에도 지쳤다. 나는 혹시라도 그를 우연히 만나 또 다른 가르침을 얻을 수 있을까 해서 두 번이나 니르바나 코스를 찾았다. 그러나 그곳에는 늙고 동작이 굼뜬 골퍼들만 가득했고 나는 티오프조차도 하지 않고 그냥 왔다.

마침내 나는 화가 나서 다른 코스를 찾아 나서기로 했다. 친구들에게 말로만 듣던 코스. 스칼렛 샌즈*라는 곳이었다. 이름 때문인지 전생에 지구에서 공산주의자였던 사람들에게 인기가 높다고 했다. 천국에서도 사람들은 클럽이나 모임 내에서만 통하는 독특한 은어나 농담을 즐긴다. 그런 소문 때문에 나는 그곳을 이용할 생각을 하지 않았었다. 공산주의자들에게 따돌림을 당할 게 뻔하기 때문이었다. 나는 정도 많고 개방적인 사람이다. 그러나 나는 또한 대부분의 골프 친구들과 마찬가지로 자유시장경제를 지지하는 사람이다.

* 스칼렛 샌즈 Scarlet Sands : 붉은 모래사장이라는 뜻.

하지만 나는 이곳에서 다시 방황하고 있었다. 변명이지만. 어쨌거나 나는 홈 코스가 지루해졌고 친구들과의 대화에도 신물이 났다. 하루라도 빨리 맡은 임무에서 벗어나고 싶었고 신을 다시 만나고 싶었다. 하지만 당장은 일이 되어 가는 과정으로 몸을 던지는 수밖에 없었다. 나는 스칼렛 샌즈로 나가 첫 티를 시작했다.

스칼렛 샌즈는 예상했던 것과는 영 딴판이었다. 좌파 지식인들이 허름한 클럽하우스 주변에 모여 『자본론』의 구절이나 투쟁에 관한 시를 읽는 광경은 찾아볼 수 없었다. 모두가 같은 복장을 해야 한다는 경고문이 문에 붙어 있지도 않았다. 레닌이나 호치민의 초상화도 걸려 있지 않았다. 그곳은 소박했다. 에덴동산을 기준으로 했을 때의 이야기지만 그곳은 아주 소박해 보였다. 목재를 붙여놓은 클럽하우스 벽은 페인트칠도 되어 있지 않았고 시로코 열풍에 이미 여기저기 긁혀 있었다. (정말 놀라운 사실 하나. 천국의 주민들 가운데 어떤 이는 젊은 날을 추억하며 그 시절의 시로코 열풍을 그리워한다. 마찬가지로 다른 이들은 허리케인이나 폭설, 몬순이나 토네이도를 그리워한다. 그래서 그들 모두의 기호에 맞추기 위해 천국에서는 상상할 수 있는 온갖 기후의 영역들을 몇 분 안에 오가며 경험할 수 있도록 하고 있다.) 자연히 벙커가 아주 많았지만 멋들어진 페어웨이들도 있었다. 데스크에는 이름이 존 뭐라고 하는, 샌들을 신고 수염을 기른 히피처럼 보이는 프로가 앉아 있었다. 그는 홀이 직선으로 뻗어 있으며 좁고 장애물들이 곳곳에 널려 있기는 하지만 상당히 아름답다고 말하며 코스를 무리하게 제압하려고 애쓰지 말라고 조언해주었다.

"스칼렛 샌즈는 당신을 보잘것없는 사람으로 느껴지게 만들 수도 있습니다."

그가 말했다.

큰일이군. 나는 속으로 생각했다. 그럴 기분이 아닌데.

첫 번째 홀은 아담한 430야드 파4홀로, 왼쪽으로는 거대한 웨이스트 벙커가 길게 이어져 있었고 오른쪽에는 수로가 있었다. 수로는 끝이 보이지 않을 정도로 넓어서 경기자가 공을 왼쪽으로 너무 멀리 치게 되고 그러다 보니 결국 웨이스트 벙커로 공이 빠지게 되는 그런 구조였다. 나는 이런 것이 노련한 코스 설계자가 골퍼들을 골탕 먹이기 위해 만들어놓은 작은 함정 중 하나라는 것을 알고 있었다. 그래서 잠시 공이 그린 중앙을 향해 곧장 날아가는 완벽한 드라이브 샷을 머릿속으로 그려보았다. 그러나 막상 스윙을 하려고 서자 온갖 걱정거리가 몰려왔고 결국 티 샷이 약간 왼쪽으로 치우치고 말았다. 공은 볼썽사납게 바운드되어 날아갔고 나는 두 번째 샷을 메스키트 덤불 뒤 단단하게 다져진 모래바닥에서 해야 했다. 두 번째 샷도 다운스윙을 할 때 클럽이 덤불에 걸리는 바람에 공은 앞으로 재빠르게 날아갔지만 모래를 벗어나지는 못했다. 나는 위험한 샷을 시도해보기로 했다. 5번 아이언으로 공의 밑부분을 쳐 그린 위로 올리기로 한 것이다. 그러나 너무 낮게 올리는 바람에 공이 벙커 끝에 걸렸고 결국 러프 가장자리에서 네 번째 샷을 해야 했다. 그린 까지는 여전히 167야드가 남아 있었다. 그때 어떤 불안감이 몰려들기 시작했다. 플레이를 엉망으로 하고 있거나 생각을 잘못했을 때 겪게 되는 압박감 같은 것이었다. 게다가 아직 겨우 첫 번째 홀이었다. 천국에 온 이후로 처음 느껴보는 감정이었다. 그래서 나는 내 마음과 영혼이 지구에 있을 때의 상태로 벌써 돌아가고 있는 것은 아닌지 걱정이 되었다. 심지어 예전에 왼쪽 어깨에 있던 고질적인 관절염 통증이 다시 느껴지는 것도 같았다. 천국에서는 전혀 느끼지 못했던 통증이었다. (시로코 열풍을 그리워하는 사람은 있어도 관절염 통증을 그리워하는 사람은 없을 것이다.) 이 모든 것들로 인해 내 마음은 갈수록 엉망이 되어 갔다.

나는 이번만큼은 아주 멋진 샷을 날릴 요량으로 그린 왼쪽 모서리에 박혀 있는 서커 핀을 노렸다. 그린 앞에는 깊고 까다로운 벙커가, 뒤에는 구불구불한 수로가 있었다. 공은 러프를 기가 막히게 빠져나가 그린의 뒤쪽 가장자리를 향해 날아가더니 심하게 바운드를 일으키며 수로에 퐁당 빠져버렸다. 나는 드롭을 하고 칩 샷을 하고 6피트 거리에서 두 번 퍼팅을 하고 나서야 두 번째 티 그라운드로 넘어갈 수 있었다. '스노우맨'이란 8점을 가리키는 미국의 속어다. 나는 천국에서 스노우맨을 만들었던 적이 없었다. 또한 그렇게 당황했던 적도 없었다.

설상가상으로 바로 그 순간 나는 삼인조 팀이 두 번째 티 그라운드에 서 있는 것을 보았다. 마치 내가 오기만을 기다렸던 것 같았다. 그들은 믿을 수 없을 정도로 느리게 플레이를 했음이 분명했다. 왜냐하면 내가 티 샷을 하고 출발할 당시 그들은 그린에서 퍼팅을 하고 있었기 때문이다. 내가 그 첫 번째 홀에서 아주 더디게 플레이를 했던 것을 감안하면 그들은 지금쯤 적어도 두 번째 그린에는 가 있어야 했다. 그러나 그들은 그곳 티 그라운드에 있었다. 남자 둘과 귀엽게 생긴 젊은 여자 하나였다. 남자들은 구레나룻이 있었고 눈빛이 형형했다. 그 순간 나는 그들이 평범한 천국의 거주민들이 아님을 한눈에 알아보았다. 나는 특별했던 지난 두 주간의 경험을 통해 많은 것을 배운 게 분명했다.

"아니, 당신은 분명 그리스도군요."

두 남자 중 젊은 사람을 향해 내가 말했다.

그는 나를 바라보며 아주 다정한 미소를 지었다.

"그렇습니다."

그리고 나와 악수를 나누며 말했다.

"이분은 내 어머니 마리아, 그리고 이쪽은 모세, 내 아주 오랜 친구지요."

"물론 그렇겠죠."

나는 대답했다. 아마도 약간 빈정대는 말투가 섞여 있었던 것 같다.

"행크라고 합니다."

"아, 그래요."

그리스도는 약간 실망한 목소리로 말했다.

"우리는 헤르만이라는 사람이 온다고 들었는데."

"헤르만 핀스 윈스턴."

마리아가 조심스럽게 덧붙였다.

그러나 세 번째 사람에게서는 부드러운 기색을 전혀 찾아볼 수 없었다. 모세는 태양을 받치고 있는 기둥마저 갈라놓을 듯한 강렬한 눈빛으로 나를 바라보고 있었다. 인상은 무섭고 상박의 근육은 매우 우람했으며 쏘아보는 눈동자와 넓은 이마 아래로는 수염이 가득했다.

"그게 바로 접니다."

내가 작은 소리로 말했다.

"하지만 행크라고 불리는 걸 좋아해서요."

그들은 내 말을 잘 알아듣지 못하는 것 같았다.

"좋소. 우리는 당신과 함께 경기를 하려 하오, 헤르만."

모세가 우르릉거리는 목소리로 말했다.

"당신이 유색인종과 경기하는 걸 반대하지만 않는다면 말이오."

그들은 스톡홀름과 아프리카 와가두구 거주민들의 중간쯤 되는 피부색을 가지고 있었다. 계피색 톤이 아주 아름다웠다. 그런데 그는 왜 내가 인종주의자일 것이고 그래서 그들과의 경기를 꺼릴 것이라고 생각한 걸까? 분명히 해두고 싶다. 나는 인종주의자가 아니다. 절대로 아니다. 물론 내가 거의 백인들과만 골프를 했던 것은 사실이다. 그러나 그것은 그 시절 골프라는 운동의 성격상 그랬던 것이지 나의 잘못은 아니다.

하지만 나는 내가 그들과 함께 플레이를 하고 싶은 것인지 확신이 서질 않았다. 피부색과는 관계없는 일이었다. 첫 번째 홀에서 그날 나는 지독히도 형편없는 플레이를 했고 그로 인해 기분이 아주 더러웠기 때문이었다. 다른 이들은 어떻게 처리하는지 모르겠지만 지상에서 기분이 안 좋을 때면 나는 친구들과 어울려 마음을 달래기보다는 혼자서 기분을 가라앉히기를 좋아했다. 안나 리사는 내 그런 점을 늘 못마땅하게 여겼다. 이따금 기분이 언짢을 때 혼자 있기를 원하는 그런 기벽 말이다. 내가 그 거룩한 삼인조에게 정중한 말투로 계속 혼자 플레이를 해도 괜찮겠느냐고 말하려는 순간, 안나 리사가 불쾌해하고 괴로워했던 것이 생각났다. 그 당시 그녀의 마음이 왠지 느껴지는 것 같았다고나 할까. 내 행동 때문에 분명 안나 리사는 소외감을 느끼고 위축되었을 것이다. 그래서 나는 하려던 말 대신 굳은 자세로 고개를 끄덕였고 한쪽에 서서 그들이 티 샷을 하는 것을 지켜보았다.

예수의 스윙은 길고 유연했다. 신의 스윙처럼 힘도 별로 들이지 않는 것 같았다. 그가 친 공은 낮게 궤도를 그리며 날아가 마지막 순간 오른쪽으로 살짝 휘었다. 330야드 아니면 340야드짜리로 홀의 정중앙 지점에 떨어졌다. 모세는 스타일이 전혀 달랐다. 강한 스윙을 했으며 큰 근육을 사용했다. 그는 재빨리 공을 때리고 잘 잡아당겨 야자나무들 위로 넘겼다. 공은 중간 지점을 넘어 예수의 공 가까이에 떨어졌다. 나는 소박한 드라이브 샷을 했고 우리는 앞쪽으로 몇 걸음 걸어가 마리아가 레이디 티에서 샷을 하는 동안 말없이 서 있었다. 그녀는 용모나 걸음걸이, 목소리가 놀라울 정도로 우아했지만 게임에는 완전 초보인 것 같았다. 마리아의 드라이브는 바운드를 일으키며 가운데로 굴러갔지만 겨우 100야드밖에 나가지 못했다. 그녀는 매력적인 웃음을 터뜨렸다. 우리는 터벅터벅 걸어서 페어웨이를 내려갔다.

격식을 차리지 않고 말한다면 아주 행복한 포섬 플레이였다. 물론 그들은 내가 코치였다는 사실을 알고 있었고 그래서 나만 괜찮다면 마리아의 플레이를 봐 주어도 상관없다고 말했다. 나중에야 알게 된 사실이지만 그녀는 그날 처음으로 골프 코스에 나온 것이었다. 그녀가 그곳에서 그렇게 오랜 시간 동안 그런 멋진 골프를 가까이서 접하고 살아온 것을 감안하면 정말 놀라운 일이 아닐 수 없었다. (그로부터 훨씬 뒤에 가서야 나는 다음과 같은 설명을 들었다. 마리아가 마지막으로 지구를 다녀온 후에 신이 그녀를 위해 천국에 특별한 장소를 마련하고 최상의 섬김을 받으며 날마다 광천수로 목욕을 하고 좋은 음악들을 감상하며 지내도록 했다는 것이다. 천국에는 당신도 충분히 예상할 수 있듯 바흐가 있고 쇼팽, 베토벤, 빌리 홀리데이가 있다. 당연히 엘비스도 있다.) 또 한 가지 놀라운 사실은 마리아가 처음 코스에 나왔는데도 바로 플레이를 할 수 있었다는 것이다. 나는 그녀에게 몇 가지 기본적인 팁들을 가르쳐주었고 그립 자세를 고쳐주고 팔에 힘을 주어 멀리 치려고 애쓰기보다는 체중을 실어 공을 치는 방법을 가르쳐주었다. (모세는 이런 점에서 나쁜 영향을 주고 있었다.) 마리아는 그날 더블 보기와 트리플 보기를 기록했다. 그러나 그녀는 점수에는 전혀 신경 쓰지 않았고 그럴 필요도 없다고 생각하는 것 같았다.

그런데 나는 그 화창한 아침에 감정에 사로잡혀 속이나 끓이고 있었다! 잘못된 판단, 끔찍한 티 샷, 자꾸만 어긋나는 퍼팅. 예수는 흔들림 없이 완벽한 플레이를 했다. 모세는 엄청난 드라이브 샷과 페어웨이 우드 샷을 터뜨렸지만 짧은 샷에서는 문제가 많았다. 마리아는 자주 웃음을 터뜨렸고 서서히 실력이 향상되었다. 나는 코스 내내 형편없는 플레이를 하고 있었다. 큰 호수 위로 길게 뻗은 아홉 번째 파3홀에서 나는 공을 세 번이나 물에 빠뜨리고 나서야 그린에서 퍼팅할 수 있었다. 공 세 개를 빠뜨려 세 번이나 목욕을 시키다니! 전직 프로 선수가 그것도 천국에서!

그린으로 가는 길에 모세가 우리보다 앞장서 가며 물을 갈랐다. 그들 사이에서는 자주 써먹는 일종의 장난 같았다. 마리아는 모세가 낸 길을 따라 걸어가며 8번 아이언으로 호수 바닥의 공을 치면서 갔다. 그러나 예수는 옆길을 선택했다. 익히 알고 있듯 차분하게 물 위를 걸어서 말이다. 나는 내가 마리아와 모세를 따라가려고 할 때 물이 나를 덮치거나 혹은 예수를 따라 물 위를 걸어갈 때 물이 나를 삼켜버리는 것 또한 그런 장난의

한 부분은 아닐까 싶어 불안했다. 그래서 나는 가능한 눈에 띄지 않게 해저드 가장자리의 마른 땅으로 돌아서 갔고, 그러면서 천국에서의 내 골프 게임이 이 지경이 되어버린 것에 화가 나 고함이라도 지르고 싶은 충동을 간신히 참아내느라 애를 먹었다. 그러나 나는 롱퍼팅에 가까스로 성공하여 공을 홀에 집어넣었고 그러고 나자 기분이 좀 나아졌다. 마침 9번 홀이 끝나는 지점에 간이매점이 있어서 우리는 그곳에서 발길을 멈추고 잠시 휴식을 취했다. 10번 홀에서 티 샷을 시작할 때가 되자 나는 한결 더 차분해졌다.

"당신 정말 멋진 선수군, 핀스 윈스턴. 지금 당신의 게임이 아주 끔찍한 상태인 걸 생각한다면 말이오."

모세가 단도직입적으로 말했다.

"평소에는 더 잘하는데요."

나는 중얼거리며 말했다.

"우리도 알고 있어요."

마리아가 다정하게 말했다.

"신이 당신에게 호감을 가진 게 이상한 일은 아니군요."

예수가 한마디 거들었다.

"당신은 어려운 상황들을 상당히 차분하게 잘 견뎌내고 있어요."

나는 그를 다시 바라보았다. 얼마나 친절한 친구인가. 늘씬하고 유연한 몸에 얼굴은 기쁨과 호의로 가득했다. 누구라도 가까이 있고 싶고 그의 골프 셔츠라도 만져보고 싶고 골프백이라도 들어주고 싶을 것 같았다. 내가 말했다.

"제가 있던 곳에서는 많은 사람들이 당신을 신이라고 말합니다."

"그는 신이 아닙니다."

모세가 얼른 끼어들었다. 예수는 그를 바라보며 미소를 짓더니 무언가를 증명이라도 하려는 듯 아주 멋진 싱글 샷을 날렸다. 내가 지난 몇 주 동안 보아온 샷들 가운데 가장 멋진 샷이었다. 그의 공이 티를 떠나 로켓처럼 날아올랐다고밖에 표현할 수 없다. 공이 20피트 이상은 올라가지 않으리라고 생각했지만 공은 계속 쭉쭉 뻗어나갔고 너무 빨라 눈으로만 간신히 따라잡을 수 있을 정도였다. 공은 땅에 떨어지자 (300야드는 족히 될 것 같았다) 자연스럽게 바람처럼 굴러갔다. 적어도 420야드는 넘게 날려보낸 것이 분명했고 그것도 스리쿼터 스윙으로 친 게 그 정도였다. 마리아는 밝게 미소를 지었고 모세는 헛기침을 하더니 그 특유의 인상적인 드라이브 샷을 했다. 나는 그럭저럭 보통 사람들이 하는 정도의 플레이를 했다. 우리는 페어웨이를 걸어 내려왔다. 햇볕은 완벽했고 얼굴을 스치는 바람은 아주 신선했다. 우리는 걸음을 멈추고 마리아의 샷을 지켜보았다.

마리아가 또다시 100야드 정도의 샷을 한 후 마리아와 모세에게서 약간 뒤처져 나와 함께 걸으며 예수가 말했다.

"모세는 상관하지 마세요. 그가 요 며칠 안 좋거든요. 지구에서는 널리 인정을 받았는데 지금은 전혀 그렇지 못하다고 생각하는 것 같아요. 어린 시절이 험난했잖아요. 당신도 알고 있겠지만."

"그는 짧은 샷을 연습할 필요가 있어요."

내가 말했다.

"조금은요. 하지만 나이 든 옛날 사람이라면 누구나 마찬가지일 거예요. 당신도 알다시피 저 아래에서는 훌륭한 일들을 했잖아요. 진정한 지도자죠. 내가 좀 더 급진적이었던 것에 비하면. 어떤 이들 말마따나 사고뭉치였죠."

우리는 몇 걸음 더 가서 마리아가 샷을 할 때까지 기다렸다.

"멋져요, 어머니."

예수가 말했다. 그러고는 좀 더 차분한 목소리로 이렇게 말했다.

"당신에게는 좀 이해하기 어려운 문제일 수도 있겠습니다만, 사실 당신이 물은 신과 나의 차이에 대해 대답하자면 차이는 없습니다. 우리는 모두 신의 한 부분들이니까요. 신성의 한 조각이라고 표현하곤 하죠. 인간의 관점에서 당신은 생물학이나 물리학의 법칙들을 알고 있을 것이고 아마도 여전히 하나의 몸이 다른 몸에서 분리된다는 개념에 사로잡혀 있을 겁니다. 인간이 그런 생각을 극복하려면 수천 년은 걸릴 거예요."

나는 사실 이러한 개념을 좋아하지도 인정하지도 않았다. 나는 독립된 자아와 나만의 복된 개성을 원했다. 그러나 그러한 사실을 예수에게 털어놓기에 앞서 이야기의 주제를 살짝 바꾸기로 했다.

"처음 이곳에 왔을 때 저는 제가 무언가의 끝에 이르렀다고 생각했습니다. 사람들이 말하듯 '드디어 내가 도착했구나.' 하고 생각했었죠."

"그렇다면 지금은 어떤가요?"

"지금은 매일 어딘가 더 멀리 가야 할 곳이 있다는 생각이 듭니다."

"그렇습니다."

반가운 표정으로 예수가 말했다.

"참으로 놀랍지 않습니까?"

그때 나는 공이 있는 곳에 이르렀다. 가장 가까이에 있는 야드 표시와 공까지의 거리를 발걸음으로 재보니 아직도 327야드나 남겨두고 있었다. 그 순간 나는 스윙에 자신감이 없어졌고 내 마음은 지난날의 우울증에 다시금 사로잡히기 시작했다. 웨스턴 펜실베이니아 오픈 때의 그 기분이었다. 천국에서 7년을 지내왔고 그때까지 그런 감정은 전혀 느껴본 적이 없었는데 돌연 나는 클럽을 던져버리고 울면서 그곳을 도망쳐 나오고 싶었다. 최악의 순간. 골프 코스에서 당신이 경험한 최악의 순간을 떠올려보라……. 내 감정은 그것의 백 배는 됐을 것이다. 나는 완전히 창피스러운 상황에 있었고…… 그것도 모든 시대를 통틀어 가장 성스러운 영혼인 세 사람 앞에서였다.

그러나 내가 공 옆에 막 자리를 잡는 순간 예수가 다가오더니 이렇게 말했다.

"내가 한 가지 보여줘도 될까요?"

"물론입니다."

"당신은 왼쪽 어깨를 약간 낮추고 있어요."

그렇게 말하면서 그는 내 어깨를 두 손가락으로 가볍게 건드렸다. 무언가가 나를 뚫고 들어오는 것 같았다. 모종의 전류 같은 것이었다. 나는 예수를 올려다보았다. 예수는 마치 내가 지금껏 그가 만난 사람들 중 가장 멋진 사람이라도 된다는 듯 얼굴 가득 미소를 머금고 있었다.

"이제 한번 스윙을 해봐요."

나는 손에 3번 우드 클럽을 들고 있었다. 나는 스윙을 했다. 공은 310야드를 날아가 그린에서 한 번 바운드를 일으키고 굴러가 홀 깃대에서 10피트 떨어진 지점에 멈춰 섰다. 세게 휘두른 것도 아니었다. 전혀 세게 치지도 않았는데 가장 잘나가던 투어 시절보다 3번 우드로 100야드는 더 멀리 친 것이다.

"도대체 뭘 한 거죠, 주님?"

내가 그를 보며 말했다. 그 순간 나는 그의 앞에 무릎이라도 꿇고 싶었다.

"당신은 예전에 입은 부상 때문에 왼쪽 어깨가 경직되어 있어요. 세 생애 전의 일입니다. 내가 그걸 좀 풀어주었어요. 당신은 처음 몇 홀에서 저지른 잘못들 때문에 대가를 치르고 있었어요. 일종의 낡아빠진 자만심이죠. 이제부터는 잘 해야 합니다."

이후 나는 플레이를 잘 하게 되었다. 나머지 경기에서 나는 균형을 되찾았을 뿐 아니라 그 이상의 어떤 것을 얻게 되었다. 3번 우드로 300야드를 친 그런 샷은 더 이상 나오지 않았지만 나는 아주 편안하고 자연스럽게 스윙을 했고 평상시보다 공을 20퍼센트는 더 멀리 쳐서 경기를 2언더 상황으로 되돌려놓았다. 모세는 7언더, 마리아는 20~30오버였으며 예수는 스코어를 매기지 않았다.

도그레그 파4짜리 12번 홀에서 우리는 남자 둘과 마주치게 되었다. 그들은 페어웨이 중간에 있는 관목 숲에서 언쟁을 벌이고 있었다.

"무하마드 추종자와 크리슈나 추종자들이오."

그들에게서 벗어나 안전한 거리에 이르자 모세가 작은 소리로 내게 알려주었다.

"싸우는 건가요?"

그는 고개를 끄덕였다.

"저들은 지금 다음 세기의 지구에서 자신들의 스승 가운데 누가 더 영향력이 클 것인가를 놓고 다투고 있소. 알다시피 한동안은 유대교가 가장 높았고, 그 다음에는 적어도 상당 지역에서는 기독교가 득세했지. 가톨릭과 개신교도 포함해서지만. 이제 힌두교나 이슬람교가 제일의 자리에 오르기를 바라는 것도 당연하지. 수적으로만이 아니라 정치력이나 군사력 같은 하찮은 것에서도 말이오. 예수가 그들과 대화를 해보려고 했지만 들으려 하지 않았소. 정작 화가 난 건 그들의 스승이지."

"불교도들은 어떤가요?"

"그 사람들은 그런 것에는 관심이 없는 것 같소."

길게 뻗은 파5짜리 15번 홀에서 예수는 다시 나와 함께 뒤처졌고 모세와 마리아는 왼편 숲 속으로 공을 찾으러 갔다. 나는 부처와 있었을 때처럼 소중한 기회를 놓치지 않기로 결심했다.

"한 가지 물어봐도 될까요?"

내가 말했다.

"무엇이든요, 핀스 윈스턴."

나는 그 이름을 듣고 약간 주춤했다.

"당신도 알고 있겠지만 저는 잠시 지구로 다시 내려갈 겁니다. 당신은 천국을 떠나 그곳으로 갔었죠. 저는 항상 의아했습니다. 알다시피…… 왜 일들은 그런 식으로 계획되어 있는 겁니까?"

"무슨 말인지 잘 알아들을 수가 없군요."

"제 말은, 지구에서 사람들이 당신에게 저지른 일을 생각해보세요. 왜 우리는, 그리고 왜 그들은 언제나 서로를 죽이고 해하고 있는 거죠? 강간, 성추행, 전쟁, 그런 것들 말입니다."

"사람들은 두려운 겁니다."

그는 마치 그것이 세상에서 가장 분명한 사실이라는 양 말했다.

"무엇을 두려워하는 거죠? 죽는 것? 질병?"

"아, 그냥 모든 게 두려운 거예요. 그런 관점에서 보면 가난한 사람들 대부분은 끊임없이 이어지는 소소한 공포들 속에서 살아가고 있습니다. 어떤 사소한 것이라도 그런 공포를 불러일으킬 수 있어요. 그들과 행색이 다른 사람, 말투가 다른 사람, 또는 생각하는 것이 다른 사람이 그런 것들입니다. 분리하기보다는 통합하려고 하는 사람도 마찬가지죠. 그들은 개성과 개별성을 고집하니까요. 마치 살아있는 다른 모든 존재들과 자신은 아무런 상관이 없다는 듯이 말이죠. 당신도 알고 있듯이 지구는 우주 안에 있는 수백만 개의 행성 가운데 하나일 뿐이에요. 여정 중에 잠시 머물다 가는 곳일 뿐이죠. 이렇게 말하면 좀 미안하지만 불안한 사람들이 머무는 곳이고 많은 이들에게 고통을 주는 장소죠. 기분을 상하게 할 의도는 없지만 지구는 소위 행성이라고 불리는 곳들 가운데 내가 좋아하는 곳이 못 됩니다."

"무엇을 위한 여정 중에 머무는 곳인가요?"

그는 미소를 지으며 마리아가 샷을 할 동안은 조용히 해달라는 동작을 취했다.

"이번에도 정말 멋진 샷이에요, 어머니!"

그가 그녀의 이름을 불렀다.

모세는 돌아서지도 않은 채 그를 향해 엄지를 들어 보였다.

"그렇다면 당신은 두렵지 않으셨나요? 그렇게 고문을 당했으면서. 분명 당신이 그런 일을 당할 이유는 없는데 말입니다."

"물론이죠."

그가 말했다.

"그곳에 있을 때는 정말 나빴어요. 더욱 나빴던 것은 내 사랑하는 어머니가 그 모든 일을 다 목격해야 했다는 겁니다. 또한 사람들이 결국 알력을 만들어내기 위해 나를, 우리를 이용했다는 거죠. 개신교도들과 가톨릭교도들, 기독교인들과 유대교도들 말이에요. 알다시피 내 친구들 가운데 가장 좋은 친구들 몇몇은 유대인들입니다. 예를 들면 내 부모가 유대인이죠. 그리고 내가 보기에는 개신교도들과 가톨릭교도들은 다르다기보다는 같은 점이 많아요. 그게 정말 가슴이 아픕니다. 물어볼 것도 없어요."

"그렇다면 왜 그런 거죠? 제 말은 왜 신이 그렇게 되도록 내버려두냐는 겁니다."

"그건 골프와 같아요. 그런 것의 총합이 바로 골프죠. 유감스러운 이야기지만 만일 인생이 너무 쉽다면 사람들 대부분은 어쩔 줄 몰라 허둥댈 거예요. 인간들은 늘 불평하지만 그들을 은혜로 이끄는 건 사실 그들이 가지고 있는 문제들이죠. 고통은 실재하며 때로는 한두 번의 생애 동안 영혼을 병들게 만들기도 합니다. 한 번의 끔찍한 경험이 골퍼의 평정심을 영원히 깨버리는 것처럼. 하지만 그런 것이 골프나 인생에서 영원히 계속되는 것은 아닙니다. 그 정도가 다죠. 지구로 내려가면 당신은 이런 모든 비유들에 대해 깊이 생각하고 싶을 거예요. 허나 지금 당장은 그것에 대해 너무 많이 생각할 필요가 없어요. 그저 최선을 다하면 됩니다. 용기와 선의를 가지고 앞으로 나가세요. 다가올 여행이 조금은 두려울 겁니다. 내가 보기엔 그렇군요. 신을 실망시키지는 않을까 하는 두려움 말입니다. 알다시피 짧은 경기에 있어서 그는 분명 도움이 필요하긴 합니다."

"저는 두렵습니다. 솔직히 인정할게요. 다시 돌아가는 것도 두렵고, 실패하는 것도 두려워요."

"하지만 당신은 골프를 그런 식으로 할 수는 없어요, 핀스 윈스턴. 지상에서든 여기서든 그런 식으로 살 수도 없지요. 당신이 가지고 있는 모든 긴장이나 두려움, 특히 실패에 대한 불안은 당신을 제약할 겁니다. 그걸 기억해요. 그냥 앞으로 나아가면 됩니다. 너무 많은 걸 생각하려 하지 말고 과정을 신뢰하세요. 그러면 좋아질 겁니다. 더 이상의 자세한 이야기는 할 수 없지만 신은 당신의 짧은 여정을 위해 아주 특별한 멋진 것을 준비해뒀어요."

"골프 코스를 설계하는 것 말인가요?"

"오, 아뇨. 그건 작은 디저트 같은 것에 불과해요. 당신이 받을 진정한 보상은 그것보다는 상당히 큰 게 될 겁니다. 머지않아 그것에 관해 듣게 될 거예요. 자, 이제 라운드나 마저 마칠까요. 오케이? 이 경기가 끝나고 나면 해야 할 작은 일이 있거든요."

무슨 일인가요? 나는 물어보고 싶었다. 지금 이곳에서 당신이 하는 일은 무엇입니까? 당신은 맨 처음에 어떻게 선택을 받았습니까? 우리들 모두가 신의 한 부분이라면 왜 우리 가운데 어떤 사람은 다른 사람보다 그런 것을 훨씬 더 강렬하고 온전하게, 훨씬 더 일찍 깨닫는 것처럼 보일까요? 하지만 나는 그날에 주어진 지혜를 이미 다 받았다. 나는 그것을 알았고 그에 대해 감사했다. 내친 김에 한 가지 더 말해야겠다. 천국에서 두드러지게 드러나는 감정들 가운데 하나는 바로 감사라는 사실이다. 눈앞의 것이 멋질수록 사람들은 지구에서와 달리 그것을 당연하게 여기지 않는다. 나는 그들과 대화를 나누고 직접 대면했던 것이 큰 행운이라고 생각했다. 예수, 마리아, 모세, 부처, 사막의 교부들이 내게 보낸 축복, 신과 함께 기네스와 어니언 링을 먹었던 이 모든 일 말이다. 내가 이런 대접을 받을 만한 일을 했다면 도대체 그것은 무엇일까?

그날의 라운드는 이상하게도 시작 때와 마찬가지로 끝이 났다. 우리는 18번 홀에서 관례대로 악수를 주고받았다. (천국에서나 지상에서나 이런 미덕은 골프 게임의 아름다운 면모 가운데 하나다. 내 말이 무슨 뜻인지는 하키 게임이 끝났을 때 선수들이 헬멧을 벗고 악수를 나누는 모습을 거의 볼 수 없다는 점을 생각하면 알 수 있을 것이다.) 그러고 나서 우리가 코스 밖으로 나올 때 그들 세 사람은…… 세 사람 모두는 글쎄…… 나무로 변했다.

안다. 나도 잘 안다. 이 한 문장으로 인해 나에 대한 모든 신뢰가 깨질 수 있다는 것을. 하지만 그들은 나무로 변했다. 분명히 말하지만 그 나무들은 그 자리에 있던 나무들이 아니었다. 나는 다가가서 그 나무들을 만져보고 말을 걸어보았다. 그러나 그들은 스칼렛 샌즈 18번 홀 외곽의 야자나무들일 뿐 클럽이나 의복의 흔적은 찾아볼 수 없었다. 한 가지만 더 말해두자. 그 이후로 천국에서든 지상에서든 나는 그렇게 생긴 나무를 다시는 보지 못했으며 사물이 지닌 개별성과 개성에 대해 그렇게 강한 확신을 가져보지도 못했다.

10

지금까지 쓴 것을 다시 읽어보니 천국에는 골프 외에 다른 것은 거의 없는 것 같은 인상을 준 것 같다. 하지만 사실은 그렇지 않다. 물론 골프는 대중적이고 많이 행해지고 있다. 그러나 지상에 있을 때 정원 가꾸기를 즐겼다면 천국에는 원예 재능을 훈련할 수 있는 비옥한 땅들이 수십만 개는 있다. 낚시를 즐겼다면 송어가 득실거리는 시내들, 청새치가 가득한 바다들이 있다. 천국에서는 우리 자신만의 삶을 영위할 수 있다. 나이든, 친구든, 활동이든 무엇이든 선택할 수 있다. 그러나 사실 우리가 통제할 수 없는 요소는 어디든 있게 마련이다. 지상의 상황도 비슷하다. 지상에서는 더 혹독하고 더 거칠기는 하지만 어떤 일들은 우리가 통제할 수 있고 어떤 일들은 통제할 수 없다. 그리고 우리 대부분은 신의 현존이라는 진정제 없이 살아간다.

이런 골프의 모든 드라마가 벌어지고 있는 동안 내 곁에는 특별한 한 친구가 있었다. 그녀의 이름은 화니타였고 그녀는 나보다는 좀 더 나이 든 신체를 선택했다. 지상의 기준으로 보면 육십 대 초반 정도쯤 됐다.

화니타는 이번 단계의 천국 생활에서 히스패닉계를 선택했다. 그렇게 한 이유는 지상에 있을 때 탱고에 대한 열정을 가지고 있었기 때문이고 또 한편으로는 그녀의 영적 자녀들이 그때 그들의 진화 단계에서 아르헨티나에 살고 있었기 때문이었다. 그녀는 그들과 언어적·문화적 연결고리를 유지하는 것이 중요하다고 생각했던 것이다. (죽음이 곧 마지막이라고 생각해 두려움을 가지고 있는 사람들은 우주의 실제적인 화학작용, 친화 시스템, 다른 시대의 사람들을 결속시키는 영적 연계성 등에서 위안을 얻을 수 있을 것이다. 화니타는 가장 최근의 생에서 자신의 자녀였던 사람과 이런 결속을 누리고 있었다. 그들의 연결고리는 여러 번의 죽음을 거치고도 계속 이어졌고 그것은 그녀에게 큰 의미가 있는 일이었다. 또한 그것은 그녀가 훌륭한 어머니로서 양육에 힘써왔다는 것을 의미했다.)

어쨌거나 일주일에 두 번 화니타와 나는 탱고 클럽에 가곤 했다. 얼마나 짜릿한 일일지 상상해보라. 육십 대 초반의 나이로 그 황홀한 밤 당신보다 절반은 어린 남자와 탱고를 춘다니. 나는 화니타가 어떤 나이든 선택할 수 있는데도 굳이 육십 대를 선택한 이유 중에는 그런 짜릿함을 맛보기 위한 것도 있었을 것이라고 생각한다. 그녀는 방년 16세를 선택하여 동년배의 남자친구를 사귈 수도 있었고 행복한 결혼생활을 즐기는 삼십 대가 될 수도 있었으며 엄청난 부를 소유한 중년 남자와 함께 사는 젊은 아내가 될 수도 있었다. 천국에서도 사랑은 지상에서와 마찬가지로 다양한 형태로 나타난다.

내 편에서 보자면 우리의 우정에는 또 다른 매력이 있었다. 나는 화니타와 사랑을 나눈 적은 없지만 다른 어떤 사람에게서도 느낄 수 없었던 매우 친밀한 유대감을 그녀와 나누었다. 간단히 말하자면 그녀와 이야기를 나누는 것, 그녀와 함께 지내는 것이 나에게는 지상에 있을 때 미모의 여인과 하룻밤 사랑을 나누는 것과도 같은 느낌이었다. 오르가슴이라는 결말만 없었다. 우리의 만남은 피어나고 또 피어날 뿐이었다. 우리는 일주일에 두세 번 만나 아침이나 점심을 먹고 수요일 밤에는 탱고를 추러 갔다. 때로 우리는 그녀의 집 혹은 나의 집에서 밤을 같이 지내고 같은 침대에서 자기도 했다. 앞서 말했듯이 섹스는 없었지만 친밀함과 일치감이 주는 감미로운 느낌은 있었다. 마치 서로의 반쪽인 것처럼. 골프 코스를 돌던 그날, 예수가 분리 개념에 대한 우리의 착각에 대해 말했을 때 나는 바로 화니타를 떠올렸다. 만일 우리 모두가 하나의 정신이 수십억 개의 표상으로 나타난 존재라는 게 사실이라면, 화니타는 내가 만난 사람들 가운데 그 사실이 실재함을 느낄 수 있는 유일한 사람이었다.

하지만 화니타는 골프를 즐기지 않았다.

내가 지구로의 여행을 떠나기에 앞서 그녀와 함께 한 마지막

날 밤에 우리는 올드 리오라고 하는 탱고 클럽에 가서 늘 함께 하던 친구들과 몇 시간 동안 춤을 추었다. 화니타는 그동안 내가 거룩한 존재들과 만났던 것에 대해 알고 있었고 아직 일정은 잡히지 않았지만 앞으로 내가 하게 될 여행에 관하여도, 그리고 신이 가지고 있는 퍼팅의 문제들에 대해서도 알고 있었다. 아마도 그녀는 우리가 한동안 보지 못하게 되리라는 걸 직감했던 것 같다. 왜냐하면 평소보다 일찍 클럽을 나서자고 했기 때문이다.

우리는 열대의 해안선을 따라 나 있는 산책로를 발견했다. 언젠가 멕시코 서부 연안에서 본 것 같은 길이었다. 우리는 팔짱을 끼고 오로라의 장막 아래를 걸었다. 젊으면 젊은 대로 늙으면 늙은 대로 행복한 연인들이 우리 곁을 스쳐 지나갔다. 저 멀리에서는 웅장하게 부서지는 파도 소리가 끊임없이 들려왔다. 공기 중에는 열대의 꽃향기가 가득했고 바다의 소금기도 다소 느껴졌다. 한참 동안 우리는 말없이 편안하게 그동안 우리가 나눠왔던 감미로운 친밀함 가운데 파묻혀 있었다.

"뭐 좀 마실까?"

화니타가 바다가 내려다보이는 작은 절벽 위에 있는 올나이트 카페를 턱으로 가리키며 말했다.

우리는 앉을 곳을 발견하고 혼합 과일주를 주문했다. 그리고 테이블에 앉아 음료를 홀짝이며 부서지는 파도를 바라보았다.

이윽고 화니타가 입을 열었다.

"네 전 아내 안나 리사가 지난번 날 보러 왔었어."

파인애플-바나나-민트 칵테일을 마시던 나는 사레가 걸려 계속 기침을 했고 조심스럽게 입에 든 음료를 냅킨에 뱉어야 했다. 화니타는 그런 나를 보고 미소를 지었다.

"웃음이 나와?"

내가 말했다.

"난 지금 숨이 막혀 죽을 뻔했어."

그녀는 계속 웃었다. 좀 진정이 되자 내가 말했다.

"나는 안나 리사가 이곳에 있는 줄 몰랐는데. 사실 그녀가 다른 곳에 있을 거라 생각했어."

"그녀는 여기 있어. 최근에 왔지."

"그녀가 뭘 원하던가?"

"그녀는 헤르만 핀스 윈스턴이라는 사람에 대해 심하게 얘기하더군."

이상했다. 화니타는 내가 그 이름을 얼마나 싫어하는지 잘 알고 있었고 그래서 한 번도 그 이름을 입에 올린 적이 없었다. 나는 당황하여 얼빠진 표정으로 그녀를 바라보았다.

"미안, 행크. 그녀의 말을 그대로 옮긴 것뿐이야. 그녀는 너를 사랑하고 있어. 물론 너도 알고 있겠지만."

"나는 모르고 있었는데."

"하지만 그녀는 사랑하고 있어. 그녀는 네겐 선생과도 같은 사람이지. 결국엔 말이야."

"그렇다면 난 아주 잘 배운 것 같은데. 다시는 복습할 필요가 없을 정도로."

미소가 오갔고 불편한 침묵이 이어졌다. 이런 침묵 역시 화니타와 나의 만남에서는 좀처럼 없는 일이었다. 나는 일찍이 질투나 후회 같은 고통스러운 감정은 천국에서는 철저히 배제되어 있다고 말한 적이 있다. 그런 것들은 거의 느낄 수 없다. 그러나 지난 며칠 골프 게임에서 일시적인 슬럼프와 함께 관절염이 도진 것처럼 내 생활에서 그런 감정이 차지하는 비중이 상당히 커진 것 같았다. 지난 여러 해 동안 사라졌던 나를 괴롭혔던 감정들이 느껴지기 시작했다. 걱정을 하고 두려워하고 안절부절 못하던 느낌들이 다시금 떠오르기 시작한 것이다.

"그녀는 너를 대했던 태도에 대해 후회하고 있어. 많이 후회하고 있지. 문제는 그녀가 너를 도우라는 특별한 임무를 부여받고 파견되었었다는 거야. 하지만 무언가 잘못됐고 그녀는 그에 좌절한 나머지 너에게 대항하게 됐던 거야. 사실 그녀는 자신의 실수가 부끄러웠던 건데. 이해가 돼? 감이 와?"

"임무가 뭐였는데?"

"너도 알고 있잖아, 안 그래?"

나는 고개를 흔들었다.

"그래, 좋아. 너는 단순히 뛰어난 정도가 아니라 위대한 골퍼가 되도록 설계되었어. 아마도 지금까지 중 가장 위대한 선수로 계획되었을 거야. 그리고 그녀는 그렇게 되도록 너를 돕게끔 설계되어 있었지."

감이 온다. 시속 30마일로 맞바람이 불면 로프트가 큰 클럽을 잡아야 하는 것만큼이나 분명히 감이 잡힌다. 유일한 진실은 바로 가장 위대한 골퍼라는 개념이다. 나는 결코 그런 경지에 이르지는 못했지만 대학시절 올-아메리카 팀에 두 번째로 선발됐을 때 그런 느낌을 가졌었다. 그렇게 될 운명 같았다고 하면 너무 강한 표현일지도 모르겠다……. 그러나 나는 플레이를 아주 잘하게 될 것이고 투어에서 큰 성공을 거둘 것이며 아마도 수많은 사람들에게 감동을 주게 될 것이라는 느낌이 들었었다. 뛰어난 젊은 골퍼들 중 대다수가 그런 느낌을 가질 것이다. 그러나 내 경우에는 자부심이나 확신이라기보다는 다소 신비스러운 어떤 느낌이었다. 마치 내 영혼 바로 곁에서 어떤 목소리가 속삭이는 듯한 느낌이었다.

하지만 내가 투어에 도착하고 얼마 지나지 않아 그 목소리는 사라지고 침묵만이 남았으며 그 느낌, 그런 운명에 대한 인식은 증발되어 없어졌다. 철썩이는 파도와 함께 카페에 앉아 있는 동안 다른 이들은 음료수를 마시며 달콤한 열대의 분위기를 즐기며 웃고 있었지만 나는 잠시 그 목소리가 사라지던 순간이 손에 잡힐 듯 느껴졌다. 웨스턴 펜실베이니아 오픈 한두 주 전쯤. 내가 남부, 즉 사우스캐롤라이나나 조지아에서 게임을 하고 있을 때였다. 그때 어떤 일이 일어났다. 어떤 일, 어떤 일……. 악마와 만나게 될 거라는 예감, 영혼을 파괴하는 힘과 만나게 될 거라는 예감. 그 예감은 기억의 틈바구니 안에 숨어 좀처럼 얼굴을 드러내려 하지 않았다.

특별했던 느낌의 유일한 잔재는 골프를 가르치면서 경험했던 것이다. 가르치면서 나는 사람들을 감동시켰고 영감을 주었다. 나는 확신에 차 있었다. 그러나 그 외의 것은 모두 사라지고 없었다.

화니타는 칵테일 막대로 음료수를 천천히 젓고 있었다.

"안나 리사가 미안하다고 전해달래. 그녀는 심지어 신, 아니면 그의 비서관들에게까지 찾아가 너와 함께할 또 다른 기회를 달라고 했대. 하지만 그 제안은 거절당했어."

"신에게 감사의 찬양을 드려야겠군."

내가 말했다.

"하지만 그녀는 네게 말해달랬어. 이번 여행이 그 모든 일과 다소 연관이 있다는 걸."

"그녀가 나와 함께 가는 건 아니겠지? 그렇지? 화니타, 그녀가 나와 함께 가지 않는다고 말해줘."

또다시 미소가 오갔다. 나는 사실 농담 삼아 좀 과장되게 말하고 있었다.

화니타는 즐거운 표정으로 고개를 저었다.

"안나 리사에게 말했어. 네가 혼자 여행하기를 원한다고. 다시 말해 이번에는 신과 너만 갈 거야. 중간에 끼는 사람 없이. 네가 신이 가지고 있는 골프의 문제점들을 고쳐주기로 선택되었다고 그녀에게 말해줬어. 입스든 뭐든 간에."

"입스라."

"그녀는 지금도 분명 골프를 하고 있을 것이고, 그래서 신이 겪고 있는 일들을 잘 이해할 거야. 그녀는 너의 행운을 바라고 있어. 안나 리사는 이렇게 말했어. 자신은 추후 언젠가 이곳에서든 지구에서든 너와 함께 한두 라운드를 하길 원한다고."

"그녀에게 전해줘. 앞으로 몇 번의 영겁 동안 내 정규 포섬은 이미 예약이 차 있다고."

그 말을 듣고 화니타는 웃음을 터뜨렸다. 그녀가 고개를 약간 들자 웃음소리는 밤공기를 가르며 퍼져나갔다. 그녀는 그렇게 태평한 사람이었고 개방적이고 따뜻한 사람이었다. 나는 화니타를 떠나기가 싫었다. 잠시라 할지라도.

우리는 팔짱을 끼고 란초 오비스포로 돌아갔다. 나는 화니타에게 밤을 함께 보내자고 청했지만 그녀는 고개를 흔들며 내 입술에 키스를 해주고는 탱고 가락을 흥얼거리며 천상의 어둠 속으로 사라져갔다.

2부

나 자신의 플레이는 놀라울 정도였다.
가능한 모든 겸손을 다 동원해도 그렇게밖에 말할 수 없다.
나는 백 티에서 시작해 일관되게 2언더파나 3언더파를 쳤다.
코스에서 줄곧 그렇게 플레이를 하자 내 실력에 대한 소문은 빠르게 퍼져나갔고,
그래서 늦은 오후쯤 되면 그 리조트에서 꽤 잘 치는 선수들이 나에게 다가와
내기 골프를 제안하곤 했다.

11

화니타와 헤어져 혼자 자고 난 다음 날 아침, 깨어보니 옛날의 나였다. 침대에서 일어나려고 애를 쓰면서 바로 알아차렸다. 관절들은 뻑뻑했고 눈은 초점이 잘 맞지 않았으며 소변이 마려워 급히 화장실로 달려가야 했다. 천국에 처음 도착해 어떻게 살고 싶으냐는 질문을 받았을 때 나는 32세의 남자로 살고 싶다고 말했었다. 지상에서 살 때 32세가 내게는 전성기라고 생각되었기 때문이다. 그 나이 때 나는 처음 투어를 시작했고 매달 성적이 향상되었다. 안나 리사와의 관계도 꽤 좋았다. 나는 강했고 씩씩했고 유능했으며 모든 것에 만족했다. 당연히 천국에서 나의 첫 번째 요청은 32세의 남자로 사는 것이었다. 7년 후에도 나는 여전히 서른둘이었고 이후로도 오랫동안 그 나이로 머물며 행복할 수 있을 것이라는 결론을 내리게 되었다.

그날 아침 거울 속에서 칠십 대 중반의 사내를 발견하고 내가 받았을 충격을 상상해보라. 그것이 내 얼굴이라는 것은 불가피한 사실이었고 과거에 그랬듯 충분히 멋진 얼굴이었다. 하지만 주름투성이가 아닌가. 그것도 백발에 눈가의 피부는 늘어져 있고 뺨도 아래로 처져 있었다. 귓구멍과 콧구멍은 돌연 털이 무성했다. 이 모든 일이 속임수를 쓰지 않는다던 신이 한 일이라니!

내가 정말 두려워하는 어떤 것을 생각하고 있을 때 문에서 노크 소리가 났다. 대답을 하기 전에 창밖을 보니 짧은 금발머리 여인의 옆모습이 보였다. 그 여성은 귀며 손가락, 팔목에 값비싼 보석들을 주렁주렁 매달고 있었다. 앞서도 말했듯이 천국에서는 누구나 새로운 친구를 사귀는 일에 꽤 익숙하다. 낯선 여자가 당신의 오두막이나 콘도, 또는 바닷가에 있는 맨션을 찾아와 당신을 알고 싶다고 말하며 열두 번의 생애 전 지상에서 당신과 관계가 있었다고 말한다든지 또는 친구에게서 당신 이야기를 들었다고 말한다든지 하는 일은 그리 특별한 일이 아니다. 그런 적은 나에게도 여러 번 있었다. 그럼에도 정확히 이유는 알 수 없지만 이 여성의 방문에는 다른 뭔가가 있다는 느낌이 들었다. 잠시 나는 망설이며 블라인드 틈새로 그녀를 살폈다. 얼굴 정면을 볼 수는 없었지만 적어도 내가 보는 각도에서 그녀의 몸매와 옆모습은 아름다웠다. 나는 그녀를 바라보면서 놀랍게도 예전의 욕정을 느꼈다. 여기서 다시 말해두지만 천국에서는 거의 느낄 수 없는 그런 감정이었다. 그녀는 줄리안 에버가 그랬던 것처럼 페어웨이를 찬찬히 살피고 있었고 그래서 나는 잠시 그녀의 정체에 대해 생각했다. 신의 비서관이 다른 모습으로 변장을 하고 드디어 나를 데리러 온 것일까? 내 늙은 심장이 점점 더 빨리 뛰기 시작했다.

바로 그때 그 여성이 돌아서서 다시 문을 두드렸고 나는 그녀의 눈동자를 얼핏 볼 수 있었다.

"주님."

나는 문을 열면서 그렇게 말했다.

그녀는 나를 위아래로 훑어보더니 교태가 섞인 목소리로 말했다.

"헤르만! 당신은 언제나 사각팬티 차림으로 손님을 맞나 봐요?"

이렇게 황당할 데가! 지상에 있을 때 나는 늘 삼각팬티를 입었었다. 지금 나는 반은 벗고 있었다. 일흔다섯의 나이에 현관문에서. 그것도 내가 창조주로 알고 있는 젊은 여성 앞에서. 누군가 지난밤 나에게 작은 동물 무늬가 있는 사각팬티를 입혀놓았다. 표범 같기도 하고 호랑이 같기도 한. 나는 도저히 자세히 들여다볼 수가 없었다.

"당신을 지구로 데려가려고 왔어요."

그녀가 말했다.

"당신이 저를 늙은이로 만들었군요, 주님."

"맞아요."

"하지만 저는 쉰여덟에 죽었어요. 이 나이에는 익숙지 않습니다. 혹시라도 가능하다면……."

"안 돼요. 옷이나 입어요, 여보. 클럽들 챙기고 갑시다."

여보라니?

"말이 나온 김에 하는 얘긴데, 우린 결혼한 거예요. 당신은 행크 윈스턴이 아니라 헤르만 핀스 윈스턴이고, 난 앨리샤 핀스 윈스턴이에요."

여보?

그녀를 안으로 들일 생각도 못하고 나는 서둘러 침실로 돌아가 가장 좋은 골프 바지와 (적어도 허리 사이즈는 변하지 않았다. 바짓단은 약간 끌렸지만) 저지 셔츠를 입고 스웨터를 집어 들었다. 그녀가 주방으로 들어오는 소리가 들렸다.

"제가 뭐 더 챙겨야 할 게 있나요?"

내가 큰 소리로 물었다.

"그거면 돼요."

그녀가 대답했다. 앨리샤가 손수 냉장고에서 무언가를 꺼내 먹는 소리가 들렸다.

"당신 클럽들을 가지고 가고 싶을 거예요, 여보. 임대해서 쓰는 건 재미가 없잖아요."

"이제 가는 건가요?"

나는 그렇게 말하면서 주방으로 들어갔다.

"오늘인가요?"

그녀는 믿을 수 없을 만치 아름다웠다. 나이가 들어갈수록 점점 더 아름다워지는 여자. 18세 때보다 25세 때가 더 귀여운 여자, 25세 때보다 30세 때가 더 아름다운 여자였다. 분명 그녀는 사십 대가 되면 더욱 아름다워질 것이다. 그녀는 포도 주스를 마시고 있었다.

"오늘이 바로 그날인가요?"

앨리샤는 고개를 끄덕이더니 마치 아내나 연인이 하는 것처럼 나를 위아래로 훑어보고는 주스 잔을 카운터에 내려놓았다.

"준비됐죠, 여보?"

"네. 아니 그런데 어떻게 가죠? 셔틀? 페리? 창문에 '지구행'이라고 플래카드라도 붙어 있는 전철?"

"호흡을 해요."

그녀가 말했다.

"호흡을 하다니요?"

그것은 이랬다. 숨을 들이마시기 시작했을 때 나는 엘 란초 오비스포 컨트리 클럽의 열세 번째 페어웨이 옆에 있는 나의 안락한 콘도의 깔끔한 주방에 서 있었고, 내 나이의 절반밖에 되지 않는 끝내주는 여인과 이야기를 하고 있었고, 클럽백은 내 옆에 있었다. 그리고 폐가 숨으로 가득 부풀었을 때 그녀와 나는 화려한 색으로 꾸며진, 미국 워싱턴 교외의 어느 자동차 렌털 업체의 사무실에 있었다. 지구였다. 고통의 세계.

벽에는 흉물스러운 포스터들이 붙어 있고 생소한 음악이 흐르고 있었다. 한 청년이 계산대 뒤에 앉아 리듬에 맞춰 고개를 흔들고 있었다. 그는 나를 보았고 그 다음 신을…… 즉 앨리샤를 보았다. 그녀는 경멸의 미소를 간신히 참고 있었다.

"핀스 윈스턴 부부요."

내가 단호하게 말했다.

"우리는 예약을 했는데……."

나는 신을 돌아보며 말을 이었다.

"이번에는 무슨 차를 예약했지, 여보?"

"캐딜락."

"맞소."

나는 다시 청년에게로 고개를 돌렸다. 청년은 다소 거들먹거리는 표정이었다.

"캐딜락이오. 가능하다면 파스텔 색이 좋겠소. 가장 큰 걸로."

그는 더욱 능글맞은 표정을 짓고는 주문서 파일을 넘기며 확인했다. 이상한 음악은 천장 근처에 매달린 스피커에서 흘러나오고 있었다. 의상은 특이했고 헤어스타일도 볼품없었다. 그의 손에 들린 서류 한 장을 내려다보니 인쇄된 연도가 눈에 들어왔다. 내가 죽은 후로 7년 뒤였다. 앨리샤는 계산대를 짚고 있는 내 손 위로 그녀의 손을 포갰다. 손가락에는 커다란 다이아몬드가 번쩍이고 있었다.

"현금으로 하실 건가요, 카드로 하실 건가요?"

청년이 내게 묻자 나는 이렇게 대답하고 싶었다. 잘 들어 친구, 나는 방금 천국에서 왔거든. 알아? 그리고 나와 함께 있는 이 아름다운 여인은 신이야. 무슨 말인지 알겠어? 그러니 그런 식으로 빈정대거나 히죽거리지 좀 말란 말이야. 알겠어? 어떻게 생각해도 좋은데 자네도 언젠가는 늙어, 이 친구야. 자네 옆에 이렇게 아름다운 여성이 있다는 것만으로도 행운일걸. 지금 그녀가 자넬 보고 있다는 게 믿기지 않지만. 그러니 좀 조심해야 되지 않겠어? 그저 고객이 원하는 대로 해주면 되는 거야.

하지만 나는 겨우 이렇게 말했을 뿐이다.

"카드로 하겠소."

나는 그런 말이 어디에서 나왔는지 알 수 없었다. 청년은 기다리는 눈빛으로 나를 바라보고 있었다. 앨리샤가 내 손을 잡고 천천히 계산대에서 떼어놓았고 내 손은 마치 자신의 의지에 따라 제 길을 가는 것처럼 내 뒷주머니로 들어갔다. 그 안에는 지갑이 있었다. 내가 한 번도 가져본 적이 없는 타입의 악어가죽 지갑이었다. 지갑 안에는 약간의 현금과 카드들이 들어 있었다. 나는 잡히는 대로 카드 한 장을 꺼내 청년에게 넘겨주었다. 청년은 카드를 단말기에 긁고는 사인을 받기 위해 영수증을 내밀었다. 3분 후 앨리샤와 나는 밝은 핑크색 캐딜락을 몰고 있었다. 트렁크에는 값비싼 골프 클럽 두 세트와 짐 가방 세 개가 실려 있었다. 지상에 있을 때 나는 단 한 번도 캐딜락을 몰아본 적이 없었고 더군다나 파스텔 색조는 상상도 못했었다.

하지만 느낌은 꽤 좋았다.

여전히 나는 혼란의 소용돌이 속에서 떠다니고 있는 것만 같았다.

"도대체 뭐가 어떻게 되어 가는 거죠?"

내가 물었다.

"무슨 말이에요, 여보?"

그녀는 차창 밖을 내다보며 펼쳐지는 풍경에 찬사를 보내고 있었다.

"이 모든 것이 어떻게 준비된 거죠? 사람들에게 무슨 말을 해야 할지 제가 어떻게 알고 있는 겁니까? 지갑에 들어 있는 건 또 뭐고요?"

그녀는 어깨를 으쓱했다. 그러고는 라디오를 만지작거렸다. 영원한 저주에 관한 노랫말이 귀가 찢어질 듯 크게 흘러나왔다.

"이 사람들 정말 신이 났군요. 안 그렇습니까?"

"누가요?"

그녀는 화를 내며 라디오를 확 꺼버렸다.

"왜 그러시죠, 신?"

"당신은 날 앨리샤라고 불러야 돼요, 여보. 사람들이 이상하게 생각할 테니까."

"사람들이 이상하게 생각한다고요? 이상한 건 저예요! 도대체 무슨 일이 일어나고 있는 거죠? 당신은 누구세요? 왜……."

그녀는 참을 수 없다는 듯 한숨을 내쉬었다.

"좋아요. 한 번만 이야기하죠. 딱 한 번만. 나는 신이에요. 당신은 헤르만 핀스 윈스턴이고요. 당신이 최근의 생에서 그랬듯이. 그리고 당신이 58세가 넘도록 자신을 살게 내버려뒀다면 이런 모습이었겠죠. 당신도 이제는 알겠지만 천국의 시간은 다른 속도로 움직이니까요."

"살게 내버려두다니……."

"제발 말 좀 막지 말아요. 우리는 골프 게임을 계속하기 위해 온 거고, 남부의 인심을 즐기러 온 거예요. 나머지는 알 필요가 있을 때 알게 될 거예요."

"하지만 저는 지금 알아야겠어요."

"그렇지 않아요. 나를 믿어요. 그냥 편안히 있어요."

"저는 알지 못하면 아무것도 할 수 없어요. 저는 지금 알아야겠다고 요구하는 겁니다."

"당신이 요구를 해요?"

그녀가 커다란 다이아몬드를 만지작거리며 말했다.

"맞아요. 당신한테 이야기를 해달라고 요구하는 겁니다. 당신에게 간청하는 거예요. 아시다시피 지금의 상황 자체가 너무나 어렵습니다. 천국을 떠나 늙은 남자의 몸으로 자동차 렌털 회사 사무실에 착륙하다니. 그것도 능글맞은 펑크족 청년 앞에."

"이렇게 된 이야기예요."

신은 참을 수 없다는 듯 입을 열었다.

"당신의 첫 아내는 6년 전에 죽었어요. 당신은 내 외모를 보고 결혼했고 나는 당신 돈을 보고 결혼했죠. 나는 약간 기분파고 당신은 아주 까다로운 사람이죠. 하지만 우리는 그럭저럭 잘 지내고 있고 둘 다 골프와 여행과 멋진 식사를 좋아하죠. 이제 당신이 한 번 더, 단 한 번이라도 다른 사람들 앞에서 나를 신이라고 부르면 우리 계약은 그걸로 끝이고 나는 당신을 떼어놓고 천국으로 가버릴 거예요. 나는 입스를 치료해줄 다른 사람을 찾아볼 거고 당신은 다시 천국으로 돌아올 방법을 혼자서 찾아내야 할 거예요. 이제 알겠어요?"

"네, 좋습니다."

"이제 우리의 짧은 휴가를 즐겨도 되겠죠, 안 그래요?"

"됩니다."

"좋아요. 여기 있는 동안 나는 조금 다른 몸을 가질 거예요. 하지만 내가 가지고 있는 골프의 문제들은 그대로예요. 이건 무엇보다 당신의 영역이죠. 그리고 당신은 잊어버렸을지도 모르지만 이번 여행은 당신의 아이디어예요. 이곳에서 당신이 할 일은 나를 치료하는 일에 신경을 쓰는 거죠. 나머지는 내가 알아서 할 겁니다. 그냥 가세요. 사람들이 말하듯이 물 흐르는 대로."

"좋습니다."

거칠고 거의 남자 목소리 같던 그녀의 음성은 돌연 그날 아침 주방에서 들었던 목소리로 다시 돌아갔다. 그녀는 말했다.

"미안해요, 여보. 이런 길이 좀 불안했을 뿐이에요."

그녀가 내 허벅지에 손을 얹는 바람에 나는 하마터면 다리 교각을 들이받을 뻔했다.

"하지만 당신은 정말 놀라울 정도로 운전을 잘하세요. 곧 괜찮아질 거예요."

"어디로 가는 거죠? 제 말은…… 단지 어떤 길로 가야 하는지 알고 싶다는 거예요."

"콜로니얼 윌리엄스버그."

그녀는 이렇게 대답하고는 다시 라디오를 켰다. 밝고 시끄러운 음악이 흘러나왔다. 후에 나는 그것이 디스코 음악이라는 걸 알게 되었다.

12

내키지는 않지만 인정할 수밖에 없다. 이곳 지구로 돌아오게 되어 즐거운 일이 많았다. 물론 늙은 육체의 통증들이 좋아진 것도 아니고 인간적인 감정들이 고양된 것도 아니었다. 걱정, 분노, 자만심, 당혹스러움도 그대로였다. 하지만 이상하게도 그런 문제들은 나 역시 창조의 한 부분이라는 느낌에 신선함을 더해주었다. 공기와 빛도 더욱 선명하게 느껴졌다. 아마도 나는 감각적인 쾌락이나 모든 인간들이 지닌 정서적 성향을 잃어버릴 만큼 천국에 오래 있지는 않았던 것 같았다. 왜냐하면 고속도로를 따라 남쪽 버지니아로 차를 몰고 가는 동안 마치 내어린 시절의 고향을 다시 찾아가는 기분이 들었기 때문이다. 향수와 자랑스러움이 뒤섞인 감정이랄까? 둘둘 감긴 가느다란 실을 따라 한 인간의 정체성을 찾아가는 것과도 같은 날카로운 느낌이었다. 무릎이 아프고 고개도 잘 돌아가지 않았지만 내 눈길은 길게 펼쳐져 있는 푸른 언덕과 헐벗은 나무들 속으로 빠져들고 있었다. 나는 한껏 즐기고 있었던 것이다.

윌리엄스버그는 미국 독립전쟁 이후 재건축한 옛 집들과 전쟁터, 박물관으로 이루어진 예스러운 마을이다. 자선 경기를 위해 안나 리사와 한 번 가본 적이 있었다. 신과 내가 마을에 이를 때가 되자 나는 이미 그녀에게 어느 정도 충고를 들었고 그때쯤에는 굳게 믿고 있었기 때문에 말하고 행동하고 운전하는 것도 아주 편안했다.

나는 앨리샤의 지시에 따라 멋스러운 오래된 호텔 앞에 차를 세웠다. 우리는 코럴 핑크색 캐딜락에서 내려 도어맨 곁을 지나 카펫이 깔린 로비로 들어섰다. 사람들은 우리를 기다리고 있었다. 당연하게도. 내가 왜 그렇게 놀라야 했는지 모르겠다. 데스크에서 이름을 말하자 거기 있던 젊은 여자는 예약 명단에서 우리의 이름을 굳이 찾아보려고도 하지 않았다. 그녀는 미소를 짓더니 커다란 봉투 하나와 열쇠 꾸러미를 건네주며 요금은 무료라고 말했다. 열쇠는 2층 스위트룸의 것이었다. 우리는 일단 그곳에 짐을 풀었다. 봉투를 열어보니 듣도 보도 못한 사람에게서 온 따뜻한 환영의 메시지가 적혀 있었다.

"찰스 피셔라는 사람 알아요?"

내가 물었다.

앨리샤는 하이힐을 신은 채 팔목의 금팔찌도 벗지 않고 그대로 침대에 누워 있었다. 그녀는 아주 짧은 치마를 입고 있었고 그래서 나는 당혹스럽게도 그녀의 다리가 정말 아름답다고 생각했다는 것을 인정하지 않을 수 없다. 그녀가 말했다.

"찰리는 친한 옛 친구예요."

"그렇군요. 당신의 옛 친구가 여기 봉투 안에 저녁식사 무료권을 보내왔어요. 포즈 콜로니라는 곳에 있는 레스토랑이에요. 내일 아침 골프장 무료입장권도 두 장 있고. 네 코스 가운데 하나라는군요. 어딘지 알아요?"

"물론 알죠."

그녀가 말했다.

"어떻게 모를 수가 있겠어요? 내 천사들 가운데 몇몇이 여기서 경기를 하죠."

"괜찮아요, 여보?"

내가 그렇게 말한 것은 그녀의 음성에 약간 성가신 기색이 있었고 고통스러운 기미마저 있었기 때문이었다.

"저녁 먹으러 나가기 전에 잠시 쉬겠어요?"

"이곳에 오면 항상 좀 긴장이 돼서."

"윌리엄스버그 말이에요?"

"지구요. 사람들은 이게 얼마나 힘든지 이해하지 못할 거예요."

"그렇다면 좀 쉬지 그래요. 욕조에 몸을 담그든가."

그녀는 고맙다는 듯 고개를 끄덕이더니 일어나 앉았다. 잠시 후 그녀는 욕실로 들어가 문을 닫고 물을 틀었다. 나는 끔찍한 죄가 될 거라고 생각했지만 달리 어쩔 도리가 없었다. 나는 욕실에 있는 그녀를 상상했다. 옷을 벗고 욕조 속으로 미끄러져 들어가는 모습, 그녀의 아름다운 다리와 가슴 위로 물이 차오르는 광경을 상상했다. 어쨌거나 나는 다시 인간이 되었다. 어느 정도 정력이 왕성했던 시절은 지났지만.

적어도 역사상 그 시점에서 포즈 콜로니는 별 다섯 개짜리 AAA급 레스토랑이 있는 세계 유일의 골프 코스였다. 나는 왜 그런 사실이 그리도 놀라웠는지 알 수 없다. 나중에 알게 된 사실이지만 그녀가 가지고 있던 기벽들 가운데 하나는 지구로 돌아오면 먹는 것을 즐긴다는 것이다. 더 나아가 신은 이런 경우 지구에 있는 좋은 와인들을 즐기는 와인 감정가가 되었다.

그녀가 목욕을 마치자 우리는 차를 타고 시내에서 몇 마일을 빠져나가 기다란 진입로로 들어서서 커다란 벽돌집을 지나 클럽하우스 레스토랑 정문에 도착했다. 때는 4월 중순, 밤공기는 차가웠고 해질녘의 어스름 속에서도 페어웨이와 그린, 가까운 거리에 있는 벙커들을 볼 수 있었다. 그 광경을 보자 내 늙은 가슴은 기쁨으로 벅차올랐다. 이곳이 바로 내가 있을 곳이다. 이것이 골프다. 진짜 골프. 천국에서 하는 골프가 아니라 돈과 명예와 자존심을 걸고 진검승부를 가리는 지상의 골프. 나는 생각했던 것 이상으로 그런 골프를 그리워하고 있었다.

레스토랑에서 우리는 풍성한 식사를 즐겼다. 멋진 소고기 필레, 마늘을 넣은 매쉬드 포테이토, 설탕을 발라 윤기를 낸 당근과 호박, 아주 신선한 샐러드. 앨리샤는 16년산 보르도 와인 한 병을 주문하면 어떻겠느냐고 물었고 (상품 이름을 쓰는 것은 금지되어 있다) 나는 그렇게 했다. 그 와인은 마치 생명 그 자체를 담아놓은 신의 음료와도 같았다.

"우리 내일 게임할까요?"

내가 그녀에게 물었다. 우리는 은스푼으로 크렘 브륄레*를 떠먹으며 가능한 식사를 길게 하려고 애쓰고 있었다.

그녀는 고개를 끄덕였다.

"무슨 걱정이라도 있나요?"

내가 말했다. 세심한 남편이 된 것 같았다. 지구에 있을 때 결코 잘 해내지 못했던 역할이었다. 하지만 나는 그렇게 된 것이 꽤 좋았다.

"나쁜 기억 때문이에요."

그녀는 옆 테이블에 있는 사람이 듣지 못할 정도로 아주 작게 말했다.

"앞서 말했듯이 지구는 내가 우주 가운데서 그다지 좋아하는 별이 아니에요. 사람들은 내가 여러 모습으로 그곳에 나타났을

---

* 크렘 브륄레 crème brûée : 프랑스식 디저트의 하나. 계란 노른자와 생크림, 바닐라 향을 넣어 부드러운 머스터드를 만들고 그 위에 설탕을 뿌리고 불에 그슬려 캐러멜 막을 입힌다. 크렘 브륄레는 불에 달군 크림이라는 뜻.

때 내게 잘 해준 적이 없죠. 여보, 이런 이야기를 한다고 언짢아하진 마세요. 하지만 인간에게는 뒤틀린 뭔가가 있어요. 그들은 가장 뛰어난 사람을 죽이거나 괴롭히려는 충동을 가지고 있는 것 같다니까요."

"하지만 당신은 이제 안전하잖아요. 맞죠? 제 말은⋯⋯."

"물론이죠. 나는 안전해요, 여보. 나는 늘 안전하죠. 그들이 진짜로 내게 했던 일이 결국 뭐겠어요? ⋯⋯그렇다고 그게 좋다는 뜻은 아니지만."

"그래요. 내일은 여유 있게 골프 한 라운드나 돕시다. 당신의 플레이는 교정하면 될 거고, 그러고 나면 다시 돌아가게 될 테니까."

그녀는 얼굴을 찡그리며 그만 하라는 신호를 보냈다. 웨이터가 다가와 편안한지를 묻고 잔에 커피를 채워주고 물도 따라주었다. 그가 떠나자 나는 앨리샤가 앞으로의 일을 생각하는 것에 대해 잔소리를 할 것이라고 생각했다. 그러나 그녀는 이렇게 말했다.

"당신은 정말 내가 치료될 수 있다고 생각해요? 내 말은 입스는 너무나 많은 골퍼들이 가지고 있는 아주 큰 문제라는 말이에요. 물론 간혹 다른 문제들도 있지만."

"고칠 수 있고 말고요."

내가 말했다. 나는 지구의 기압 아래서 마시는 술에 익숙하지 않았기 때문인지 약간 취한 상태에서 팔을 뻗어 그녀의 손

위에 내 손을 얹었다. 그녀는 경고의 표정을 지었다. 나는 손을 치우고 프로다운 어조로 말했다.

"골프에서 고칠 수 없는 문제는 없어요……. 들어봐요. 저는 이곳에 있을 때 알다시피 많은 실수들을 저질렀어요. 익숙지 못했던 일들도 한두 가지가 아니었죠. 수영, 이성교제, 맞춤법, 부담을 느끼며 골프를 치는 일 같은 것들 말이에요. 하지만 저에게 레슨을 받으러 왔다가 실망을 하고 떠난 사람은 한 사람도 없어요. 이것만큼은 장담할 수 있습니다. 저는 당신을 치료할 거예요."

앨리샤는 나에게 엷은 미소를 보냈다. 나는 지갑에 있는 카드들 가운데 하나로 계산을 했고 우리는 호텔로 돌아와 각자의 침대에서 밤을 보냈다.

13

이튿날 아침 신과 나는 포즈 콜로니로 가던 도중 길가의 작은 식당에서 아침식사로 팬케이크를 먹고 (신은 커피를 좋아한다!) 8시가 조금 지나 클럽하우스에 도착했다. 그곳에 있던 프로 선수에 따르면 그날따라 유달리 추운 아침이라고 했다. 기온은 겨우 4.5℃ 정도 되었다. 그러나 일기예보에서는 날은 화창할 것이며 오후 늦게 바람이 약간 불 것이라고 했다.

앨리샤와 나는 공 두 상자를 받았고 무료 전기 카트를 이용하라는 권유를 받았다. 나는 나이가 있었지만 사양했다. 우리는 슬슬 걸어서 연습 구역으로 갔다. 연습 구역은 언덕 위에 있었는데, 그 이유는 실력이 없는 골퍼들에게 실력이 갑자기 좋아진 것 같은 환상을 갖게 하기 위한 것이었고, 연로한 골퍼들에게는 젊었을 때처럼 공을 멀리 칠 수 있다는 환상을 갖게 하기 위한 것이었다. 하지만 적어도 내 경우에는 환상이 아니었다. 천국에서 골프를 계속해온 덕분에 나는 스윙에 대한 감을 잊어버리지 않았다. 내가 지상에서 플레이를 할 때보다 공이 더 멀리 나갔고, 실제로 내가 천국에서 쳤던 거리만큼 날아갔으며, 지상에서 PGA 시절에 쳤던 것보다 훨씬 멀리 날아갔다. 연습 구역에는 남자 둘이 있었다. 한 사람은 중년이고 다른 한 사람은 이십 대였다. 티에 공을 올려놓기 위해 허리를 구부렸을 때 나는 그들이 우리를 보고 있다는 걸 알아차렸다. 처음에는 이 매력적인 여성에 대해 속으로 감탄하고 있나 보다고 생각했다. 그러나 이들은 골퍼들이었고 우선적인 관심사부터 달랐다. 그들은 내 스윙에 감탄하고 있었던 것이다.

그래서 나는 약간 우쭐대기 시작했다. 공을 이쪽저쪽으로 드로하기도 했다가 페이드하기도 했고 2번 아이언으로 녹다운 샷을 치기도 했고 십여 개의 웨지 샷을 5야드 이내의 원 안에 넣기도 했고 은퇴한 사람이나 칠 법한 긴 드라이브 샷을 날리기도 했다.

하지만 앨리샤는 고전하고 있었다. 나는 그녀의 그런 행동의 어디까지가 연극이고 어디까지가 진짜 문제인지 알 수가 없었다. 그녀는 지구의 분위기에 적응하려고 노력하는 것 같았다. 어쨌거나 천국과 윌리엄스버그를 비교했을 때 그녀의 백스윙은 급격하게 짧아졌다. 스트로크는 불안정하고 성급해져서 공이 잔디를 따라 굴러가다 추운 아침 공기 속으로 튀어 오르곤 했다. 나는 하던 것을 멈추고 그녀에게 두어 가지를 지적해주었다. 몸을 낮춘 자세에서 긴장을 풀지 말고 엉덩이를 돌릴 것을, 팔과 손목을 비틀지 말고 체중을 이동시켜 아래쪽으로 움직일 것을 조언했다. 나는 또한 보석 몇 개를 빼서 백에 넣으라고 했다. 하지만 이상하게도 그녀는 사파이어와 다이아몬드 팔찌만 뺐을 뿐 다른 내 지적에는 아무런 반응을 보이지 않았다. 결국 그녀의 스윙도 달라지지 않았다. 그녀는 노력하고 있었고 나도 그것을 느낄 수 있었다. 내 조언은 타당한 것이었다. 그러나 알 수 없는 이유로 그녀의 몸은 내가 말하는 바를 파악하지 못했다. 공은 계속 그라운드를 따라 굴러가거나 오른쪽으로 거칠게 휘어져 날거나 때로는 곧장 위로 솟구쳤다. 그녀는 마치 드라이빙 레인지에 있는 두 낯선 남자들을 위해 공연이라도 하는 듯이 퍼팅을 하고 있었다. 하지만 이런 괴상한 공연이라니!

어느 시점에 내가 나직이 말했다.

"무슨 일입니까, 주님?"

좋은 의도로 한 질문이건만 나를 보는 그녀의 눈길은 때려눕히기라도 할 기세였다. 그녀의 눈빛은 지구에서도 역시 강렬했다. 동공은 짙푸른 색으로 거의 자줏빛에 가까웠으며 가장자리에는 은빛 테두리가 있어서 전체적인 느낌은 천국에서 보았던 광채와 불꽃의 흔적 같았다. 은 조각들이 빛을 발하며 반짝이고 있는 것도 같았다.

"전부 지옥에나 가버려."

그녀는 으르렁거리듯 말했다. 물론 그녀의 목소리는 여성의 것이었다. 다정할 때에는 여유 있고 풍요롭고 편안한 억양이라고 생각할 만한 매끄럽고 활기가 도는 목소리였다. 하지만 그녀가 화가 나 있거나 조급할 때면 처음 아인슈타인의 모습으로 만났을 때의 남성적인 신의 우렁우렁한 목소리가 되었다. 원초적인 권위, 원초적인 힘 같은 것이 느껴지는 목소리. 약간 겁이난 나는 그녀가 더 심각한 좌절 속으로 빠져들더라도 그냥 내버려두는 수밖에 도리가 없었다.

이윽고 우리가 티 그라운드로 들어갈 시간이 다가왔다. 그때쯤 되자 기온이 몇 도 올라가서 좀 따뜻해졌다. 우리는 클럽백을 끌고 가 블루 헤론* 코스의 첫 번째 티 근처에 놓았다. (나는 캐디를 쓸 시간적 여유가 있는 경우를 제외하고는 언제나 백을 직접 들고 다니는 것을 좋아한다. 하지만 그때는 나이가 들어 백을 들고 다닐 만한 힘이 없어서 풀카트를 사용했다.) 티 샷을 하기에 앞서 마지막으로 스트레칭을 하면서 보니 페어웨이만 오로지 푸른색이었다. 계절 탓인지 물을 대지 않은 러프는 발육이 멈춘 건초 색깔이었다. 나에게는 그리 중요한 문제가 아니었다. 자갈밭에서 경기를 한다고 해도 별 문제가 될 것 같지 않았다. 나의 관심은 오로지 다시 지구에서 골프를 하고 있다는 것뿐이었다.

---

* 블루 헤론 Blue Heron : 푸른 학, 즉 왜가리를 말한다. 잔디의 푸른빛과 굴곡에 빗대어 골프장이나 코스에 블루 헤론이라는 이름을 붙이기도 한다.

출발신호원이 준비가 되었느냐고 물었다.

"나는 영원토록 준비해왔소."

나는 유쾌한 목소리로 말했다. 앨리샤는 슬럼프 때문에 아직도 화가 풀리지 않은 듯 다시 한 번 악의에 찬 눈길로 나를 쏘아보았다.

"위쪽에서 오셨죠?"

그가 말했다.

"상당히 위쪽이죠."

내가 말했다.

"그럼 즐거운 시간 되세요. 제가 두 분을 뉴욕에서 온 부자 한 팀과 조를 짜놓았습니다. 진짜 선수들이죠. 보시면 아시겠지만. 그분들도 눈을 피해 이곳으로 왔다고 해요."

그는 내 어깨에 손을 얹으며 이렇게 말했다.

"두 분께서도 그분들을 편안하게 대해주세요."

"아, 그럴게요."

앨리샤가 큰 소리로 말했다. 갑자기 그녀의 분노는 눈 녹듯 사라지고 그녀는 평범한 부잣집 여인네의 목소리로 재잘대기 시작했다. 나는 컨트리클럽을 돌며 경기를 하던 시절 그런 사람들을 너무나 많이 보고 들어서 금세 알아볼 수 있었다. 그런 목소리는 어리석음과 우월감, 거짓된 우정이 교묘하게 뒤섞인, 마치 자신이 평범한 사람인 척하지만 실제로는 다른 이들보다 우월하다는 것을 드러내려는 목소리였다. 그녀는 얼굴 표정마

저도 변해 있었다. 그녀는 아름다운 눈동자를 침침하게 만들었다. 그녀는 출발신호원에게 바보 같은 미소를 지어 보이고는 교태가 섞인 목소리로 말했다.

"몇 홀 쳐보고 그 사람들이 우리보다 빠르면 앞서 가게끔 할게요."

"그렇게 말씀해주시니 감사할 따름입니다."

출발신호원이 말했다. 마치 귀여운 열한 살짜리 소녀를 대하는 듯한 말투였다.

그 부자는 그리 멀지 않은 곳에 서서 우리의 대화에 귀를 기울이고 있었다. 연습 구역에서 우리가 보았던, 우리를 지켜보고 있던 이들이었다. 이름은 브라이언과 찰리로, 시러큐스 근교에서 왔고 아주 멋진 골프 복장을 갖추고 있었으며 값비싼 고급 골프 클럽들을 가지고 있었다. 두 사람 모두 똑같이 갈라진 턱에 귀가 다소 큰 편이었고 내 생각에 그런 외모는 여러 세기에 걸쳐 대물림된 유전적 특징 같았다. 여기서 잠깐 그런 유전적인 특징이 얼마나 신기한 것인지에 대해 이야기해야겠다. 어쩌면 당신도 알고 있겠지만 그것은 정말로 신기한 것이다. 나의 아버지와 나는 둘 다 골퍼였고 비슷한 유전적 특징을 가지고 있었다. 실제로 핀스 윈스턴 가문의 남자들의 초상화를 본다면 알게 될 것이다. 우리는 볼 중간에 작은 보조개 같이 파인 곳이 있어서 면도를 할 때마다 애를 먹는다. 게다가 신이 우리를 저주하기라도 한 것인지 귓바퀴가 너무 커 백스윙을 하면서도 멀리 까마귀가 우는 소리나 관중이 기침하는 소리까지 들을 수 있을 정도다.

내가 성스러운 존재들과 골프를 쳤던 짧은 시간 동안 나는 초자연적인 뭔가가 일어날지도 모른다는 생각에 늘 예민해 있었다. 아마도 지나치게 예민했나 보다. 그 두 친구의 갈라진 턱을 보는 순간 나는 무슨 계교를 숨기고 있는 게 아닌지 의심했다. 갑자기 내게 골프를 가르쳐준 아버지에 대한 수천 가지 기억들이 되살아났기 때문이다. 온갖 감정들이 홍수처럼 밀려와 나를 덮쳤고 그 홍수는 천국과 지상을 막론하고 가장 거대한 것인 것 같았다. 나는 완전히 아버지와의 관계에 대한 기억 속에 빠져든 것만 같았고 실제로는 아무런 의미도 없는 우연일 수 있는데도 마치 신이 나에게 생소한 한 가지 교훈을 제시하고 있다는 의심마저 들었다.

어쨌거나 나는 우리를 행크와 앨리샤라고 소개하고 악수를 나누고 전반적인 인사들을 나누었다. 그때 내 입에서 이런 말이 튀어나왔다.

"자네들, 라운드를 좀 더 흥미롭게 해보면 어떻소? 돈을 약간 걸면 어떨까? 타수를 모두 합산하는 걸로, 스트로크 플레이로, 핸디캡 없이."

제발 나를 믿어주기 바란다. 나는 정말이지 그런 말을 입 밖에 낼 의도는 눈곱만큼도 없었다. 일단 말이 입 밖으로 튀어나오자마자 곧 늙은 아버지에 대한 기억이 밀려들었다. 아버지는 다음날 아침에 해가 뜨는지 아닌지를 놓고도 내기를 걸었던 사람이다. 누가 이기든 상관없었다. 아버지의 그런 성격은 외아들인 나를 늘 즐겁게 해주었지만 그의 유일한 아내였던 어머니를 화나게 만들었다. 그러니 그 말은 내가 물려받은 오래된 유전자에서 튀어나온 셈이다. 아직 해결하지 못한 업보. 유전자가 그렇게 만든 것이다.

"합산으로요?"

브라이언이 말했고 내 제안이 그에게 먹혔다는 것을 알 수 있었다. 그는 스물 두엇쯤 되는 것 같았고 내 직감이 맞다면 건달기가 있는 친구였다. 그의 아버지는 인내심 많고 너그러운 타입의 사람으로 말없이 곁에 서 있었지만 아들의 충동에 기꺼이 가담할 것처럼 보였다.

나는 고개를 끄덕였다. 부자는 눈짓을 한 번 주고받더니 브라이언이 이렇게 말했다.

"돈은 어느 정도를 생각하시는데요?"

"한 타에 2천 달러."

앨리샤가 중얼거리듯 말했다.

한 타에 2천 달러라니! 그것은 내 과거의 생에서였다면 말도 안 되는 거액이었다. 아버지가 살아 돌아온다 해도 그렇게 험한 날씨에는 아무리 최악의 골퍼를 상대로 하더라도 그런 목돈은 걸지 않을 것이다. 하지만 당시 시세로는 그 돈이 얼마나 큰 액수인지 가늠하기가 어려웠다. 나는 브라이언의 얼굴에 어떤 표정이 나타나는지 살펴보았다. 그는 우리가 가지고 있는 클럽들을 슬쩍 보더니 다시 한 번 우리 얼굴을 뜯어보았다. 우리가 필시 아주 부유하기는 하지만 어리석어서 그 뉴욕의 젊은 친구와 그의 아버지에게 돈을 갖다 바치려고 한다고 생각하는 것 같았다. 앞서 말했듯이 나는 연습 구역에서 꽤 잘 쳤다. 그러나 나는 그들보다 적어도 각각 스물다섯이나 오십 살은 더 먹은 사람이었고 앨리샤는 잘 하고는 있었지만 최상의 컨디션은 아니었다.

표정으로 보아 아버지에 대해서는 다소 걱정하는 듯 보였으나 브라이언은 전혀 개의치 않았다. 그는 곧바로 수락했다. 그 젊은 친구가 내기를 수락함과 동시에 그가 속으로 자만하고 있다는 것을 알 수 있었다. 당신도 그의 눈동자와 팔을 보았다면 충분히 알 수 있었을 것이고, 심지어는 그의 커다란 귀 너머로 경쾌하게 넘긴 갈색 머리를 보고서도 알 수 있었을 것이다. 신은 그런 자만심을 경멸했다. 인간의 결함 가운데 그가 참아내지 못하는 게 바로 오만이다. 앨리샤는 브라이언을 보고 한눈에 무언가를 감지한 것이 분명했다. 그것은 자신이 여성이라는 사실, 아마도 아름다운 여성이라는 사실, 그리고 내가 노인이라는 사실, 늙은 내가 젊고 아름다운 여성과 함께 있다는 사실, 내가 칠십 대의 나이로 그럭저럭 괜찮은 스윙을 했다는 사실, 그들의 백에 두 대륙의 최고급 골프 리조트의 꼬리표가 붙어 있다는 사실 등과 관련이 있는 어떤 태도였을 것이다. 그들은 내가 캐딜락을 몰고 오는 것을 보았을 수도 있고 캐딜락에 대해 다소 편견을 가지고 있을 수도 있다. 나는 알 수 없다. 그러나 그녀는 그들의 말투에서 무언가 색다른, 겸양이 결여된 어조를 감지했고 그래서 내 머릿속에 도박을 제안하자는 생각을 집어넣고 그것을 내 혀로 말하게 만든 것이다. 그리고 브라이언과 찰리는 덥석 물었다. 낚싯바늘을, 우리가 던진 줄을, 미끼를.

첫 번째 홀은 오른쪽으로 심하게 꺾인 도그레그였고 티 그라운드 다음은 약간 아래로 경사가 져 있었으며 그린이 가까워지면 다시 약간 경사가 올라가는 형태였다. 브라이언은 첫 번째 티 그라운드에 섰고 그의 아버지와 우리 앞에서 뭔가 보여주려 애쓰며 공을 도그레그의 무릎 모서리까지 날렸다. 공은 그리 좋지 않은 갈색 러프 지역 근처에 떨어졌다. 그의 아버지도 같은 재주를 부려 같은 결과를 만들어냈다.

놀랍게도 나는 티 그라운드에 서자 다리가 후들거렸다. 앞으로 오랫동안 이어질 시합에서 그것보다 더 불안한 일은 없을 것이다. 하지만 나는 과거 내 스타일대로 신중하게 플레이를 했고 3번 아이언으로 약간의 페이드를 만들어냈다. 공은 가볍게 모서리 쪽으로 날아가더니 오른쪽으로 굴러 좋은 위치에 섰다. 페어웨이 중간 지점, 깃대로부터 160야드 정도 떨어진 곳이었다. 앨리샤는 레이디 티로 가서 발을 한참 동안 이리저리 옮기며 자세를 잡더니만 헛스윙을 하고 말았다. 완벽한 실수였다. 그녀는 너무 힘을 주어 스윙을 했고 그래서 순간 디스크라도 생기지 않을까 걱정이 될 정도였다. 그녀는 다시 분노로 차오르는 것 같았다. 하지만 당황하는 쪽은 오히려 브라이언과 찰리였다. 찰 리가 밝은 목소리로 이렇게 말했다.

"아, 이번 타는 신경 쓰지 마세요! 타수에 넣지 않을 테니. 누구나 연습 스윙이 필요한 법이죠."

만물의 주인이자 창조자인 그녀가 두 번째 티 샷을 하자 공은 40야드를 날아가 페어웨이 왼쪽 가장자리 아래로 떨어졌다. 공은 데굴데굴 굴러가 그곳에 있는 러프로 들어갔다. 우리 네 사람은 아무 말 없이 공을 찾아 걸었다. '잔인한 침묵'. 아버지와 나는 그렇게 불렀었다.

"아, 헤르만과 나는 거기까지 가면서 잔인한 침묵을 가졌지, 여보. 첫 번째 티를 떠나 말이오."

아버지는 집에 돌아오면 어머니에게 그렇게 말하곤 했다.

"하지만 곧 괜찮아졌어. 멋진 샷을 몇 개 날렸거든."

일단 공을 찾아내자 앨리샤는 자리를 잡고 클럽을 너무 많이 흔들어댔고, 마치 금발머리 러시아 촌부가 스텝 지대에서 낫으로 건초를 베는 것 같은 자세로 그 불운한 작은 공을 형편없이 쳤다. 공은 겨우 2피트를 움직였다. 그녀의 다음 샷도 형편없기는 매한가지여서 간신히 공을 풀이 짧은 곳으로 올려놓았을 뿐이었다. 거기서 그녀는 네 번째 샷을 꽤 잘 쳐서 내 공과 그리 멀지 않은 곳으로 공을 보냈다. 그녀가 디보트 자국을 메우는 동안 나는 경쟁자들에게 다가가 나직한 목소리로 변명하듯이 말했다.

"저 사람은 평소에는 훨씬 잘 칩니다. 첫 홀이라 좀 불안한 것 같소. 특히 잘 모르는 사람들 앞에서 플레이를 할 때면 그렇죠. 뭐 그런 거요."

그들은 전혀 당황하는 것 같지 않았다.

찰리는 웨지 샷으로 러프를 벗어났다. 그는 나의 아버지가 그랬듯이 아주 좋은 리듬을 가지고 있었다. 브라이언은 좀 더 멋지게 쳐 보이려고 애를 쓰다 공을 그린 너머로 날려보냈다. 나는 7번 아이언으로 그럴듯한 샷을 날려서 핀 위 30피트 오른쪽으로 공을 보냈다. 적어도 한 그룹의 우수 선수라면 보통 그 정도의 샷을 칠 것이다.

나는 첫 홀을 파로 마쳤다. 브라이언과 찰리는 각각 보기로 끝냈다. 앨리샤는 무려 11타가 되었다. 우리는 다섯 타 차이로 무려 1만 달러를 잃고 있었다. 겨우 한 홀이 끝났을 뿐인데.

두 번째 홀에서 신은 9타를 기록했다. 짧은 파3짜리 세 번째 홀에서 그녀는 7타를 기록했다. 나는 내 나름의 침착하고 편안한 게임을 이어 가면서 점점 더 차분해지고 있었다. 한편 찰리와 브라이언은 서로 잘 하려고 경쟁하면서 내 젊고 아름다운 아내에게 좋은 인상을 주려 애쓰고 있었다. 그쯤 되자 나는 36타, 브라이언과 찰리는 각각 43타와 45타가 되었고 앨리샤는 67타를 기록하고 있었다. 103타 대 88타. 우리는 15타를 뒤져 3만 달러를 잃고 있었다. 내가 선수였던 시절 유명 프로 선수들이 연간 벌어들이는 수입의 세 배가 되는 액수였다. 나는 그녀가 혹시라도 마법을 부려 내 지갑 속 카드가 있는 곳 옆에 거액의 수표라도 넣어두지 않았을까 궁금하여 지갑을 열어보고 싶은 마음이 굴뚝같았다. 하지만 차마 그럴 수는 없었다.

우리는 아주 난처한 상황에 처한 것 같았다. 앞의 아홉 홀에서 우리의 부채는 눈덩이처럼 불어났다. 우리가 일 년 간의 계약 노동에서 벗어날 유일한 방법은 이런 것이었다. 아홉 번째 홀에서 퍼팅을 할 때 브라이언이 끔찍한 실수를 저지르고 말았다. 그의 실수는 게임이 아니라 그의 영적인 삶 안에서 벌어졌다. 처음 아홉 홀 내내 나에게 참패를 당했는데도 그는 앨리샤에게 아주 싹싹하게 굴었고 심지어 내게도 그랬다. 그는 아주 건장한 청년으로 목과 어깨가 두툼하고 그의 아버지와 마찬가지로 상박이 탄탄했으며 넓고 거칠지만 갈라진 턱 덕분에 얼굴이 그런대로 봐줄 만했다. 그는 차가 많아 길이 막힐 때 주위 시선을 아랑곳하지 않고 태연히 끼어들기를 할 것처럼 보이는 그런 유형의 사람이었다. 그의 아버지 찰리조차도 아들 때문에 다소 당황하고 있는 눈치였다. 나는 그의 얼굴에 얼핏 실망의 기색이 스쳐 지나가는 것을 읽을 수 있었다.

어쨌거나 아홉 번째 홀에서 앨리샤는 8피트짜리 퍼팅을 앞두고 있었고 그래서 나는 그날 처음으로 그녀가 보기를 기록하는 게 아닌지 기대하고 있었다. 그러나 그녀는 공 옆에 너무 오래 서 있었고 결국 스트로크를 하여 공을 4피트 단축시키는 데 그

쳤다. 브라이언은 이런 실수를 보자 기쁨을 감추지 못했다.

"아직 희망은 있어요."

그의 목소리에는 기쁜 기색이 역력했다. 앨리샤는 두 번째 퍼팅을 하기 위해 자리를 잡았고 그녀의 손이 떨리는 것이 보였다. 그녀는 주저하고 또 주저하다가 방아쇠를 당겼지만 공은 홀 오른쪽 1인치 지점에 멈춰 섰다. 그놈의 입스였다. 우리는 결국 17타를 뒤지게 되었다.

이제 브라이언은 승리의 냄새를 맡았다. 그는 말 한 마디면 앨리샤의 균형이 완전히 깨지리라는 것을 알았고 기적이 일어나지 않는 한 우리가 구제될 방법이 없다는 것도 알았으며 단 몇 시간의 게임으로 한몫 단단히 챙기게 될 것도 알았다. 그러나 그는 뭔가 자극하고 휘젓고 싶은 욕구를 참지 못했다. 열 번째 티 그라운드에 이르자 간식 카트가 다가왔다. 우리가 핫도그를 먹고 있을 때 브라이언이 부끄러운 줄도 모르고 앨리샤에게 집적대기 시작했다. 분명 그는 이렇게 생각했을 것이다. 나는 그녀를 꺾었다. 이제 노인네마저 꺾을 차례다.

"뭐 하나 보여드릴까요?"

브라이언이 삐딱하게 말했다. 그러고는 그녀의 뒤로 다가가 그녀의 팔을 잡고 클럽을 뒤로 돌리는 것을 도와주었고 그 다음 자신의 엉덩이를 잽싸게 앞으로 내밀면서 체중을 옮기는 시범을 보여주었다. 그렇게 하면서 그는 몸을 그녀에게 밀어붙였다. 그런 짓거리에는 아주 통달한 것 같았다. 그는 순수한 의도

로 그러는 척했지만 전혀 그렇지 않았고 우리들 모두 그것을
빤히 알았다.

　지구에 있을 때에도 비슷한 경우를 수십 번 보았다. 안나 리
사는 아주 매력적인 여자였으며 그래서 골프를 칠 때면 종종
남자들에게 둘러싸이곤 했다. 그럴 때면 항상 그런 식의 집적
댐이 있었다. 별 다른 악의가 없을 때도 있었고 브라이언처럼
노골적으로 그러는 경우도 있었다. 브라이언의 그런 행동은 내
가 이제 이해하는 것이지만 소수의 남자들에게서 찾아볼 수 있
는 자포자기식 열등감과 관련 있는 것이다. 인상적인 외모를
가졌음에도 그의 내면에는 커다란 결함이 있었고 뭐라 딱 집어
서 말할 수 없는 불안 심리를 가지고 있었다. 아버지와 관련된
것일 수도 있다. 그의 아버지는 차분하고 예의 바른 사람이었
기에 브라이언의 충동적인 자만심은 그에 비해 한참 미성숙하
고 지혜롭지 못하게 느껴졌을 수 있다. 우리는 모두 정도의 차
이는 있겠지만 순간순간 어느 정도는 그런 식으로 행동할 거라
고 생각한다. 세상의 고요한 위엄 앞에서 우리는 때때로 완전
해질 수 없다는 무력감 때문에 불안을 느끼고 그런 불안을 허
세나 무례, 분노나 배은망덕으로 떨치려 한다.

　어쩌면 그렇지 않을 수도 있다. 솔직히 인정한다. 이런 문제
에 대한 내 이론은 좀 생소하다. 어쨌거나 분명한 것은 브라이
언이 자신의 감정에 솔직해지기보다는 주변 사람들의 행동과
감정을 지배함으로써 자신을 달래려고 했다는 사실이다. 그렇

게 함으로써 그는 패닉 상태에 빠진 자신의 열등감을 향해 마치 자신이 아버지보다 못하지 않다는 것, 다른 존재들보다 못하거나 약하지 않다는 것을 증명해 보이고자 하는 것 같았다. 아, 인간의 내면에 있는 천박한 충동이라는 것이 얼마나 한심하고 쓰레기 같은지! 말하기에도 딱하지만 나의 안나 리사는 천박한 남자들의 어깨나 무릎을 쓰다듬고 결혼식 피로연에서 그들과 어울려 춤을 추기도 하며 그런 게임에 동참했었다. 당연히 그 모든 행동은 나의 불안 심리를 자극했고 나의 약한 부분을 공격하곤 했다. 우리는 그런 문제로 몇 번 심하게 다툰 적도 있다. 물론 그녀가 작정하고 나에게 상처를 입히려고 했다거나 그녀 자신의 미묘한 문제들로 인해 되는 대로 끌려갔다고는 생각하지 않는다.

그러나 어찌 됐든 사실 신경이 덜 쓰이는 상황은 아니었지만 아마도 내가 경기를 잘 하고 있었기 때문인지, 아니면 앨리샤와 내가 사실상 로맨틱한 관계가 아니었기 때문인지, 그것도 아니면 걱정거리가 없는 천국에서 내가 누렸던 안락함을 조금이나마 지구로 지니고 왔기 때문인지, 나는 그다지 신경을 곤두세우지 않았다. 이유가 뭐가 됐든 나는 브라이언의 우스운 짓거리에 당황하지 않았고 오히려 당황하지 않았다는 사실로 인해 내가 더 강하고 자유로움을 느낄 수 있었다.

찰리조차도 아들의 행동 때문에 불편해하는 것 같았다. 앨리샤는 미소를 짓고 그가 하는 대로 따라가기는 했지만 나는 그녀가 상당히 화가 나 있으리라는 것을 익히 알 수 있었다. 우리가 종이 냅킨을 휴지통에 구겨 던지고 다음 아홉 홀을 시작할 준비를 하고 있을 때 그녀가 속삭였다.

"저 녀석 이제 끝났어."

나는 그 가련한 젊은 친구가 무섭도록 영원한 형벌을 자초하지 않기만을 바랐다.

그를 골탕 먹일 작정이라도 한 듯 그녀는 열 번째 홀에서 놀라운 드라이브를 날렸다. 공은 직선으로 아득히 뻗어나가 거의 200야드를 날아갔다.

"얘야, 저분에게 레슨을 해드리는 게 아니었어."

찰리가 이렇게 말하는 소리가 들렸다. 하지만 브라이언은 아버지의 말은 안중에도 없는 듯 웃기만 했다.

두 번째 샷에서 앨리샤는 3번 아이언을 꺼내더니 그린의 에이프런 지역까지 공을 올려놓았다. 그녀는 오전 내내 퍼팅에서 고전했지만 이제 무려 18피트짜리 퍼팅을 성공시켰다. 나도 그 홀에서 버디를 만들었다. 브라이언은 아직도 그가 얼마나 큰 잘못을 저질렀는지 모르는 것 같았다. 그는 부주의하게 보기를 범했다. 앞으로 남은 홀은 여덟 개였고 그들은 여전히 14타를 앞서가고 있었다. 브라이언은 벌써부터 내기에서 번 돈으로 무엇을 할지 생각하고 있는 게 분명했다.

그러나 다음 홀에서도 앨리샤는 또다시 잘 해냈다.

"야호!"

그녀는 완벽한 두 번째 샷을 날리고는 브라이언이 있는 곳을 향해 탄성을 질렀다.

"당신한테 더 자주 레슨을 받아야겠는걸요."

이렇게 말하며 그녀는 아주 감미로운 미소를 지었다. 우리가 티 그라운드를 벗어나 걸어가고 있을 때 그녀는 브라이언의 어깨를 살짝 짚으며 마치 그가 천사라도 되는 양 바라보았다. 그는 아직도 사태를 파악하지 못하고 있었다. 앨리샤는 그 홀 퍼팅에서는 실수를 해서 보기를 기록했다. 찰리 또한 보기를 기록했고 브라이언은 파를 기록했다. 그것이 그날 그의 마지막 파였다.

"여보."

앨리샤가 퍼팅에서 실수를 하고는 나를 보며 말했다.

"여보, 오늘 내가 당신이 돈을 쓰게 만드네요. 그죠?"

나는 돈은 내게 전혀 대수로운 것이 아니라는 듯 어깨를 으쓱해 보였다. 물론 사실상 그랬다.

"당신은 오늘 상대를 잘못 만난 것뿐이에요."

브라이언이 그렇게 말하고는 윙크를 했다.

"아, 저는 남자가 윙크하는 게 싫어요."

앨리샤가 대답했다.

그 목소리가 얼마나 퉁명스럽던지 이제 막 그녀를 다시 보기 시작한 찰리조차도 사태가 역전되고 있다는 것, 그리고 무엇보다 애초에 멍청한 금발머리 하이 핸디캐퍼를 상대하지 말았어야 했다는 것을 깨닫고 있었다. 그럼에도 브라이언은 사태를 전혀 파악하지 못하고 있었다. 12번 홀에서 그는 드라이브 샷을 너무 오른쪽으로 밀어서 공을 저 멀리 OB 구역으로 날려보냈고, 공이 어찌나 멀리 날아갔던지 그곳에 있는 아름다운 벽돌집에 부딪쳐 튀어나와 관목 숲으로 들어가고 말았다.

"약간 뒤쪽을 잡았네요."

그가 말했다.

"한동안 이런 적이 없었는데."

앞서의 실책을 만회하려 그랬는지 그는 두 번째 드라이브 샷을 훅으로 날려 왼쪽 러프 지역 깊숙한 곳으로 보내고 말았다. 거기서 그는 벌써 3타를 기록했다. 그의 아버지는 중간 지점으로 샷을 날려보냈고 앨리샤와 나도 그렇게 했다. 그 홀은 짧은 파5짜리였고 왼쪽으로 도그레그가 나 있는 467야드짜리였다. 내 공을 향해 걸으면서 보폭으로 짐작해보니 나는 200야드가 조금 넘게 날렸다는 것을 알 수 있었다.

"아이언 하나면 끝낼 수 있어요, 여보."

그녀가 말했다.

"당신을 믿어요."

곁눈으로 슬쩍 보니 브라이언이 이를 드러내며 씩 웃고 있었다. 나는 4번 아이언을 들고 마음을 가라앉힌 후 아주 멋지고 부드러운 스윙을 했다. 공은 페어웨이를 따라 날아가다 한 번 바운드를 일으키고는 그린 중심을 향해 굴러갔다.

"멋져요, 여보."

앨리샤가 큰 소리로 환호하며 다른 사람들을 향해 이렇게 말했다.

"저이는 가끔 저런 멋진 샷을 해요. 끝내주는 장타를 날리죠."

찰리는 어프로치 샷을 왼쪽 벙커 속으로 빠뜨렸다. 당연한 이야기겠지만 브라이언은 보란 듯이 러프를 벗어나려고 애썼다. 하지만 너무 경직된 자세로 쳤는지 클럽 헤드가 살짝 풀에 걸린 것 같았다. 공은 너무 오른쪽으로 날아가 마치 모터라도 단 것처럼 여러 번 바운드를 반복하고는 OB 팻말을 지나 1피트 정도 떨어진 곳에 멈춰 섰다. 그는 네 번의 강타를 날리고 나서야 겨우 그린에 공을 올려놓았다. 이제 9타였다.

"빌어먹을, 어떻게 된 거지?"

그가 중얼거리는 소리가 들렸다.

앨리샤도 그 소리를 들었다.

"자, 자."

그녀가 말했다.

"부디 내 앞에서 그 이름을 헛되이 말하지 말아요.*"

브라이언이 그녀에게 눈길을 돌리더니 한 마디 내뱉었다.

---

* 브라이언의 "빌어먹을, 어떻게 된 거지?"라는 말의 원문은 "What the Christ?"이고, 그 말에 앨리샤가 '주의 이름을 헛되이 말하지 말라.'는 제2 계명을 언급하며 헤르만과 자신만이 이해할 수 있는 농담을 한 것이다.

"뭐라고요?"

그러고 나서 그는 세 번 퍼팅을 했다.

다섯 홀을 남겨둔 상태에서 우리는 7타를 뒤지고 있었다.

마지막 다섯 홀은 정말이지 아주 재밌었다. 포즈 콜로니에 있는 블루 헤론 코스는 레이아웃이 아주 멋졌다. 물론 천국에 있는 코스들만큼은 못했지만 그럼에도 아주 멋졌다. 완만하면서도 약간 굴곡이 진 홀 곳곳에 물웅덩이들이 뚜렷하게 보이는 형태가 대부분이었고, 18번째 홀은 왼쪽으로 도그레그가 있었다.

굳이 말할 필요도 없겠지만 브라이언은 마지막 네 홀 가운데 세 홀에서 공을 물에 빠뜨렸다. 174야드 14번 홀에서 그가 미들 아이언으로 친 티 샷이 잘못되어 공은 몇 번이고 제멋대로 바운드를 일으키다 왼쪽으로 튀어 물속으로 들어갔다. 350야드 15번 홀에서는 티 샷을 오른쪽 직각으로 날려 다시 공이 물속에 빠졌다. 전체 코스 중 두 번째 난이도의 16번 홀에서는 다시금 티 샷을 물속에 빠뜨렸고 뒤를 이어 드라이버마저 빠뜨리고 말았다.

앨리샤와 나는 아무 말도 하지 않았다. 그의 아버지는 속이 상한 것 같았지만 쓰다 달다 말이 없었다. 페어웨이 왼쪽 전면으로 호수가 길게 뻗어 있는 파3짜리 173야드 17번 홀 티 그라운드에 서게 되었을 때 브라이언은 화가 나서 씩씩거리며 혼잣말로 투덜거렸고 이제 양편 모두 같은 타수였다.

나는 체면을 유지하게 되었다. 지상에서 골프를 하던 시절에

4번 아이언은 늘 내가 애용하는 175야드 클럽이었고, 그래서 나는 언제나 그 클럽을 백에서 꺼낼 때면 자신감과 편안함을 얻곤 했었다. 그러나 그 후로 상황이 바뀌었다. 나는 천국에서 골프 베테랑이었고 지상의 기술이 발전한 덕분에 공이 더욱 잘 날아오르게 됐다. 그래서 나는 6번 아이언을 꺼내 들고 티에 서서 샷을 가늠해보았다. 때마침 좋은 바람이 불어왔다. 호수에서 시작해 왼쪽에서 오른쪽으로 부는 적당한 바람이었다. 나는 클럽을 단단히 잡고 깃대를 목표로 해서 드로 샷을 날렸다. 하지만 내가 원했던 대로 공은 바람을 타지 않고 직선으로 날아가 홀에서 1~2야드 앞에 떨어져 바운드를 일으키며 깃대 중간 부분을 맞추고 컵에서 4인치가량 떨어진 지점에 안착했다. 앨리샤는 기쁨에 겨워 환호성을 질렀고 값비싼 골프 슈즈를 신은 채 깡충깡충 뛰었다. 찰리는 가까스로 이렇게 말했다.

"멋진 샷이네요."

하지만 브라이언은 제정신이 아니었다.

골프는 지금까지 고안된 모든 운동 가운데 가장 스트레스가 많은 운동이라고 한다. 그 사실에 반론을 제기할 생각은 없다. 브라이언에게 일어났던 일은 코스에서 종종 있는 일이다. 당신이 네 홀, 여섯 홀, 혹은 열 홀을 잘 쳐왔다고 하더라도 다음 순간 도무지 알 수 없는 이유로 그런 재능이 갑자기 사라져버릴 수 있다. 전혀 실수를 할 상황이 아닌데도 플레이를 완전히 망쳐버릴 수도 있다. 공은 독립적인 존재가 되어버린다. 버릇없는 십 대 소년처럼 논리적인 충고에 전혀 귀를 기울이지 않는 것이다. 나는 그런 일이 일어나는 것을 천 번도 더 보았다. 나에게서든 다른 사람에게서든.

하지만 브라이언의 경우에는 다른 어떤 힘이 작용하고 있는 게 아닌지 슬며시 의심이 갔다. 어쩌면 늘 그럴지도 모르는 일이다. 모든 트리플 보기나 쿼드러플 보기 같은 갑작스런 재앙 뒤편에는 신이 개입하고 있을 수도 있다. 그것은 갖가지 나쁜 행실들에 대한 형벌이거나 인내나 겸손을 배우라는 훈계일 수도 있을 것이다. 나로서는 무엇이 진실인지 모를 일이다.

앨리샤가 브라이언을 싫어하는 것만은 분명했다. 찰리 역시 그것을 알고 있었다. 브라이언 자신도 걷잡을 수 없이 부풀어진 자화자찬의 안개 속에 파묻히지 않았다면 그것을 알아차렸을 수도 있었을 것이다. 그리고 신이 당신을 싫어하게 되면 아마도 좋은 일은 더 이상 기대할 수 없을 것이다. 그렇지 않겠는가.

그 아름다운 포즈 콜로니 컨트리클럽 블루 헤론 코스 17번 티에 서서 브라이언은 6번 아이언으로 생각되는 클럽을 들고 티 샷을 쳐서 연못 속으로 공을 빠뜨리고 말았다. 잠시 후 6번 아이언 자체도 공을 따라 날아가더니 더 크게 풍덩하는 소리가 났다. 아마도 그는 이렇게 생각하고 있었을 것이다. 2천이나 4천, 혹은 6천 달러쯤 잃게 될 거야. 그럼 새 클럽 세트는 영영 물 건너가는 건가? 하지만 그것은 또 한 번의 유치한 행동이었고 우리 모두를 불편하게 만들었다. 그때 나는 생각했다. 앨리샤가 그를 동정할지도 모른다. 그러나 브라이언은 5번 아이언을 꺼내 두 번째 샷을 했고 그것마저 물속으로 빠져버려 또다시 세 번째 샷을 했다. 그는 네 번째 공을 앞쪽 벙커에서 발견했다. 벌타가 더해져 그는 거기서 이미 7타가 되었다. 그러자 그는 등을 돌리고 서서는 실제로 울기 시작했다. 다 큰 어른이 골프 코스에서 우는 광경을 보는 것이 그때가 처음은 아니었다.

버릇없는 희롱에 대해 좀 지나친 형벌이라고 생각되었지만 나는 아무 말도 하지 않았다. 찰리는 아들을 향해 격려의 말을 해주고 스윙을 했지만 그 역시 공을 벙커에 빠뜨리고 말았다. 앨리샤는 맨 처음 라운드를 시작할 때와 똑같은 플레이를 했다. 공은 낮게 직선으로 80야드 정도를 굴러갔다. 그녀는 7타로 그 홀을 마쳤고 내가 버디를 만들어서 우리는 9타가 되었다. 찰리는 모래 위에서 고전하며 또다시 보기를 기록했다. 브라이언은 샌드 웨지로 여덟 번째 샷을 쳐서 홀에 넣었지만 모욕감만 더해졌을 뿐이었다. 스코어는 9 대 12로 마침내 우리가 3타를 앞섰다.

18번 홀은 비교적 쉬운 파4 352야드짜리였다. 물웅덩이가 없어 브라이언에게는 다행스러운 일이었다. 드라이버와 6번 아이언이 없는 상태로 그는 5타, 그의 아버지는 6타를 기록했다. 나는 다시 한 번 운 좋게 파를 만들었고 앨리샤는 플레이를 잘해서 보기를 기록했다. 9 대 11. 우리는 결국 5타 차로 이겼고 1만 달러가 이제 눈앞에 있었다.

우리가 마지막 그린 위에서 악수를 나눌 때에는 견디기 힘든

어색한 분위기가 되었다. 브라이언은 아버지에게 뭔가 이야기를 듣고 있었고 나는 혹시나 그가 우리가 억지로 내기에 끌어들였다고 비난하면서 돈을 내지 않으려는 트집을 잡는 게 아닐까 하는 생각이 들었다. 그러나 우리가 장갑과 공, 마커를 백에 넣고 나자 브라이언이 수표책을 꺼내 들고 나를 향해 걸어오는 모습이 보였다. 표정이 아주 끔찍했다. 턱의 패인 부분이 바람에 나부끼는 깃발에 그려진 별처럼 흔들렸다. 마치 검은 깃발이 바람에 흔들리고 있는 것만 같았다. 자만 뒤에는 실패가 따른다는 말이 사실인 것 같았다. 나는 그 말이 틀린 경우를 본 적이 없다. 그리고 그런 실패를 목격하는 것은 정말 끔찍한 일이다. 자만하던 사람이 실패하는 것을 보면 막상 딱하다는 생각을 하지 않을 수 없다. 비록 그 사람이 바로 몇 홀 전까지만 하더라도 불쾌하기 짝이 없는 천박한 행동을 일삼았더라도 마찬가지다. 나는 그것을 느꼈고 앨리샤 또한 느꼈을 것이다.

그녀는 내게로 와 팔짱을 끼며 다정하게 기댔다. 우리는 브라이언을 향해 서 있었고 찰리는 뒤편에 남아 아들이 이번 일로 한 수 배웠다는 태도를 보이며 이번만큼은 품위 있게 행동하기를 바란다는 듯 서성이고 있었다.

"두 분께 아주 혼쭐이 났습니다."

브라이언이 간신히 이렇게 말했고 신은 그에게 답례했다.

그는 말을 억지로 뱉고 있었다. 그에게는 정말 어려운 일이었을 것이다. 그렇지만 나는 브라이언이 적어도 스포츠맨십을 보여주려 애썼다는 데 점수를 주고 싶다.

앨리샤는 나를 올려다보며 속눈썹을 깜빡였다. 브라이언이 애써 겸손하게 행동한 것이 그녀에게도 감동을 준 것 같았다.

"여보."

그녀가 상냥한 목소리로 말했다.

"사실 우리는 이 돈 필요 없잖아요. 이 젊은 신사에게 한 가지 다른 제안을 해도 되겠어요?"

"물론이오, 여보."

그녀는 브라이언의 얼굴을 똑바로 보며 말했다.

"우리가 왜 진작 그 생각을 못 했지? 이 수표를 당신이 후원하는 자선단체에 주지 그래요. 그렇게 해요. 자, 그러면……."

그녀는 나를 향해 고개를 돌렸고 나는 속으로 그녀가 좀 과장되게 행동하고 있다고 생각했다.

"여보, 1만 달러의 절반이면 얼마죠?"

"5천이지."

내가 말했다.

"5천이라. 5천 달러는 그렇게 하지 그래요. 그걸 넘겨주면 당신을 대신해서 우리가 우편으로 보내고 지불이 완료되면 영수증을 우리에게 보내달라고 할게요."

브라이언은 한편으로는 비위가 상했지만 다른 한편으로는 안도했다. 비위가 상한 것은 그가 직접 우편을 보내어 명망을 얻고 싶었으나 그렇게 되지 않았기 때문이고 안도한 것은 누구라도 그랬겠지만 그와 그의 아버지의 손실이 반으로 줄게 되었기 때문이었다.

"정말 그래도 되겠습니까?"

그가 내게 물었다.

"물론이오."

내가 대답했다.

"집사람은 인정이 많기로 유명하거든요."

그는 잠시 생각하더니 수표를 어떤 의료 자선단체를 위해 썼고 그것을 우리에게 넘겨주었다.

"애야, 이따가 내가 정산하마."

브라이언의 뒤에 서 있던 그의 아버지가 말했다.

우리는 다시 악수를 나누었고 그들에게 즐거운 시합이었다고 말해주었다. 백을 캐딜락에 실어준 청년에게 후하게 팁을 주고 우리는 버지니아의 포근한 봄볕 아래로 차를 몰아 윌리엄스버그를 빠져나왔다.

그러나 내가 지구에서 겪은 모험담 가운데 일부를 마치기에 앞서 한 가지 더 이야기해두어야 할 게 있다. 나는 브라이언과 그의 어리석음에 대해 상당히 많은 관심을 기울였지만, 사실은 경기를 하는 동안 다소 나만의 상념에 빠져 있었다. 이야기하는 것을 깜빡했는데 전생에 지구에서 살았던 젊은 시절, 안나 리사를 만나 심각하게 얽혀들기 전의 나는 지독한 망나니였다. 소년 시절에도 나는 골프에 타고난 재능을 발휘하고 있었다. 골프 챔피언을 거의 신처럼 떠받드는 나라에서 이런 나의 재능 때문에 특히 십 대 시절 자만에 빠졌었고, 지금에 와서 그런 사실을 인정하려니 상당히 유감스럽다. 나는 집과 학교 주변을 마치 전장에서 돌아온 영웅이라도 되는 듯이 거들먹거리며 돌아다녔다. 실연을 하고 술을 마시면서도 대개 내가 모든 것을 다 알고 있는 양, 모든 것을 극복할 수 있는 양 행동했고, 그런 나를 부모님은 내버려두었다. 부모님은 많이 배우지 못한 구세대였다.

포즈 콜로니에서 시합을 하는 동안 나는 젊은 시절 가지고 있던 빗나간 자만심을 생생하게 기억해냈고, 그런 오만의 일부분을 브라이언에게서 발견할 수 있었다. 나는 그의 오만함이 그의 아버지를 괴로워하게 만드는 것도 지켜보았다. 나는 또한 그가 얼마나 그의 아들을 돕고 싶어 하고 구해주고 싶어 하는지도 보았다. 그러나 한편으로는 다소 건달기가 있던 내 아버지가 이미 알고 있었듯이, 그리고 천국의 아버지가 분명히 알고 있듯이, 진정한 가르침은 아버지나 어머니에게서 오는 게 아니라 그런 경험에서 온다는 것을 그가 이미 알고 있다는 것 또한 보았다. 고통이 가르침이고 삶이 가르침인 것이다.

나는 돈을 건네주고 그들이 자동차를 향해 걸어갈 때 찰리가 천덕꾸러기 아들의 어깨를 한 팔로 꼭 감싸주는 모습을 얼핏 보았다. 그의 그런 행동은 나에게는 마치 그리운 옛 음악과도 같아서 내 눈에는 눈물이 고였고 앨리샤가 내 그런 모습을 보지 못하도록 돌아설 수밖에 없었다. 내 어머니와 아버지는 나를 향해 안아주고 마주보고 어깨에 손을 얹어주고 말을 건네주는 그런 애정 표현을 얼마나 많이 보여주었던가. 거친 청년 시절을 보내며 내가 그들의 인내와 겸손과 사랑을 전혀 깨닫지 못했는데도 말이다. 그것은 신의 사랑의 축소판이라 해도 과언이 아닐 것이다.

14

지구로 다시 돌아오는 것은 앞서 말했듯이 어린 시절 자랐던 마을을 다시 방문하는 것과 비슷하다. 나는 실제로 그런 경험을 한 적이 있다. 안나 리사와 결혼을 하고 일 년쯤 지났을 때 우리는 잉글랜드로 때늦은 신혼여행을 떠났고 런던과 북서부 레이크 디스트릭트를 여행하면서 그곳에 있는 코스 몇 군데에서 경기를 했다. 나는 그녀를 내가 자랐던 작은 마을로 데리고 갔다. 노팅엄셔 아래쪽에 있는 웨스트브리지 에임스라는 곳이었다. 한편으로는 아버지의 도박 때문에, 다른 한편으로는 그에 대한 어머니의 불안 때문에, 또 한편으로는 독특한 내 영혼의 기질 때문에 그곳에 대한 기억이 달콤하지만은 않았다. 예닐곱 살 때부터 나는 내가 웨스트브리지 에임스에 속한 사람이 아니라는 것을 알고 있었다. 그러나 그 여행에서는 기분 좋은 연대감 같은 것이 느껴졌다. 어린 시절과 이어지는 생생하고 강렬한 어떤 것이 있었다. 그 시절의 시련과 공포, 그리고 우리의 지각들이 서서히 깨어나 세상의 위엄과 장대함을 마주하게 되고 자신을 특징짓는 관계들이 형성되기 시작하는 시절에 대한 기억이었다.

지금에 와서 돌이켜보면 그것은 그때처럼 푸른 별 지구로 되돌아온 것과 비슷한 느낌이었다. 쓰라린 기억들도 있었다. 그 기억들 대부분은 결혼생활의 실패와 프로 생활로부터의 도중하차와 연관된 것이었다. 그러나 거기에는 일종의 풍미 같은 것이 있었다. 그러한 냄새, 소리, 장면들이 수많은 옛 우정들과 숱한 행복의 순간들을 되살아나게 했다. 그렇다고 해서 천국에서는 모든 기억이 흐릿하다거나 그곳에서 느끼는 행복들이 다소 밋밋하고 거짓되다는 것은 아니다. 두말할 나위도 없이 나는 천국에서 더더욱 행복했다. 그러나 웨스트브리지 에임스가 세상에 하나이듯 지구도 단 하나뿐이고 그 두 곳을 다시 찾는 일이 적어도 나에게는 있는 그대로의 갖가지 기쁨들을 불러일으킨 것이 사실이다.

앨리샤와 함께 윌리엄스버그를 떠나 좀 더 남쪽으로 차를 몰고 갈 때에도 그런 기쁨이 생생하고도 새롭게 느껴졌다. 현대화된 미국 사회에 적응하는 데에는 그리 오랜 시간이 걸리지 않았다. 가는 곳마다 즐비한 컴퓨터들, 각종 혼합형 골프 클럽들이며 놀라울 정도로 가볍고 튼튼한 방수 장비들 등등. 하지만 내가 살던 시절보다 더 무미건조해진 것 같았다. 특히 음식은 원재료의 맛보다 인공적인 맛이 훨씬 더 많이 가미되어 있었다. 라디오 쇼에서 하는 말들은 하찮고 관용이라고는 찾아볼 수 없는 거짓부렁뿐이었다. 천국에 있는 동안 성격이 이상해진 걸까.

우리가 마치 부부 팀처럼 느껴질 때가 있었다. 우리 둘 다, 아니면 적어도 내가 은퇴를 해서 한가롭게 골프 여행을 즐기러 다니는 것처럼 말이다. 머무는 곳 어디서나, 샛길을 따라가다 신호에 걸려 차를 잠깐 세우거나 커피와 도넛 같은 간단한 식사를 할라치면 백발의 노인이 젊은 미모의 여성과 함께 있는 모습을 사람들은 진풍경이라도 되는 듯이 쳐다보았다. 차 안에 있을 때의 그녀는 신처럼 먼 존재였다. 앨리샤는 고개를 창 쪽으로 돌리고 풍경을 바라보며 명상에 젖어 있거나 보석이 박힌 팔찌와 귀걸이, 커다란 다이아몬드 반지를 만지작거렸다. 그러나 일단 공공장소에 가면 신은 아주 발랄하지는 않더라도 신실하고 애정 어린 아내처럼 행동했다. 그녀는 틈 날 때마다 내 팔짱을 꼈고 내가 말을 하고 있을 때면 내 눈을 사랑스러운 표정으로 바라보았으며 때로는 여봐란 듯이 내 볼에 키스를 하기도 했다. 때때로 그녀의 이런 행동이 나를 완전히 사로잡아서 내가 거룩한 창조주와 함께 여행하고 있다는 사실을 깜빡할 정도였다.

그러나 우리 두 사람만 따로 있게 되면 그 사실을 잊어버리기란 사실상 불가능했다. 우리 주변에 있던 사람들도 느꼈는지는 알 수 없으나 분명한 것은 그녀가 인간의 영역과는 전혀 관계가 없는 어떤 위엄이나 권능 같은 것을 내뿜고 있었다는 사실이다. 나는 그녀가 한숨을 쉬거나 불평하는 소리를 들어본 적이 없다. 오랫동안 그녀는 호흡조차 하지 않고 그저 자신이 창조한 세계를 마주하며 완벽하게 고요한 상태로 그것을 응시하고 있는 것처럼 보였다. 세상의 어떤 것도 그러한 정적을 방해하거나 범할 수 없을 것만 같았다.

노스캐롤라이나 남쪽 부근쯤 갔을 때 나는 용기를 내어 이렇게 말했다.

"주님, 지금까지 지내신 기분이 어떻습니까?"

그녀는 마치 내가 뭘 묻는지 알겠다는 듯 나를 차분하게 바라보며 미소를 지었다.

"혼란스러워."

그리고 잠시 후 이렇게 말했다.

"당신이 진정 알고 싶다면 실망스럽다고 말할 밖에, 핀스 윈스턴."

"제발 행크라고 부르세요."

나는 옹이가 박힌 손으로 핸들을 움켜쥐며 말했다. 순간 예전에 안나 리사가 내 구닥다리 정식 이름을 부르며 나를 놀렸을 때의 기분이 몰려왔다.

그녀는 다시 한 번 엷은 미소를 지었다. 이번에는 슬픈 기색이 감도는 미소였다. 그러나 그 미소가 너무도 아름다워서 나는 시선을 돌려 우중충한 고속도로 표지를 바라볼 수밖에 없었다.

"내가 좀 더 그 일을 잘 할 수 있었을 텐데, 아쉬워."

“많은 사람들이 그렇게 생각해요.”

내가 과감하게 말을 되받았다.

“인간적인 관점에서 보면 그렇겠지.”

그녀가 동의했다.

“인간적인 관점에서 말이야.”

“인간적인 관점이 가진 문제는 바로 이겁니다. 당신이 인간으로 있는 한 그게 바로 당신의 유일한 관점이라는 거죠. 어린아이가 된다고도 할 수 있겠죠. 어린아이들은 더 큰 실체를 파악할 능력이 없어요. 아이들은 자신들의 고통에 대해 어떠한 관점도 가지고 있지 않죠.”

“날 만난 뒤로 가장 그럴싸한 말을 하는군.”

“어린아이들은…….”

전생에 아이도 없었던 내가 마치 그 분야에 전문가라도 되는 듯 계속해서 말을 늘어놓았다.

“어린아이들은 어린 시절의 결핍이나 문제들이 영원히 계속될 것처럼 느끼고 또 엄청나게 불공평하다고 생각합니다. 부모가 그들에게 뭔가 해주지 않는다면 괴물이 되어버릴 수도 있어요.”

솔직히 말해서 나는 그런 것들에 대해 생각해본 적도 없고 그런 말을 하게 되리라고는 전혀 생각지도 못했다. 하지만 앨리샤는 감동을 받은 것 같았다. 그녀는 내가 여러 전생들에서 자상한 아버지, 어머니였다고 말했다. 그래서 나는 약간 더듬

거리며 말했다.

"하지만 저는 당신의 피조물들을 못마땅하게 여길 필요는 없다고 봅니다. 사실은 실로 놀라운 피조물들이죠. 천국에 잠시만 있어본다면 아마 모두들 깨닫게……."

"왜 내가 내 피조물들을 못마땅해한다고 생각하지?"

앨리샤는 마치 지금까지 내 말을 듣는 둥 마는 둥 했던 것처럼 반색하며 말했다.

"하지만 방금 그렇게 말했잖아요……."

"뭘 말했다는 거야?"

"실망했다고 말하지 않았나요?"

그녀는 나를 보며 웃음을 터뜨렸다.

"오, 헤르만."

"피조물들에 대해 실망했다고 말한 게 아니야. 그 골프 시합에 실망했다는 거지. 그런 남자들 앞에서 플레이를 해야 한다는 게 불편했고 사람들 앞이라 당황스럽기도 했어."

"하지만 저는 그 모든 게 연극이라고 생각했어요. 당신이 이미 정해놓은 거라고 생각한 거죠……. 그래서 돈을 딸 수 있었던 거고."

"돈은 내게 아무짝에도 쓸모가 없어."

그녀가 말했다.

"저도 알아요. 하지만…… 브라이언은 왜 그랬던 거죠? 그에게 무슨 마법 같은 걸 걸지 않았다는 건가요?"

"난 마법사가 아니라고, 행크. 난 신이지."

"하지만……."

"들어봐."

그녀가 말했다.

"사람들은 자신들의 운명을 통제하지."

"운명을 통제한다고요? 말도 안 돼. 이치에 안 맞아요."

"아니, 그렇지 않아. 내가 이 행성을 만들었지. 법칙들을 정한 것도 나고. 말하자면 그래. 그리고 여태껏 나는 어느 정도 뒤로 물러서서 일들이 그 나름대로 전개되어 나가도록 내버려두었어. 브라이언은 우리와 내기를 하기로 결정했고 그러고 나서 그는 우리를 이기려고 했지. 그는 우리가 우리 자신에게 나쁜 감정을 갖도록 만들기 위한 교활한 방법들을 찾아내기로 작정했어. 예를 들면 나를 그렇게 추악한 방식으로 희롱하는 거였지. 우리가 평정을 잃기를 원했던 거야. 그건 전적으로 그의 결정이었어. 물론 그의 그런 행동은 나를 슬프게 했고 당신 또한 슬프게 했어. 심지어 그의 친구까지 슬프게 했으니까. 참, 그 사람 이름이 뭐였더라?"

"찰리요. 그리고 친구가 아니라 아버지였어요."

그녀는 고개를 흔들었다.

"아니야, 사실은 그렇지 않아. 진짜 부자관계, 부녀관계, 모자관계, 모녀관계인 경우도 있지. 하지만 대부분의 경우 부모와 자식의 연을 맺는 사람들은 실제로는 오랜 원수지간이거나 친구지간이야. 이런저런 빚을 갚기 위해 하나의 생에서 그렇게 함께 살도록 묶여진 거라고. 진짜 부자관계에는 특정한 공명이 있어. 힘이지. 앞의 말만으로도 충분히 이해할 수 있을 거야. 그리고 그것은 여러 세기 동안 이어지지."

"좋습니다."

내가 말했다.

"그렇다면 그의 친구군요."

"맞아. 그의 친구 찰리. 브라이언은 마음 깊숙한 곳에서는 자신이 잘못하고 있다는 것을 알았어. 하지만 어쨌거나 의식적으로 그런 행동을 선택한 거지. 그렇게 함으로써 그는 자기 내면의 에너지 장을 일정 부분 흩트려놓았고 그 혼란이 몇 홀 뒤 그를 괴롭혔던 거야. 나의 자아가 아니라 그의 자아가 문제의 근원이었던 거지. 일이란 게 항상 그래. 창조의 법칙이지. 궁극적으로 당신 스스로가 당신의 운명을 제어하는 거라고."

"허나 사실이 그렇다면 가장 뛰어난 인물들, 가장 뛰어난 영혼들이 가장 성공적인 골퍼가 된다는 이야긴데요, 제가 100퍼센트 확신하는데 일이라는 게 언제나 그런 식으로 되지는 않습니다."

"아, 하지만 그렇게 돼. 그렇게 된다고."

그녀가 고집했다.

"시간의 틀 안에 설정된 모든 것이 그래. 물론 인간이 생각하는 그런 시간의 틀은 아니지만. 예를 들어 어떤 사람이 오늘 아침 당신에게 잘못을 했다면 그는 그날 오후에 벌을 받게 될 거야. 때론 그런 일이 실제로도 있지. 브라이언을 보라고. 하지만 대부분은 몇 주, 몇 년, 또는 다음 생에 그 결과들이 나타나지. 바로 그것이 우주가 만들어진 방식이야. 천국의 시간 또한 그렇게 만들어졌다고 봐도 돼. 그 구조 안에서 한 인간의 운명이 매순간 그가 행한 그 모든 작고 무수한 선택들에 의해 결정되는 거야. 그가 어떻게 생각했는지, 무엇을 생각했는지, 얼마나 이기적이었는지, 아니면 얼마나 이타적이었는지, 얼마나 친절했는지 같은 것에 의해서.”

“아주 공평한 것처럼 들리네요.”

“대단히 공평하지.”

그녀의 목소리에는 약간의 자부심이 배어 있었다.

“공평하지 않다면 무슨 소용이람.”

나는 스쳐 지나가는 시골 풍경에 그다지 주의를 기울이고 있지 않았다. 그때쯤 되자 우리는 사우스캐롤라이나에 당도했다. 이미 어두워진 후였다. 바닥은 밋밋하고 평평했고 길 양편으로는 소나무가 일직선으로 줄지어 서 있었다.

“그렇다면 모든 사람이 그에 마땅한 형벌이나 그에 마땅한 인생을 받는다는 건가요?”

“누구든 그렇지.”

“그렇다면 고통을 당하고 상해를 입은 사람들은…… 그 또한 그들 스스로 자초한 것이라는 말인가요?”

"아주 단순하지."

그녀가 말했다.

"우선은 때로 특별히 관대하거나 용기 있는 영혼이 다른 영혼의 고통을 떠맡기도 하지. 가까운 친구나 친척의 빚을 대신 갚아주는 사람처럼."

"하지만 본질적으로 어떤 사람이 아주 심한 학대를 당한다면요……."

"아주 단순하게도 그게 바로 내 방식이야. 하지만 이걸 말해주지. 인간 역사가 만들어지는 과정 내내 벌어진 일들은 나에게도 끔찍하고 견딜 수 없이 슬픈 것들이었어. 아무 죄도 없는 사람들이나 아이들에게 가해진 쓸데없는 고통과 죽음, 무시무시한 범죄들 말이야."

"그렇다면 왜 그런 일들이 벌어지도록 내버려두는 거죠? 왜 당신은 그런 일에 개입하지 않는 겁니까? 제 말은 사람들이 당신에게 줄곧 기도하고 애원하고 도움을 청하고 있는데 말입니다."

"나는 늘 그들을 돕고 있어."

"하지만 왜 그들이 그와 같은 고통을 당하도록 내버려두는 거냐고요?"

"결국에는 늘 그들을 돕고 있어. 늘. 나는 이 점에 대해서는 자부해. 도움을 청하는 즉시 들어주지 않고, 나나 내 특별 보좌관이 직접 돕지는 않는다는 거."

"허나 혼란스러워요. 예를 들면 왜 당신이 전쟁을 멈추게 하지 않느냐는 겁니다."

"나는 그렇게 할 수 없어. 그건 내가 골프를 다시 잘 치게 되는 것만큼이나 어려운 일인 걸."

"하지만 골프를 잘못 치는 데에서 오는 고통과 그들이 감당하는 고통을 비교할 수는 없잖아요."

"나도 그건 알아, 헤르만. 고맙군. 일들이 그렇게 되어 가는 방식을 나 또한 느끼고 있어. 내 피조물들 각각이 매순간 무엇을 느끼고 있는지 말이야."

"엄청나겠는 걸요."

내가 말했다.

그녀는 웃음을 터뜨렸다.

"물론 당신에겐 그렇겠지. 우주의 복잡함이란 인간의 사고방식으로 이해하기엔 너무나 엄청나니까. 욥을 생각해봐. 대부분의 사람들이 자신이 겪는 고통이 한 영혼이 감내하기에는 너무나 크다고 말하지. 하지만 그는 아주 잘 견뎠잖아. 그런데 천국에 있을 때 그와 골프를 쳐본 적이 있나?"

"아뇨."

"그렇다면 나중에 한 번 기회를 만들어보지. 욥은 아주 멋진 골프 친구야. 특별히 운이 좋거나 재능이 뛰어난 건 아니지만 인내심 하나는 끝내주게 대단한 친구지. 한번은 에덴동산에서 그 친구가 공 열한 개를 물에 빠뜨리는 걸 본 적이 있어. 그것도 연달아서. 그런데도 그의 입에서는 단 한 번도 '젠장'이라는 말이 나오지 않더군."

"그렇다면 제가 다시 낙원으로 돌아가게 된다는 말인가요? 제가 그렇게 될⋯⋯."

그녀는 번뜩이는 눈동자로 나를 쏘아보았고 나는 말을 멈추었다.

"내가 당신과 욥이 골프를 한 번 칠 수 있는 자리를 마련한다고 했지, 언제 어디서 그렇게 할 건지는 말하지 않았다고. 하지만 당신이 알아야만 하겠다면 대답은 예스야. 당신은 다시 천국으로 돌아가게 될 거야."

"감사합니다, 주님."

"모든 사람이 돌아가지."

"어떻게 모든 사람이 돌아갈 수 있죠?"

그녀는 몹시 화가 난 듯 탄식하며 말했다.

"그것이 그야말로 일이 작동하는 방식이라니까. 모든 사람이 그곳에 가지. 실제로 여러 번씩. 당신이 지구에서 일을 잘 해냈다면 당신도 그곳에 가게 되고, 그곳에서 충분히 쉬게 될 것이고, 몇몇 위대한 선생들과 어깨를 맞대고 한동안 안락함을 누리게 될 거야. 그러다가 다시 돌아오게 되는 거지."

"지구로요?"

"당신의 경우에는 지구겠지. 발전 수준에 맞춰 그렇게 되니까. 다른 진화 단계에서는 다른 시험들이 기다리는 다른 시스

템일 테고."

"그래서 결국 어디로 가게 되죠?"

그녀는 또다시 탄식했다.

"결국 어디로 가냐고? 어휴, 정말. 핀스 윈스턴 양반, 당신의 문제는 당신이 미래에 대해, 목적지에 대해, 소위 '마지막 결과들'에 대해 일종의 병적인 강박관념을 가지고 있다는 거야. 지금 이 순간 당신은 잘 알지도 못하는 어두운 고속도로를 아름다운 젊은 여자와 함께 달리고 있다고. 그런데 당신은 영원 이후 결국 어디에 이르게 될 것인지에 대해 강박이라고 할 정도로 궁금해하고 있어. 정말 믿을 수 없을 만큼 어리석고 자신을 낭비하고 있군. 한마디 더 덧붙이자면 감사할 줄도 모르고 말이야."

나도 그 사실을 알고 있었다. 내면 어딘가에서 알고 있었다. 그러나 지상에서 매사에 생각 많은 어른이었던 시절 신에게 물어보고 싶었던 것을 이번 기회에 다 묻고 싶은 마음을 억누를 수가 없었다.

"그러면 어디에서 끝나게 되죠?"

"끝나지 않아."

"우주는 팽창하고 있다."

나는 아인슈타인이 내 귀에 대고 속삭이기라도 한 것처럼 갑자기 그 말을 내뱉었다.

"무한히."

"그렇다면 우리는 그저 가고 또 갈 뿐이군요."

"바로 그거야. 가고 또 가는 거지. 당신이 생각하는 시간에 대한 개념이 정확하지 않다는 것만 빼고는."

"그렇다면 지옥은 없는 건가요?"

"당신이 지금 그걸 보고 있지."

그녀가 어두운 창 밖 풍경을 가리키며 말했다.

"사우스캐롤라이나요?"

남편이 말도 안 되는 농담을 할 때 실제 아내가 그렇게 하듯이 그녀는 내 팔을 가볍게 툭 쳤다.

"지옥이라는 개념은 지구인들이 생각해낸 거야. 이곳 지상에서 당신도 그런 거친 경험을 할 수 있을걸. 질병이나 못된 배우자나 사악하고 비성숙한 영혼에게 영원토록 괴롭힘을 당하는 것 같은 느낌. 그것으로부터 도망칠 수 있다는 희망 또한 전혀 없는 그런 고통. 지상의 현실과 절대 우주의 현실 간의 관계는 인간의 꿈과 깨어 있는 의식 간의 관계와 비슷하다고 할 수 있어. 꿈속에서 겪는 고난과 고통, 두려움은 분명히 진짜처럼 느껴지지만 깨어나면 곧 그것이 단지 환상에 불과했다는 걸 깨닫게 되지. 인간의 불행이라는 것도 그와 똑같아. 지금쯤이면 당신도 그걸 이해해야 해. 실제로는 영원하지 않지. 다만 영원한 것처럼 느껴질 뿐. 당신도 이혼 후에 겪었던 고통을 기억하잖아. 안 그런가? 겉으로 보기에 실패한 것 같았던 시절에 말이야."

"겉으로라뇨? 실제로 실패한 거였어요."

"물론 실제라고 느껴졌겠지. 영원한 것처럼 생각되었을 테고. 내가 잘못 알고 있는 게 아니라면."

"맞아요. 그랬어요. 그렇다면 사람들이 그것을 스스로 자초한다는 건가요?"

"나는 그런 말은 안 했어."

"하지만 당신은 그렇게 말했어요. 방금 전에 들었는걸요."

"당신이 잘못 이해한 거야, 행크. 당신은 창조의 엄청나게도 오묘한 섭리를 당신의 편협한 사고 수준에 맞게끔 조잡한 이론으로 바꿔놓고 있다고."

"아하."

"골프에나 열중해. 그게 당신이 잘 알고 있는 거잖아."

"알겠습니다."

내가 말했다.

"당신 맘을 상하게 하려는 의도는 없었습니다, 여보."

"됐어."

해안으로 나가는 고속도로 분기점이 내 늙은 눈동자에 들어왔다. 신이 출구를 가리키며 그 길로 가라고 말했다.

"다음은 어디로 갈지 물어도 될까요?"

나는 그렇게 말하면서 깜빡이를 켜고 미끄러지듯 오른쪽 차선으로 캐딜락을 몰았다.

"만일을 대비해서 한잠 주무시는 건가요?

"정말이지 답이 안 나오는군."

그녀는 그렇게 말하고는 다시 고개를 돌려 상념에 빠졌다. 갑자기 이런 생각이 들었다. 저 밖에는 그녀가 마음을 쓰고 있는 수십억의 영혼들이 있는데 나는 너무나 이기적이게도 그녀의 시간을 빼앗고 있구나. 그리고 주제넘게도 신이 모든 관심을 나에게 쏟고 있다고 생각하다니. 그러나 또 다른 나는 그녀가 알고 있는 모든 것을 내가 이해할 때까지 그녀를 조르고, 장광설을 늘어놓고, 괴롭히고 싶었다. 나는 결국 아담과 이브의 후손이 아닌가. 그들은 신이 명령한 것을 따르지 않았고 그가 보여주고자 했던 것을 거부했다. 이런 일은 알다시피 이미 지나가버린 옛 일이다.

잠시 후 우리는 가벼운 저녁식사를 하기 위해 차를 세웠다. 우리는 해산물 튀김과 엄청나게 단 아이스티, 허쉬 퍼피*, 두툼한 피칸 파이를 먹었다. 식사를 마치고 차로 돌아오면서 앨리샤가 입을 열었다.

"머틀 비치 표지판을 따라가다가 계속 남쪽으로 가세요. 포올리스 플랜테이션이라는 골프 리조트로 갈 거예요. 그곳에 오랜 친구가 있어요. 당신은 웰컴 센터로 가서 열쇠만 받아오면 돼요. 그리고 별 문제가 없다면 내일 아침에 일어났을 때 내가 해달라고 했던 일만 해주면 돼요. 내 골프 게임을 바로잡아줬

---

* 허쉬 퍼피 hush puppies : '쉿! 조용히 해, 강아지야.'라는 뜻으로 미국 남부에서 개에게 먹이려고 만든 것에서 유래된 통밀 가루로 만든 일종의 도넛이다.

으면 해요."

"네, 물론이죠."

내가 말했다.

그리고 나는 또 하나의 현실처럼 느껴지는 지상의 꿈에 사로
잡혀 피곤에 지친 채로 계속 차를 몰았다.

15

포올리스 플랜테이션은 놀라운 곳이다. 멋없고 평범한 고속도로를 마주보고 있지만 일단 정문을 지나 보안검색대를 통과하고 나면 포치*와 맨사드 지붕**이 있는 남부 특유의 주택들이 늘어선 평화로운 세계로 들어서게 된다. 그리고 골프 코스 하나가 그런 풍경을 휘감고 있다. 웰컴 센터에 잠시 머문 후 ("네, 핀스 윈스턴 씨. 손님과 부인 분을 위해 모든 것이 준비되어 있습니다.") 우리는 열한 번째 페어웨이 옆에 있는 아주 멋진 2인실 콘도를 체크인했다. 나는 캐딜락에서 짐가방을 꺼내 안으로

---

* 포치 porch : 지붕이 있고 건물 바깥쪽으로 튀어나와 있는 현관.
** 맨사드 지붕 mansard roof : 이중 경사로 이루어진 지붕. 상부는 경사가 완만하고 하부는 경사가 급하여 아래쪽에서 보면 지붕 위쪽이 잘 보이지 않는다. 종 모양과 비슷하다.

옮겼다.

향기로운 남부의 밤, 나는 긴장을 늦추지 않고 어둠 속에서라도 우리가 묵는 콘도 뒤쪽 작은 포치 너머로 펼쳐진 페어웨이와 그린의 모양을 살펴보려 애썼다. 앨리샤는 나와 함께 포치에서 와인을 마셨다. (그녀는 특히 풀바디 레드 와인을 좋아했다.) 그녀는 명상에 잠겨 있었고 별로 말이 없었다. 그녀가 어떤 신만의 문제를 생각하며 그런 식으로 있는 것을 바라보는 것은 나에게는 생소한 일이었다. 이유는 알 수 없지만 나는 그녀가 생각하고 있는 문제가 골프와는 관계가 없다는 것을 감지할 수 있었다. 하지만 앞서 내 질문에 대해 그녀가 그런 반응을 보이고 난 후 나는 그녀에게 무언가를 묻는 것 자체가 싫어졌다. 따뜻한 남부의 그 저녁, 신은 아주 먼 곳에 있는 것만 같았다.

그녀는 잘 자라는 인사 한마디 없이 자신의 침실로 들어갔고 다시는 얼굴을 비추지 않았다. 나는 혼자 우두커니 앉아 귀뚜라미 우는 소리와 야자나무에 바람이 스치는 소리를 들으며 이 긴 긴 밤을 어떻게 보내야 할지 생각했다. 곧 나는 밖으로 나와 다듬은 지 얼마 되지 않은 잔디의 상쾌한 향기와 소금기 어린 밤공기를 한껏 들이마셨다. 비록 늙고 병약한 몸이었지만 내가 지상에 있다는 사실이 그 순간 너무도 감격스러워 천국에서 살 때의 느낌이 어땠는지 잘 기억나지 않았다.

그날 밤 나는 이상하고도 생생한 꿈을 꾸었고 깨어난 이후에도 유쾌한 기분에 사로잡혀 있었다. 꿈속에서 나는 마치 위대한 벤 호건이라도 된 것처럼 장대한 골프 코스의 마지막 18번 홀을 당당하게 성큼성큼 걸어서 떠나고 있었고, 로프를 따라 여섯 겹 혹은 여덟 겹으로 늘어선 팬들이 열렬한 박수를 보내고 있었다. 바로 나에게.

다음 날 아침 우리는 플랜테이션의 카페에서 식사를 했다. 카페 2층에서는 18번 홀이 내려다 보였다. 커피잔을 들면서 보니 잔 뒤로 경사진 그린을 볼 수 있었고 잔을 좀 더 들어 올리니 그린 왼쪽의 작은 호수마저 눈에 들어왔다. 호수 뒤로는 빈 페어웨이가 바다를 향해 뻗어 있었다. 나는 몹시 플레이를 하고 싶었다. 하지만 문제가 하나 있었다. 이른 아침에 지나간 폭풍우로 인해 그린의 낮은 지점들에 빗물이 괴어 물웅덩이가 생겨버린 것이다. 날씨 때문에 경기를 망친 경험이 너무나 아득히도 먼 옛날의 일이라 화가 끓어올랐다. 어떻게 신이 나한테 이럴 수가 있지? 나를 이렇게 멋진 골프장으로 데려와 놓고서는 폭풍으로 모든 계획을 망쳐놓다니? 그녀에게 그 이유를 물어볼까 하는 생각도 들었다. 그러나 나는 입을 다물고 마냥 늘어서 있는 야자나무들만 쳐다보았다.

한동안 그대로 앉아 있다가 와플, 과일, 커피로 아침식사를 하고 있을 때 앨리샤의 '오랜 친구'라는 여성이 다가와 우리와 합석했다. 이름은 잰 워커. 처음부터 그녀는 신을 그저 단순한 방문객처럼 대했다. 그녀는 나에게도 반가워하며 정중히 대했다. 그러나 그들 두 사람 사이에는 단순한 정중함을 넘어 좀 더 친밀한 분위기가 있었다. 나는 잰이 최근에 지나온 영적 진화 단계의 어느 시점에서 신과 의미 있는 시간을 보내지 않았을까 하는 의문이 들었다. 그들이 이야기를 나누는 동안 나는 혹시 신이 이런 종류의 시간을 모든 사람들과 나누는 게 아닐까. 사실 지금까지 존재했던 모든 사람 한 사람 한 사람과 이런 휴가를 즐기는 게 아닐까 하는 의문이 들었다. 골퍼들과는 골프를, 물리학자들과는 벡터와 벡터값에 대한 이야기를, 아이들과는 줄넘기를 하는 게 아닐까 말이다. 어쩌면 그것이 더 이치에 맞는 일 같았다. 내가 식사를 하고 커피를 세 잔째 마시면서 축축하고 사나운 바람을 생각하며 몸을 배배 꼬고 있는 동안 앨리샤와 잰은 내가 알지 못하는 그들만의 친구에 대한 추억담을 나누고 있었다. 나는 신이라는 주제는 너무나 방대하고 복잡해서 나나 다른 어떤 인간의 머리로도 이해하지 못할 거라는 결론을 내리게 되었다. 나는 그녀의 진정한 실체를 전혀 파악할 수 없었다. 추측조차도 할 수 없었다. 무엇이 옳고 그른지 나의 지각으로는 판단할 수 없었다. 그러나 궁극적으로 신은 그저 신일 뿐이며 나는 그저 하찮은 인간에 불과하고 따라서 그녀를 이해하려는 욕심을 버려야겠다는 생각이 들었다. 나는 그저 그곳에 있다는 사실 자체에 열중했다. 물기 가득한 그 순간, 창문 저편 내리는 비에 씻겨 산뜻해진 페어웨이를 굽어보고 있는 외로운 갈매기 한 마리, 진한 커피, 그리고 마치 연인처럼 속삭이고 손짓하며 나를 부르는 그린의 잔디.

잰과 아침식사를 하는 동안 앨리샤는 밝고 활기가 넘쳤다. 그러나 우리의 우아한 콘도로 돌아오자 그녀는 다시 상념에 빠져들었다. 내 짐작에는 그녀가 시간의 구조에 대해 생각하는 것 같았다. 나는 플레이를 할 수 없다는 사실에 좌절했다. 그녀에게 화가 났다. 그녀와의 거리감, 그녀의 비밀과 게임, 란초 오비스포에서 나의 평소 포섬 멤버들과 즐겁게 게임을 할 수 있었는데 나를 지구로 끌고 온 것이 원망스럽기만 했다. 물론 바보 같은 감정이었다. 도대체 신에게 화를 내서 무슨 이득을 얻겠는가? 그러나 내 마음은 그랬다. 그 신이 어떤 신이던가. 나를 창조했고, 삼십 대의 금발머리 여자로 변신하여 여자 옷을 입고 보석을 주렁주렁 매달고 있으며, 미국 남부에 무수히 흩어져 있는 목련나무들처럼 수많은 옛 친구들을 가지고 있고, 수많은 우주들과 그 속에서 살고 있는 헤아릴 수 없이 많은 피조물들을 돌보고 있는 신. 그 신이 지금 이곳 포올리스 플랜테이션에 있는 저 연어 빛 안락한 카우치에 앉아 손에 리모컨을 들고 텔레비전 채널을 돌리고 있다. 그리고 나는 우리가 이제 무엇을 해야 할지, 왜 우리가 골프를 치기 위해 이렇게도 멀리 왔는지, 왜 그녀가 골프를 칠 수 없는 날씨를 마련해놨는지에 대한 그녀의 대답을 듣기 위해 기다리고 있다.

결국 나는 이 방 저 방을 서성이다 물을 두 잔 들이키고는 창가에 서서 흠뻑 젖은 페어웨이를 내다보면서 30분을 보내고 텔레비전을 스무 번쯤 흘깃거리다 드디어 그녀에게 비옷을 입고 산책을 나가겠다고 말했다.

"좋은 생각이에요, 여보."

그녀는 멍청이 같은 게임 쇼에 빠져 있다가 그렇게 말했다.

"점심때쯤 만나요."

나는 심술이 난 남편처럼 투덜거리며 비옷을 꺼내 입고 이 추적추적한 행성에 온 후 처음으로 신 없이 홀로 세상 밖으로 모험을 떠나게 되었다.

과거 내 짧았던 PGA 투어 시절 나는 첫 라운드 전날 밤에 골프 코스를 걸어서 한 바퀴 돌아보는 습관이 있었다. 물론 다른 골퍼들과 마찬가지로 토너먼트를 시작하기 며칠 전에 도착해 코스에서 플레이를 하면서 그린의 기복을 살피기도 하고 깃대의 위치를 연구하기도 하고 티 샷을 하기에 가장 좋은 위치를 잡아보기도 했었다. 그러나 수요일 밤, 대개는 마지막 시간에, 또는 낮이라고 해도 골프장 관리요원들밖에 없을 때면 나는 클럽 없이 캐디도 동행하지 않고 혼자 코스를 걷곤 했었다.

내 인생에서 가장 멋지고 평화로웠던 시간은 그렇게 코스를 살펴보며 걷는 시간이었다. 포근한 저녁 텅 빈 페어웨이를 거닐며 벙커와 그린들을 둘러보노라면 뭐라 형용할 수 없는 더 큰 차원의 느낌에 사로잡히곤 했다. 이단적인 이야기를 하려는 게 아니다. 하지만 그런 저녁 그 아름다운 코스들은 나에게는 마치 대성당과도 같았다. 나는 신이 내 곁에 있다는 것을 본능적으로 느낄 수 있었다. 그 신은 내가 소년 시절 다니던 어둡고

차가운 개신교의 신도 아니요, 규칙과 의분의 신도 아니며, 형벌의 신도 아니었다. 그 신은 이름도 얼굴도 없는, 나를 따뜻하게 감싸주는 영혼 같은 존재였다.

따라서 아마도 포올리스에 온 그 첫날 아침 내가 비바람을 맞으며 밖으로 나갔을 때 나는 막연하게나마 그런 느낌을 되찾으려 애쓰고 있었는지도 모른다.

나는 또한 모종의 도움의 손길을 기대하고 있었다. 보이지 않는 천상의 친구가 신과 함께 있을 때에는 어떻게 행동해야 하는지 알려주기를 기대했다. 바로 그 시점에서 나를 깨우쳐줄 어떤 계시를 내려주기를 기대했던 것이다. 내가 그날의 남은 시간을 어떻게 보냈는가를 이야기하기에 앞서 천국 생활의 또 다른 특이한 점 한 가지를 말해두어야 할 것 같다. 천국에 있는 사람들은 지상의 사건이나 사람들에 대해 그들이 가지고 있는 관심 정도에 따라 잘 알고 지낸다. 내 친구 화니타처럼 당신의 자녀가 아직 살아있고 당신이 아들이나 딸과 특별히 친밀한 관계를 가지고 있었다면, 아주 먼 거리에 있기는 하지만 그 사람에게 어떤 일이 벌어지고 있는지 계속해서 관찰할 수 있다. '고인이 된' 아버지, 어머니 또는 친구는 매 시간 지구의 상황을 확인할 수 있는 것이다. 그들은 사랑하는 이들을 지켜보면서 교묘한 메시지들을 보낸다. 하지만 애석하게도 이 푸른 행성 지구에 있는 사람들 대부분은 그 메시지를 전달받을 수 있는 방법을 모른다. 그들이 뒤에 남은 소중한 친구들에게 도움을 줄 수 있는 방법도 있다. 이것은 상당히 복잡한 절차가 필요하며 실제로 겪어보지 않은 사람들에게는 설명하기 어려운 것이다. 하지만 기본적으로 영혼 대 영혼의 전화 요청 같은 것이라 할 수 있다. 인간의 운명에 대해 관심이 있거나 그에 영향을 미칠 수 있는 수많은 성인들과 천사들 중 하나에게 전화를 거는 식이다. 하지만 이런 일은 무분별하게 할 수는 없으며 그런 영혼들에게 부탁하고 또 부탁하는 식으로 짐을 지울 수도 없다. 그리고 이유는 다 다르겠지만 그런 요청이 항상 받아들여지는 것도 아니다. 예를 들어 내가 옛사랑 조와 연락이 끊겼다면 어떤 노력을 해도 다시는 그녀와 접촉할 수 없다.

천국에서 머무는 동안 지상의 옛 친구가 힘겹게 살아가고 있는 것을 알았다면 나는 그 '돕는 자들' 가운데 하나와 연락하여 특별한 호의를 부탁했을 것이다. 지상에서 어떤 사람이 도움이 필요한 친구를 위해 탄원하는 것처럼 말이다. 우리는 모두 서로를 돕거나 해치는 일에 그물망처럼 얽혀서 살아가고 있다. 천국에서는 그런 것을 이해하기 위해 시간을 낭비할 필요가 없다. 천국에서는 돕는 일밖에 없기 때문이다. 지상에서 하나의 삶을 살아가는 과정은 상상하기 힘들 정도로 험하고 어려운 일이다. 따라서 가까운 곳에서든 다른 어느 곳에서든 도움을 받을 수 있어야 한다는 것은 당연한 일이다. 아마도 그래서 나는 그 비 오는 날에 산책을 하면서 약간의 도움을 기대했던 것이다. 그러나 코스에는 아무도 없었다. 출발신호원의 초소는 닫혀 있고 카트들도 안전하게 차고에 들어가 있었다. 나는 한동 안 걷다가 다음날 토너먼트의 첫 라운드에서 플레이를 하는 것 을 상상해보기로 작정하고 첫 번째 홀의 티에서 출발하여 페어 웨이로 올라갔다. 재킷 소매로 빗물이 폭포처럼 쏟아져 내리고 있었고 구두는 이미 흠뻑 젖어 물이 차기 시작했다.

포올리스 코스는 초기 잭 니클러스* 디자인이었고 (나는 그가 한창 전설적인 선수 활동을 하던 시절에 세상을 떠났고 적지 않은 시샘 속에 천국에서 그를 지켜보았다) 예상했던 대로 적어도 백 티에서 는 지극히 어려운 과제를 안겨주는 코스였다. 1번 홀은 파5짜 리 511야드로 비교적 짧았지만 페어웨이는 약간 오른쪽으로 굽어 있고 그 안쪽에는 커다란 웨이스트 벙커가 있었다. 그린 의 주변에도 작고 깊은 벙커들이 세 개나 있었고 퍼팅 표면도 허리케인이 불 때의 북대서양처럼 기복과 경사가 가득했다.

2번 홀로 들어서자 다시 바람이 일었다. 그 홀은 괴물 같은 파4짜리 461야드였고 그래서 마치 허리케인 속에 휘말려 있는 것 같았다. 그린이 나지막한 파3짜리 3번 홀에는 연못이 있었 다. 4번 홀에는 또 다른 커다란 웨이스트 벙커가 있었고 5번 홀

---

* 잭 니클러스 Jack Nicklaus : 미국의 프로 골퍼. 골프의 제왕으로 불린다. 10세 때부터 골프를 시작, 대학 시절 1959년과 1961년 전미 아마추어 골프 선수권 대회에서 우승한 것을 시작으로 1962년 전미 오픈에서 우승, 이후 전미 오픈, 전미 프로, 마스터스, 전영 오픈 등을 석권했다. 골프 코스를 디자인하는 데에도 천부적인 재능을 발휘하여 이후 전문 설계 회사인 잭 니클러 스 디자인을 설립하는 등 현재 각종 골프 브랜드 사업을 활발히 펼치고 있다.

에는 더 많은 워터 해저드가, …… 6번 홀, 7번 홀, 8번 홀도 그런 식이었다. 9번 홀 페어웨이 중앙 오른쪽에는 티 샷을 날리기 딱 좋은 지점에 흠뻑 젖은 커다란 떡갈나무 한 그루가 버티고 서 있었다. 나무와 지대가 높은 그린 사이에는 풀이 무성하게 자란 깊은 도랑이 자리 잡고 있었다.

그때쯤 되자 내 양말은 완전히 젖었고 셔츠 깃에서도 물이 뚝뚝 떨어지고 있었다. 나는 코스를 충분히 살펴보았기 때문에 날이 개면 어떻게 플레이해야 할지 알 수 있을 정도가 되었다. 하지만 콘도로 돌아가 신의 무심한 분위기와 무료한 오후를 대면하고 싶지는 않았다. 그날 두 번째로 출발신호원의 초소를 지날 때 몇 사람이 인근 건물에 있는 프로숍에서 나오는 것을 보았다. 여전히 비가 꽤 많이 내리고 있었고 바람도 강했다. 대기만 포근했다. 젖은 양말과 구두에서는 찌걱거리는 소리가 났지만 크게 불쾌하지는 않았다.

나는 이상한 충동에 사로잡혀 숍으로 들어가서 (내가 지구에서 코치로 있을 때 가던 곳과 같은 체인이었다) 공 한 바구니만 쳐봐도 되겠느냐고 물었다. 그곳에 있던 프로의 이름은 윌리엄 액커스였고 나중에 알게 된 사실이지만 그 지역에서는 유명한 코치였다. 그는 눈썹을 치켜 올리고 나를 바라보았지만 달리 거절하지는 않았다. 조금 걸으니 콘도가 나왔다. 앨리샤는 그곳에 없었다. 나는 드라이버, 3번 아이언, 피칭 웨지 등 클럽 몇 개를 집어 들고 백에서 새 장갑 한 컬레를 꺼내고 티 여섯 개를 챙기고 마른 양말과 골프화로 갈아 신고 나의 영원한 열정 속으로 빠져들기 위해 밖으로 나왔다.

이런 심정은 오직 진정한 골프광만이 이해할 수 있을 것이다. 나는 사우스캐롤라이나의 비를 맞으며 공을 치는 것이 정말 좋았다. 바람이 등을 후려치고 빗방울이 얼굴을 때려댔지만 나는 그것마저 사랑했다. 공을 티에 올려놓기 위해 몸을 구부리는 동작, 그리고 어드레스, 마음을 가라앉히는 일, 클럽을 뒤로 돌리면서 몸을 유연하게 아래로 굽혔다가 앞으로 향하는 동작, 그렇게 하여 공을 칠 때 체중 전체를 클럽 페이스에 전달하는 것. 이런 것은 나에게는 마약과도 같은 것이었고 언제나 그래왔다. 나는 당시에는 코스에서 완전함을 추구하는 그 골프가 나의 영적 삶의 숨겨진 언어라는 것을 알지 못했다. 나는 사실 다른 종류의 완전함에 매진하고 있었다. 그저 골프 스윙 동작을 사랑했던 것이다.

나는 공을 하나씩 폭풍 속으로 날려보냈다. 리듬이 그렇게 기분 좋게 느껴진 건 처음이었다. 우비를 입은 골프장 관리인이 덮개를 씌운 카트를 타고 와서 전날 오후에 다른 골퍼들이 버리고 간 쓰레기봉투들을 수거하기 시작했다.

"연습을 하기엔 좀 궂은 날씨 아닌가요?"

그가 말했다. 그의 어조에는 그다지 감탄하는 기색이 없었다. 나는 아무 말도 하지 않았다. 나는 완전히 몰두해서 넘치는 기쁨을 맛보고 있었다. 이런 일은 천국에서는 결코 일어날 수 없는 것이었다. 바로 그때 앨리샤가 티에 서서 커다란 비치 우산을 머리 위로 받치고 있는 모습이 눈에 들어왔다. 그녀는 바람에 이리저리 휘둘리는 우산 때문에 애를 먹고 있었고 나는 그녀가 좋은 구두를 신고 있는 것을 볼 수 있었다.

"안녕."

나는 별 생각 없이 즐거운 말투로 말했다. 그 순간에는 전혀 신에게 말을 하는 것 같지 않고 친구나 동료 골프광, 나의 다소 정신 나간 광대짓을 이해할 줄 아는 누군가에게 말하는 것 같았다. 내 목소리에서는 경외감이라곤 찾아볼 수 없었다. 나는 나일 뿐이었고 즐겁기만 했다.

"연습을 하고 있군요."

그녀가 말했다.

나는 미소를 지어 보이고는 긴 드라이브 샷을 폭풍 속으로 날려보냈다.

"이런 돌풍 속에 나와서 연습을 하고 있다니."

"천둥이 치면 들어갈 거예요, 여보. 걱정하지 말아요."

"난 걱정하지 않아요."

그녀의 어조에는 좀 수상한 데가 있었다. 나는 다시 그녀를 올려다보면서 훈계를 들으려니 생각했다. 하지만 그녀의 표정은 만족스럽기만 했다. 정말 이상한 일이었다. 그 표정은 마치 내가 이러는 것을 어느 정도는 예상했거나 원했다는 듯한 것이었고 마치 나의 이런 무모한 충동이 그녀가 오랫동안 나에 관

하여 의심해왔던 것을 확인시켜주기라도 한 것 같다는 표정이
었다. 그리고 나의 이런 행동이 그녀를 아주 흡족하게 만든 것
같았다.

"앞의 아홉 홀을 산책했습니다."

내가 말했다.

나는 티에 공 하나를 새로 올려놓고 멀리 쳐 날렸다.

"그리고 정말 이걸 해보고 싶었어요."

샷을 몇 번 더 하는 동안 그녀는 공이 궤적을 그리며 날아가
는 것을 지켜보면서 잠시 서 있더니 나를 향해 상상할 수 있는
것 가운데 가장 아름답고 가장 즐거운 미소를 보냈다. 그녀가
말했다.

"결국 내가 당신을 제대로 보았네요."

그 말을 듣자 전율 같은 것이 배꼽부터 목덜미까지 뻗쳐 올
라왔다. 이윽고 그녀는 돌아서서 카페를 향해 떠났고 나는 피
칭 웨지로 바꿔 들고 십여 개의 공을 더 치고 나서 그녀를 만나
러 갔다. 몸은 흠뻑 젖었고 늙은 손은 아파왔다.

16

다음 날 아침 나는 날이 밝자마자 자리에서 일어났다. 폭풍은 지나갔다. 땅에는 야자나무 이파리들이 흩어져 있었고 아스팔트 주차장 낮은 지대에는 작은 물웅덩이들이 남아 있었다. 아침식사를 하기 전에 나는 콘도 뒤편의 페어웨이로 걸어 나가 코스를 둘러보았다. 물이 빠진 코스는 아주 아름다웠고 아직 물기는 좀 있었지만 플레이하기에는 완벽한 상태였다.

앨리샤가 전날 저녁에 밖에 나가 약간의 식재료를 사다두었기 때문에 우리는 밖으로 나가지 않고 콘도에서 간단한 식사를 했다. 나는 돈에 관해서는 묻지 않았다. 돈은 그냥 거기에 있었다. 나의 호주머니 속에, 지갑 속에, 그녀의 가죽지갑 속에. 식사를 하는 동안 우리는 별로 이야기를 나누지 않았다.

나는 플레이를 하고 싶은 마음에 너무 들떠서 내가 신의 플레이를 돕기로 되어 있다는 사실을 잊어버릴 뻔했다. 그래서 그녀를 위해 연습 일정을 잡고 슬슬 움직이기 시작했다. 퍼팅 그린에서 한 시간, 드라이빙 레인지에서 잠시 시간을 보낸 후 편안하게 18홀을 돌기로 했다. 그렇게 하면서 그녀에게 자신감을 심어주어야겠다고 생각했다. 다시 코치로서 생각할 수 있다는 것이 너무 좋았고 이 늙은 몸으로 골프 라운드를 돌 것을 생각하니 기분이 날아갈 것만 같았다.

그러나 크루아상, 과일, 커피를 먹고 나자 신은 나에게 나쁜 소식을 들려주었다. 그 화창한 날 아침 나와 동행할 수 없을 것이라는 이야기였다.

"여보, 잰과 함께 잠깐 쇼핑을 할 거예요."

그녀의 목소리는 귀엽지만 더 이상 매력적이지는 않았다.

"이번 한 번 당신과 함께하지 못한다고 해서 섭섭하게 생각하진 않을 거죠. 그렇죠?"

"하지만 당신 게임을 봐달라고 하지 않았던가요? 저는 당신의 문제가 무엇인지 찾아낼 수 있고 또……."

그녀는 무심하게 팔찌를 찬 손을 흔들었다.

"오, 행크. 골프를 칠 시간은 앞으로 많을 거예요, 여보. 나는 너무 오랫동안 쇼핑도 못 했고, 잰을 못 본 지도 영겁쯤 되었어요. 이해하죠? 그죠?"

나는 아주 잘 이해한다고 우물거리며 그녀의 볼에 가볍게 작별 키스를 해주었다. 그러고는 골프 복장으로 갈아입고 출발신호원의 초소가 있는 곳으로 향했다. 남자들은 자동차 트렁크에서 골프백들을 꺼내고 있었고 여자들은 연습 구역에서 웨지 샷을 연습하고 있었다. 아마색 머리카락의 소년 둘이 아버지와 함께 퍼팅 그린 주변에서 요란하게 장난을 치고 있었다. 출발 신호원의 초소 근처에서는 카트들이 엔진 소리를 내고 있었고 골퍼들이 지갑에서 돈을 꺼내고 있었다. 전생에 내가 성인이었을 때 늘 함께해왔던 분주한 드라마가 아니었던가. 내 마음 깊은 곳에서 감미로운 노랫소리가 들려오는 것 같았다.

나는 잠시 포올리스 플랜테이션의 출발신호원과 인사를 나눴다. 상냥하고 부지런한 친구로, 이름은 그렉 스티븐스라고 했다. 그가 말하는 것을 들어보니 펜실베이니아에서 지내던 시절의 경험으로 비추어볼 때 웨스트버지니아 억양이라는 것을 알 수 있었다. 그렉은 내가 만났던 그 지역 출신의 수많은 사람들과 마찬가지로 타고난 넉넉한 마음씨를 가지고 있었다. 천국에서 내가 화니타나 영국인 골프 친구들과 함께 지내지 못할 때면 종종 웨스트버지니아 출신들이 모여 있는 곳을 찾아 나서곤 했었다. 웨스트버지니아에서 골프를 한 기억은 없지만 나는 그곳 출신으로 저 유명한 샘 스니드*를 존경했었다. 그리고 그

＊ 샘 스니드 Sam Snead : 새뮤얼 잭슨 스니드. 미국의 프로 골퍼로 PGA 통산 최다 우승 기록 보유자이며 1965년 PGA에서 52세로 세운 최고령 우승 기록도 있다. 화려하고 힘찬 스윙으로 유명하다.

런 사실 때문에 그곳에 본능적인 유대감을 느꼈을 것이다. 내가 그렇게 웨스트버지니아에 깊은 유대감을 느꼈던 진짜 이유는 우리의 여행이 끝날 때까지 분명하게 드러나지 않았다. 그러나 나는 스티븐스와 그런 연결고리를 느꼈고 그 역시 나에게서 그런 것을 느꼈으리라 확신한다.

나는 이름을 헤르만 핀스 윈스턴이라고 소개했고 그 이름을 듣자 그렉은 이렇게 말했다.

"오래전에 윈스턴이라는 이름의 골퍼가 있었습니다. 행크 윈스턴이었죠. 투어 플레이어였던 것으로 기억합니다. 사십 대 후반이나 오십 대 초반이었죠, 아마? 호건과 디마렛* 시절쯤에요. 우리 아버지는 그가 본 중 가장 황홀한 스윙을 하던 사람이라고 말하곤 했죠. 혹시라도 그분과 관계가 있지는 않은가요, 핀스 윈스턴 씨?"

"먼 사촌뻘 되는 사람이죠."

나는 거짓말을 했다.

"그는 미국으로 건너온 후 핀스는 떼어버리고 그냥 윈스턴이라는 이름을 썼지요."

"아, 그래요. 그렇다면 선생님의 스윙도 그분의 천재적인 스윙을 닮았겠네요."

---

* 디마렛 Demaret : 지미 디마렛. 마스터스 대회에서 최초로 3회 우승 기록을 세운 미국의 프로 골퍼.

그는 그렇게 말하고는 내 백을 카트에 싣고 아이언들을 재빨리 닦아주고는 인사를 건넸다.

"핀스 원스턴 씨, 그럼 라운드를 즐기세요."

아주 진심 어린 말투였다.

글쎄, 나는 자연스럽게 찬사를 받은 셈이었다. 누군가 내 스윙을 아주 황홀하다고 말했고 내가 세상을 떠난 지 벌써 30년이 지났는데도 누군가 내 이름과 간단한 경력을 기억하고 있었다. 저 유명한 동년배들과 동급으로 나를 언급하기까지 했다. 그때의 만남을 돌이켜보면 그렉 스티븐스와의 잠깐의 대화가 내 안의 어떤 레버를 잡아당겼고 그로부터 신이 줄곧 의도해왔던 변화가 시작되었다. 물론 당시에는 알지 못했다.

나는 홀로 플레이를 하는 것을 좋아했고 그래서 얼마 동안 앨리샤 없이 혼자 코스에 나갈 수 있는 기회가 생겨 반가웠다는 사실을 인정할 수밖에 없다. (신이여 저를 용서하소서!) 내가 지상에서 무릎 관절염에 시달리고, 걸핏하면 소변이 마렵고, 걱정 많은 노인으로 살게 될 거라면 최소한 나에게 허락되어 마땅한 것은 멋진 골프 코스에서 잠시나마 홀로 있는 시간일 것이다. 가르치는 일도, 도박도, 신이 무엇을 생각하고 있을까 마음 졸이는 일도 없는 순수한 골프의 즐거움을 만끽하는 시간.

코스에는 다른 사람 몇몇이 있었다. 하지만 그렉은 나를 첫 번째 홀에 데려다주면서 혼자 플레이를 하는 데 전혀 지장이 없을 거라고 말했고, 다행히 소리를 질러서 들릴 만한 거리에는 아무도 없었다.

나는 티에 올라 전날 속으로 생각해두었던 코스에 관한 해법들을 떠올려보았다. 나는 언제나 당연한 것처럼 소위 '팁'이라고 말하는 백 티에서 경기를 시작한다. 전직 투어 선수 시절에도 그랬고 천국에서도 나는 항상 자존심이 강해서 다른 곳에서는 경기를 시작할 수 없었다. 내 스윙은 아주 좋았지만 포올리스의 첫 번째 홀 백 티에 서자 니클러스 코스 중에서도 특히나 까다로운 지점에 있다는 생각이 들었다.

그러나 포올리스 코스 첫날, 첫 번째 티를 시작하기도 전에 나에게는 뭔가 이상한 일이 벌어지고 있었다. 나는 앨리샤가 잰과 함께 쇼핑을 하러 가겠다고 말하던 그 순간부터 근육에 작은 변화가 일어나고 있는 것을 느끼고 있었다. 처음에는 진한 커피를 너무 많이 마셔서 그런 거라고 생각했다.

하지만 첫 번째 티에서 몇 번 연습 스윙을 하고 나자 또다시 그런 증세가 느껴졌다. 나는 멋진 직선 드라이브를 쳤고 공을 따라가면서 헤아려보니 거의 280야드에 달했다. 전성기 시절, 그리고 천국에 있을 때 보통 치던 것보다 10퍼센트는 더 멀리 친 셈이었다. 280야드. 거의 축구장 세 배 길이다. 게다가 나는 75세 노인이 아닌가.

그 작은 기적은 또 다른 기적으로 이어졌다. 높이 쳐 올린 4번 아이언 샷이 웨이스트 벙커를 완전히 뛰어넘어 퍼팅 그린에 안착했다. 그 다음 나는 더블 브레이킹으로 18피트짜리 퍼팅을 성공시켜 이글을 만들었다.

그리 놀랄 일이 아니지 않느냐고 말할 수도 있을 것이다. 무엇보다 나는 포즈 콜로니에서 경기를 잘했었고 앞서의 연습 티 샷에 나 자신도 놀라 눈을 치켜떴었다. 새로워진 공과 클럽 덕분에 누구나 더 멀리 칠 수 있게 되었고 그 홀은 비교적 짧은 파5홀이었다. 그러나 사실 그대로 말하지만 내 몸은 뭔가 달라진 느낌이었다. 나는 나이보다 젊어진 것 같았고 그래서 조금 전 이야기한 대로 파5홀을 세 타에 마쳤다. 더욱 중요한 것은 그런 스윙이 과거 지상에서의 시절 동안 아주 잠시 경험했던 그런 리듬과 일치했으며 천국에서는 단 한 번도 그런 적이 없다는 것이다. 한 번도 아니고 여러 번 '그가 본 중 가장 황홀한 스윙'이라는 그렉의 다정한 말이 내 마음속에서 메아리쳤다. 나는 그 어려운 첫 아홉 홀을 이븐파로 마무리했다.

진짜 난제는 그 다음부터였다. 그리고 내 진짜 변화는 니클러스의 악명 높고도 매력적인 다음 아홉 홀에서 일어났다. 13홀, 14홀, 16홀, 그리고 17홀은 강어귀를 따라 플레이하도록 되어 있었고 바다와도 겨우 1마일밖에 떨어져 있지 않았으며 따라서 연중 그 계절이면 바람이 거세게 불어왔다. 13홀 티는 일종의 제방 같은 곳에 있었고 공을 3면이 물로 둘러싸인 그린에 올려놓아야 했다. 그곳에서 며칠 플레이를 하면서 알게 된 사실은 해오라기들과 도요새들을 흔히 볼 수 있고 조수가 빠져나가면 수백 개의 골프공들이 엄청난 홍수에 희생된 불운한 유람선의 잔해들처럼 웅덩이에서 모습을 드러낸다는 것이다.

제방에 올라서니 얼굴에 부딪쳐오는 바람이 적어도 시속 24킬로미터는 될 것 같았고 145야드 거리에 있는 그린은 아주 작게 보였다. 그때 엊그제 꾸었던 꿈의 메아리가 들리는 것만 같았다. 수많은 관중들이 나를 향해 박수를 보내고 있는 것 같아 실제로 나는 뒤를 돌아보기까지 했다. 그러나 보이는 것이라고는 배가 불룩한 중년 남자 한 사람뿐이었다. 그는 클럽을 휘둘러 12번 홀 페어웨이로 공을 날렸고 공은 가장자리로 비틀거리며 떨어져 깊은 함정 속으로 들어가고 말았다. 박수소리에 대한 환청은 아주 짧막한 순간이었지만 나의 늙은 근육 조직에 전기 충격을 가한 것 같았다. 그 순간이 지나가자 다음 샷은 정말 대단하겠구나 하는 느낌이 들었다. 그냥 단순히 그런 생각이 들었다.

그 샷은 정말 대단했다. 나는 7번 아이언으로 거센 바람을 가르며 샷을 날렸다. 클럽 페이스가 공에 닿는 순간부터 공은 깃대 바로 오른쪽을 향해 날아갔다. 공은 그린의 전방에서 한 번 튀어 오르고 두 번째로 튀어 오르더니 마치 신의 손에 이끌리기라도 하는 듯 홀 안으로 빨려 들어갔다. 나는 12번 홀에 있던 그 중년 남자가 이 광경을 목격했을까 궁금하여 신속히 뒤를 돌아보았다. 그는 보지 못했다. 그는 모래를 발로 차며 악담을 퍼붓고 있었다. 14번 티와 페어웨이, 16번 그린도 마저 살펴보았지만 아무도 봐 주는 사람이 없었다. 그건 그리 대수로운 일이 아니었다. 아무도 본 사람이 없고 공식적인 홀인원도 아니었지만 그건 그리 중요하지 않았다. 나는 전생에서 단 한 번도 홀인원을 하지 못했었다. 거의 50년의 세월 동안 홀인원에 가까운 샷을 수백 번은 날렸지만 단 한 번도 성공시키지는 못했던 것이다. 나는 홀로 걸어가 컵에서 공을 꺼내 다음 홀에서 그것을 잊어버리지 않기 위해 바지 왼쪽 뒷주머니에 집어넣었다. 그리고 다음 티를 향해 걸었다. 전혀 다른 사람이 된 것처럼.

내가 이렇게 자만심을 느낀다는 것이 매우 당혹스럽기도 했다. 그러나 그 다음 다섯 홀에서도 나는 매번 놀라운 샷을 날렸다. 길게 직선으로 뻗는 드라이브 샷, 날카로운 어프로치 샷, 컵 안으로 쏙 빨려 들어가거나 컵 바로 옆 1밀리미터 지점에 아슬아슬하게 멈추는 퍼팅. 내가 출발신호원의 초소로 백을 맡기러 가자 그렉이 반갑게 맞으며 물었다.

"라운드는 어떠셨나요?"

나는 그 니클러스의 걸작 코스를 3언더파로 마쳤다는 이야기를 차마 할 수가 없었다. 그래서 다만 이렇게 말했다.

"나쁘지 않았어요."

아무도 보지 못한 홀인원에 대해서도 이야기할 수 없었다.

"이렇게 말씀드려도 될지 모르겠습니다만, 햇볕을 쬐시더니 얼굴이 더 좋아 보이시네요."

그가 말했다.

"북부에서 오셨죠?"

"펜실베이니아요."

내가 말했다.

"그곳에서 한동안 클럽 코치로 있었어요."

"그렇다면 편하신 날 늦은 오후에 레슨을 좀 부탁드려도 될까요?"

그는 그렇게 말했고 나는 잠시 그가 말한 의도를 생각해보았다. 나는 호의를 베풀 준비가 되어 있었다.

콘도로 돌아오니 앨리샤는 그때까지도 쇼핑 중이었다. 그래서 나는 오랫동안 목욕을 했다. 욕조에 누워 있을 때 나는 상박에 변화가 생긴 것을 우연히 보게 되었다. 피부는 더 탱탱해졌고 근육도 전날 밤에 비해 더 탄탄해진 것 같았다. 그리고 이곳 지구에 있는 동안 햇볕에 좀 더 그을린 것 같았다. 그렇게 확연한 변화는 아니었지만 알아볼 수 있을 만큼의 변화였다. 한 시간만 야외 코스에 나가도 피부가 금세 새빨개지는 창백한 피부의 영국인으로서는 무척 반가운 일이었다. 수건으로 물기를 닦고 거울을 들여다보니 얼굴 또한 달라진 것 같았다. 확실하게 젊어 보이지는 않았지만 예전보다 젊어진 것만은 사실이었다. 거울로 보이는 내 얼굴은 흐트러지지 않은 육십 대 후반이었다.

앨리샤가 돌아왔을 때는 이미 내 몸에 대한 검색이 끝난 후였다. 그녀는 여러 고급 상점들에서 구입한 쇼핑백 여러 개를 잔뜩 들고 있었고 지금껏 본 중 가장 행복해 보였다. 그녀가 문으로 들어왔을 때 나는 가림막이 내려진 포치에 앉아 홀인원 공을 만지작거리며 진토닉을 마시고 있었다. 그녀는 와인을 한 잔 따르더니 내게로 다가왔다.

"잘했어요, 여보?"

그녀가 말했다. 사랑이 담긴 여느 아내의 말투였다.

"당신이 저를 더 젊어지게 만들고 있어요."

그녀의 얼굴에 놀라는 표정이 스쳐 지나갔다. 그녀는 내 잔에 와인 잔을 부딪쳤다.

"왜 그렇게 생각해요?"

"느낌이 와요. 팔이나 다리에. 스윙에서도 느낄 수 있었죠. 첫 홀부터 280야드짜리 드라이브 샷을 쳤다니까요."

"글쎄요, 등 뒤에서 홀 쪽으로 바람이 세게 불었겠죠. 아니에요?"

"제 얼굴을 봐요. 더 젊어졌어요."

"캐롤라이나 햇볕 덕분이겠죠."

그녀가 말했다.

"햇볕 때문에 피부 톤이 달라지고 또 밖에 나가 그 아래 오래 있었으니 뇌에도 영향을 미쳤겠죠."

나는 그녀를 응시하며 다른 한 손으로 공을 만지작거렸다.

"당신은 골프 실력이 나아지길 바라지 않는군요. 그렇죠?"

내가 말했다.

"실제로도 그럴 필요가 없겠죠. 이 모든 게 빤한 속임수니까."

"나는 속임수 따위는 만들지 않아."

그녀는 그렇게 말했지만 나는 속지 않았다.

"뭔가가 진행되고 있어요. 당신은 저에게 골프를 코치해달라고 했어요. 하지만 당신은 코치가 필요 없어요. 당연히 필요 없겠죠. 왜 필요하겠어요? 당신은 신인데."

그녀는 한참 동안 말없이 나를 바라보더니 눈길을 돌렸다가 다시 나를 보며 입을 열었다.

"당신은 코치가 아니야."

"아니라고요? 좋습니다. 그렇다면 몇 년 전 저는 수백 명의 고객들을 속였던 거군요."

"나는 지금 본질에 대해 말하고 있는 거야. 당신 영혼의 근원적인 뿌리 말이야. 코치는 당신의 영원한 정체성이 아니야."

"아, 그렇군요."

내가 말했다.

"그렇다면 당신에게 묻겠는데 저의 영원한 정체성이 실제로는 뭐일 거라 생각하세요?"

"위대한 챔피언이지."

"위대한 챔피언이라고요? 위대한 챔피언? 제정신이 아니군요."

"조심해, 행크."

"좋습니다. 좋아요. 맞습니다. 당황스럽군요. 우리는 계약을 했고 저는 그게……."

"계약은 끝났어."

그녀가 말했다.

"하지만……."

"내 마음이 바뀌었어."

"하지만 제가…… 도대체 제가 뭘 잘못한 거죠?"

"오늘 코스에 있는 동안 뭔가로 인해 형벌을 받고 있다는 생각 안 들던가?"

"아뇨. 사실은 그 반대였죠. 저는 난생 처음으로……."

"정확히 그 반대라. 사실 당신은 인내심이 상당히 강해. 내가 예상했던 것보다 훨씬 더. 지난 몇십 번의 생애들에서 당신이 보였던 행동들에 비한다면 말이야. 나는 당신을 노인으로 만들었는데 당신은 항의하지 않았지. 나는 당신과 여행을 하는 동안 나 스스로를 아름다운 젊은 여성으로 만들었는데 윌리엄스버그 호텔에서 내가 목욕할 때 잠깐 삐끗한 걸 제외하고는 욕정의 본능 또한 잘 다스렸고. 포즈 콜로니에서 내가 첫 아홉 홀을 엉망으로 플레이했을 때에도 신사답게 격려하면서 상황을 잘 풀어 나갔어. 이 우주에 있는 남성들 99퍼센트가 가지고 있는 역량을 뛰어넘는 것이지."

"좋습니다. 감사한 말씀이에요. 하지만……."

"당신은 코치 일을 계속 할 수 있을 것 같나, 아니면 할 수 없을 것 같나?"

"할 수 있다고 생각해요."

"당신은 가르침을 받을 수 있겠나? 당신이 누군가에게 지도

218

를 받을 수 있겠느냐는 거야."

나는 손으로 공을 한 번 돌렸다가 꼭 쥐고는 진토닉을 한 모
금 삼켰다.

"물론이죠."

"이제 좀 더 정보를 주지. 하지만 조건이 있어. 포올리스 플
랜테이션에 머무는 동안 더는 어떤 질문도 하지 말라는 거야.
동의할 수 있나?"

"동의할게요."

"내 친구 잰은 사실 우리가 이번 여행 중에 만난 대부분의 사
람들처럼 돕는 자야. '천사'지. 그렇게 불러도 좋아. 지금 당장
지상에서 그녀가 해야 할 임무들 중 일부는, 작지만 중요한 일
인데, 당신을 일정 정도 변화시키는 거야. 포즈 콜로니에 있던
찰리 피셔도 마찬가지고. 오늘 만난 그렉 스티븐스라는 사람
도. 웨스트버지니아 사람 말이야."

"출발신호원 말이군요."

"맞아. 그는 당신에게 단순히 골프 한 라운드보다 더 큰 어떤
것을 시작하도록 해주었어. 물론 내가 계획한 여정이지. 하지
만 당신은 그것을 받아들일 수도 있고 거부할 수도 있어. 호기
심과 그 지독한 자존심을 버리고 그 길로 들어설 수 있겠나?"

"제 몸이 달라진 게 느껴져요."

내가 말했다. 내가 그렇게 말한 것은 그녀가 나에게 이야기
한 모든 것을 공고히 하고자 함이었다.

"할 수 있겠나, 헤르만?"

"물론입니다, 주님."

그녀는 화를 삭이는 듯 길게 한숨을 내쉬고는 다시 친절한 앨리샤로 돌아왔다.

"좋아요."

그녀가 부드러운 목소리로 말했다.

"길가에 핸서 하우스라는 작은 식당이 있어요. 나는 그곳 가리비 요리를 좋아해요. 가서 멋진 저녁식사를 하면서 가리비처럼 굳게 다문 일들의 속사정을 열어보죠. 어때요?"

나는 고개를 끄덕였다. 나는 두어 번 홀인원 공을 움켜쥐었다가 주머니에 넣고는 옷을 갈아입었다.

17

다음 날, 그러니까 포올리스에서 사흘째 되는 날, 앨리샤와 나는 점심을 간단히 먹고 12시 45분에 라운드를 시작했다. 부지런한 골퍼들은 이미 18번 홀에 있었다. 하루도 거르지 않고 골프의 신에게 기도를 드리기라도 하는 듯이. 나머지 대부분 리조트 방문객들은 레스토랑에서 페투치니 알프레도 같은 크림 파스타며 넙치 살로 만든 샌드위치를 즐기고 있었다. 그래서 우리 앞뒤로 두어 홀은 텅 비어 있었다. 나는 유연하게 스윙을 했고 앨리샤는 다시 예전의 신처럼 플레이를 했다. 17홀을 지나면서 그녀는 4언더파를 기록했다. 3피트 이내의 퍼팅을 세 번 실패하지 않았더라면 몇 타는 더 줄일 수 있었을 것이다. 다시 입스 증세가 나타나기 시작했다. 그녀는 가끔 화가 나서 투덜거렸다. 내가 그녀를 치료하도록 되어 있었는데 자신은 조금도 나아지지 않았다는 것이다. 나는 그녀의 불평에 이의를 제기하고 전날 저녁에 나눴던 대화를 상기시키려 했지만 그녀는 계속해서 내가 요청받은 일을 하지 않고 있다고 고집을 부렸다.

18번 홀에서 그녀가 막 티 샷을 하려 할 때 포섬 경기 중인 무리들이 우리 뒤로 다가왔고, 그래서 나는 그녀가 그들 앞에서 신처럼 플레이를 하는 것이 불편할 것이라고 생각했다. 그녀는 티에서 공을 한 번 흘리더니 그들을 돌아보며 미소를 짓고는 이렇게 말했다.

"여보, 이 신사 분들더러 먼저 하라고 할까요?"

그들은 이 말을 듣고 분명 안도의 한숨을 내쉬었을 것이다.

우리는 옆으로 비켜서서 그들이 티 샷을 하는 것을 지켜보았다. 18번 홀은 1번 홀과 판에 박은 듯이 똑같았다. 단지 다른 게 있다면 짧은 파5짜리가 아니라 파4짜리 홀이라는 점이었다. 페어웨이는 왼쪽으로 완만하게 굽어 있고 기다란 웨이스트 벙커가 있었으며 그린은 작은 연못을 향해 약간 기울어져 있었다. (마치 악어가 살고 있을 것 같은 연못이었다.) 때문에 반대편에서 하게 될 칩 샷은 실제보다 더 어려울 것처럼 생각되었다. 장타에 자신 있는 골퍼라면 그 모서리를 넘기고 싶은 유혹을 받기 십상이었다. 즉 티 샷을 웨이스트 벙커 가장자리까지 쳐 넘겨서 130야드 내지는 140야드 정도의 어프로치 샷만 남겨두고 싶을 것이었다.

신사 네 사람 모두 벙커를 넘기려고 시도했다. 그들 가운데 세 사람의 샷은 결국 모래에 떨어져 두 번째 샷이 아주 곤란해질 상황에 처했고 네 번째 사람의 샷은 너무 왼쪽으로 날아가 물에 퐁당 빠지고 말았다.

"왜 그랬어요?"

그들이 우리에게 감사 인사를 하고 각자 보기 좋게 실패한 공을 찾아 떠나자 내가 물었다.

"왜 플레이를 못 하는 척한 거죠? 조금 전까지 잘 해놓고서는."

"당신이 그들이 하는 것을 봤으면 했어요."

그녀가 말했다.

"코스 운영에서 교훈을 얻기를 바란 거예요. 사실 그 교훈은 오로지 겸손이죠. 실제로 지상에서 살아갈 때 가장 기본이 되는 교훈이에요. 나는 일이 시작되기 전에 당신이 이걸 명심해주길 바랐어요. 겸손하라."

"제가 오만한가요?"

"아뇨. 천만에요, 여보……. 인간의 기준으로 보면 그렇지 않죠."

"인간의 기준이라는 게 그렇게 한심한가요?"

그녀는 그 사람들이 두 번째 샷을 하는 것을 지켜보는 척했고 나는 그녀가 대답을 완전히 회피하고 있다고 생각했다. 그러나 곧 그녀가 나를 돌아보았고 나는 그녀의 눈동자가 불타오르는 것을 보았다. 일종의 거룩한 진노 같은 것이었다.

"이렇게 생각해봅시다. 모든 것이 당신에게 주어졌어요. 모든 것이. 모든 것이 선물이죠. 저 태양, 당신이 내쉬는 숨결, 당신이 먹는 음식, 의문을 품을 수 있는 당신의 능력, 심지어는 신과 하나가 될 수 있는 가능성마저도. 사실 나는 많은 요청들을 듣고 있어요. '감사합니다.'란 말보다는 '제발 이거 하나만 해주실래요?'하는 요청을 더 많이 듣죠."

"알았어요."

내가 말했다.

"죄를 지었군요. 정식으로 사과드리죠. 이 모든 것을 주셔서 감사드립니다."

그녀는 나의 감사가 부담스럽다는 듯 손사래를 저었다.

"앞으로 그린에서 퍼팅을 할 때 나에게 가르침을 주면 그걸로 충분해요. 당신이 속으로 뭔가 생각해둔 걸 아니까."

그렇다. 생각해둔 게 있었다. 나는 우리가 플레이를 하는 동안 입스에 대해 생각하고 있었고 그녀에게 도움이 될 만한 작은 연습 게임을 구상해놓고 있었다. 그러나 우리가 늦은 오후 햇살을 받으며 18번 홀을 걸어 내려가는 동안 (나는 언제나 하루 중 그 어떤 시간보다도 그 시간에 경기하는 것을 좋아했다) 나는 일부 골퍼들에게 고통을 주는 특유의 오만함에 관하여 생각하고 있었다. 특히 젊음과 힘의 오만함에 관하여, 그리고 투어 시절 그런 오만함이 어떤 식으로 나를 실패하게 만들었는가에 대해 생각하고 있었다.

내가 그런 생각을 했던 이유는 한편으로는 그날 내가 다시 더 젊어졌다는 사실과 관련이 있었다. 몸의 변화는 점증적인 것이었다. 침대에서 일어났을 때 두 살은 더 젊어졌다는 것을 알았고 이제 육십 대 중반쯤 된 것 같았다. 또다시 아침식사를 같이 하게 된 천사, 잰 워커는 나의 그런 변화를 알아채지 못했거나 아니면 그에 대해 일절 말하지 않기로 작정한 것 같았다. 그렉 스티븐스는 전혀 알아채지 못한 것 같았다. 앨리샤는 내가 그런 이야기를 꺼낼 때마다 화제를 다른 것으로 바꿨고 마치 내가 그녀에게 맞서기라도 한다는 것처럼 무조건 무시했다. 하지만 나는 내 몸을 잘 알았다. 나는 변화를 느낄 수 있었다. 그래서 나는 마지막 페어웨이를 걸어 내려가면서 처음 나를 노인으로 만들었던 것이 결국 젊었을 때 내가 이해했어야 하는 것을 가르쳐주기 위해서가 아니었을까 하는 생각을 했다. 그 가르침은 인생이 곧 그러하듯 골프 코스에 임할 때 역시 경각심과 존경심을 가져야 한다는 것 아닐까. 인생은 순조로운 것처럼 보일 수도 있다. 그러나 사실 한순간의 잘못된 판단이 치러야 할 대가는 끔찍한 것이다. 고속도로에서의 단 한 번의 실수, 사업에서의 단 한 번의 잘못된 계산, 사랑하는 사람과의 관계에서의 단 한 시간의 부주의, 그런 한 번의 실수는 그 잘못을 훨씬 능가하는 형벌을 가져올 수 있는 것이다. 예를 들어 베들레헴에서의 일이다. 내가 알던 한 친구는 삼십 대 초반의 나이에 빙판길에서 걸음을 잘못 디뎠다. 한순간의 부주의. 그는 넘어져서 척추에 금이 갔고 수십 년을 요통으로 고생했다. 수많은 토너먼트 경기를 치르면서 나는 단 한 번의 사소한 심리적 실수로 우승을 놓치는 것을 수없이 보아왔다.

라운드를 끝내고 퍼팅 그린으로 넘어와 앨리샤에게 103피트짜리 퍼팅을 연습하도록 한 후 나는 그녀 곁에 서 있었다. 나는 언제나 그녀의 시야를 벗어나는 일이 없었다. 나는 다른 쪽으로 옮겨 가서 홀 바로 뒤에 서 있었다. 나는 그녀에게 수많은 사람들이 지켜보고 있다는 상상을 해보라고 독려했다. 지금 하는 퍼팅이 오거스타*에서 우승하여 그린 재킷을 입느냐 아니면 패배하느냐를 가르는 중요한 퍼팅이라고 상상해보라고 했다. 나는 그녀에게 샷을 하기 전 먼저 공이 가야 할 확고한 경로를 마음속으로 정하고, 퍼팅을 할 때에는 아무것도 생각하지 말고 마음을 완전히 비운 후, 공이 홀 안으로 들어간다는 확신을 가지고 퍼팅을 하라고 말했다.

이런 훈련 방법은 그때 막 떠올랐던 것이다. 전생에 골프를 가르치던 시절에는 그런 방법을 사용한 적이 없었다. 그 방법은 상당히 마음에 들었고 그래서 그녀가 100번째 퍼팅을 하고 나서 (그녀는 그 중 89번을 성공시켰다) 이제는 지쳐서 더 이상 못하겠다고 말하고 나서야 나는 콘도로 돌아와 샤워를 하고 자리

---

* 오거스타 Augusta : 오거스타 내셔널 골프 클럽. 바비 존스가 설립한 골프 클럽으로 마스터스 대회가 이곳에서 매년 개최된다. 우승자에게는 상금과 그린 재킷을 입는 영예가 주어진다.

에 누웠다. 나는 스스로에게도 똑같은 임무를 부여했다. 103피트짜리 퍼팅 100개. 처음 50타는 웨스턴 펜실베이니아 오픈에서 안나 리사와 친구들이 지켜보고 있고 경쟁자는 말없이 내가 실수하기만을 학수고대하고 있는 가운데 퍼팅을 한다고 상상한다. 그리고 그 과제를 완벽히 수행한 후 다음 50타는 오거스타 마지막 홀에서 퍼팅을 한다고 상상한다.

나는 그것을 모두 해냈다.

18

포올리스 플랜테이션에서의 그 다음 닷새는 나에게는 매일 24시간이 일 년 혹은 일 년 반의 시간처럼 느껴졌다. 웨이트리스들, 보조 출발신호원들, 프로숍 직원들 등 우리가 만나는 사람들 모두와는 점차 지극히 일상적인 이야기밖에는 하지 않았다. 하루에도 몇 번씩 보게 되는 그렉 스티븐스는 이따금씩 해변의 날씨에 관한 내 이야기에 동조하거나 내가 더 행복해 보이는 걸 보니 플레이가 잘 되고 있는 게 분명하다는 식의 이야기만 했다. 대화는 거기까지만이었다. 매일 아침 거울을 볼 때마다 나는 내가 점점 더 젊어지고 있다는 확실한 증거들을 발견했다. 머리카락은 점점 검어지고 굵어졌으며 눈가의 주름살도 줄어들었고 복부와 상박의 근육들도 더 탄탄해졌다.

그에 대해서는 다시는 앨리샤에게 말하지 않기로 작정했다.

그녀가 지닌 어마어마한 창조의 마법을 그대로 모르는 채 남겨두는 방법을 나는 매 순간 터득하고 있었는지도 모른다. 그게 아니면 그 이야기를 꺼내는 것이 그녀를 성가시게 할까 두려웠는지도 모른다. 그녀는 지금 나를 육십 대 중반의 나이로, 그것도 친구도 가족도 없이, 생계 수단도 없이 살아가도록 사우스캐롤라이나에 방치해두고 있었다. 내게 주어진 것이라고는 반짝이는 카드 몇 장과 골프 클럽 한 세트뿐이었다.

우리는 매일 아침 함께 플레이를 했다. 천국에 있을 때처럼 그녀는 멋지게 티 샷한 공을 한 번에 그린에 올려놓았고 그 다음에는 퍼팅으로 애를 먹었다. 나는 그녀가 말한 '위대한 챔피언'이 되기 위해 이제부터 가르치는 것을 그만두라는 말은 듣지 못했기 때문에 본래의 가르치는 일, 즉 그녀의 입스 증세를 고쳐주는 일을 계속했다. 매일매일 그녀와 그 일을 계속했다. 그녀가 퍼팅 클럽을 백에서 꺼내 어려운 내리막 12피트짜리 퍼팅을 하려 할 때면 나는 이렇게 말하곤 했다.

"자, 이제부터 당신은 마음 깊이 공이 컵 한가운데로 간다고 믿어야 합니다. 완전한 자신감, 절대적인 자신감을 가지고 망설이거나 다른 생각은 하지 말고 스트로크를 해야 합니다. 경로를 정하세요. 그리고 정해둔 그 경로를 따라 공이 나아갈 것을 믿으세요."

"고마워요, 여보."

그녀는 그렇게 말하곤 했다. 그러나 시간이 조금 지나면 그녀는 다시 퍼팅 자세로 너무 오래 서 있었고 이런저런 걱정을 하고 지난 몇 주 동안 해왔던 온갖 실패한 퍼팅들을 떠올리곤 했다. 그러면 어김없이 불안정한 퍼팅을 해서 홀에서 몇 인치 떨어진 지점에 공이 멈추거나 홀 왼쪽으로 흐르게 만들었다. 그래도 어느 정도 진전은 있었다.

나 자신의 플레이는 놀라울 정도였다. 가능한 모든 겸손을 다 동원해도 그렇게밖에 말할 수 없다. 나는 백 티에서 시작해 일관되게 2언더파나 3언더파를 쳤다. 코스에서 줄곧 그렇게 플레이를 하자 내 실력에 대한 소문은 빠르게 퍼져나갔고, 그래서 늦은 오후쯤 되면 그 리조트에서 꽤 잘 치는 선수들이 나에게 다가와 내기 골프를 제안하곤 했다. 앨리샤의 충고에 따라 나는 그 모든 요청을 거절했다.

"여보, 언젠가 기회가 올 거예요."

어느 아름다운 봄날 저녁 카트 길을 따라 산책을 하고 있을 때 그녀가 말했다.

"지금 당장은 그 스윙을 당신의 뇌세포와 정신에 깊이 새겨두는 것에만 집중해요. 내가 원하는 건 당신이 그것을 확실히 새겨두어서 어떤 압박에 직면해도 그것 때문에 당신이 무너지는 일이 없게끔 되는 거예요."

"당신의 플레이도 새로운 차원으로 접어들고 있어요."

내가 그렇게 응수하자 놀랍게도 그녀는 내 팔짱을 끼었다. 우리는 진짜 부부처럼 한참을 걸었다. 이전에는 이런 애정 표현을 하는 것은 우리를 지켜보는 사람들이 있을 때뿐이었다. 그러나 그날 저녁에는 우리 두 사람밖에 없었고 우리를 지켜보는 것이라고는 해변을 날아다니는 갈매기들과 울음소리를 내며 날아다니는 몇몇 바닷새들뿐이었다. 마음속에서 불가능한 희망이 되살아나는 것 같았다.

"그래요. 당신이 날 도왔어요."

그녀가 말했다.

"물론 그린에 서면 여전히 불안하지만."

"퍼팅은 게임의 일부일 뿐이고 그건 거의 심리적인 거예요."

"모든 것이 그렇죠."

그녀가 말했다.

"음. 하지만 풀 스윙에는 물리적인 역학이 작용하죠……."

"아뇨, 아니에요."

그녀가 내 팔을 톡톡 쳤다.

"모든 것이 심리적인 거예요, 여보. 당신 말대로 모든 정신적 향방은 마음 가장 깊은 곳에서 일어나는 작용에 의해 발생하죠. 모든 것이 그것에 의해 형성되는 거예요. 당신의 건강도, 당신의 스윙도, 당신의 운명도. 당신의 죽음조차도 그것에 의해 발생해요. 아직도 모르겠어요, 행크?"

"모르겠어요."

나는 솔직하게 인정했다.

"이 행성에서는 정신을 너무 소홀히 여겨요."

그녀가 말을 이었다.

"아, 실제로는 소홀하지 않죠. 하지만 정신이라는 걸 너무 대충 이해하고 있어요. 그것은 단순한 지각 이상의 것이에요. 그것에는 훨씬 더 크고 더 오묘한 것이 있는데 거의 무시되고 있죠. 인문학자들은 인간의 두뇌가 가진 잠재력 가운데 지극히 일부만 사용되고 있다는 것을 알아요. 그런데도 인간들은 정신을 함양하는 일에 시간을 투자하지 않아요. 내 말은 단순히 공부를 하는 것, 머리에 사실들을 밀어 넣는 것을 뜻하는 게 아니에요. 내 말은 기도, 명상, 묵상, 더 나아가 사고방식을 긍정적인 방향으로 바꿔 나가려고 노력하는 것까지를 포함하는 거예요."

그 순간 내 사고방식은 전생에 만났던 손금쟁이와 점쟁이를 떠올리게 만들었다. 머리가 텅 빈 그 사람들은 지금 막 앨리샤가 했던 것과 같은 말들을 늘어놓으면서 육체의 법칙, 물리의 법칙, 현실의 법칙들을 부정하고 그저 병이 낫기를 바라는 것만으로도 병을 고칠 수 있다고 말하곤 했다. 또한 그들은 자신의 습관적인 사고방식이 '그 자신의 현실을 만들어낸다.'고 말하곤 했다. 내가 아는 한 그런 말들은 골 빈 사람이 떠들어대는 헛소리에 불과했다.

그때 우리는 13번 홀 그린과 14번 홀 티 사이에 길게 뻗어 있는 제방으로 올라가고 있었다. 앞에는 만조가 되어 물이 차오른 하구, 파도의 오른쪽 가장자리에는 수평선을 따라 한 줄로 늘어선 집들을 배경으로 습지 갈대들이 어우러진 멋진 풍경이 펼쳐져 있었다. 해가 우리 뒤쪽으로 방금 떨어져 갈대들은 소금기 어린 밝은 금빛으로 물들어 있었다. 집들 너머로는 파도가 구르는 소리가 아득히 들려왔다. 그 광경에 취하여 잠시 쉬고 있을 때 커다란 새 두 마리가 날아올라 우리 머리 위로 그리 멀지 않은 곳에서 낮게 아름다운 원을 그리며 맴돌았다. 아름답다는 말로는 그 장관을 표현하기에 역부족이다. 그 피조물들은 이 세상의 것들이 아닌 것만 같았다. 그들이 나는 모습을 천국에서 보았더라면 그리 놀랍지 않았으리라. 새들의 머리에는 붉은 반원이 있었고 코밑수염처럼 생긴 검은 깃털이 부리 양옆에 붙어 있었다. 긴 목은 밖으로 죽 뻗어 있었고 날개는 가장자리만 짙은 검정색이고 나머지는 순백색이었다. 정작 놀라운 것은 그 새들이 나는 방식이었다. 마치 움직이면서도 움직이지 않는 것 같았고 빠르게 날고 있었지만 주변에 있는 에너지의 큰 흐름을 타고 있을 뿐 아무 힘도 들이지 않는 것 같았다.

"흰두루미들이죠."

앨리샤가 부드럽지만 자랑스러운 어조로 말했다.

"이제 183마리밖에 남지 않았어요."

나는 새들에게서 눈길을 뗄 수가 없었다. 갑자기 녀석들이 내가 지켜보는 가운데 습지 너머로 미끄러지듯 자취를 감췄다. 바로 그때 어떤 깨달음이 왔다. 나는 그 깨달음을 언어의 철창 안에 가둘 수가 없다. 굳이 언어로 표현하자면 마치 내 두뇌의 일상적인 경계들이 녹아내리는 것 같았다고나 할까. 나는 앨리샤가 방금 나에게 말한 것을 완전히 새로운 방식으로 이해하게 되었다. 나는 알았다. 그 순간 단순히 그냥 알게 되었다. 지금 내 위에 있는 이 완전한 아름다움이 곧 나의 골프 게임으로 전이될 수 있다는 것을. 말하지 않고도, 노력하지 않고도, 그저 내 마음을 이 더 큰 맥락에 옮겨놓는 것만으로 전이될 수 있다는 것을 말이다.

손금쟁이가 하는 말처럼 들릴 것이다. 어리석고 머리가 텅 빈 사람처럼 보일 것이다. 하지만 지금 내가 무엇을 알고 있는지 알기 때문에 나는 달리 변명할 수가 없다. 이것은 사실이다. 우리가 바깥세계에서 경험하는 모든 것은 행운이든 불행이든 정신의 오묘한 작용에 뿌리를 두고 있다. 그리고 그런 오묘한 작용들, 그런 방식들은 변화한다는 것을 알게 되었다. 그것은 정확하게 골프와 같다. 변화는 천천히, 반복해서 라운드를 연습할 때마다, 해가 바뀔 때마다, 인생이 바뀔 때마다 일어난다. 우리의 실제적인 일이란 바로 그런 것이다. 앨리샤가 나에게 보여주고자 했던 것은 바로 그런 것이었다.

19

우리는 온다 간다 말도 없이 포올리스 플랜테이션을 떠났다. 두루미들을 보면서 환희의 순간을 맛본 나는 앨리샤가 나에게 했던 모든 일들이 일종의 교훈이었다는 것을 분명하게 깨달았다. 나는 적어도 기대와 실망 사이의 관계를 이해했다. 인간의 정신은 희망과 불안이라는 두 가지 색깔의 끈에 묶여 있다. 만일 당신이 앞으로 3주 후 기가 막힌 하와이 휴가를 계획하고 있다고 하자. 그러면 현재는 그 사실로 인해 흐릿해진다. 소금기 어린 파도, 흔들리는 야자나무, 푸르른 페어웨이에 대한 환상으로 인해 현실감이 약해지는 것이다. 또는 당신이 앞으로 3주 후에 치과 치료를 받게 된다고 생각해보자. 그 일에 대한 생각이 현재의 시야를 흐려지게 만들 것이다. 당신이 현재 당신의 아내나 남편이나 아이와 대화를 나누고 있고 골프를 치고 있어도 그것에 온전히 열중할 수 없다는 말이다. 정신의 일부가 하와이 휴가나 치과 치료에 사로잡혀 있기 때문이다.

신은 그런 끈, 인간적인 투사에 의해 제약을 느끼지 않는다. 앨리샤가 지금 우리가 포올리스를 떠나고 있다고 말하는 것을 들었을 때 란초 오비스포에서 한 친구가 한 말이 생각났다. 그가 천국에서 배운 것들 가운데 가장 중요한 것은 '다음 호흡을 당연한 것으로 생각하지 말라.'는 것이라고 했다.

"지상에 있을 때 우리는 언제나 계획을 세우지. 안 그래, 행크?"

그는 말했었다.

"내가 깨달은 건 바로 이거야. 강박적으로 계획을 세우는 행동의 동기는 불안에서 온다는 거지. 우리는 미래를 지배할 수 없고 또 그 사실을 알고 있어. 그래서 그것이 우리를 두렵게 만드는 거야."

어떤 것도 미리 말해주지 않음으로써 앨리샤는 나에게 다음과 같은 교훈을 주고 있었다. 다음 호흡을 당연한 것으로 생각하지 말라. 온전히 지금 이 순간을 살아라. 그러면 두렵지 않을 것이다. 아, 말로 하기는 얼마나 쉬운가!

그녀는 내가 포올리스 플랜테이션에서 몇 달을 지내며 멋진 라운드를 돌고 또 돌 것이고 성대한 식사에 식사가 이어질 것이며 해변을 따라 걷기도 하고 포치에서 와인을 마시는 일들이 계속될 것이라고 생각하기 시작했음을 알고 있었다. 그녀는 내가 즐거운 미래에 대한 생각하거나 천국, 즉 란초 오비스포의 내 정규 포섬, 밤에 외출하여 화니타와 춤을 추는 일상으로 돌아갈 것을 걱정하며 지상에서 그런 식으로 시간을 낭비하는 것을 원치 않았다. 골프 또한 마찬가지다. 나는 이제 그것을 분명히 안다. 희망이나 불안을 떨쳐버리지 못하면, 즉 하와이 휴가나 치과 치료, 이글과 더블 보기 따위를 잊어버리지 못하면 위대한 챔피언이 될 수 없다. 자신의 중심, 모든 무게, 모든 피와 땀방울, 모든 신경과 근육, 모든 세포를 골프 공 하나에, 치려는 샷에 집중시키는 방법을 배워야만 한다. 다른 것은 없다.

그러나 분명 나는 그때까지 그 교훈을 배우지 못했었다. 포올리스를 떠날 것이라는 말을 듣고 당황했기 때문이다. 그 코스, 그 구조, 석양 무렵 11번 홀 페어웨이 옆의 그 포치, 그곳은 일종의 낙원이었고 낙원의 향기를 조금이라도 맡은 사람이라면 누구도 그것을 포기하고 싶지 않을 것이다.

20

그렇게 우리는 그곳에서 유쾌한 일상을 즐기고 있었다. 아침 식사, 둘이서 골프 한 라운드, 앨리샤는 쇼핑을 하고 나는 퍼팅 그린에서 시간을 보내다 오후에 또 한 라운드를 돌고, 거품 목욕을 즐기고 나서 멋진 저녁식사, 석양 아래 카트 길을 따라 하는 산책 등등. 그러던 어느 저녁, 그날은 목요일이었다. 달콤했던 일상이 깨지고 말았다. 함께 말없이 산책을 마치고 돌아왔을 때 앨리샤가 말했다.

"여보, 짐 챙기세요. 이제 떠나야 해요."

"언제요?"

내가 물었다.

"어디로 간다는 거죠? 그런데……."

그녀는 그 경이로운 눈동자로 나를 바라보았다. 나는 물건들을 챙기기 시작했다.

한 시간도 채 지나지 않아 나는 클럽이며 가방들을 캐딜락의 넓찍한 트렁크에 옮겨 실었고 우리는 서쪽으로 차를 몰았다. 포올리스가 멀어져 갔다. 나의 행복한 나날들도 멀어져 갔다.

너무도 당연한 이야기겠지만 신은 우리가 어디로 가고 있는지 말하지 않았다. 갈림길에 이르면 겨우 이렇게만 말했다.

"여기서 왼쪽으로, 행크. 이 길을 따라 북쪽으로 가세요. 이제 주간(州間) 고속도로로 올라가요, 여보. 서쪽으로요."

내가 차를 세우고 편의점을 이용해야겠다고 하거나 커피를 한 잔 하거나 뭔가를 먹자고 하면 그녀는 마다하지 않고 기꺼이 응했다. 그녀에게서는 조급함 같은 것은 전혀 느껴지지 않았지만 지상에서 그녀와 함께했던 매 순간마다 느껴졌던 범접할 수 없는 고요함 같은 것이 감돌았다. 신은 생각에 잠겨 있다. 신이 무언가를 생각하고 있을 때면 나는 그것을 견뎌야만 한다.

그날 밤이 이슥해서야 우리는 사우스캐롤라이나 컬럼비아 외곽에 있는 한 호텔에 도착했다. 특별히 좋을 것도 없는 평범한 호텔이었다. 그녀는 어떤 이유에서인지 방 두 개를 주문했고 나는 피로에 지친 채 가운데가 푹 꺼진 침대에 홀로 누워 있어야 했다. 방에서는 소독약 냄새와 담배 냄새가 코를 찔렀다. 내 몸이 더욱, 더 강해지고 젊어지고 있음이 느껴졌고 나는 다시금 하지 말아야 하는 그 일을 하기 시작했다. 이 모든 것이 앞으로 어떤 결과로 이어질지에 대해 궁금해하는 것 말이다.

날이 새기도 전에 그녀가 멋진 골프 복장을 하고 내 방문을 두드렸다. 짙푸른 헐렁한 바지와 크림색 바탕에 초록색 줄무늬가 있는 저지 셔츠를 입고 그 위에 얇은 재킷을 걸치고 있었다. 귀걸이를 하고 화장을 한 그녀의 눈동자는 밝게 빛났고 행복해 보였다. 내가 보기에는 신 역시 그 체인 모텔에서 짧은 밤을 지내고 나서 더 젊어진 것 같았다. 그녀는 어느 때보다도 더 아름다웠고 나는 과거 그 어느 때보다 그녀의 매력에 사로잡혔다.

그녀는 내가 샤워를 하고 옷을 입는 데 15분을 주었다. ("최고 멋진 골프 복장으로 갈아입으세요, 여보.") 우리는 와플 하우스라는 곳에 들러 비싸지는 않지만 꽤 만족스러운 아침식사를 했다. 그러고 나서 곧 불타는 태양이 떠오르는 캐롤라이나의 풍광 아래 다시 길을 떠나게 되었다.

'서부 20번 주간 고속도로'라는 표지판이 눈에 들어왔다. 프로 시절 나는 남부에서 수없이 많은 경기를 가졌지만 고속도로에서 벗어난 작은 시골길에 대해서는 잘 몰랐다. 길 양편으로 뻗어 있는 언덕들은 이제 막 밝아오고 있었다. 광고판 너머로 보이는 낡은 남부의 농가들은 오랜 세월 경작해온 들판에 둘러싸여 있었다. 미국 원주민들과 노예들, 소작인들과 열심히 일해온 남부의 농부들. 나는 펼쳐진 땅에서 야릇한 향수를 느꼈다.

잠시 후 조지아 오거스타의 표지판이 보이기 시작했다. 나는 오거스타라는 말만 들어도 팔과 목의 살갗을 타고 흘러내리는 어떤 감정의 파장을 느꼈다. 오거스타. 마스터스 대회. 신성한 골프의 땅. 나는 우리가 어디를 향하고 있든 앨리샤에게 차를 세우고 잠시 둘러봐도 되겠느냐고 묻고 싶은 마음이 굴뚝같았 지만 참고 또 참았다.

끝까지 나는 그녀에게 요청하지 않았고 그것은 결과적으로 잘한 일이었다.

"자, 이제 잘 들어요, 여보."

우리가 막 두 번째 오거스타 표지판을 지나고 있을 때 그녀 가 말했다.

"우리는 오거스타 내셔널에서 플레이를 할 거예요. 당신과 나와 내 오랜 친구인 래리 화이브 아이언과 함께요. 그는 여기 서 그리 멀지 않은 리조트에서 접객원으로 일하고 있죠. 미리 말해둘 게 있는데 래리는 내가 알기로 브루클린의 미천한 집안 출신이에요. 뉴욕 브루클린요. 그게 당신 마음에 걸릴까요?"

"아뇨, 그럴 리가요. 절대 그렇지 않아요."

나는 캐딜락의 화려한 앞좌석에 앉아 소리치듯 말했다.

"왜 당신과 줄리안 에버는 늘 저한테 그런 걸 묻는 거죠? 전 혀요. 제 대답은 아니라는 거예요. 문제될 게 없잖아요! 저는 인종주의자도, 성차별주의자도 아니고 노동계급에 대해서도 아무런 반감을 가지고 있지 않아요!"

"진정해요, 여보. 그냥 한번 물어본 거예요."

"그렇다면 왜 그런 걸 굳이 물어요? 제가 그런 일로 잘못한 거라도 있나요? 전생에 제가 편견이 아주 심한 고집불통이었기라도 했나요?"

　나에게 돌아온 것은 부처와 같은 신의 미소였다. 두려울 정
도의 침묵이 이어졌다. 우리는 길을 따라 달렸고 신은 차창을
통해 인간 역사의 거대한 지평을 내다보았다. 나, 곧 헤르만 핀
스 윈스턴은 내가 가진 인간성의 한계, 그 속에 담긴 가느다란
죄의 끈, 기억의 경계를 뛰어넘으려 고심했다. 지상에서 살 때
나와 내가 알던 모든 이들은 우리가 고통이나 불행을 감수해야
할 아무런 잘못도 저지르지 않았다고 생각했다. 일이 잘못되면
우리는 불평을 하고 비통함에 주먹을 움켜쥐었다. 우리는 운명
이 우리를 혹사한다고 생각했다. 어떻게 우리는 감히 그렇게
확신했던 걸까?

　이윽고 그녀는 출구가 보이면 고속도로를 빠져나가자고 이
야기하며 이렇게 말했다.

　"오거스타 내셔널 골프 클럽 회원권은 당신도 알겠지만……
어떻게 얻는 거죠?"

　"선택되는 거죠."

　내가 말했다.

　그녀는 웃음을 터뜨렸다.

　"맞아요. 정확해요. 영어는 정말 아름다운 언어예요. 완벽하
죠. 옳아요. 거기에 있는 우리의 친구들은 선택된 이들이죠. 그
들은 그 작은 파라다이스로 받아들일 사람에 대해 지나칠 정도
로 까다로워요. 내가 그랬다고 상상해봐요."

"그랬다면 저는 결코 천국에 가지 못했겠죠."

내가 말했다.

"저는 오랫동안 고집불통이었으니까. 당신도 실제로 그렇게 말했잖아요. 저는 영원토록 지옥불 속에서 고통 받고 있었을 거예요."

"그만 해요, 행크. 그렇게까지 자학할 필요는 없어요."

"하지만 정말 끔찍한 느낌이에요. 과거에 자신이 원치 않은 사람이었다는 사실을 아는 것 말이에요. 그리고 전혀 그 사실을 기억하지 못하는 상태에서."

"당신은 용서 받았어요."

그녀가 말했다.

"무엇을요? 언제요?"

"당신은 용서 받았어요."

그 말을 두 번이나 듣고 나자 마치 내 가슴을 짓누르고 있던 커다란 돌덩이가 미끄러져 내려가는 것 같았다. 내 몸이 실제로 변화하는 것 같았다. 내부에서 해방감이 몰려왔다. 호흡도 달라졌다. 그 말 한 마디에 사오 년은 더 젊어진 것 같았다.

"감사합니다."

내가 말했다.

"그 죄가 어떤 것이든 사죄드려요. 당신이 그걸 잊을 수 있다는 게 감사할 따름입니다."

"누가 잊는다고 했어요? 나는 절대로 잊어버리지 않아요. 실제로 당신이 해야 할 일이 좀 더 남아 있어요. 속죄를 받기 위해. 속죄라는 표현은 정확하지 않으니 이렇게 말하죠. 당신의 과거를 청산하기 위해 당신이 해야 할 몇 가지 일들이 아직 남아 있어요."

"또 한 번의 삶인가요?"

내가 물었다.

그녀는 얼굴을 찌푸렸다.

"그놈의 미래, 미래 타령."

"좋아요. 저는 용서 받았어요. 용서 받은 것처럼 느껴져요. 그게 중요한 거죠. 다시 한 번 감사드립니다, 주님."

그녀는 손을 뻗어 내 허벅지를 툭툭 쳤다.

"그냥 앨리샤라고 부르는 게 좋겠어요, 여보."

"알겠어요. 그렇게 하죠."

"우리가 어디까지 이야기했죠?"

"오거스타. 선택 회원제. 과거 생애들에서의 고집불통."

"그랬죠. 오거스타 내셔널에 있는 우리 친구들이 그렇게 아름다운 코스에서 래리 화이브 아이언 같은 사람이 플레이를 한다는 사실에 당황하지나 않을는지 모르겠네요. 당신도 들어보면 알겠지만 그에게는 과거의 억양이 남아 있거든요. 지금은 한 단어 정도만 그런 식으로 말해서 당신은 잘 모를 수도 있겠지만. 특이하게도 그는 자신이 자란 배경의 세련되지 못한 면모들 몇 가지를 아직까지 떨쳐내지 못했어요. 그리고 그 사람들은 여

전히 자신들의 편견을 못 버리고 있죠……. 또한 내가 최상의
상태에서 플레이하는 것을 보면 그들이 당황할 수도 있어요."

"오거스타 내셔널에는 여성들도 입장할 수 있어요."

"아하, 그래요. 친절도 하셔라."

신은 빈정대며 말했다.

"그곳 회원들 중 몇 사람은 젊은 시절 노동자 계급이었음이
틀림없고요."

"두 사람이죠."

그녀가 말했다.

"정확하게 말하자면요. 그리고 지난 십 년 전까지만 하더라
도 1세대 아프리카계 미국인은 회원으로 받아들여지지 않았어
요. 권력자들이 그렇게 개방적일 수 있다는 게 정말 놀랍죠."

나는 귀를 쫑긋 세우고 들었다. 신은 그날 다소 불편한 것 같
았고 원래 성격과 달리 신경이 곤두서 있는 것 같았다.

"저에게 이야기하지 않은 게 있죠. 안 그런가요?"

내가 말했다.

"지금 당장 말해주세요. 절 믿으세요. 지난 몇 주 동안 깨달
은 게 있어서 그게 무엇이든 잘 받아들일 수 있으니까요."

"이번에는 왼쪽으로요, 행크."

"말해주세요."

나는 고개를 돌려 그녀를 향해 말했다.

"제게 온전히 있는 그대로의 사실을 말해주세요."

"좋아요. 그렇게 하죠."

그녀는 다이아몬드 반지를 만지작거리며 숨을 깊게 내쉬고는 말했다.

"우리가 포올리스에서 지내던 어느 날 밤 포치에서 나눴던 대화를 기억하나요?"

"무슨 대화요?"

내가 물었다. 하지만 나는 내장이 뱀장어처럼 배배 꼬이는 듯한 불안감을 느꼈다.

"당신의 존재에 관한 대화였죠. 당신 영혼의 근본적인 정체성, 위대한 골프 챔피언 말이에요."

나는 침을 삼키고 말했다.

"그래요."

마치 전기 플러그에 연결되어 있는 것처럼 팔과 다리에 계속 찌릿찌릿 전기가 통하는 것 같았다. 그리 유쾌한 느낌은 아니었다. 그녀는 회원 전용 주차장으로 들어가라고 지시했고 나는 그 말에 따랐다. 그런데 놀랍게도 그곳에 있던 종업원 한 사람이 자동차 번호판을 보더니 내내 손을 흔들어주었다.

"이곳에 세우세요."

앨리샤가 말했다.

나는 주차를 하고 시동을 껐다. 우리는 앞자리에 앉아 서로를 바라보았다.

그녀의 말투는 불편해 보였다.

"스카우트라는 말 알죠? 프로 선수 스카우트 말이에요."

"물론 알죠. 고등학교나 대학교를 돌아다니며 장차 빅 리그에 진출할 만한 선수들을 찾는 거잖아요."

"정확해요."

팔다리에 흐르던 전류가 약해지더니 이윽고 완전히 사라졌다. 나는 더 이상 걱정하지 않았다.

"그렇다면 당신은 저를 스카우터로 훈련시키고 있고 모든 게 그것 때문이었군요. 당신은 제가 천국과 지상을 여행하면서 뛰어난 스포츠 재능을 가진 사람이나 자질 있는 영혼들을 찾아주기를 원하는 거군요."

앨리샤는 캐딜락 맞은편 좌석에 앉아 나를 응시하고 있었다.

"그게 당신이 생각해낸 농담인가요, 헤르만?"

팔에 다시 전기가 오르기 시작했다. 이번에는 팔에만 그랬다.

"아니요. 농담이 아니에요. 혼란스러워서 그래요. 정말 알고 싶으시다면 제 말의 의미는 오거스타, 래리 화이브 아이언이라는 사람, 당신이 가지고 있는 퍼팅 문제 같은 것들이 솔직히 말해 당신을 무척 성가시게 하는 것 같아요. 그런데 난데없이 야구선수 스카우트 이야기라뇨? 누가 혼란스럽지 않을 수 있겠어요?"

"여보, 행크."

"뭔데요."

"진정해요."

"전 흥분하지 않았어요. 완전히 차분한 상태예요. 저는 다만……."

"행크, 내 말 들어요. 운전대를 붙잡고 있는 당신 손가락이 떨리고 있잖아요. 잠시만 마음을 가라앉히고 내 말을 들어봐요. 숨 한 번 크게 쉬고."

"전 불안하지 않아요."

내가 말했다.

"그래요, 당신은 불안하지 않아요. 그래도 그럴 만한 이유가 있으니 숨 한 번 쉬어 봐요."

나는 길게 숨을 쉬었다. 그럴 만한 이유라니?

"한 번 더요."

나는 다시 한 번 숨을 쉬었다.

"지금까지 나는…… 당신에게 다정한 편이었어요. 내 말을 막지 말아요, 제발. 나는 개인적으로 당신을 좋아해요. 문제는 그게 아니죠. 문제는 당신이 함께 일하기에 그리 만만한 상대가 아니라는 거예요. 내 말을 믿어요. 나는 수십억의 영혼들과 함께 일을 해왔어요. 그래서 비교할 만한 근거를 가지고 있죠. 당신의 가장 근본적인 정체성은, 내가 여러 차례 이야기했듯 위대한 챔피언이에요. 역사적으로 위대한 챔피언이죠. 하지만 당신은 막연히 그 사실을 믿으려 하지 않는 것 같아요. 당신과 같은 수많은 인간들과 마찬가지로 당신은 계속해서 스스로에게 한계를 부여하고 당신이 가진 모든 잠재력을 실현하지 않기 위한 갖가지 변명과 구실들을 찾으려 들어요. 솔직히 말해서 나는 이제 그 일에 지쳤어요. 내 좋은 친구 화니타도 말했듯이……."

"화니타라고요!"

"내 좋은 친구 화니타가 말한 것처럼."

신은 좀 더 근엄한 어조로 말을 이었다.

"당신이 전생에 있는 동안 나는 당신을 이끌어줄 사람을 보냈어."

"안나 리사?"

"맞아. 당신의 전 아내 안나 리사. 당신은 그녀가 이끄는 것을 거부하고 너무 완고하고 너무 단호하게 챔피언이 되어야 한다는 책임들을 회피해버렸지."

"하지만 안나 리사는 저를 놀렸어요. 그녀는 저에게 상처를 줬다고요."

"행크. 한 번만 더 내 말을 방해하면 우리는 끝장이야. 이 말의 의미는 이거야. 우리는 다시 천국으로 돌아갈 거야. 당신은 란초 오비스포에 있는 친구들과 다시 만나게 될 거고 오백 년은 지나야 우리가 다시 이야기를 나눌 수 있을 거야. 알겠나?"

나는 고개를 끄덕였다. 몸에 흐르는 전기가 더 강하게 느껴졌다. 내 오른쪽 다리가 경련을 일으키고 있었다. 나는 그것을 신에게 감추려고 참고 또 참았다.

"안나 리사도 나름대로 잘못을 하긴 했지. 하지만 당신은 지금 나에게 하는 것처럼 필요 이상으로 그 일을 그녀에게 어렵게 만들었어. 이제 내 좋은 친구이자 유능한 조수인 래리 화이브 아이언은 당신이 스카우터라고 부르는 바로 그런 사람이야. 그가 하는 일은 내가 여러 영혼들의 본질을 밝혀낼 수 있도록 돕는 거지. 물론 지상의 직업이 아니라 은밀한 영적인 직업이고, 당신들 모두 한 가지씩은 이런 종류의 영적인 직업을 가지고 있어. 내가 하는 일이라는 게 말로는 간단하지만 실제로는 그렇지 않아. 천국의 통계학자들에 따르면 지상에 있는 영혼들의 92퍼센트가 자신들의 신성한 잠재력을 온전히 실현하기 위해 무엇을 해야 할지 아직 발견하지 못한 상태라고 해. 나는 그들 한 사람을 일일이 깨우치게 만들 수 있는 시간적 여력이 없어. 그래서 래리처럼 나와 함께 일하는 사람들을 두고 있는 거지. 지금까지 내가 한 말이 이해가 되나?"

나는 고개를 끄덕였다.

"래리는 사람들의 겉모습을 관통해 그들이 지닌 신성한 구조를 꿰뚫어볼 수 있는 능력을 가지고 있지. 물리적 표현을 쓰자면 당신을 한 번 보고 당신의 유전자 코드를 알아볼 수 있는 사람이라고 말하면 대략 비슷할 거야. 알겠나?"

나는 고개를 끄덕였다.

"당신의 전생에서 래리는 당신 안에 있는 챔피언의 구조를 보았지. 그는 당신이 그것을 실현하려고 했을 때 부딪쳤던 문제들도 알고 있어. 그는 실제로 웨스턴 펜실베이니아 오픈이 있기 몇 주 전 당신에게 특별한 순간을 선물했지. 바로 그때부터 당신은 당신의 운명으로부터 등을 돌리기 시작했어. 그 순간은 웨스트버지니아 주에서 일어났어."

"하지만 저는 웨스트버지니아에서 플레이를 한 적이 없어요. 확신해요, 저는……."

"당신은 의식에서 그 기억을 지워버렸어. 내 말을 믿어. 당신은 그곳에서 플레이를 했어. 당신이 실패하기 시작한 게 바로 그곳에서부터였지. 그 실패를 보고 내 친구 래리는 당연히 걱정을 했어. 그는 얼마나 걱정이 되었던지 그 다음부터는 토너먼트가 있을 때마다 당신을 따라다니면서 당신이 선택한 길에서 벗어나게 하려고 애를 썼어. 하지만 아무런 소용이 없었지."

"그래서."

신은 계속해서 말을 이었다.

"크게 보면 이번 여행을 준비한 것도 래리였어. 그는 당신이 한동안 천국으로 가서 약간의 휴식을 갖도록 도왔지. 그러고 나서 그가 줄리안 에버를 통해 나에게 제안했어. 내가 당신과 접촉을 하고 이 모든 과정을 시작하도록 말이야. 내가 말했듯이 그의 일은 신성한 피조물로서 당신이 가진 진정한 잠재력에 도달하도록 돕는 거야. 이제 어려운 대목인데, 다음 주쯤에 당신은 엄청난 테스트를 거칠 거야. 연속되는 테스트지. 실제로 그 테스트는 다양한 방법으로 당신의 정신적인 기질을 시험하게 될 거야. 이런 말을 하게 돼서 미안하지만 몇 가지 경고를 해두는 것 외에는 그때 가서 내가 당신을 도울 수 있는 방법이 없어.

그 몇 가지 경고는 지금 내가 하고 있는 이런 것들이지. 래리조
차도 당신을 도울 수 없어. 지금까지 무슨 말인지 알겠나?"

나는 너무나 떨려서 고개를 끄덕이는 것조차 힘들었다.

앨리샤도 표정이 굳어 있었다. 그녀가 말했다.

"자, 이제 마지막으로 가장 중요한 이야기를 하지. 당신은 이
모든 것을 받아들이고 앞으로 나아갈 수도 있고 여기서 돌아설
수도 있어. 돌아선다 해도 형벌은 없을 거야. 하지만 먼 훗날
다시금 같은 테스트에 직면하게 될 거야. 선택은 당신의 몫이
지. 오로지 당신만의 몫. 하지만 지금 나는 미루지 말라고 하고
싶어. 행크. 진정한 구원으로 이르는 길은 지극히 좁지. 당신도
알다시피 낙타가 바늘귀를 지나가는 것보다 어렵다는 속담처
럼 말이야. 결단의 순간이야. 해볼 텐가 아니면 포기할 텐가?"

나는 입이 떨어지지 않았다. 이제 알 것 같다. 우리 모두 알고
있다. 우리의 정신도, 우리의 잠재의식도, 우리의 육체도 알고
있다. 우리가 살아가면서 특별한 위기의 순간에 이르면 거대한
떡갈나무 통나무가 한 개의 도토리 위에서 균형을 이루고 있는
것처럼 우리의 미래가 좌우되는 결단을 내려야 하는 순간들이
있다는 것을 알고 있다. 양편 어느 쪽으로 아주 조금만 움직여
도 우리의 삶의 방향이 어마어마하게 바뀌게 되는 그런 순간.

"행크?"

나는 망설였다. 뭐라 정의할 수 없지만 바닥을 알 수 없는 아
득한 심연의 나락 위에서 나 자신이 흔들리고 있는 것만 같았

다. 나는 은빛 조각들이 수놓인 눈동자를 일 초, 이 초 동안 응시했다. 그리고 마침내 고개를 끄덕였다. 내가 고개를 끄덕이자 신은 미소를 지었다.

그녀는 미소를 짓고 나서 크게 숨을 들이마시더니 이렇게 말했다.

"아, 한 가지 더 말해둘 게 있어. 래리 화이브 아이언은 안나 리사의 영적 오라비야. 그가 당신들 두 사람의 화해를 주선하려 하고 있어. 미리 말해두어야 할 것 같아서."

21

그리고 드디어! 그 전설적인 클럽하우스의 기둥, 거대한 살아있는 떡갈나무의 가지, 믿을 수 없을 정도로 완벽한 페어웨이, 티 박스, 반짝이는 벙커들이 눈앞에 나타났다! 오거스타 내셔널. 모든 골퍼들의 꿈.

우리는 클럽하우스로 들어가지 않고 그냥 트렁크에서 백들을 꺼내고는 물어보지도 않고 카트 두 대를 빌려 1번 티로 갔다. 그곳에서 한 친구가 우리를 기다리고 있었다. 공을 들여 매만진 코밑수염에 은색 바지와 은색 멜빵을 하고, 흰색과 청색이 섞인 골프화를 신고, 밝은 흰색 칼라가 달린 저지 셔츠를 입고 있었다. 쓰고 있는 모자에는 이렇게 적혀 있었다. '세상에서 가장 위대한 아버지'. 그는 두툼한 시가를 피우면서 한 손으로는 값은 비싸지만 긁힌 자국이 많은 드라이버를 만지작거리고 있었다. 그를 보자 곧 아버지 생각이 났다.

"래리."

앨리샤는 그에게 양 볼에 키스를 받고 나서 이렇게 말했다.

"헤르만 핀스 윈스턴을 소개할게."

"여, 행크."

그가 내 손을 움켜잡으며 말했다.

"내가 그 유명한 래리 화이브 아이언이오."

그는 아주 반가운 얼굴로 공들여 매만진 코밑수염을 일그러뜨리며 미소를 보냈다. 그의 미소는 아주 진실 되고 말할 수 없이 따뜻했다.

"당신은 아주 근사한 친구요. 나도 당신 일을 잘 알고 있소. 당신 게임 말이요. 만나게 되다니 정말 영광이오. 영광이고 말고요."

"만나게 되어 저 또한 기쁩니다."

나는 그렇게 말했지만 그를 처음 본 순간부터 압도당하고 말았다.

"여기서 온종일 기다렸소. 형편없는 플레이들을 지켜보면서 말이오. 그러니 내가 먼저 치겠소."

래리는 시가를 이 사이에 꽉 물고는 앞으로 나가 샷을 날렸다. 공은 땅볼로 흠 잡을 데 없이 완벽한 페어웨이를 따라 90야드 정도 날아갔다. 그는 큰 소리로 웃으며 클럽하우스를 바라보더니 그쪽을 향해 아무리 생각해도 좀 외설적이라고밖에 할 수 없는 동작을 했다. 나는 앨리샤를 흘끔 훔쳐보았다. 그녀는 마치 몇 년 동안 만나지 못한 친한 친구를 바라보듯이 그를 지켜보고 있었다. 그제야 비로소 예전에는 몰랐던 사실을 분명히 알게 되었다. 천사들은 여러 가지 평범치 않은 모습으로 나타나는구나.

내가 친 티 샷은 페어웨이 오른쪽 경계를 지키던 벙커 위로 날아갔다. 310야드 정도 될 것 같았다.

"내가 뭐랬어?"

래리가 말했다.

"이 친구 정말 사나이야! 정말 근사한 친구지. 정말 사나이 중에 사나이라니까. 이 친구는 정확히 우리가 그럴 거라 생각했던 바로 그 사람이야. 리시, 안 그래?"

앨리샤는 프런트 티로 가서 (오거스타에는 레이디 티가 없다) 그녀의 기준에서 봤을 때 비교적 평범한 드라이브 샷을 해서 왼쪽 중앙으로 공을 날려보냈다. 래리가 백을 어깨에 둘러멨고 나는 나의 영적 가이드들과 함께 티 박스를 떠나 곧장 위대한 전쟁터로 진군했다. 그 전쟁터는 과거의 나라고 생각했던 경계의 가장자리 너머에 있었다.

직접 가보는 영광을 얻지 못한 사람들을 위해 잠깐 이야기하자면 오거스타 내셔널은 당신이 상상할 수 있는 모든 것이다. 완벽한 경지에 이른 영혼처럼 멋진 곳이다. 페어웨이와 티 박스들은 흠잡을 데 없이 완벽하다. 러프는 내가 젊은 시절 대적

해서 경기를 했던 스코틀랜드 사람들의 말끔하게 정리된 수염보다 더 말쑥하게 다듬어져 있다. 코스는 텔레비전에 나오는 것보다 더 기복이 있고 놀랍게도 그린까지는 다소 쉬워 보인다. 그린은 괴물 같고 악마 같고 도저히 불가능할 것처럼 보이며 잔디는 너무 짧게 깎여 있어서 마치 녹색으로 칠한 아스팔트 위에서 퍼팅을 하는 느낌이다. 벙커는 너무나 깊어서 처형 전 자비를 구하기 위해 기도하러 내려가는 곳처럼 보인다. 실제로 플레이를 하기에 그리 난코스는 아니다. 회원들이라고 해서 모두 화려한 골프 실력으로 알려진 인물들은 아니다. 그러나 코스를 통달하기란 결코 쉬운 일이 아니다.

그러나 그 청량한 4월의 아침에는 래리 화이브 아이언의 예측 불허의 활약으로 다소 수월하게 플레이를 할 수 있었다. (그는 170야드 이내의 샷은 모두 5번 아이언을 사용했기 때문에, 그리고 한마디 덧붙이자면 그 클럽을 기가 막히게 잘 사용했기 때문에 그런 이름이 붙여졌다. 다른 사람 같으면 웨지 클럽을 사용할 때에도 래리는 5번 아이언을 들고 뛰어갔다. 그린 가장자리에서도 래리는 5번 아이언을 뽑아 들었다. 좁은 드라이빙 레인지에서도 래리는 5번 아이언으로 티샷을 연습했다. 그는 5번 아이언을 사용하는 데 있어서만큼은 천재였다.) 1번 홀에서 그는 신과 세 번이나 포옹했고 내 등을 두 번이나 두드렸다. 내가 9번 아이언으로 퍼팅 그린에 공을 올려놓자 그는 박수와 환호를 보냈고, 자신의 오프닝 샷이 썩 좋지 않자 너털웃음을 터뜨리며 재미있다는 듯 매그놀리아 레인* 쪽으로 돌아서서 야한 동작을 취했다.

"트레비노**는 이곳을 싫어했지. 그렇잖소?"

우리가 긴 파5짜리 2번 홀 티에 서 있을 때 그가 은밀히 속삭였다.

"경멸했어. 빌어먹을 구두를 주차장에서 벗어던지기까지 했지. 오, 주여. 미안, 리시. 트레비노에 대해 하는 말이야. 난 그 말을 하는 거에 별로 신경 쓰지 않으니까. 나는 그들이 창피를 당하는 꼴을 보고 싶었어. 가난한 사람 또는 적어도 중산층 출신이 어깨에 그린 재킷을 걸치는 걸 보고 싶었다고. 배관공의 아들이나 벽돌공의 아들이. 나는 유색인종 챔피언이 나왔으면 했어. 아니면 여성이나."

"이봐요, 래리. 너무 막 나가지 마."

"디보트를 남기고 싶은데."

그는 드라이브 샷으로 정중앙을 향해 150야드 거리로 공을 날려보내고 나서 그렇게 말했다. 완벽하게 다듬어진 잔디의 끝부분이 깔끔하게 잘려 나갔다.

파4짜리 첫 홀과 긴 파5짜리 홀을 끝내면 기술을 요하는 짧

---

* 매그놀리아 레인 Magnolia Lane : 오거스타 내셔널 골프 클럽의 명소 중 하나. 골프장이 들어서기 전에는 원래 육묘장이었는데 당시 소유주가 심었다는 거대한 목련나무들이 골프장 입구부터 클럽하우스까지 늘어서 있는 길을 말한다.

** 트레비노 Trevino : 리 트레비노. 미국의 프로 골퍼로 페이드 샷의 대가로 불린다. 멕시코계로 가난한 어린 시절을 보냈으나 캐디 일을 하며 어깨 너머로 골프를 익히다 프로 선수로 데뷔하여 통산 29승을 기록했다. 유머 감각이 뛰어난 걸로도 유명하다.

은 파4짜리 홀이 나오고 다음으로 긴 파3짜리 홀이 나온다. 앨리샤와 나는 이 구간을 1오버파로 끝냈다. 물론 티 샷의 위치는 달랐다. 그녀는 천국에서처럼 다시금 멋지게 스윙을 했지만 그린에서는 약간 떨었다. 나는 전생의 죄를 사함 받았고 또 몸이 아주 젊어진 상태였기 때문에 (나는 당시 오십 대 후반처럼 느껴졌다. 그러나 내 말을 믿어주기 바란다. 75세가 되어 보면 55세는 사춘기처럼 느껴질 것이다.) 그 어느 때보다도 더 멋지게 스윙을 하고 있었다. 또한 래리의 그런 행동 때문에 그곳이 다소 편안하게 느껴진 탓도 있었다. 적어도 그의 그런 행동이 내 팔과 다리에 남아 있던 실낱같은 불안감을 사라지게 만든 것은 분명했다. 나는 엎드려 신에게 다가가듯 오거스타를 우러러 보았었다. 그곳은 정말 대단한 곳이었다. 그러나 그곳 역시 골프 코스에 지나지 않았고 사실 과거에 육묘장이었던 자리에 18홀을 만들어놓은 것뿐이었다. 래리는 어떤 순간에는 내게 앨리샤가 '엄청난 테스트'라고 말했던 것을 상기시키기도 하고…… 또 어떤 순간에는 잊게 만들었다.

실제로 그는 골프 코스를 별로 대수롭게 여기지 않았을 뿐 아니라 넓은 의미에서 보면 신에 대해서도 그랬다. 불손했지만 동시에 어떤 때에는 아주 깍듯했다. 그는 그녀를 거칠게 포옹했고 그녀의 뺨이 젖을 정도로 키스를 해댔으며 그녀가 짧은 퍼팅에서 실수를 하면 가차없이 놀려댔다. ("이봐, 리시. 나 같으면 그런 퍼팅은 시가로 쳐도 넣겠어.") 그러나 그러고 나서는 그녀가 그린 가장자리에 놓아둔 웨지 클럽을 집어 더할 나위 없이 친근하고 존경스런 동작으로 그녀에게 건네주었다. 또는 그녀가 자신이 꿈에 그리던 여인이나 스타, 여신이라도 되는 듯이 그녀를 바라보았다. 그들은 아주 오랫동안 함께해온 부부의 경지에 도달한 것처럼 보였다. 그들은 더 이상 서로에게 필요 이상으로 정중해야 할 필요를 느끼지 못하는 것 같았다.

우리가 전반 아홉 홀을 도는 동안 래리는 우리에게 각 홀의 이름을 알려주었다. 플라워링 크랩 애플, 매그놀리아, 주니퍼, 팜파스* 등등. 그는 농담 삼아 '팜파스'를 '팜프-애스'라고 일부러 틀리게 발음하기도 했다.

"여, 이것 좀 봐. 행크."

그는 세 번째 샷을 하기 위해 자세를 잡고서는 위쪽에 있어서 보이지 않는 8번 홀의 그린을 바라보면서 말했다.

"당신 같으면 이 샷을 어떻게 하겠어? 목표가 어디인지 보이지도 않는데 말이야. 사람들은 이 홀을 옐로우 재스민이라고 부르지. 어디 맛 좀 봐라, 옐로우 재스민."

그런 식이었다.

그러나 처음 두 홀 이후로 그의 플레이는 꾸준한 리듬을 탔

---

* 오거스타 내셔널 골프 클럽의 각 홀의 이름은 그 홀 주변에 경관을 이루고 있는 과일나무로부터 각각 비롯됐다. 골프장 이전에 과일나무 육묘장이었던 만큼 클럽 내에 다양한 나무들이 아름답게 조경되어 있는 것으로 유명하다.

고 대부분의 홀에서 파나 보기 수준의 경기를 했다.

한 가지 꼭 말해둘 게 있다. 오거스타 내셔널에 있는 모든 홀은 하나의 예술작품이며 그것을 설계한 사람들의 꿈과 골프에 대한 온전한 지식을 보여준다. 그곳을 설계한 이들은 앨리스터 맥켄지*와 아마추어 가운데 가장 위대했던 바비 존스였다. 그러나 코스의 진면목은 소위 '아멘 코너**'라고 알려져 있는 곳에서 드러난다. 그 악명 높은 아멘 코너는 2.5홀에 걸쳐 형성되어 있다. 11번 홀 후반과 12번, 13번 홀 전체에 해당되는 것이다.

우리들 이 유별난 삼인조가 아멘 코너에 들어설 때가 되자 나는 이들 파트너들과 영원 전부터 잘 알고 있었고 아담과 이브가 에덴동산에서 쫓겨난 직후부터 나의 골프 친구들이었던 것 같은 느낌이 들었다. 래리는 아주 멋진 영혼을 가진 사람이라는 것 말고는 달리 표현할 길이 없다. 그는 마치 어린아이처럼 열정적으로 코스를 뛰어다녔다. 그는 나의 플레이 때문에, '사랑하는 리시'라는 친구 때문에, 그리고 그런 화창한 날에 조지아의 햇볕을 받으며 밖에 나와 있다는 멋진 행운 때문에 그 아름

---

* 앨리스터 맥켄지 Alister MacKenzie : 영국의 유명한 골프 코스 설계사. 세계 골프 명예의 전당에도 이름을 올린 골프 코스 디자인의 대가이다.

** 아멘 코너 Amen Corner : 오거스타 내셔널 골프 클럽의 악명 높은 11, 12, 13번 홀에 붙여진 별칭. 세 홀에 걸쳐 흐르는 '래의 시내'(Rae's Creek)를 비롯하여 벙커와 숲에 가려진 그린의 위치가 까다로워 유명한 선수들도 고전하는 코스로 알려져 있다. 허버트 워렌 윈드가 골프 기사에서 〈Shouting in that Amen Corner〉라는 재즈곡의 이름에 빗대어 표현한 것에서 유래했고, '아멘'이라는 탄식이 절로 나오는 코스라는 해석이 덧붙여졌다.

다운 페어웨이와 그린 위를 신나게 뛰어다녔던 것이다. 그가 속한 리조트에서 그가 맡은 책무 때문에 (처음에 그가 직책을 말해줬지만 나는 잘 알아듣지 못했다) 그는 마음껏 밖에 나와 플레이를 하지 못했고 그것은 그의 플레이를 보면 충분히 알 수 있었다. 꽤 긴 왼손잡이용 아이언들을 가지고 땅볼이나 팻 샷을 만들기도 하고 자신 있게 퍼팅을 하는 것 등이 그랬다. 그가 나에 대해 가식 없는 애정을 가지고 있다는 사실은 나에 대한 꾸준하고도 노골적인 칭찬으로 표현되었다. 10번 홀 티에서 내가 아래쪽을 향해 길고 완벽한 드로 샷을 치자, 그는 시가를 입에 물고 들고 있던 클럽을 허리에 받쳐 놓고서는 골프장이 떠나갈 듯 박수를 쳐주었다. 그런 칭찬은 그 티에서 그때까지 다른 어떤 골프 선수도 받아보지 못했을 열광적이고 신실한 것이었다. 내 두 번째 샷이 홀에서 2피트 거리에 떨어지자 그는 페어웨이를 가로질러 다가와 포옹을 해주고 앨리샤를 향해 큰소리로 말했다.

"내가 말했지. 이런 건 유전자에 입력되어 있는 거라고. 봤어? 이제 알겠어? 오, 나의 리시."

11번 홀 티에서 내가 더 이상 참지 못하고 나는 육체적인 전성기가 지나간 사람이고 그래서 화장실이 가고 싶어 견딜 수가 없다고 말하자 그가 말했다.

"저 너머 진달래 덤불로 가시오."

"하지만 여기는 오거스타 내셔널이 아닙니까."

내가 말했다.

"오거스타 내셔널의 덤불에 아무렇게나 실례를 하면 안 되잖아요."

"안 되다니?"

그는 그렇게 말하고는 앞장을 섰다. 나는 그를 따라 나섰고 …… 훨씬 편안해졌다.

래리와 내가 그렇게 소변을 보고 있는 동안 리시는 현명하게도 신성한 눈길을 다른 곳으로 돌리고 깨끗한 공을 찾아 백을 뒤적였다. 바로 그때 신사 세 사람이 이전 홀의 페어웨이로 올라와 빠른 속도로 플레이를 했다. 우리는 그들에게 길을 비켜주기로 했다. 그들은 감사 인사도 없이 그저 고개를 까딱하더니 마치 우리가 그곳에 있는 게 보이지 않는다는 듯이 티에 올라섰다. 나는 그들이 마음에 들지 않아 영 심기가 불편했다. 딱히 이유는 알 수 없었다. 그들은 값비싼 고급 셔츠에 명품 시계를 차고 있었고 캐디들은 값비싼 최고급 클럽들로 가득 찬 백을 메고 있었다. 그들은 차례로 드라이브 샷을 하고 둔덕진 그 티를 떠났다. 그들의 행동에는 특별할 게 없었다. 베들레헴 외곽 지역의 자선 토너먼트에서 투어 중이던 프로와 아마추어 선수들에게서도 그런 모습을 수없이 많이 봤었다. 하지만 좋은 아이언이 있고 유명 클럽의 회원 자격이 있다고 해서 플레이를 잘하게 되는 것은 아니다.

물론 나는 골프를 잘 치느냐 못 치느냐를 가지고 그 사람을 판단하지는 않는다. 이런 친구들을 만나면 내가 불쾌해지는 이유는 마치 자신들은 그렇게 큰 부를 누릴 자격이 충분하지만 다른 사람들은 그렇지 못하다는 것을 당연하게 여기는 것 같은 우월 감을 풍긴다는 점이다. 이런 식의 태도를 실제로 다시 보는 것이 좀 낯설었다. 천국에서는 한 번도 보지 못했었기 때문이다.

"기업의 거물들이에요."

그들과 그들의 캐디들이 페어웨이 아래로 충분히 멀어졌을 때 앨리샤가 말했다.

"우리가 그들에게 양보했는데도 감사의 말 한 마디도 없었다는 것 빼고 또 그들에게서 알아챈 게 있나요? 어떤, 그러니까……."

"가진 것에 대한 우월감이죠."

"맞아요. 잘 봤어요. 이곳 회원들 가운데 대다수는 실제로 그렇지 않아요. 사실 내 친구 몇몇도 그렇지 않은 사람들이고요. 하지만 나는 당신이 이 특별한 집단을 만나기를 원했어요."

"왜죠?"

"언젠가는 당신도 그런 식으로 행동할 수 있는 위치에 있게 될 테고, 당신이 그들처럼 행동한다면 내 마음이 아플 것 같아서요."

"좋아요. 알겠어요."

나는 그렇게 말하고는 바닥에 티를 꽂고 그 위에 반짝이는 새 공을 올려놓았다.

"그러니까 제가 다음 생에는 기업의 거물이 되기로 되어 있군요. 이 챔피언 짓거리가 다 그 때문인 거고요?"

그 말에 래리는 박장대소를 했다. 저러다가 몸이 상하지나 않을까 싶을 정도로 웃어댔다. 웃음을 그치고 나자 그는 한참 동안 기침을 하고 숨을 헐떡이더니 담뱃진을 뱉어냈다. 그와 신은 다시금 둘만의 친밀하고도 은밀한 눈길을 주고받았다. 나는 또 한 차례 페어웨이 중앙을 향해 위력적인 티 샷을 날리기 전에 잠시 동안 마음을 가라앉혀야 했다.

내가 티를 다시 고쳐 꽂고 있자 래리가 내게로 다가와 한 팔로 내 어깨를 감싸며 이렇게 말했다.

"이봐."

그는 그렇게 말하더니 내가 친 드라이브 샷을 가리키고는 내 삼두근을 꼬집었다. 내 삼두근은 시간이 지나면서 더 탄탄해지고 있는 것 같았다.

"방금 당신이 한 걸 봤어? 젊은 양반아. 기업의 거물들은 그렇게 못해. 알겠어? 그들은 스물다섯에도, 육십이 되어서도 그렇게 못한다고. 알아들어?"

나는 고개를 끄덕였다. '젊은 양반'이란 말은 아버지가 늘 나를 부를 때 했던 말이다. 쥐가 로프를 타고 지나가듯 등줄기에 소름이 확 끼쳤다.

"우리가 하는 이야기는 여기서 기업의 거물이라고 하는 것보다 더 엄청난 거라고. 우리가 하는 이야기는······."

"래리!"

앨리샤가 경고했다.

"알았어. 알았다고."

그는 내 등을 찰싹 때리더니 자세를 잡고 멋진 드라이브를 날리고는 페어웨이를 내려오는 길에 내내 나와 함께 걸었다. 콧속으로 그의 시가 향기가 가득 밀려왔다. (화니타는 내 마지막 생일에 선물로 아바나산 시가 한 상자를 주었다. 얼마나 그녀가 그리웠던지. 그녀에게 신과 나눈 이야기에 대해 얼마나 물어보고 싶었던지.)

"크게 될 거야."

그가 말했다.

"당신은 큰 인물이 될 거야. 거물이 될 거라고. 아주 엄청난."

"거대한."

내가 말했다.

"거대하다는 말로도 모자라. 거대하다는 정도로는."

11번 홀에서는 두 번째 샷 만에 그린에 닿았다. 그린은 간이식당의 윤기 흐르는 조리대처럼 매끈했고…… 왼쪽에는 작은 연못 하나뿐이었다. 나는 그린 중간쯤에서 퍼팅에 성공하여 파를 만들었다.

'골든 벨'이라고 불리는 12번 홀은 짧지만 몹시 까다로운 파3 홀이었다. 그린은 야트막하고 앞에는 물, 그 앞뒤에는 모래가 있어서 양쪽으로 4피트 정도밖에는 여유 공간이 없었다. 나는 그 홀에서 버디를 기록했다.

13번 홀은 비교적 짧고 경사져 있었으며 도그레그 파5짜리였다. 그린 앞에는 래의 시내가 흐르고 있었다. 힘이 좋다고 느낄 때에는 단 두 타로 공을 그린에 올릴 수 있겠다고 생각하는 그런 코스였다. 나는 두 타로 퍼팅 그린에 공을 올려놓았고, 다음으로 25피트 퍼팅을 가볍게 성공시켜 이글을 기록했다.

"이제 끝났군."

래리가 말했다. 그는 일곱 타 만에 공을 홀에 넣었다. 그는 공을 호주머니에 넣고 새 시가에 불을 붙였다.

"됐어. 여기서부터는 구경만 하지. 놀라운 실력을 한 번 봐야겠군."

"나도 그럴게요."

앨리샤가 말했다.

나는 그들이 농담을 하는 거라고 생각했다. 하지만 농담이 아니었다. 다음 티에서 나는 그들에게 마음을 바꾸라고 간곡하게 요청했지만 그들은 클럽을 백에서 꺼내지 않았다.

"우리는 당신이 하는 걸 지켜볼 거예요."

내가 구경거리가 되기보다는 함께 경기를 하고 싶다고 불평을 하자 신이 말했다.

"익숙해져야만 하는 일이에요, 행크."

"자, 이제 작은 내기라도 해야 할 시간인데."

래리가 말하자 나는 그의 얼굴을 힐끗 훔쳐보았다. 그가 과거에 어떤 얼굴로 변장을 했을지 궁금해서였다. 왜냐하면 그가 한 말이 아버지가 했던 말과 똑같았고 아버지가 늘 입버릇처럼 하던 말이었기 때문이다.

"자, 젊은 친구, 작은 내기라도 할 시간인데."

아버지는 우리가 홈 코스에서 티에 올라갈 때나 런던행 기차가 출발할 때, 또는 눅눅한 노팅엄의 저녁에 장작을 난로에 던져 넣으면서 그렇게 말하곤 했다. 골프장의 기준 타수, 빅토리아 역에 기차가 도착하는 정확한 시간, 쌓여 있는 장작의 숫자, 그는 무엇에든 내기를 걸었다. 그는 특이한 말버릇이 있었다.

"이렇게 하면 우리가 하나가 되는 것 같지 않니? 너, 네 어머니, 그리고 나. 다 같이 즐기는 거야. 어때?"

래리의 눈동자가 빛나고 있었다.

"작은 내기 말이야."

그가 반복했다.

"그냥 당신이 스트레스를 받으며 플레이를 하는 거에 익숙하게 하려는 것뿐이야. 다음 다섯 홀을 이븐파나 언더파로 마치면 당신과 리시를 여기서 북서쪽에 있는 내 숙소에 묵게 해주지. 일주일 동안 말이야. 정말 멋진 곳이야. 골프 코스가 네 개있고 모든 음식과 와인이 마련되어 있어."

"오버파를 하면?"

앨리샤가 말했다.

"오버파를 하면……."

래리는 시가를 한 모금 깊이 빨더니 나를 찬찬히 살피고는 먼 곳을 바라보았다. 무슨 이유 때문인지 그가 다음 말을 하기도 전에 나는 다리가 떨리기 시작했다.

"만일 오버파를 하면 다음 생에서 기업의 거물로 태어나는 거야. 그는 골프를 좋아하고 미쳐 있지. 세상의 모든 돈과 권력을 가졌는데도 시간이 없어 온종일 사무실 구석에 처박혀서 멋진 장면을 구경만 할 수밖에 없으면 어떨까? 야간근무를 하는 간호사나 택시 운전사들, 학생들도 나가서 플레이를 하는데 그는 그에 대해 생각밖엔 할 수 없는 거야. 리시, 그에게 덤으로 여기 회원권을 주지 그래. 응? 일 년에 서너 라운드는 돌 수 있도록."

"너무 가혹한 걸요."

내가 그에게 말했다.

"다시 태어나는 게 놀러가는 건 아니지."

그가 말했다.

"여기 대장한테 물어보지 그래."

"당신도 그녀가 누구인지 알고 있나요?"

"아느냐고?"

래리는 오누이처럼 다정하게 신을 팔로 감싸 안았다.

"알다마다. 나는 일종의 무보수 자문위원이지. 안 그래, 리시?"

"스카우트 됐군요."

내가 말했다.

"바로 그거야."

그녀가 그의 뺨에 키스를 했다.

"당신은 내기를 진지하게 생각하지 않는군요."

앨리샤와 내가 래리와 잠시 떨어져 있을 때 내가 말했다.

아주 차가운 목소리로 그녀가 말했다.

"나는 더할 나위 없이 진지해요."

"그렇다면 이것도 테스트인가요?"

"지극히 일부분이죠."

그렇게 말하고 그녀는 돌아섰다.

오거스타 내셔널의 마지막 다섯 홀을 도는 동안 그들은 나와 함께 걸으면서 내가 플레이하는 것을 지켜보기만 했다. 평생 동안 골프를 치지 못하고 살아야 한다는 내기의 중압감은 마치 단두대 칼날이 머리 위에 매달려 있는 것과 같았다. 물론 효과 면에서는 투어에서 많은 관중들 앞에서 플레이를 하는 것과 같았다. 자의식 같은 게 생기면 근육과 마음에도 특이한 변화가 일어난다. 구경꾼들이 바라보는 자신의 모습을 생각하게 된다. 실수하면 어쩌나, 나쁜 모습으로 비쳐지면 어쩌나 걱정하게 된다. 나는 특히 이번에는 훨씬 더 안 좋은 상황이 벌어지면 어쩌나 걱정이 되었다. 어찌 보면 당연하겠지만 내장을 쥐어짜는 것 같았던 웨스턴 펜실베이니아 오픈의 끔찍한 기억이 떠올랐다. 그때의 감정들이 비웃는 표정의 악령들처럼 내 주변을 맴돌고 있는 것만 같았다. 누구나 그와 같은 악령들을 가지고 있다. 안 그런가? 고통스러운 후회, 꼬리에 꼬리를 물고 계속되는 후회, 참

혹한 실수, 좀처럼 잊히지 않는 끔찍한 고통, 비겁하게 숨지 말고 용기를 냈어야 했다는 깊은 뉘우침, 또는 쩨쩨하게 굴지 말고 좀 더 너그럽게 해야 했다는 뉘우침, 바라던 존재가 될 수 있었는데 그러지 못했다는 뒤늦은 자각 같은 것들 말이다.

아마도 기독교에서 말하는 연옥이란 그렇게 곁눈질을 하며 비웃어대는 기억들을 다시금 마주하게 되는 장소나 기회를 은유적으로 표현한 게 아닐까. 그런 기억들을 극복하라. 그러면 당신은 천국에 있게 될 것이다. 그런 것들을 제대로 마주하지 못하면 당신은 그곳에 이르게 될 것이다. 지옥이 아니더라도 불타는 고통에 몸부림치며 신의 사랑을 필사적으로 갈구하게 될 것이다.

나는 귀로는 비웃는 음성을 듣고 눈으로는 무시무시한 악령들을 바라보면서 오거스타 내셔널 클럽의 마지막 다섯 홀을 돌았다. 웨스턴 펜실베이니아 오픈에서 놓쳤던 퍼팅에 대한 깊은 수치심은 내가 지금까지 실패했던 모든 것에 대한 수치심으로 이어졌다. 그리고 그 수치심들은 머리를 쳐들고 혓바닥을 날름거리는 뱀처럼 내 주위를 맴돌았다.

그러나 새롭게 발견한 은총에 감사하며 나는 수치스러운 과거를 피하지 않고 정면으로 마주하며 곧장 그 안으로 몸을 던졌다. 그것을 바라보고 느꼈다. 하지만 결코 등을 돌리지 않았고 눈을 감지도 않았다.

나는 오거스타 내셔널의 마지막 다섯 홀을 1언더파로 마무리

했다.

라운드가 끝나자 클럽하우스 앞에 있는 커다란 떡갈나무 옆에 서 있던 앨리샤가 나를 꽉 끌어안고 몸을 밀착시켰다. 내 목의 살갗으로 그녀의 눈물이 뚝뚝 떨어졌다. 기분이 날아갈 것만 같았다.

래리는 커다란 시가를 물고 연기를 푹푹 뿜어대며 마치 자식이 자랑스러운 아버지 같은 환한 얼굴로 나를 바라보았다.

"나는 그의 첫 라운드에 에이 플러스를 주고 싶은데, 당신은 어때, 리시?"

그가 말했다. 그리고 우리가 그곳을 떠나려고 할 때 이렇게 덧붙였다.

"잠깐만 기다려주지 않겠어, 리시?"

그녀가 고개를 끄덕였다. 그는 허리띠를 풀고 바지를 약간 내리더니 클럽하우스 창문에 자신의 벗은 엉덩이를 내보였다. 이윽고 우리는 북쪽을 향해, 신이 세상에서 가장 좋아하는 리조트, 래리가 관리하는 그 리조트를 향해 떠났다.

22

래리의 리조트는 '샤또 엘랑'이라는 다소 특이한 이름을 가지고 있었고, 주간 고속도로에서 약간 비껴난 곳, 아름답고 기복이 완만한 북부 조지아의 수백 에이커 부지에 자리 잡고 있었다. 새로 알게 된 그 친구를 너무나 좋아하게 되었지만 그의 리조트의 이름은 그다지 마음에 들지 않았다고 말할 수밖에 없다. 아마도 영국인들이 가지고 있는 오래된 편견 때문일지도 모른다. 알다시피 프랑스인들은 우리 영국인들과 좋은 이웃이었던 적이 없다. 그게 아니라면 그 밤에 고속도로에서 바라본 그곳이 마치 인적이 드문 곳에 있는 촛불로 주위를 밝힌 성채와 그 주변에 펼쳐진 고대의 영지처럼 느껴졌기 때문일지도 모른다.

앨리샤와 나는 우리만의 골프 빌라를 배정받았다. 나는 일어나자마자 밖을 한 번 내다보고 아침 일찍 산책을 하며 주변을 둘러보았다. 나는 복잡한 능선에 둘러싸인 샤또 엘랑의 자체적인 아름다움을 만끽할 수 있었다. 그곳은 낙원의 축소판이었다. 세 개의 코스와 그밖에 파3짜리 코스가 하나 더 있었고 성채처럼 생긴 메인 호텔, 고급 레스토랑 하나, 술집 몇 개, 와인 박물관 하나, 실내 테니스장, 원형 승마 곡예장, 심지어 소유지 뒤편으로 카레이스 트랙까지 갖추고 있었다. 원한다면 경주 연습을 할 수도 있는 곳이었다. 그곳에 자리를 잡고 생활하기 시작하자 앞서 신이 나에게 마련해줬던 장소들에서 느꼈던 편안함을 다시금 느끼기 시작했다. 골프에 미친 사람들은 똑같이 골프에 미친 다른 이들 곁에 머무르는 것을 좋아한다. 그러나 그곳에는 그 이상의 어떤 것이 있었다. 우리가 '지구'라고 부르는 둥근 돌덩어리에는 아메리카 원주민들이 이해하고 있었던 것처럼 성스럽고 신성한 기운이 흐르는 특정 장소들이 있다. 샤또 엘랑도 그런 곳 중 하나였다.

래리는 모든 것을 준비해놓았다. 방이 다섯 개에 페어웨이가 내다보이는 빌라와 베르사유 룸에서의 멋진 식사. 식사로는 구운 양고기와 옥수수 가루와 당밀로 만든 아나다마 파니니, 호박 리소토, 두 번 고아낸 모로코식 메추라기찜 등이 나왔다. 그에 곁들여진 와인들은 너무도 다양하고 깊은 풍미를 가지고 있어서 신은 몹시 만족스러워했다.

우리는 샤또 엘랑에서 모두 열흘 밤을 묵었다. 우리는 수영도 하고 온천에서 마사지도 받았다. 술집에서 어니언 링과 기네스도 마셨고 각기 다른 세 개의 골프 코스에서 오전에 열여덟 홀, 점심을 먹고 나서 다시 열여덟 홀을 돌았다. 포즈 콜로니에서 포올리스 플랜테이션으로, 다시 샤또 엘랑을 거치면서 나는 우리가 천국에서의 삶과 같은 놀라운 경지에 점점 가까이 다가가고 있는 듯한 느낌이 들었다.

아마도 이런 느낌은 날이 갈수록 신과 나 사이의 틈이 좁혀지고 있었다는 사실과 관계가 있을 것이다. 설령 내가 그 '엄청난 테스트'를 아직 통과하지 못했다고 하더라도, 설령 내가 연옥을 완전히 벗어나지 못했다 하더라도 최소한 사다리에서 몇 계단은 올라섰다는 느낌이 들었다. 래리의 애정 어린 불손함이 가르쳐준 교훈 덕분에 나는 자존감을 잃지 않으면서도 신을 올바르게 경외할 수 있는 방법, 어린아이처럼 반항하고 징징대지 않으면서 신의 거룩한 명령에 순종하는 방법, 좀 부적절한 표현인지는 몰라도 내 자신 안에 있는 신성을 느낄 수 있는 방법을 깨달아가고 있었다.

무엇보다도 가장 좋은 것은 내가 계속해서 젊어지고 있다는 사실이었다. 그것은 점진적으로 이루어졌다. 머리카락의 색깔과 굵기가 변하고 허리가 줄어들고 피부가 탱탱해지고 햇볕에 그을려 진해지고 관절이 부드러워지는 식으로 조금씩 꾸준히 변했다. 이제는 책을 읽을 때 돋보기를 찾을 필요도 없어졌다. 어느 날 나는 치아가 더 튼튼하고 더 하얘진 것을 발견했다. 시력도 좋아졌고 팔과 다리의 힘도 더욱 강해졌고 청력도 더 예민해졌다. 친절한 호스티스나 웨이터들은 다음과 같은 일상적인 인사치레 외에는 이런 나의 변화에 대해 이야기하지 않았다.

"오늘 아침에는 얼굴이 아주 좋아 보이시네요, 핀스 윈스턴 씨."

앨리샤는 알아채지 못하는 것 같았다. 우리는 매일 저녁식사 때 일곱 개의 레스토랑 가운데 한 곳에서 래리를 만났고 골프 두 라운드를 함께 했지만 그는 나의 변화에 대해 일절 언급하지 않았다.

좋은 일에 어리석게 불평을 한다고 생각할지도 모르겠지만 단점도 있었다. 자세히 이야기하자면 솔직히 말해서 좀 당황스러웠다. 나처럼 점잖은 영국인에게는 다소 불편한 것 이상이었다. 알다시피 다시 젊어진다는 사실의 한 가지 부작용은 고상하게 표현하자면 '이성에 대한 관심'이 커진다는 것이었다. 지극히 평범한 펜실베이니아 베들레헴의 평범한 몸을 가진 평범한 골프 선수였던 당시, 나는 아름답고 우아한 여성들의 매력에 늘 정상적이고도 건강한 끌림을 느꼈다. 사실 나는 음탕한 동성 친구들이 발견하지 못하는 아름다움이나 우아함, 즉 여성들의 제스처나 미소, 따뜻한 마음씨, 특유의 당당한 자세나 걸음걸이 같은 것에서도 그런 것들을 발견하고 혼자 흐뭇해하곤 했다. 구애 기간과 결혼 기간 동안 나는 안나 리사에게 성실했고 몇몇 동료 코치들과는 달리 다른 이의 결혼생활도 소중하다는 원칙 아래 결혼한 고객과 바람을 피우지 않았다. 이혼하고 난 이후에는 연인들이 있었지만 그 전에는 전혀 바람을 피운 적이 없다.

그러나 초연한 감상과 젊은 혈기의 강렬한 욕망은 전혀 별개의 것이다. 그리고 오십 대와 사십 대로 다시 돌아감에 따라 새로운 피의 화학작용이 나의 사고 과정에 영향을 미치기 시작했다. 생각해보라. 내가 그런 고통을 인정한 최초의 남자는 아닐 것이다. 나는 젊어졌다. 점점 더 정력이 넘치고 관심도 많아졌다. 만일 내가 특히나 매력적인 한 여성과 가까운 거리에서 생활하지 않았다면 별 문제가 아닐 수도 있었을 것이다. 게다가 그 여성은 바로 신이었다.

왜 그랬는지는 그녀만 알겠지만, 앨리샤는 이와 같은 상황으로부터 나를 편안하게 만들어주지 않았다. 당시에는 이런 상황도 테스트의 일부일 수도 있다는 생각을 미처 하지 못했다. 그녀는 알맞게 그을린 피부에 멋진 몸매를 가지고 있었다. 그리고 날씨는 점점 더 따뜻해지고 있었다. 어느 늦은 오후, 그녀는 수영장에 가면서 나에게 함께 가자고 청했다. 나는 수영에 익숙지 않았기 때문에 근처에 앉아 그날의 플레이에 대해 생각하기도 하고 주변에 있는 잡지를 한가롭게 넘겨보면서 시대에 뒤떨어진 사람이 되지 않기 위해 거기에 실린 광고와 기사들을 꼼꼼히 살펴보고 있었다. 나는 여전히 상당 부분 과거에 사로잡혀 있었기 때문이다. 세련된 원피스 수영복을 입은 앨리샤는 수영장 가장자리에서 발을 모으고 서 있다가 요가의 여신처럼 하늘을 향해 몸을 쭉 뻗었다. 그러더니 물살을 가르며 물에 들어가 황금빛 팔을 아래위로 휘젓고 탄탄한 다리로 일정하게 물장구를 치는 크롤 영법으로 몇 바퀴를 돌았다. 나는 그녀의 모습을 가능한 보지 않으려고 애썼다. 그러나 한 차례 연습을 끝내고 그녀는 물에서 나와 물방울을 뚝뚝 떨어뜨리며 나에게 수건을 던져달라고 말했다. 심지어 한 번은 그 거룩한 어깨에 선크림을 발라달라고 부탁하기까지 했다.

저녁식사를 할 때 아무도 듣는 사람이 없을 때면 그녀는 이렇게 말하기도 했다.

"정말이지 당신 이제 아주 멋진 남자가 됐어요, 행크."

또한 그녀는 우리가 래리와 밤에 작별인사를 나누고 빌라로 돌아올 때면 내 손을 잡고 걷기도 했다.

내가 죄인들 가운데에서도 가장 죄질이 나쁜 사람, 인간 중에서도 가장 불경스러운 인간이라 생각될 것이다. 그러나 샤또 엘랑에서의 나날들이 더없이 몽환적이고 행복하게 느껴지자 나는 그녀를 점점 더 성적인 대상으로 생각하기 시작했다. 서로에게 잘 자라고 인사를 나누고 각자 다른 방으로 들어가고 나면 나는 밤하늘의 별들을 바라보면서 한참 동안 잠도 못 이루고 누워서 그녀를 생각하곤 했다. 혹시 그녀가 사실은 우리가 모종의 육체관계를 갖도록 계획해놓은 것은 아닐까 하는 의문이 들기도 했고, 내가 다른 여성에게 했던 대로 그녀에게도 내가 그녀에게 끌리고 있다는 것을 솔직하게 고백하고 그녀가 특별히 좋아하지 않는 이 행성에서 편안하게 지낼 수 있도록 일종의 육체적인 위안을 제공해야 하는 것은 아닐까 하는 의문도 들었다.

바로 이것이 내가 말하는 화학작용이다. 이것은 욕정이라는 말로밖에 표현할 수 없는 욕망으로서 내 사고의 과정을 뒤틀리게 만든 바로 그것이었다. 욕정은 어떤 남자들에게는 논리의 형태를 띤다. 여성들에게도 그런 경우가 분명히 있을 것이다. 완전히 확신이 서는 거부할 수 없는 논리. 그러한 논리는 신에게 가까이 다가감으로써 신에게 위안을 줄 수 있을 것이라는 생각이 실제로 당연한 것처럼 느껴지게 만들기 시작한다.

맹세코 분명히 말해두고 싶은 것은 실로 아주 오랫동안 내가 이러한 논리를 부인해왔다는 사실이다.

23

부인할 수 없는 또 하나의 분명한 사실은 내가 과거 천국과 지상에 있었을 때와는 전혀 다른 방식으로 골프를 치고 있었다는 것이다. 최대한 겸손하게 말하는 건데, 이 이야기는 꼭 해야 할 것 같다. 어느 아침 나는 샤또 엘랑에 있는 우드 랜드 코스의 첫 아홉 홀을 28타에 마쳤다. 래리가 그 말을 듣고 출발신호원과 프로 선수(위대한 진 사라젠*의 손자였다), 골프장 관리인들과 레스토랑 여주인에게 그 사실을 전했고, 그래서 그날 밤 우리의 식탁에는 케이크가 나오고 거기에는 28개의 촛불이 켜졌다. 또 한 번은 페어웨이에서 1~2인치 차이로 아깝게 두 번이

---

*진 사라젠 Gene Sarazen : 바비 존스와 함께 활약했던 미국의 프로 골퍼. 벙커 샷을 위한 샌드 웨지를 고안한 것으로 유명하다.

나 이글을 놓친 적이 있었다. 그것도 똑같은 18홀에서 두 번 말이다. 공은 165야드나 140야드 정도를 날아가 컵에서 겨우 4인치 거리에 멈췄다. 또 다른 라운드에서는 248야드 떨어진 곳에서 3번 우드로 샷을 했는데 땅에서 한 번 튀어 오른 공이 바로 깃대를 맞춘 적도 있었다.

앨리샤는 모든 라운드를 나와 함께 했고 두어 번 입스가 나타나는 시늉을 했는데 내가 좋은 의도로 가르쳐주자 잘 받아들였다. 그러나 나는 그녀가 내 뒤에 서서 내가 하는 것을 지켜보고 있는 것을 알고 있었고, 그녀가 래리에게 (그는 너무 바빠서 대부분 우리와 함께 하지 못했다) 나의 스코어를 알려주고 특별히 좋았던 샷에 대해 일일이 전해주고 있다는 것도 알고 있었다.

베르사유 룸에서 우리의 마지막 저녁식사를 하면서 50년산 포트와인을 마실 때 래리가 이렇게 말했다.

"여, 행크. 내 말 좀 들어봐. 우리에게 한 가지 문제가 있네. 내 말은 사실 나에게 문제가 있다는 건데."

그는 헛기침을 하고 우물거리며 잠시 코밑수염을 만지작거리더니 이윽고 입을 열었다.

"이보게 젊은 양반, 문제가 뭐냐면 내가 당신에게 꽤 큰 부탁을 해야 한다는 거야."

그쯤 되자 나는 대략 돌아가는 상황을 이해하고 있었다. 래리 화이브 아이언은 분명히 일종의 스카우터일 것이고 또한 안나 리사의 영적 오라비일 가능성도 있기는 했지만 (하지만 다행스럽게도 그는 그녀의 이야기를 꺼내지는 않았다) 그에게 또 다른 뭔가가 있으리라는 것쯤은 짐작하고 있었던 것이다. 이미 고인이 된 사랑하는 아버지의 영혼을 위해 호의를 베풀어야 할 상황이 늘 있는 것은 아닐 것이다. 잠시 망설이다가 내가 말했다.

"뭐든 말해봐요."

그는 뜸을 들이면서 바로 대답하지 않고 베르사유 룸에 별일이 없는지 확인이라도 하듯 주변을 살폈다. 그의 눈길은 천으로 덮인 테이블과 즐겁게 식사를 하는 사람들, 천장의 유리 사이를 오갔다.

"래리, 제가 말했잖아요. 괜찮다고."

내가 말했다.

"당신은 뭐라 말할 수 없을 정도로 친절하게 저를, 우리를 대해줬어요. 저는 우리의 영혼이 오랜 세월 동안 서로 연결되어 있었다고 생각해요. 며칠 더 있으면 저도 브루클린 억양을 쓰게 될걸요. 부탁이라는 게 뭔지 말해봐요. 제가 들어줄 수 있는 것이라면 기꺼이 그렇게 할게요."

"이 친구 말 좀 들어봐."

그가 결국 앨리샤를 바라보면서 그렇게 말했다.

"'들어줄게요!'라니. 내 말은 그가 일류라는 거야. 그렇지 않다면 뭐겠어?"

그러나 그는 분명 뜸을 들이고 있었고 또한 지상에서의 우리의 옛 관계에 대해 별로 이야기하고 싶지 않은 것 같았다. 문득 그가 안나 리사 이야기를 꺼내려는 건 아닐까 은근히 걱정이 되었다. 혹시라도 나에게 그녀와 다시 한 번 결혼하지 않겠느냐고 말하는 건 아닐까? 그는 헛기침을 하며 목을 가다듬더니 재킷 안주머니에 있는 은갑에서 시가 하나를 꺼내 들고는 한참 동안 그것만 살폈다. 그러더니 불도 붙이지 않고 입 가장자리로 시가를 물었다.

"좋아."

그는 그렇게 말하고는 드디어 나와 눈길을 맞췄다.

"지금 내 상황은 이래. 이곳에는 일반인들에게 개방되어 있는 코스가 세 개 있어. 파가 3타 더 많은 곳이지. 그리고 '레전드'라고 불리는 개인 전용 코스가 하나 있는데 리조트 뒤편의 작은 문으로 입장하게 되어 있지. 알아. 나도 안다고. 나는 당신이 그곳에 가지 못하게 제한했고, 할 수 있었는데도 그곳에서 플레이하는 것을 허락하지 않았어. 내가 왜 그랬는지 이유는 정확히 모르겠지만 아무튼 미안하게 됐어, 젊은 친구. 나는 나와 함께 당신과 리시가 그곳에서 플레이를 하도록 할 생각이었어. 하지만 나는 그럴 만한 시간을 내기가 어려웠고, 또 그럴 수도 없었고, 하지만……."

"래리."

앨리샤가 말했다.

"왜, 리시?"

"뱉어버려!"

"뭘? 시가? 시가가 거슬려?"

그녀는 그를 똑바로 쳐다보았다.

"래리."

"알았어. 들어봐. 사실 전부라고 말해도 되겠지만 여기에 오는 사람들 대부분은 좋은 사람들이야. 개인 전용 코스의 회원들은 특히나 좋은 사람들이지. 우리는 매년 이곳에서 자선 행사를 열고 있고 그들은 치료가 필요한 아이들이나 뭐 그런 도움이 필요한 사람들을 위해서 기금 같은 것을 내놓기도 하지."

"래리."

"말할 거야. 이제 말할 거라고."

그는 나를 향해서 말을 이었다.

"하지만 그 회원들 중에 한 친구가 있는데, 어떤 사람이냐 하면 에, 그러니까⋯⋯."

"악마."

앨리샤가 말을 가로챘다.

"악마는 좀 지나친 표현이 아닐까. 하지만 그는 말이야. 왜 당신도 개인 전용 클럽들을 다녀봐서 알겠지만 도저히 참을 수 없는 종류의 인간 한둘쯤은 늘 있잖아. 돈을 대신 지불하더라도 회원 자격을 박탈시켜 버리고 싶은 사람. 뭔지 알겠어?"

"물론 알죠."

"그런데 그 친구와 나는 매번 악의 없는 농담 같은 걸 주고받아. 그는 나보다 잘 치는 골퍼고 솔직히 인정하는데 스트로크만 해도 그 친구를 당해낼 수가 없어. 그 친구는 항상 그걸 가지고 날 괴롭히지. 그런데 그 친구가 당신 소문을 들었어. 어떻게 들었는지는 몰라도 하여튼 당신 이야기를 들은 거야. 그래서 그는 당신과 시합하기를 원해. 그 친구가 시합을 주선해달라고 얼마나 날 괴롭히는지 그만 승낙했지 뭔가. 먼저 당신에게 물어봤어야 했다는 걸 아는데. 물론 지금이라도 당신이 싫다면 다시 무를 수 있어. 그렇긴 하지만……."

"기꺼이 하죠."

"미리 말해두는데 그 친구 결코 만만한 상대가 아니야."

"문제없어요."

"문제없지. 없고말고. 그렇게 대답할 줄 알았어. 당신 정도 실력이라면 누가 걱정을 하겠어. 안 그래?"

"게임에 자신 있어요."

"훌륭해! 하! 훌륭하다는 말로는 부족하지."

래리는 이전에 가지고 있던 무사태평한 활달함을 되찾으려고 노력하고 있었고 나는 그것을 알아차릴 수 있었다. 이제껏 우리의 다른 모든 만남에서는 그의 그런 자신감 있는 태도가 자연스러워 보였지만 지금은 억지로 그런 체하는 것만 같았다. 그가 하는 모든 행동, 그가 입 밖으로 내뱉는 모든 음절에는 걱정의 기미가 묻어 있었다. 나는 무엇보다도 그의 마음을 편안하게 해주고 싶었다.

"들어봐."

그가 말했다.

"그 친구는 단순히 당신이 생각하는 평범한 수준으로 골프를 잘 치는 사람이 아니야. 알겠어?"

"문제없다니까요."

"그는 큰 걸 걸고 하는 시합에 익숙한데 당신은 그렇지가 않으니…… 내가 염려하는 건 단지 그거야."

"그렇다면 제가 그와 도박을 하길 원하나요?"

"말하자면 그렇다고 할 수 있지. 작은 내기. 당신도 내가 어떤 사람인지 알잖아."

"어떤 사람인지 알아요."

나는 그렇게 말하고 하마터면 '아버지'라고 말할 뻔했다.

"하지만 문제는 말이야. 그 친구가……."

"내기에 걸리는 건, 다른 것들도 있지만 특히 래리 영혼의 장래가 걸리게 되죠."

앨리샤가 퉁명스럽게 말했다.

래리가 시가를 이빨로 꽉 물어서 부러뜨리기 전까지는 그녀가 농담을 하는 걸로만 생각했다. 부러진 시가의 긴 토막이 그의 초콜릿 디저트 속에 빠졌다. 그는 웃음소리 비슷한 불편한 소리를 냈다.

"행크, 당신에게 자세한 부분까지 다 이야기할 순 없어요."

신은 말을 이어 갔다.

"하지만 다른 이들처럼 래리도 지난 생애들에서 끝내지 못한 일이 남아 있어요. 딱히 특별할 건 없고 길에서 쓸어버려야 할 잡동사니 같은 거죠. 래리는 지금 아주 짧기는 하지만 무척이나 힘겨운 생애를 다시 한 번 살 것이냐 말 것이냐를 선택해야 하죠. 또는…… 그래서 그는 이 여행에서 우리를 초대하기로 결정했고, 한 발 더 나아가 당신에게 자신 영혼의 미래를 걸고 내기를 하기로 결정한 거예요. 그건 그가 당신을 완전히 믿고 있다는 증거죠. 당신은 칭찬받아 마땅해요."

나는 내가 칭찬받아 마땅하다는 것, 심지어 존경을 받아도 마땅하다는 것을 이해하고 있었다. 그러나 그 순간 우리가 앉아있는 베르사유 룸 밑바닥이 갑자기 흔들리는 게 느껴졌다. 나는 두 사람을 번갈아 바라보며 입을 열었다.

"당신들 말은 그러니까 제가 그 친구를 상대로 골프 시합을 해야 한다는 것이고, 제가 이기고 지는 것에 따라 래리가 이생이 끝나면 천국에 올라가 오래오래 지낼 수 있거나 아니면 다시 지상으로 돌아와 몇십 년 동안 고생을 할 수도 있다는 건가요?"

앨리샤가 고개를 끄덕였다.

래리는 긴장했는지 침을 꿀꺽 삼켰다.

"당신이 그렇게도 그를 좋아한다면 왜 그에게 사면을 내리거나 하지 않는 거죠?"

내가 그녀에게 말했다.

"특별 허가를 말하는 거예요. 명령만 하면 되잖아요. 그러면 그는 사면이 될 거고."

"나는 그렇게 못 해요."

그녀가 말했다.

"할 수 있잖아요. 당신은 뭐든 할 수 있잖아요."

"그건 내가 못 하는 일이에요. 그에게 이번에 그 같은 선택권을 주면서 나는 이미 끔찍한 선례를 하나 만들어두었거든요. 그것이 장차 나에게 말할 수 없는 고통을 안겨줄 거예요. 이 이야기는 누구에게도 발설해서는 안 돼요."

"제가 누구한테 말하겠어요? 말을 한다 해도 누가 믿겠어요?"

래리는 다시 목을 가다듬었다.

"그리고 또 하나. 알다시피 이 일은 테스트와도 관련 있지."

"무슨 테스트요?"

나는 그렇게 물었지만 말이 채 끝나기도 전에 생각나는 게 있었다.

래리는 다시 헛기침을 하여 목을 가다듬고 몇 번이나 말을 할까 말까 조심스럽게 고민하다가 결국 간절히 애원하는 눈빛으로 신을 바라보았다.

"행크."

앨리샤가 말했다.

"그 내기에는 사실 래리의 장래만 걸린 게 아니에요. 사실상 그래요. 만일 당신이 시합에서 진다면 그는 종국에 가서는 끔찍한 기근으로 끝나는 짧은 삶을 살아야 해요. 당신도 알겠지

288

만 기근은 전쟁 다음으로 나를 슬프게 만드는 거죠. 이렇게 풍
요로운 행성에서 아무리 적은 수라고 해도 사람들이 굶주리게
되는 것 말이에요."

신은 잠시 말을 멈췄고 그녀의 아름다운 얼굴에는 지금까지
한 번도 본 적이 없는 슬픔의 그림자가 드리워져 있었다. 래리
와 나는 눈길을 다른 곳으로 돌렸다. 잠시 후 앨리샤는 간신히
다시 마음을 가다듬은 것 같았다.

"그리고 사람들은 당신이 돌보지 않아서 그렇다고 말하지."

래리가 그녀를 바라보며 말했다.

앨리샤는 눈가를 냅킨으로 닦았다.

"누가 그래?"

"아무도 그렇게 말하진 않았어, 리시. 표현이 그렇다는 거
지……. 당신도 프로숍 주변에서 들었잖아…… 그건 단지
……."

그는 나에게 고개를 돌리더니 화제를 바꿔 분위기가 밝아지
게 하려고 애썼다.

"행크, 당신도 알잖아. 내가 먹는 걸 얼마나 좋아하는지. 안
그래? 그렇게 된다면 내가 얼마나 힘들지 상상해보라고."

그러나 앨리샤는 고개를 살짝 흔들어서 그에게 그만 하라는
신호를 보냈다.

웨이터가 와서 디저트 접시를 치우고 커피잔을 다시 채워주
었다. 웨이터가 자리를 떠나자 앨리샤가 말을 이었다.

"자세하게 설명하기엔 너무 복잡해요, 행크. 하지만 이번 내기는 엄청난 거예요. 당신이 이번 시합에서 진다면 래리는 다음 차원으로 옮겨지기 전에 마지막으로 한 번 더 힘겨운 삶을 살아야 하니까. 그리고 당신 영혼의 본질에 대해서도 이야기를 했었지만, 당신의 본성은 위대한 챔피언이니까 모든 게 내던져지는 거죠."

"내던져지다니요? 이번 경우 내던져진다는 게 정확히 무슨 뜻이죠?"

그녀는 잠시 말을 멈추고 그렇게 끔찍한 일은 절대로 일어나지 않을 것이라고 안심시키려는 듯 다정한 눈길로 나를 바라보았다. 하지만 세상이란 생각하는 것 이상으로 거칠고 험한 곳이 아닌가. 우리는 이 세상이 따뜻하고 밝다고만 생각하고 싶어 한다. 일단 칭찬받을 만한 일 몇 가지만 수행한다면, 일단 신을 한동안 기쁘게 해주기만 한다면, 모든 고통은 사라질 것이고 모든 위험과 모든 실패의 가능성 또한 사라지리라고 생각하는 것이다. 그러나 신성한 구조가 지닌 까다로운 법칙들에 따르면 영적 영역 안에서 더 높은 곳으로 올라갈수록 위험 부담은 더욱 커지게 되어 있다. 마치 곡예사처럼 무대 위로 높이 더 높이 밧줄을 걸고 그 위를 걸어야 하는 것이다. 한편으로는 좀처럼 맛볼 수 없는 전율을 느낄 수 있는 특권을 가지게 되지만 다른 한편으로는……

나는 그 순간 예수가 광야에서 시험을 당하고 결국에 가서는 고문 끝에 살해되었던 그 모든 이야기가 떠올랐다. 그 이야기에 대해 잠시 생각해봤다는 말이다. 모세의 어린 시절도 생각났다. 바구니에 담겨 강 아래로 떠내려가던 아기. 끔찍했다. 부처는 어떠했는가. 남부러울 것 없이 안락하고 호화로운 삶을 살도록 태어났지만 깨달음을 얻기 위해 그 모든 것을 버리고 떠나야만 했고 그 기름진 갠지스 평야에서 굶어죽을 뻔하지 않았던가! 그런데 우리는 몇 번이나 제대로 된 생애를 살았다고 영원한 안식을 누릴 자격이 있다고 생각했다니! 그걸로 안락하길 원했다니! 고작 그것으로 영원토록 란초 오비스포에서 포섭을 즐기기를 원했다니!

"이번 경우에 내던져진다는 것은……."

신은 잠시 말을 끊더니 다시 입을 열었다.

"당신도 무하마드 알리 이야기 들었죠?"

나는 고개를 끄덕였다. 들다마다. 내가 지상에서 살 때는 그의 전성기였다.

"그렇다면 무하마드 알리가 그런 천재적인 재능을 가지고도 권투를 선택하지 않았다고 생각해봐요. 더 나쁜 경우지만 권투를 선택하기는 했는데 일찌감치 포기를 해서 실패했다고 생각해보세요. 만일 샘 스니드나 벤 호건이 골프를 선택하지 않았다고 생각해봐요. 그들의 영적 자아 깊은 곳에서는 자신들이 무엇에 능한지 알았을 것이고 그렇다면 그들은 매 생애마다 숨어 있는 그 고통스러운 불안을 간직하고 살아야만 하겠죠."

"매 생애마다? 당신 이야기는……."

신은 고개를 끄덕였다.

"그래요, 행크. 이번 상황은 일종의 핼리 혜성과도 같은 거예요. 기회 같은 거죠. 테스트를 받는 것, 어떤 골퍼와 시합을 하는 것 모두 아주 오랜 기간에 걸쳐 단 한 번만 오는 거죠. 당신은 두 번째 기회를 만날지도 모르고, 사실 지금 당신에게는 두 번째 기회가 다가오고 있어요. 무하마드나 벤이나 베이브 자하리스*의 경우처럼 당신의 성공은 다른 영혼들의 행복과도 연결될 거예요. 당신이 이번에 성공하면 다른 이들을 기쁘게 하고 감동을 주고 그들에게 한 개인이 무엇을 이루어낼 수 있는지에 대한 하나의 실례를 남기게 될 거예요. 하지만 우리는 '위대한 챔피언'이라는 자격을 동시에 누구에게나 다 줄 수는 없지 않겠어요? 그것은 정말 얻기 힘든 영광이고, 그렇기 때문에 그 영광은 좀처럼 만날 수 없는 힘겨운 과제와 함께 오는 거죠. 무슨 말인지 알겠어요?"

"알 것 같기도 해요."

"이곳 지구의 환경은 특정한 방식으로 행동하는 영혼들의 밀접한 결합에 의해 만들어지죠. 페르디난트 황태자와 그를 암살

---

* 베이브 자하리스 Babe Zaharias : 미드레드 베이브 디드릭슨 자하리스. 미국의 여성 프로 골퍼. 1932년 로스앤젤레스 올림픽 육상 부문에서 금메달 두 개와 은메달 한 개를 따내며 스포츠 스타로 떠올랐다. 이후 골프에 전념하여 암으로 요절하기 전까지 각종 대회에서 통산 82승을 거뒀다.

한 가브릴로 프린시프*를 생각해봐요. 조지프와 아돌프와 베니토**를 생각해봐요."

그녀가 말했다.

"맞아요. 맞습니다."

내가 그녀에게 말했다.

"하지만 당신은 저와 래리를 그런 구역질 나는 일에 밀어 넣을 수 없을 거예요."

"물론 그렇죠. 내가 말한 건 모두 가장 선한 영혼과 가장 악한 영혼의 경우예요. 그들의 기회는 순식간에 지나갔죠. 수백만 가지의 일들이 모여 하나의 중요한 사건을 만들어내죠. 하나의 전쟁이 시작되려면……, 또는 한 번의 결혼이 이루어지려면, 또는 한 명의 어린아이가 태어나려면 수억만 가지의 일들이 그 일을 위해 특정한 방식으로 진행되어야만 하죠. 예를 들어서 당신의 아버지를 생각해봐요. 그는 더 큰 틀에서 보면 당신과 아주 밀접한 정신을 가진 사람이죠."

확신을 할 수는 없었지만 나는 신이 나에게 윙크를 했다고 생각했다.

---

* 오스트리아 합스부르크 왕가의 후계자였던 페르디난트 황태자는 1914년 6월 28일 사라예보를 방문했다가 세르비아계 민족주의자 가브릴로 프린시프에 의해 암살당한다. 오스트리아는 이 사건을 구실로 세르비아에 선전포고를 했고 유럽의 강대국들이 참전하게 되면서 1차 세계대전이 발발했다.

** 조지프 스탈린, 아돌프 히틀러, 베니토 무솔리니.

"만약에 당신의 아버지가 역으로 가는 중에 길에 사과 수레가 넘어져 있어서 런던행 기차를 놓쳤다면 그 생에서 당신의 어머니를 결코 만날 수 없었을 거예요. 당신 헤르만 핀스 윈스턴도 결코 그 특정한 시간에 그런 특정한 몸을 입고 태어나지 못했겠죠. 수레를 끄는 사람이 전날 밤에 한 잔을 더 하기 위해 술집에 머물렀더라면 그는 아마도 수레를 제대로 끌지 못하고 넘어졌을 거예요. 그렇다면 당신은 없었겠죠. 누군가가 프린시프의 팔을 붙잡아서 암살이 일어나지 않았다면 1차 세계대전도 없었겠죠. 적어도 당시 그런 식으로 전쟁이 일어나지는 않았을 거예요."

"그래서 제가 이번 골프 시합에서 지게 되면 그 끔찍한 기근이 발생한다는 겁니까?"

"그래요."

"그리고 래리도 그것의 일부가 되어 고난을 겪게 될 거라는 거죠?"

신은 고개를 끄덕였다.

"저는 천 년 만에 한 번 온 기회를 잃게 될 거고요?"

"실제로는 일만 년에 더 가깝죠."

"만일 제가 이기면요?"

"당신이 이기면 당신이 '역사'라고 부르는 어마어마한 도표가 약간 다르게 형성될 거예요."

"기근도 없고."

"맞아요."

"래리 화이브 아이언이 다시 태어나지도 않고요."

"정확해요. 이런 차원에서 다시 태어나지는 않죠. 그는 좀 더 기후가 쾌적한 곳으로 옮겨가게 될 거예요."

나는 망설였다. '세상의 짐을 어깨에 지다.'라는 말이 떠올랐다. 나는 지난 생에서 나의 아버지였던 사람, 내가 그렇게도 사랑했던 장난기 많고, 골프를 사랑하고, 내기를 좋아하는 아버지의 눈동자를 도무지 똑바로 쳐다볼 수가 없었다.

앨리샤는 아마도 셋을 세고 나서 다시 말하는 것 같았다.

"그냥 간단하게 예나 아니오로 답하면 돼요, 핀스 윈스턴 씨."

"예."

내가 말했다.

"예, 물론이죠."

래리는 팔을 뻗어 내 등을 두드려주더니 돌아앉아 주먹으로 한쪽 눈가를 훔치고는 웨이터에게 포트와인과 과일과 치즈, 그리고 내가 피울 시가 하나를 더 가져오라고 신호를 보냈다. 이제 대화의 주제는 기근이니 운명이니 위대한 영혼이니 하는 것에서 멀어졌지만 우리들 위에는 우울한 먹구름과 슬픔 같은 것이 여전히 드리워져 있었다. 아마도 래리나 나 같은 사람은 인간이란 존재가 서로에게, 그리고 그 자신들에게 할 수 있는 무언가에 대해 깊은 실존적 비애를 간직하고 있는 사람들이리라.

결국 우리는 마지막 잔을 비우고 한숨을 쉬고 서로 번갈아 포옹을 하면서 잘 자라고 인사를 나눴다. 밖으로 나오니 감미로운 조지아의 공기에는 끔찍한 긴장감이 감돌고 있었다. 빌라로 걸어오면서 나는 래리가 준 시가를 피웠다. 아름다운 주님과 팔짱을 끼고 두렵기만 한 내 운명의 무게를 힘겹게 옮기고 있을 때 나는 나의 적수가 누구인지 물어보지 않았다는 것을 깨달았다. 내가 입을 열어 막 물어보려고 하는 순간 앨리샤가 손가락을 내 입술에 갖다댔다.

"정말 완벽한 남부의 밤이네요, 행크."

그녀가 말했다.

"우리는 좋은 친구와 참으로 멋진 식사를 했어요. 당혹스러운 이야기를 꺼내서 더는 분위기를 망치지 말아요. 당신은 내일을 위해서 쉬어야만 해요. 정말이에요."

24

나중에야 알게 되었지만 내 적수의 정체를 알았다 해도 나는 편안한 밤을 보내지 못했을 것이다. 이튿날 아침 우리가 차를 몰고 그 폐쇄된 구역 안으로 들어가 개인 전용 레전드 코스로 입장할 때 (래리는 너무나 긴장이 되어서 우리와 함께 갈 수 없다고 말했다. 하지만 그는 우리가 문을 통과할 수 있도록 암호를 알려주었다) 앨리샤가 말했다.

"당신이 궁금해할 것 같아서 하는 이야긴데 그의 이름은 빅터 '버니' 로건이에요."

버니 로건은 나에게는 아무런 의미가 없는 이름이었다. 나는 당연히 불안했다. 아버지의 운명을 걸고 플레이를 하는데, 아직 태어나지도 않은 수많은 사람들의 고통을 줄이기 위해서 플레이를 하는데, 일만 년 만에 한 번 올까 말까 한 기회인데 누군들 불안하지 않겠는가? 그러나 동시에 나는 내가 그동안 골프를 잘 쳐왔다는 것을 알고 있었고, 이번 생에서는 불안이 나에게 장애가 되기보다는 실제로 도움이 될 것이라고 생각하고 있었다.

"버니 로건이라는 사람도 당신 친구인가요?"

"예전에는 친구였죠."

앨리샤가 말했다.

"지금은 말도 안 해요."

아마도 그런 나쁜 감정 때문인지 앨리샤는 백을 내려놓고부터는 더 이상 나와 동행하지 않았다. 하지만 내가 캐딜락에서 내리기 전에 그녀는 나에게 몸을 기울여 마치 여느 아내가 그렇게 하듯 나의 입술에 키스를 해주었다. 그 키스에는 어떤 약속이 담겨 있는 것 같았다.

"잘해요."

그녀가 말했다.

약속. 그것은 경고였을지도 모른다. 그리고 그녀는 다시 불안해했다.

내가 입을 열었다.

"큰 걸 걸고 내기를 할 때면 대개 제삼자가 기록원으로 오는 법인데, 적어도 캐디는 있어야 하지 않나요?"

"당신은 이제 충분히 강해요. 당신이 직접 백을 지고 다녀요."

앨리샤가 말했다.

"그건 문제가 되지 않을 거예요."

"하지만 제 말은, 버니 로건이라는 친구를 믿어도 되느냐는 거예요."

"아, 그가 어떻게 할지는 알고 있어요. 그냥 그가 하는 대로 하면 돼요."

신은 차를 몰고 떠났다. 로건이라는 사람은 연습용 그린에서 멀지 않은 곳에 있는 벤치에 앉아 나를 기다리고 있었다. 그는 나를 보자 자리에서 일어나 미소를 지었다. 그는 삼십 대 중반이나 후반쯤 되어 보였고 키가 크고 몸은 날렵한 편이었다. 그는 반짝이는 검은 바지에 검은 골프화, 그리고 가볍고 값이 비싸 보이며 칼라에 검은 줄이 두 개가 나 있는 붉은 셔츠를 입고 있었고, 좀 안 어울리는 것 같은 노란 모자에는 남부 지역에서 가장 유명한 클럽의 이름이 새겨져 있었다.

그는 날카로우면서도 기분 나쁜 미소를 가지고 있어서 그 미소를 보는 순간 그가 신뢰하기 어려운 친구라는 것을 알 수 있었다. 하지만 그는 다정하게 손을 내밀며 말했다.

"헤르만, 버니 로건이오. 불러줬으면 하는 애칭이 있나요?"

"헤르만이 좋아요."

나는 그렇게 말해놓고 나 스스로 놀랐다.

그는 웃음을 터뜨렸다. 그가 웃는 모양새는 예전에 당혹스러워서 얼굴을 붉혔던 일을 떠오르게 만드는 그런 웃음이었다.

"이봐요. 나는 우리가 시합을 하기로 한 시간이 7시라고 알고 있었습니다. 그래서 기다리고 있었죠. 몸은 안 풀어도 되죠?"

나는 바로 사과를 하려다가 이런 식의 화법이 전 세계 골프 도박꾼들이 사용하는 일종의 속임수라는 것이 생각났다. 나는 이번 시합의 티 타임이 8시라는 걸 알고 있었다. 버니는 분명히 먼저 나와서 혼자 충분히 몸을 풀고는 나를 곧장 티로 끌고 가려는 수작을 부리는 게 틀림없었다.

"아뇨."

내가 단호하게 잘라 말했다.

"티 타임은 8시라고 알고 있었는데. 지금이 7시 15분이군요. 나는 45분 동안 몸을 좀 풀어야겠어요. 당신은 먼저 가서 클럽 하우스에서 아침식사를 하고 계산은 내 앞으로 달아둬요."

"정말이에요? 티는 비어 있는데."

"그렇다면 앞으로 45분 동안 더 비어 있을 겁니다."

내가 말했다.

"이봐요, 괜찮다니까요. 오늘 아침 우리가 좀 예민해져 있는 것 같네요. 어젯밤에 잘 못 주무셨나요?"

나는 그의 말을 무시하고 연습 구역으로 갔다. 물론 나는 이런 식의 도발적인 말을 예전에도 많이 들어보았었다. 내가 늘 경멸하던 것이었다. 골프 게임의 멋진 점은 조용하게 품위를 지키는 가운데 플레이를 한다는 것 아닌가. 예를 들면 어느 정도 실력이 있는 골퍼라면 퍼팅을 하고 난 후 잔디 표면에 뭔가 작은 문제가 보이면 그것을 고르게 매만져놓을 것이다. 그의 뒤를 이어 퍼팅을 할 경쟁자와 공정하게 시합하기를 원하기 때문이다. 상대방이 타구를 하려고 자리를 잡으면 침묵해야 한다. 프로 야구선수들이 그렇게 하는 것을 생각해보라. "나이스 샷."이라고 말할 때에는 진심으로 그렇게 해야 한다. 그러면 상대방은 실수를 범하지 않을 것이다. 상대방의 공이 당신의 퍼팅 라인에 있어 그것을 치워야 할 때면 공 대신 동전으로 바꿔놓는 것을 잊지 않도록 상기시켜 주어야 한다. 실력이 낮은 사람을 상대할 때에는 상대방이 잃어버린 티 샷을 찾을 수 있도록 함께 주변의 덩굴 옻나무 사이를 살펴주어라. 그것이 골프다. 그와 같은 에티켓이 좀 더 널리 적용된다면 지상에서의 삶이 어떻게 될지 생각해보라. 전쟁과 기근이 없는 세상을 생각해보면 될 것이다.

그러나 그를 보자마자 나는 그날에는 그런 신사적인 일들이 없을 것 같다는 생각이 들었다. 버니 로건은 그런 종류의 사람이었다. 내가 전혀 좋아할 수 없는 종류의 사람.

버니는 클럽하우스에 들어가서 휴식을 취하지 않고 내가 워밍업을 하는 동안 내 곁에 붙어 서서 화가 난 사람처럼 샐쭉한 표정을 짓고 있었다. 그는 연습 구역에 서서 내가 웨지 샷을 치는 것을 유심히 지켜보았고 잠깐씩 눈길을 돌려 두서없는 퍼팅 한두 개를 치고는 다시 나를 기대에 찬 눈초리로 바라보곤 했다. 나는 그 구역을 주의해서 살펴보면서 몇십 개의 공을 쳤다. 처음 몇 번은 로건의 태도가 거슬렸지만 곧 침착하게 하던 대로 연습을 했고 점점 더 나 자신에게만 정신을 집중할 수 있게 되었다. 결국 퍼팅 그린에서 다시 그와 만나게 되었을 때쯤에는 그가 어떤 속임수를 쓰더라도 문제가 없을 것 같은 느낌이 들었다. 나는 4피트짜리 퍼팅에서 공을 흘려보내는 것을 몇 번 연습했고 그린의 속도가 빠른지 느린지 감을 잡기 위해 몇 번 더 롱 퍼팅을 연습했다. 마침내 나는 준비가 되었다고 말했다.

그가 다음으로 쓴 꼼수는 아첨이었다. 그 역시 또 하나의 전형적인 패턴이었다. 레전드 코스의 첫 번째 홀은 1번 핸디캡 홀로 423야드 파4짜리였고 페어웨이는 무난했지만 그린이 솟아 있고 그 앞에는 위험한 벙커가 두 개 있어서 다소 까다로웠다. 나는 완벽한 티 샷을 날려서 300야드 거리 정중앙으로 공을 보냈다.

"젠장, 정말 멋진 샷이네요."

버니는 짐짓 놀란 척 고개를 흔들었다.

"사람들이 당신에 대해 하는 말들이 모두 사실이었군요. 참으로 멋진 샷입니다."

나는 그의 말을 무시했다.

그는 능숙하게 드라이브를 당겨 쳐서 공을 왼쪽으로 보냈지만 공은 그곳에 있던 나무에 맞고 튀어 러프 가장자리에 떨어졌다. 나는 아무 말도 하지 않았다. 그와 나란히 페어웨이로 걸어가는 수밖에 다른 도리가 없었다. 그는 걷는 내내 이런저런 이야기들을 지껄여댔고 내가 싫어하는 이야기도 했다.

"그래, 남부에는 얼마나 오래 있을 건가요? 같이 플레이를 하던 멋진 아가씨는 누구죠? 부인은 아니겠죠? 그렇다면 좋겠습니다만. 새로 나온 공에 대해서는 어떻게 생각해요? 정말 잘 나가던데, 안 그래요? 정말 놀랍지 않아요? 기술이 발전한 덕분에 이제는 한물간 구식 코스들을 놓고 구시렁대는 친구들을 보면 역겹지 않아요?"

뭐 그런 식의 이야기들이었다. 그의 공이 있는 곳에 이르렀을 때쯤에는 피칭 웨지로 그의 오금을 후려쳐서 쓰러뜨리고 싶은 생각이 굴뚝같았다. 하지만 무언가가 나에게 끊임없이 제동을 걸었다. 뭐라고 딱 집어 말할 수는 없지만 어떤 직감 같은 것이었다.

그는 거칠게 땅볼을 쳤고 튀어 오른 공은 그린으로 올라갔다.

"올라갔군."

그는 내가 그것을 보지 못하기라도 한 양 그렇게 말했다. 골프에서 또 하나의 나쁜 습관은 이렇게 모든 샷 하나하나를 큰 소리로 자신에게, 그리고 상대방에게 떠들어대는 것이다. 나는 웨지 샷을 쳐서 공을 퍼팅 그린에 올려놓았다. 그린에 올라서니 그의 공은 두 번의 범타 이후 핀에서 4피트 거리에 있었고 내 공은 두 번의 호타 이후 8피트 거리에 있었다. 나는 퍼팅에 실패했고 그는 성공했다. 버니 로건이 한 타를 앞섰다. 바꿔 말하면 래리 화이브 아이언과 수많은 불행한 영혼들, 그리고 장래의 위대한 챔피언이 한 타를 뒤지고 있었던 것이다.

두 번째 홀은 첫 번째 홀과 길이는 비슷했지만 좀 더 편안했고 로건은 처음 홀에서와 크게 다를 것 없는 방식으로 플레이를 했다. 무시무시한 티 샷은 바닥을 맞고 튀어 올라 고립되어 있는 페어웨이 벙커를 벗어났다. 그 다음 투박한 8번 아이언으로 친 공은 나지막하게 두 번 통통 튀더니 그린 위로 올라갔다. 이제 정교한 퍼팅 두 번이면 파가 될 참이었다. 나는 당황스러웠다. 나는 완벽한 드라이브 샷을 했는데 공은 그 잘 관리된 코스에서 몇 안 되는 모래 디보트에서 발견되었다. 디보트에서는 라이가 애매했기 때문에 나의 어프로치 샷은 약간 빗나갔다. 약간 발끈하는 바람에 나는 25피트 거리에서 퍼팅을 세 번이나 해서 보기를 범했다. 두 번째 홀이 끝나고 나니 2타가 뒤져 있었다.

"이상한 일이로군요."

로건이 말했다.

"당신이 거기서 세 번이나 퍼팅을 할 줄은 상상도 못했습니다. 내가 들었던 것하고는 전혀 딴판이네요."

나는 말은 안 했지만 화가 치밀었다. 로건은 파3짜리 3번 홀에서 실로 아주 멋진 티 샷을 했고 페어웨이를 걸어가면서 자기 자신을 향해 감탄을 연발했다.

"완벽해. 잘했어!"

그는 나를 향해서 이렇게 말했다.

"당신이 나타나기를 기다리고 있는 동안 좀 추웠어요. 하지만 덕분에 오늘 아침 연습 구역에서 제대로 몸을 풀 수 있었죠."

"아주 잘 했네요."

나는 그렇게 말했지만 그는 나의 무미건조하게 비꼬는 영국식 말투를 전혀 알아듣지 못했다.

그는 버디 퍼팅에서 보기 좋게 실패했다. 나도 마찬가지로 실패해서 세 번째 홀이 끝나고도 여전히 2타를 뒤지고 있었다.

파4짜리 4번 홀에는 오른쪽 러프 구역부터 페어웨이 중간 지점까지 뻗어 있는 벙커가 두 개가 있었다. 그때가 되자 코스는 내리쬐는 한낮의 조지아의 열기로 뜨거웠다. 그날은 우리가 지구 여행을 시작한 이후로 가장 더웠으며, 이미 말했는지 모르겠지만 나는 영국인의 유전자를 가지고 있어서 더운 날씨를 그리 좋아하는 편이 아니었다. 그래서 나는 물을 몇 모금 벌컥벌컥 들이켜고 남은 물을 얼굴과 머리에 끼얹었지만 날씨도 날씨려니와 성적이 계속 부진해서 심기가 그리 좋지 않았다.

로건은 웃음을 터뜨리더니 이렇게 말했다.

"북부 사람을 만나면 언제나 이런 이야기를 해줍니다. 더울수록 나에게는 유리하다고."

"사람마다 기호가 다르니까요."

말은 그렇게 했지만 그 대목에 이르러서는 내가 괴로움을 느끼고 있다는 것이 한결 더 분명해졌다. 목 뒤에 있는 머리카락이 쭈뼛하고 서는 것만 같았다.

"당신도 알고 있겠지만 말을 상당히 딱딱하게 하시는군요."

그가 말했다.

"영국인이죠? 그렇지 않나요?"

"과거에는 그랬죠."

그렇게 말하면서 나는 차마 그와 눈을 마주치지 못했다.

"지금은 이 나라 시민이죠."

"아닐 텐데."

그가 코웃음을 쳤다.

"당신은 영국인이에요. 스윙은 아주 좋아요. 참으로 멋진 스윙입니다. 그런데 이 버니 로건과 겨루시려면 퍼팅은 좀 더 배우셔야겠습니다."

로건이 상스럽고 오만하게 굴수록 나는 더더욱 정중한 영국식 태도로 맞서게 되었다. 그가 옳았다. 나는 점점 더 경직되고 있었고 그로 인해 나 자신에게 점점 더 화가 났다. 그것이 나의 스윙에 영향을 끼쳤다. 한편으로 나는 빅터 '버니' 로건이 실제로 어떤 사람인지 점점 더 확신하게 되었다. 그리고 솔직히 말해서 그런 확신으로 인해 그가 더욱 두려워졌다. 인생에서도 그렇지만 골프에서도 두려움은 실수를 부른다. 나는 티 샷을 오른쪽으로 밀어 쳤고 결국 공은 페어웨이에 있는 두 벙커 가운데 하나로 들어갔다. 벙커 가장자리에 너무 가까이 붙어 있어서 라이가 끔찍이도 나빴다. 로건은 그리 특별할 것 없는 드라이브 샷을 해서 공을 짤막한 잔디 위로 보냈다. 공이 있는 곳으로 걸어가는 동안 그는 마치 도서관 서가 사이로 여자들을 유혹할 때 하는 것처럼 귀엣말로 이렇게 속삭였다.

"난 당신이 누구인지 알아."

나도 당신이 누구인지 알아! 나도 이렇게 대꾸하고 싶었다. 하지만 속에서 두려움이 가득 밀려 올라오는 바람에 간신히 아주 정중하게 이렇게 말했을 뿐이었다.

"죄송합니다만 뭐라고 했나요?"

그는 빙그레 미소를 지으며 윙크를 하더니 공으로 걸어가 8번 아이언 샷을 멋지게 날려서 공을 그린 위에 올려놓았다. 벙커 안에 있는 내 공의 라이가 너무나 형편이 없어서 일단 공을 쳐올려서 빼내는 수밖에 다른 도리가 없었다. 나는 웨지 샷을 몇 야드 왼쪽으로 당겨서 쳤지만 공은 다시 다른 벙커로 빠지고 말았다. 나는 다시 공을 쳐올렸고 이번에는 거의 홀에 넣을 뻔했다. 로건은 버디 퍼팅에 성공했고 결국 네 번째 홀을 마치고 나니 이제는 3타나 뒤져 있었다. 정말 처참한 출발이었다.

다섯 번째 홀은 파5짜리로 왼쪽으로 도그레그가 되어 있었다. 우리는 둘 다 파로 그 홀을 마쳤다. 오른쪽으로 도그레그가 되어 있는 여섯 번째 홀에서도 둘 다 파를 만들어서 나는 여전히 3타를 뒤지고 있었다. 득점 경기에서 뒤처지고 있는 사람이라면 누구나 느끼겠지만 그때부터 불안하게 시계 초침이 재깍거리는 소리가 들리기 시작했다. 이제 열두 개의 홀이 남아 있었다. 나는 그 홀들 가운데 세 홀을 이기고 나머지 아홉 홀에서 비겨야만 그와 동률을 이룰 수 있었다.

150야드짜리 7번 홀에서 티 샷을 칠 때 로건이 나에게 살금 살금 다가와 이렇게 속삭였다.

"웨스턴 펜실베이니아 오픈 때 나도 그 자리에 있었습니다."

"뭐라고요? 대관절 그게 무슨 소리요?"

그는 특유의 사악한 미소를 짓고는 8번 아이언을 들고 그것이 퍼터라도 되는 양 입스에 걸린 흉내를 냈다. 그는 하늘을 올려다보며 손을 이마에 얹었다. 내가 첫 번째 퍼팅에서 실패하고 난 후 했던 동작을 그대로 흉내 내고 있었다. 그러더니 그는 내가 전생에 지구에서 형편없는 기록을 남겼던 바로 그 웨스턴 펜실베이니아 오픈의 연도와 날짜를 정확하게 읊조렸다.

"하지만 그건 삼십 년 전 일이잖소?"

내가 말했다. 그때가 되자 나는 어느 정도 진정이 되었다.

"그때라면 당신은 일고여덟 살밖에 되지 않았을 텐데?"

"그렇다면 선생께서는 지금 내가 어떤 경기를 말하는지 알고 있다는 거군요."

"물론 알고 있죠."

"그렇다면 당신이 그 자리에 있었다는 걸 인정하는 거네요. 친구들과 응원하는 많은 사람들 앞에서 실패한 것도."

나는 잠시 그를 바라보았다.

"이미 지나간 일이오. 지금은 지금이고. 다시는 그럴 일이 없을 거요."

그는 노란 모자를 고쳐 쓰더니 소름 끼칠 만큼 큰 소리로 웃어댔다. 레전드 코스에 그의 웃음소리가 울려 퍼졌다.

"내가 한 수 위요."

그가 말했다.

"당신은 아직 한 홀도 못 이겼잖소?"

그렇다. 나는 한 홀도 이기지 못했다. 나는 그 사실을 알고 있었고 분노로 치를 떨고 있었다. 바로 그때 가까운 관목 숲에서 바스락거리는 소리가 들렸다. 고개를 돌려보니 나의 좋은 친구 래리 화이브 아이언의 얼굴이 눈에 들어왔다. 그의 잘생긴 얼굴은 두려움에 질려 있었고 긴 코밑수염 끝자락이 가늘게 떨리고 있었다. 그 순간 그와 많은 사람들이 견뎌내야 할 한없는 불행과 고통, 비통, 그리고 아마도 기나긴 시련 끝에 도달할 죽음이 내 가슴을 후벼 파는 것만 같았다. 그와 눈길이 마주친 짧은 찰나에 온 인류가 처해 있는 상황이 내 머릿속에 명징하게 떠올랐다. 다투기 좋아하는 인간의 본성, 사고와 질병에 한없이 무너지는 인간의 나약함, 늙어 간다는 것이 곧 우리에게 의미하는 험난한 행로, 그리고 죽음이라고 부르는 그보다 더 험난한 과정. 이런 것들이 순식간에 뇌리를 스쳐 갔다. 최근까지 천국에 있었기 때문인지 나는 그런 인간의 상황을 어느 정도는 긴 안목으로 바라보고 있었다. 나는 특정한 영혼들이 영원토록 연결되어 있는 깊은 사랑의 유대가 있다는 것을 알고 있었다. 나는 지상의 모든 고통이 사라져 가고 있고, 결국에는 사라지리라는 것도 알고 있었다. 나는 선한 영혼들에게 어떤 희열들이 기다리고 있는지도 알고 있었다. 하지만 그 희열에는 내가 지금 직면하고 있는 것과 같은 도전들이 산재해 있고, 동시에 그것은 견뎌내야 하는 동안에는 말할 수 없이 극심한 고통이 되리라는 것도 알고 있었다. 나는 또한 내 좋은 친구의 얼굴에서 그가 그런 고통을 공포에 질려 예감하고 있다는 것을 읽어낼 수 있었다.

래리는 자취를 감췄다. 애석하게도 내가 그렇게 모든 것을 명확하게 인식하게 된 것이 나의 플레이에는 그다지 도움이 되지 않았다. 버니 로건은 완벽한 8번 아이언 샷으로 깃대를 맞췄다. 나는 앞서 9번 아이언으로 티 샷을 할 때 공의 윗부분을 때리는 실수를 범했다. 그 샷은 주말에나 볼 수 있는 서툴기 짝이 없는 핸디캐퍼나 칠 법한 샷이었다. 공은 겨우 50야드밖에 나가지 못했다. 나는 페어웨이에서 공을 집어 들고 그 홀을 양보했다. 4타가 뒤졌다. 이제 앞으로 홀 열한 개가 남아 있었다.

나는 완전히 맥이 풀려버렸다. 티 샷을 실수해서 당황한 것일까, 아니면 관목 숲에서 자신의 미래가 나의 손에 의해 죽음으로 떠밀려 가고 있는 것을 지켜보고 있던 래리의 얼굴을 본 때문일까, 그것도 아니라면 단순히 로건이 웨스턴 펜실베이니아 오픈에 참석했었다고 한 말 때문일까. 그는 당시 골프를 향한 내 영혼의 불씨를 완전히 꺼뜨렸던 2피트 퍼팅을 놓치던 장면을 목격했을 것이다. 그리고 어쩌면 그가 그렇게 만들었는지도 모를 일이다. 그는 내가 그 순간에 나 자신에 대한 모든 희망을 접어버렸다는 것, 나만이 지닌 아름다움과 재능으로부터 등을 돌려버렸다는 것, 더 나아가 신의 선함과 자비로움에 대한 나의 믿음을 저버렸다는 것을 알고 있는 것만 같았다.

나는 8번 홀에서 더블 보기를 기록했고 9번 홀에서는 보기를 기록했다. 앞으로 남은 아홉 홀을 시작하기에 앞서 우리는 짧게 쉬는 시간을 가졌고 나는 게임이 이미 끝났다는 것을 알았다. 실력 있는 선수와 겨루면서 전반 아홉 홀에서 6타를 뒤졌다면 그것을 만회할 가능성은 거의 희박하다는 것을 당신도 잘 알고 있을 것이다. 그 시점에서 내가 유일하게 원하는 것이 있다면 구겨진 자존심을 약간이나마 회복하기 위해 2타나 3타 정도로 지는 것이었다. 그런 정도라면 인정할 만한 패배였다. 그렇게 되면 앨리샤에게 래리를 위해서 통사정을 해볼 만한 점수 차였고 나로서도 받아들일 수 있는 일이었다.

바로 그때 정말 이상한 일이 벌어졌다. 10번 홀 티 그라운드 옆에 있는 덤불에서 행색이 더러운 어린 소녀 하나가 걸어 나왔다. 정말 말 그대로 누더기를 입고 있었다. 그 소녀는 머리카락도 검고 얼굴색도 검어서 내가 유럽에서 만났던 집시 아이들 가운데 하나거나, 피난민, 아니면 불안과 분노에서 비롯된 어리석은 정치적 분쟁으로 인해 고아가 된 아이인 것 같았다. 아이는 곧장 버니에게 가서 손을 벌렸다. 분명 굶주린 손이었다. 그러자 그는 본능적으로 저리 가라고 아이를 쫓으며 마치 때리기라도 할 듯이 손을 들어 올렸다. 아이는 두려워서 몸을 피하며 주변을 맴돌더니 내게로 다가왔다. 지상에 있을 때 나는 항상 골프백 주머니에 약간의 현금과 크래커와 막대사탕을 가지고 다녔다. 내가 가지고 다니는 작은 비상물품이었다. 옛날 습관대로 나는 그 주머니에 손을 넣어보았다. 당연하게도 그 안에는 약간의 돈다발과 그리 오래된 것 같지 않은 막대사탕 하나와 크래커 한 봉지가 있었다. 돈과 과자를 건네주자 아이는 그것을 받아들고 맨발로 쏜살같이 뛰어 무더운 조지아의 오후 속으로 자취를 감췄다.

"어리석은 짓이오."

로건이 나를 나무랐다.

"아이가 집에 가서 친구들한테 떠벌려서 다음번에 내가 여기서 게임을 할 때면 거지 떼들이 득실거리게 될 거요. 당신에게는 별일 아니겠죠. 당신은 계속 그런 식으로 할 거고. 하지만 이곳 회원인 우리들은 당신의 그 행동 때문에 곤욕을 치러야 한단 말입니다. 게다가 당신이 한 일은 그 아이를 돕는 게 아니에요. 그 아이는 학교에 다니든지 아니면 돈을 벌 수 있는 일거리를 찾아야 합니다. 우리의 증조부, 증조모가 처음 이 나라에 왔을 때 그렇게 했으니까. 아무도 그들에게 돈이나 먹을 것을 주지 않았어요. 당신은 그 아이를 아예 직업적인 거지로 만들고 있어요. 당신도 알잖소, 안 그래요?"

나는 대꾸를 하지 않았다. 로건은 화가 나서 투덜거렸다. 나는 계속 침묵을 지켰다.

그 이후로 뭔가 바뀌기 시작했다. 그것이 분위기였든, 내 손이었든, 골프 공 자체였든, 뭔가 변화가 일어났다. 나는 10번 홀에서 이겼다. 이제 5타를 뒤지고 있었다.

나는 11번 홀에서도 이겼다.

우리는 파3짜리 12번 홀을 같은 타수로 끝냈다. 그러나 로건의 자세에 무언가 변화가 생겼다는 것을 알 수 있었다. 그는 다섯 홀을 남겨놓고 4타를 앞서고 있었다. 그는 이제 두 홀만 같은 타수를 만들면 시합에서 이기게 된다. 하지만 그의 목소리, 그가 자신을 지탱했던 방식, 그가 움직이는 방식, 그가 클럽을 스윙하는 방식 안으로 어떤 불안의 기미가 스며들고 있었다.

나는 13번 홀에서 승리했고 14번 홀에서도 칩 샷을 해서 이겼고, 45피트짜리 퍼팅이 버디가 되어 15번 홀에서도 이겼다. 앞으로 세 홀이 남아 있는 상황에서 1타를 뒤지고 있었다. 이제는 막상막하의 게임이 되었고 그도 그것을 알고 있었다. 우리는 티에서 롱 아이언 샷을 날렸다. 공은 짧은 파4홀 페어웨이 벙커들이 모여 있는 곳에서 약간 못 미치는 지점에 떨어졌다. 로건의 공이 좀 더 앞서 있었고 그가 먼저 공을 쳤다. 웨지 샷이 홀에서 4피트 못 미치는 지점에 떨어졌다. 나도 웨지 샷을 했는데 그의 공 바깥쪽 1피트 지점에 떨어졌다.

우리가 공을 향해 걸어가서 백을 그린과 가까운 곳에 놓을 때 그가 말했다.

"이 시합에 걸려 있는 것은 당신이 들었던 것과 다릅니다. 당신도 알고 있겠죠?"

"뭘 안단 말이오?"

"이 모두가 거대한 장난이란 말이오. 당신은 속고 있어요. 화이브 아이언은 이 근방에서는 소문이 자자한 사기꾼입니다. 그가 당신에게 자신의 목숨을 구하는 일이나 뭐 그런 일이 당신에게 달려 있다고 이야기한 걸 다 알고 있어요. 하지만 그건 모두 터무니없는 거짓말이죠. 이 시합이 끝나면 우리는 클럽하우스에서 그와 만나 멋진 점심식사를 하게 될 겁니다. 우리 모두 당신이 곤욕을 치른 일을 놓고 한바탕 웃게 될 거란 말입니다."

"정말이오?"

"물론이죠. 당신은 뭐가 걸려 있다고 생각하는데요?"

"우리가 당신의 이곳 클럽 회원권을 놓고 시합을 하는 걸로 들었어요. 당신이 이기면 친구 한 사람을 입회비 없이 데려올 수 있고 내가 이기면 당신은 이 클럽에서 퇴출당하기로 되어 있죠. 개방된 코스들은 물론 샤또 엘랑에 다시는 발을 들여놓지 못하도록 말이오. 그들은 다시는 당신을 여기에 오지 못하게 할 거예요. 절대로."

"'절대로'라는 말은 좀 심한 말 아닌가요."

그가 말했다.

"약간 곁다리로 작은 걸 하나 더 걸면 어때요?"

나는 그렇게 많이 뒤져 있다가 이렇게까지 따라잡은 것이 자랑스러웠다. 물론 그도 그것을 의식하고 있었다.

"좋지요."

내가 말했다. 어리석게도.

"뭘 걸면 좋겠다고 생각하시오?"

그는 잠시 생각하는 체했다.

"좋습니다. 뭔가 의미 있는 내기를 하기로 합시다. 그렇다면…… 그렇다면 당신이 지면 내가 당신의 아름다운 젊은 아내를 데리고 집으로 가는 거요. 어때요?"

그의 음탕한 웃음소리가 무더운 조지아 언덕에 울려 퍼졌다.

"내가 조금만 더 젊었어도 당신 턱을 부서놨을 거요. 그런 말을 하다니."

그는 더 큰 소리로 웃었다.

"자, 자, 헤르만, 우리 유머감각은 잃지 맙시다. 안 그래요? 당신에게 폭력을 쓰게 하려고 이러는 게 아니에요. 그렇다면 이건 어때요? 내가 이기거나 우리가 비기면 오늘 밤 당신은 부인에게 가지 않고 나와 함께 시내로 나가는 거요."

그는 윙크를 했다.

"내가 오늘 하루 가이드가 되어 남부의 밤이 얼마나 재미있고 짜릿한가를 알게 해주죠. 어떻게 생각해요?"

나는 거절했다.

"단 하룻밤이오. 괜찮지 않나요? 당신은 세상에서 내내 그녀와 함께 했잖소. 나도 요즘에는 다른 친구를 만난다오."

나는 고개를 흔들었다. 그는 계속해서 나를 자극하고 소심하다고 놀려대면서 어떤 말을 하면 내가 솔깃해할까 애쓰고 있었다. 결국 나는 이렇게 잘라 말했다.

"그만두시오. 우리는 이미 내기를 걸었잖소. 시합이나 마저 합시다."

그는 샐쭉해졌다. 잠시 동안 우리는 그린의 상태를 자세히 살펴보고 있었다.

로건이 이윽고 입을 열었다.

"이건 당신이 웨스턴 펜실베이니아 오픈 때 친 그 퍼팅과 길이가 비슷한 걸요. 안 그래요?"

과거에는 '웨스턴 펜실베이니아 오픈'이라는 세 마디만 들으면 기분이 상하곤 했다. 그 말을 들으면 마치 가시가 달린 공이 나의 내장 속을 돌아다니는 것만 같았다. 수치심이 여기저기서 반응을 일으키는 것을 느낄 수 있었다. 그 이후로 친구들의 얼굴 표정이 변하고 안나 리사의 태도도 달라진 것을 느낄 수 있었다. 나는 내 공을 깨끗이 닦아 퍼팅 표면에 다시 올려놓고 쪼그리고 앉아 한참 동안 홀로 이르는 경로를 찬찬히 가늠해보고 있었다. 로건은 헛기침을 하여 목을 가다듬었다. 나는 그를 무시했다. 그런데 이럴 수가! 내가 웨스턴 펜실베이니아 오픈에서 쳤던 그 퍼팅과 길이가 같을 뿐만 아니라 정확하게 똑같은 상황이었다! 그린에는 왼쪽에서 오른쪽으로 공을 휘게 하는 브레이크가 있어서 나는 홀 반대편에서부터 계산을 시작하여 그린의 경사가 공을 뒤쪽으로 움직이게 만들 것이라고 확신했다. 신과 처음 두 라운드를 돌면서 그가 입스로 어려움을 겪고 있을 때 내가 신에게 충고했던 말들을 생각했다. 앨리샤에게 해주었던 말들을 생각했다. 이런저런 방법을 다 동원해보았지만 손이 미세하게 떨리는 증세는 멈추지 않았다. 로건은 내가 시간을 끄는 것에 대해 불평을 늘어놓았다. 내가 눈을 들어 홀 너머를 보았을 때 무언가 희미하게 반짝이는 빛 같은 것이 눈에 들어왔다. 이윽고 나는 공 옆에 자세를 잡고 서서 시계추가 움직이는 동작으로 그 빛을 향해 타구했다. 나는 차마 공을 볼 수가 없어서 소리에만 귀를 기울였다. 이윽고 공이 플라스틱 컵에 떨어지는 상큼한 소리가 들렸다.

버니가 퍼팅을 하기 위해 공 옆에 섰을 때 나는 하마터면 이렇게 말할 뻔했다.

'아주 좋은데.'

자비로운 마음이 솟구치는 것 같았다. 그는 나를 매너 좋은 선수라고 생각할 것이다. 나 자신도 그렇게 생각할 것이다. 내가 말을 하려고 막 입을 여는 순간, 마치 앨리샤가 옆에 있어서 전날 밤에 내가 무슨 말을 하려고 했을 때 손가락을 입술에 갖다대고 말을 막았던 것처럼 지금도 그렇게 할 것 같았다. 로건이 나를 올려다보고는 이렇게 말했다.

"지금 좋다고 말했습니까?"

나는 고개를 흔들었다.

그는 다시 허리를 굽히고 퍼팅을 했다. 아주 멋진 타구였다. 공은 아름답게 굴러갔지만 마지막 순간에 약간 왼쪽으로 비껴서 홀 가장자리에 걸려 안으로 떨어지는 듯하더니 이내 튀어 올라 바깥으로 나와버렸다. 그는 성난 눈길로 나를 바라보았다.

"당신이 좋다고 말하지 않았습니까?"

그가 다그쳤다.

나는 다시 한 번 고개를 흔들었다.

"하지만 지금은 좋네요."

이제 타수가 같아졌다.

길고 까다로운 17번 홀에서는 우리 두 사람 모두 보기를 기록했다. 18번 홀에서 우리는 각기 멋진 드라이브 샷을 날려서 페어웨이 중앙으로 공을 떨어뜨렸다. 버니의 공은 140야드를 날아갔고 내 공은 그보다 좀 더 홀 가까이에 떨어졌다. 나는 맥박이 쿵쾅거리는 것을 느낄 수 있었다. 그는 클럽을 골랐다. 9번 아이언 같았다. 그러나 그가 공 옆에 자리를 잡기 전에 나는 참으로 한심하기 짝이 없는 동정심 때문에 어리석은 짓을 저지르고 말았다. 내가 말했다.

"버니, 실례입니다만 이쯤에서 시합을 중단하면 어때요? 우리 모두 상당히 잘했지 않습니까? 당신은 전반 아홉 홀에서 잘했고 나는 후반 아홉 홀에서 잘했으니 비긴 셈이죠. 우리는 악수를 하고 둘 다 홀가분한 마음으로 떠날 수 있을 거예요. 내기가 어떤 것이었든 취소하면 그만이고. 어떻게 생각해요?"

그는 한참 동안 나를 바라보더니 입가에 사악한 미소를 지었다. 그가 나에게 한걸음 다가서기에 나는 그가 악수를 청하려니 생각했다. 하지만 그는 되레 거칠고 끔찍한 목소리로 나지막하게 이런 말을 뱉었다.

"질까 봐 불안한 거군요."

"아뇨, 절대 그렇지 않아요. 나는 후반 여덟 홀에서 6타를 이겼소. 난 다만……."

"당신은 나 같은 사람에게 질까 봐서 몹시 겁을 먹고 있어요. 당신은 나보다 월등하다고 생각하죠. 당신이 연습 구역에 들어오는 순간부터 알아봤어요. 당신은 나와의 시합에서 져서 자신에게 흠집이 나는 게 싫은 겁니다. 안 그래요?"

"천만에요. 사실 난……."

"당신에게는 저 높은 곳에 사는 친구들이 있죠. 그 친구들은, 정말 그런 게 있는지는 몰라도 자신들을 '선한 사람들'이라고 생각하죠. 잘 들어요, 친구. 애초에 선한 사람은 없어요. 안 그래요? 그래서 당신은 더러운 꼬마에게 몇 달러 쥐여줬지만 그래서 어쨌다는 거죠? 그 아이는 자기 어머니에게 그 돈을 가져다줄 거고 그 엄마는 그 돈으로 싸구려 뽕을 사겠죠. 세상 돌아가는 이치가 그래요."

나는 그 '싸구려 뽕'이라는 게 무엇인지 알 수가 없었다.

"우리는 지금 약속한 대로 플레이를 마저 해야 합니다. 나는 지는 것이 두렵지도 않고 선한 사람인 척할 필요도 없으니까. 그리고 나는 이제 막 당신에게 한 가지 교훈을 가르쳐주려고 하는 참입니다. 평생을 빛나는 높은 곳에 서서 다른 사람들을 도와주고 있다고 생각하는 사람들에게 과연 어떤 일이 발생하는지. 무슨 말인지 알겠어요?"

그가 잠시 장황설을 늘어놓는 동안 나는 놀랐다. 하지만 솔직하게 말해 그다지 놀라지 않았다. 선함이란, 진정한 선함이란 엄청난 힘을 가지고 있다. 설령 내가 선의 귀감이 되는 인물은 아닐지라도 당시 내 가까운 친구들만큼은 그런 사람들이었다. 버니 로건이 짤막한 분노의 연설을 하는 동안 나는 그가 힘을 잃어가면서 그 힘을 나에게 전해주는 것 같은 생각이 들었다.

"알겠소."

내가 말했다.

"좋습니다. 시합을 계속합시다."

로건은 두어 번 심호흡을 하더니 공 옆에 섰다. 그는 아주 멋진 샷을 했다. 정말로 잘 친 샷이었다. 하지만 그의 안에 있던 분노, 아드레날린이 그 샷에 4~5야드를 더해버렸다. 그의 공은 퍼팅 그린 위를 날아가 결국 그 너머에 있는 러프 지역으로 떨어졌다. 나는 웨지 샷을 쳐서 공을 그린 한가운데로 보냈다. 핀에서 15피트 떨어진 곳이었다. 우리는 나머지 의식을 말없이 진행했다. 버니는 칩 샷을 쳐서 공을 핀 가까이에 떨어뜨렸다. 나는 퍼팅에 실수했다가 다시 가볍게 쳐서 성공시켰다. 이제 그는 2.5피트 퍼팅에 성공해야만 동점을 만들 수 있었다. 그는 공을 향해 자신 있게 걸어가더니 잠시 망설였다. 아마도 내가 그 퍼팅을 면제해줄지도 모른다고 생각하는 것 같았다. 나는 이번에는 그 유혹에 전혀 흔들리지 않았다. 그는 다시 한 번 망설이며 홀을 바라보았다. 그는 클럽을 뒤로 잡아당겼다. 그리고…… 오래전 내가 결정적인 순간에 그랬던 것처럼 공은 왼쪽으로 빗나가버렸다.

그는 시합이 끝난 후에 악수도 거절하고 온갖 욕설이 섞인 상소리를 내뱉으며 화창한 조지아의 오후 속으로 바람처럼 사라져버렸다.

만일 우리의 시합이 영원의 역사에 기록된다면 아마도 이렇게 적힐 것이다.

'핀스 윈스턴, 어둠의 황제를 1타 차로 물리치다.'

25

샤또 엘랑에서 북쪽으로 가는 길, 북부 조지아의 아름다운 언덕들을 지나 테네시로 들어가는 동안 앨리샤는 가만히 앉아 있었다. 그녀는 거의 말이 없었다. 내가 레전드 코스의 그 시합에 이겨 그녀를 기쁘게 한 것은 분명한 사실이었고 그녀의 가장 높은 기대에 부응했다는 것도 사실이었다. 하지만 이상하게도 그때는 그녀를 기쁘게 했다는 사실이 별로 대수롭지 않은 일처럼 생각되었다. 나는 내 아버지의 영혼에게 닥쳤던 문제를 어느 정도 해결해주었으며 나의 개인적인 악령들도 정복했고 인간 역사에서 약간의 시련을 제거하는 데에도 도움을 주었다. 당연히 마음 깊숙한 곳에서 만족감이 밀려들었다. 그러나 나는 시합에서 겪은 심리적 부담으로 인해 완전히 지친 상태였고, 래리 화이브 아이언이 베르사유 룸에서 베풀어준 성대한 점심

식사로 배가 꼭 찬 상태였다. 나는 몇 년은 더 젊어졌다고 생각되었지만 지쳐 있었고 래리가 헤어질 때 마지막으로 해준 이야기 때문에 은근히 걱정이 되기도 했다. 래리는 내 캐딜락 차창을 사이에 두고 이렇게 말했다.

"이봐, 친구. 그녀는 당신을 사랑하고 있어. 최근 몇 년 내내 그랬지만 여전히 당신을 사랑하고 있다네."

그리고 나는 그가 누구에 대해 말하고 있는 건지 되물을 필요도 없었다.

앨리샤는 차를 멈추지 말고 밤새도록 달리자고 고집을 세웠고 나는 반대하지 않았다. 내가 반대하지 않은 것은 내가 그간 주님에게 순종하지 않았던 것을 생각한 때문만은 아니었다. 그녀에게 내가 얼마나 선한 사람인지, 얼마나 믿음직한 사람인지, 얼마나 순종적인 사람인지를 증명해야겠다는 생각을 버린 그 이상의 이유였다. 그리고 그와 같이 순종함으로써 나는 오히려 더 큰 자유로움을 느꼈다. 악을 범하고자 하는 충동은 눈곱만큼도 없었다. 단지 나에게는 자연스럽게 아무런 노력도 없이, 감시를 받고 있다는 느낌도 없이, 선을 행하게 되리라는 인식만 있었다. 나는 그것을 분명히 깨달았다. 또한 어느 때든지 골프 게임에 있어서만큼은 이 행성에 있는 어느 누구라도 때려눕힐 수 있다는 것을 분명히 알게 되었다.

우리는 잠시 차를 세우고 비스킷과 그레이비*, 아이스티로 가벼운 식사를 하고 (신은 남부 음식을 정말로 좋아했다) 다시 차를 몰았다.

"웨스트버지니아 표지판을 따라가세요."

그녀가 말했다.

"우리가 마지막으로 머물 곳이에요."

우리가 마지막으로 머물 곳. 나는 더 이상 그런 말에 대해 걱정하지 않았다. 조롱의 황제 로건을 이김으로써 내 과거의 모든 문제가 잠재워진 것 같았고, 앨리샤가 늘 나에게 충고해왔듯이 아무런 기대도 갖지 않고 그저 현재를 살아가는 방법을 터득한 것 같았다. 나는 타이어가 도로 표면에 부딪치는 소리를 즐겼고 웨스트버지니아로 오는 것을 환영한다는 표지판의 모습과 지나쳐가는 마을의 이름들을 즐거운 마음으로 바라보았다. 화이트피시, 블루필즈, 크로스톤 노치 등등. 앨리샤는 잠이 들었다. 이따금 나는 그녀에게 눈길을 돌렸고 단순히 그녀를 바라보는 것만으로도 거의 만족했다. 거의.

이번에는 우리가 어디로 가고 있는지 나는 알고 있었다. 미국 이 지역의 호화 골프 리조트들에서 열리는 모든 투어는 '그린브리어**'라고 불리는 장소를 거치게 되어 있다. 내가 살았던 시절에는 위대한 샘 스니드가 그린브리어의 상임 프로 선수

---

* 그레이비 gravy : 고기를 익힐 때 나온 육즙에 밀가루 등을 넣어 만든 소스.

** 그린브리어 Greenbrier : 웨스트버지니아 주에 있는 골프 리조트. 이곳의 올드 화이트 코스는 잭 니클러스가 리모델링한 유서 깊은 골프 코스다. 샘 스니드는 이곳의 명예회원으로 활동했다.

로 있었고, 나는 그곳에서 단 한 번도 경기를 해보지는 않았지만 그 이름이 미국 호화 골프 대회에서 최고의 수준을 의미한다는 것쯤은 알고 있었다. 천국에 있을 때 나는 그곳에서 일 년에 한 번 열리는 라이더 컵*을 지켜보곤 했었고 그로 인해 시샘에 불타기도 했었다. 동이 틀 무렵 정문을 지나 초기 백악관 형태처럼 보이는 주랑들이 늘어서 있는 거대한 호텔 주차장으로 들어가면서 나는 갑자기 궁금해졌다. 그런 시샘이 나를 지구로 다시 돌아오게 만든 실마리가 되지는 않았을까?

호텔에 들어서자 린 스완이라는 여성이 우리를 친절하게 맞아주었다. 그녀 역시 신의 친구였다. 린은 우리에게 호텔 메인 건물 2층의 침실이 두 개 있는 화려한 스위트룸을 내주었다. 앨리샤와 나는 짐도 풀지 않고 각자 침대에 쓰러져 잠이 들었다. 나는 그날 아침 자는 동안 꿈을 꾸었다. 정말 이상한 꿈이었다. 내가 버니 로건과 경기를 할 때 신기루처럼 나타났다 사라진 남루한 행색의 그 꼬마가 나왔다. 꿈에서 그 꼬마는 어느 화려한 골프 리조트들을 이쪽저쪽 떠돌아다니고 있었고, 골프장 덤불에서 걸어 나와 손을 벌리고 백에 500달러짜리 드라이브 클럽들을 가지고 있는 골퍼들에게 다가가 먹을 것을 달라고 구걸했다. 나는 공중에서 그들의 다양한 반응들을 지켜보았다.

---

* 라이더 컵 Ryder Cup : 유럽에서 2년마다 개최되는 남자 골프 대회. 대회에 순금 트로피를 기증한 영국인 사업가 새뮤얼 라이더의 이름에서 따왔다.

나는 지구상에서 가장 호화롭고 가장 멋진 곳 가운데 하나라는 그곳에서 잠에서 깼다. 커튼이 드리워진 창문으로 따뜻한 햇살이 비쳐들어 화사한 빛이 방을 환하게 비추고 있었다. 침대는 아주 높았고 매트리스는 두툼하고 단단했으며 담요와 얇은 누비이불은 가장 고급스러운 재질로 되어 있었다. 벽지에는 꽃무늬가 장식되어 있었는데 대부분 노란색, 오렌지색, 흰색으로 이루어져 있었다. 욕실은 타일로 장식되어 있고 고풍스러운 도자기와 놋쇠로 된 시설들이 티 한 점 없이 완벽하게 결합되어 모던한 조화를 이루고 있었다. 나는 오랫동안 서서 샤워를 하고 조심스럽게 면도를 한 후, 가진 것 중에 가장 좋은 주름 잡힌 치노 바지에 하얀 무늬가 있는 골프 저지 셔츠를 입고 거울을 들여다보았다. 내가 늘 원해왔던 그런 모습이었다. 예전 지상에 있었을 때보다 더 좋은 컨디션이었고 멋져 보이고 강인해 보였으며 결코 오만하지 않은 자신감 넘치는 모습이었다. 나는 더 이상 거울을 보며 끊임없이 관리할 필요가 없는 그런 모습이었다. 햇볕에 적당히 그을리고 잘 다듬어진 몸매에 젊고 전혀 핼쑥하거나 머뭇거리지 않는 노년의 헤르만 핀스 윈스턴.

약속한 대로 앨리샤와 나는 아래층의 격조 있는 식당에서 만났다. 그녀는 커피를 즐기면서 한동안 그곳에 있었던 게 분명했다. 그녀의 얼굴에서는 내가 느꼈던 것과 똑같은 행복의 기운을 읽을 수 있었다.

"잘 잤어요?"

그녀가 물었다.

"더할 나위 없어요."

"여기 메뉴를 봐요, 자기."

이제는 자기라고 했다. 나는 '여보'를 졸업하고 '자기'로 격상된 것이다.

메뉴에 있는 음식들은 가짓수가 적어도 50개는 넘을 것 같았다. 갓 짜낸 신선한 주스, 기호에 맞춰 선택 가능한 오믈렛, 네덜란드식 홀랜다이즈 소스와 다진 소고기에 수제 소시지와 베이컨, 그리고 수란을 얹은 베네딕트, 웨스트버지니아 꿀에 훈제한 햄, 와플, 팬케이크, 블루베리 팬케이크, 프렌치토스트, 비스킷, 크루아상, 달콤한 피칸 롤, 스콘, 훈제 연어, 훈제 대구, 스테이크, 오트밀, 요구르트, 신선한 과일과 딸기 등등. 나는 한동안 메뉴만 바라보고 있었다. 주문을 받기 위해 웨이트리스가 두 번이나 내 옆으로 다가왔지만 나는 마법에 걸린 사람처럼 메뉴만 들여다보고 있었던 것이다. 사치스러울 정도로 풍요로웠다. 이런 부는 도대체 무엇을 해야 얻어지는 걸까?

이윽고 나는 갓 짜낸 포도 주스와 양파에 후추를 곁들인 오믈렛, 피칸 롤, 그리고 커피를 시켰다. 앨리샤는 훈제 대구를 먹었다.

"이제 미래에 대해서 묻지 않는군요."

그녀가 말했다.

나는 대답 대신 고개를 끄덕였다. 입 인에 음식이 가득 차 있었기 때문이다.

"이 세상이 어떻게 설계되어 있는지, 당신이 앞으로 어떻게 될 것인지 묻지도 않고요."

나는 음식을 삼키고 맛있는 커피를 한 모금 마시고는 그녀의 불타는 눈동자를 바라보았다.

"마음이 편안해졌어요."

내가 그녀에게 말했다.

"완전히? 완벽하게?"

"거의 완벽하게."

그녀는 웃음을 터뜨렸고 그 웃음소리가 얼마나 매력적이었던지 옆 테이블에 있던 나이 많은 커플이 우리를 보고 미소를 지었다.

우리는 식사를 하는 동안 골프 이야기는 꺼내지도 않았고 식사를 마친 후에도 라운드를 돌지 않았다. 샷이나 퍼팅을 연습하지도 않았다. 게으름을 피우기에 딱 좋은 날씨였다. 앨리샤는 일종의 관리를 받는다고 하면서 온천으로 내려갔고 나는 무슨 관리를 받는 건지 물어보지 않았다. 나는 코스를 천천히 거닐기도 하고, 쓰디쓴 온천수를 한 모금 마셔보기도 하고, 놀이터에서 소리를 지르며 뛰어노는 풍요의 자손들을 물끄러미 바라보기도 했다. 나는 천천히 걸어서 반짝이는 타일들로 장식된 메인 건물의 주랑들을 지나 구석구석을 살펴보기도 했다. 체스를 두는 방과 브리지 게임을 즐기는 방, 그리고 아래층에 있는 상점들을 둘러보기도 했다. 대통령들과 왕들과 공주들이 한때 이곳을 거닐었으리라. 그리고 이제 신과 나 또한 그곳에 있다.

나는 실제로 마음이 편안했다. 거의 완벽하게. 거의 완전하게. 나의 내면에 단 한 가지 작은 혼란의 티끌이 있다면 내가 앞서 말했던 어려운 주제와 관련된 것일 것이다. 나는 그 시점에 이르러 삼십 대가 되어 있었고 다 자란 종마처럼 건강미가 넘쳤다. 앨리샤도 그 정도의 나이였으며 너무나도 아름다워서 그녀가 길을 갈 때면 남자들은 물론 여자들의 시선마저 사로잡을 정도였다. '힘' 그 자체가 나를 위한 것 같았고 따라서 세상의 그어떤 것도 그런 나의 힘을 빼앗아가지 못할 것 같았다. 나와 동행 중인 인간의 모습을 한 그 여성과 육체적인 즐거움을 나누는 게 무슨 해가 되겠는가? 실제로 그것은 즐거움을 나누는 일이요, 신성한 결합을 위한 충동이 아닌가? 사랑을 나누는 일은 창조적인 충동의 핵심이요, 생명과 아름다움의 근원이 아닌가?

아, 욕정의 논리란!

그러나 그것은 말 그대로 욕정이었다. 나는 그것을 숨기려고 갖은 애를 썼지만 당연히 신은 그것을 알고 있었다. 그린브리어에서의 첫날 저녁에 우리는 마차를 타기 위해 함께 외출을 했다. 땅거미가 질 무렵 마차는 그 리조트에서 가장 멋진 세 개의 코스 가운데 한 코스의 페어웨이를 따라 달리고 있었다. 앨리샤는 내 손을 잡고 깍지를 끼고는 마치 키스해주기를 원하는 것 같은 눈길로 나를 바라보았다. 나는 그녀에게 고개를 기울이고 그녀의 얼굴을 바라보며 키스를 했다. 우리 주님에게 키스를 했던 것이다. 짧았지만 마법에라도 홀린 것 같은 천상의 키스였다.

입술이 떨어졌을 때 그녀는 행복해 보였고 그래서 나는 옳은 일을 했다고 생각했다. 이윽고 나는 자신감으로 가득 차 두어 주 동안 속으로만 끓이던 문제를 입 밖으로 꺼냈다.

"당신과 사랑을 나누고 싶습니다, 주님."

"나도 알고 있어요."

"그렇게 말하면 안 되는 것 같아서 걱정했습니다. 저는 한동안 그걸 갈망했어요."

"그것도 알고 있어요."

그녀는 마치 나의 약혼녀라도 되는 것처럼 내 손을 꼭 잡고 내 눈동자를 바라보았다. 당시에 내가 그녀의 모든 말과 행동을 얼마나 완전히 오해했었는지, 지금 생각하면 정말 황당하기 짝이 없다. 하지만 나는 아무것도 숨기지 않고 있었던 모든 일을 정확히 그대로 이곳에 옮기고자 한다.

"그건 불가능한 일이라고 말해줘요."

내가 말했다.

말발굽 소리가 경쾌한 리듬을 타고 또각또각 울려 퍼졌고 웨스트버지니아의 밤은 달콤하게 우리를 감싸주었다. 나는 그 순간을 영원히 잊을 수 없을 것만 같았다.

그녀는 엷은 미소를 피워 올렸다. 슬픔 어린 미소였다.

"섹스라는 육체적인 행위는 아름다운 것일 수도 있어요."

"당연하죠."

내가 말했다. 당시 나는 혼란스러운 상태여서 그녀가 그것을 그리워하고 있다는 것으로 들었다. 그것이 아름다운 것이기는 하지만 주님이라는 신분 때문에 시간을 낼 수도 없었을 뿐더러 사생활을 갖는 것도 허락할 수 없었다고……. 건강과 만족을 위해서만이 아니라 그 어떤 이유에서도 성생활은 할 수 없었다고 말하고 있는 것만 같았다. 애타는 마음과 무지에 사로잡힌 나는 당장이라도 그 문제에 도움을 줄 준비를 하고 있었다.

"내가 인간의 삶의 고통을 덜어주기 위해 만든 모든 쾌락 가운데 아마도 섹스가 가장 숭고하다고 할 수 있을 거예요."

"저도 분명 그럴 거라고 생각합니다."

내가 맞장구를 쳤다.

내 말을 듣고 그녀는 나를 바라보았다. 그 눈길이 얼마나 사랑스럽고 다정하던지 도저히 말로 표현할 수 없을 정도였다. 그 눈길에는 무한한 공감이 어려 있는 동시에 엄청난 인내가 숨어 있었다. 그녀가 입을 열었다.

"한 가지 예외가 있죠."

내가 뭔가 오해하고 있었다는 걸 알아차리는 데에는 단 몇 초도 걸리지 않았다. 그녀는 농담을 하고 있었던 것이다. 사랑하는 사람을 애타게 하는 농담. 나는 장단을 맞추기로 했다.

"골프를 말하는 거죠?"

또 한 번 그녀는 엷고 슬픈 미소를 지었다. 조금 전보다 더 큰 인내와 사랑이 어린 눈길이 나와 마주쳤다. 이윽고…… 그녀는 고개를 가볍게 저었다.

나는 혼란스러웠다.

"사랑을 나누는 일은 정말 멋진 일이죠."

그녀가 말했다.

"나는 생명이 그런 아주 절묘한 쾌락을 통해서 창조되도록 만들어놓았어요. 아주 좋은 체계죠. 안 그래요?"

"완벽하죠."

나는 간신히 말을 이었다.

"위대하죠. 위대하고도 완벽한 체계입니다."

"하지만 일정 단계에 이르면 영혼이 그런 절묘한 쾌락으로부터 등을 돌리고 좀 더 위대한 쾌락으로 나아가야 할 때가 오게 되죠."

"더 위대한 쾌락이 있다고요?"

나는 감정을 숨기지 못하고 그만 빽 소리를 지르고 말았다.

"사랑을 나누는 것보다요?"

나는 달콤한 밤의 즐거움이 손가락들 사이로 빠져나가기 시작하는 것을 느낄 수 있었다. 나는 이제 대화를 나누다가 신호를 잘못 해석할 가능성, 조금 전 내가 그랬고, 사람들이 흔히 말하는 그런 가능성을 즐기기 시작했다.

그녀는 내 눈동자에서 눈길을 떼지 않았다.

"나는 이제 당신도 그걸 알았으리라 생각해요, 행크."

그녀가 말했다.

"제가요?"

신은 고개를 끄덕였다.

나는 알고 있었다. 당연히 알고 있었다. 하지만 나는 첫 데이트 말미에 바보 같은 실수를 저질러버린 청년처럼 정신을 차리지 못하고 혼란에 빠져 있었다. 우리가 결국에 사랑을 나누지 못할 수도 있을 것이라는 생각이 들기 시작했다. 그리고 나의 본능은 그것을 받아들이고 있었다. 마치 복부에 결정타를 한 방 먹은 것처럼.

"나와 함께 다음 단계로 가요, 행크."

그녀가 말을 이었다.

"당신은 이곳에서는 좀처럼 찾아보기 힘든 기회를 잡았어요. 어떤 사람들은 그걸 깨달음이라고 부르죠. 신과의 합일. 자기 초월이라고도 하고. 그 다음엔 섹스의 즐거움이라는 건 마치…… 세인트 앤드류스* 코스에서 플레이를 할 수 있음에도 완벽하게 멋진 지방 코스에서 플레이를 하는 것과 같은 것이 되죠. 무슨 말인지 알겠어요?"

"저는…… 제가 생각하기로는……."

---

*세인트 앤드류스 St. Andrews : 스코틀랜드 에딘버러 근교의 골프장. 골프 경기가 스코틀랜드에서 처음 발생한 만큼 이곳 골프 코스는 '골프의 메카'로 불릴 만큼 세계에서 가장 오래된 역사를 자랑한다.

그녀는 손을 내 팔목에 얹고 눈길을 돌려 우리가 지나고 있는 페어웨이를 바라보았다.

"당신 이 코스 알아요?"

"어떤 코스를 말하는 건지 잘 모르겠어요."

그녀는 웃음을 터뜨렸다.

"이곳은 올드 화이트라는 코스인데, 찰스 블레어 맥도날드가 설계했죠. 참 좋은 친구예요. 정말 완벽한 골프 코스죠. 지상에서 가장 멋진 코스일 걸요."

"하지만 어떻게 이곳이 가장 멋질 수 있죠?"

"단순해요. 다른 유명 코스들보다 화려하지는 않지만 그렇게 길지도 않고 어렵지도 않고. 내 기억이 정확하다면 아마 백 티에서부터 6,652야드 길이일 거예요. 하지만 완벽하죠. 지금은 잘 보이지 않지만 내일 플레이를 하는 동안 주의 깊게 보고, 또 당신이 영적으로 발전되어 내가 기대하고 있듯이 부정적인 생각들을 버린다면 플레이를 하면서 그걸 알 수 있을 거예요. 코스의 동선이 주변의 시골 풍경과 완벽하게 조화를 이루고 있고 수많은 작은 세세한 부분들이 게임을 좀 더 흥미롭게 만들어줄 거예요. 그린에 있는 교묘한 브레이크들이라든가, 약간 솟은 부분들과 저지대들, 왼쪽에서 오른쪽으로, 오른쪽에서 왼쪽으로 기울어진 동선들이 그렇죠. 이곳에도 친구가 있어요. 로버트 해리스라는 사람인데 명예회원이죠. 그가 인수를 받았어요. 그러니까……."

"위대한 샘 스니드로부터요."

내가 말했다.

"맞아요. 위대한 샘 스니드. 로버트가 당신에게 쾌적하고 조용한 시간에 티 타임을 잡아줄 거예요. 당신 앞뒤로 아무도 없는 시간으로."

"다시는 악마와 경기를 하는 일은 없었으면 좋겠군요."

"그런 일은 없을 거예요. 단독 라운드가 되겠죠. 한 가지 중요한 부분이 있어요. 만일 당신이 이븐파를 치거나 더 잘 치게 되면 우리가 지금 방금 말했던 하나가 되는 경험을 갖게 될 거예요. 내일 밤."

"하지만 주님…… 앨리샤……. 저는 혼란스러워요. 그렇다면 우리가 실제로……."

"당신이 이븐파를 치거나 더 잘 치면 우리는 그 경험을 하게 될 거예요."

그녀는 같은 말을 되풀이했지만 이번에는 단호했다.

"왜 그렇게 항상 조건이 붙는 거죠? 왜 그냥……."

나는 망설였다.

"사랑을 하지 못하느냐고요?"

"예. 사랑이든 우정이든."

"사랑은 늘 그곳에 있어요."

그녀가 말했다.

"사랑은 항상 그곳에 있을 거예요. 좀 더 정확하게 말해주길 원하나요?"

"네, 정확하게 말해주세요."

"난 당신을 사랑해요, 헤르만 핀스 윈스턴. 당신은 상상할 수도 이해할 수도 없을, 흔들리지 않는 깊고도 사심 없는 사랑이죠. 그 어떤 것도 더럽히거나 소멸시킬 수 없는 사랑 말이에요."

"하지만 저만 사랑하는 게 아니잖아요. 당신은 모든 사람을 그런 식으로 사랑하잖아요."

"물론이에요. 모든 사람, 모든 걸 사랑하죠. 모든 차원에서. 모든 동물과 곤충과 돌과 독약 한 방울 한 방울에 있는 모든 원자까지도. 당신은 이제 그걸 깨달아야 해요."

"저도 알고 있어요."

"당신은 그걸 다른 식으로 갖고 싶었죠. 안 그런가요? 내 말은, 신이 다른 모든 피조물 가운데 특히 당신만을 특별한 방법으로 사랑해주기를 원하지 않았냐는 거죠. 안 그래요?"

"아녜요. 물론 그러면 안 되죠. 진짜 아니에요."

그녀는 환하게 미소를 지었다.

"내일 밤만은 예외예요. 내일은 우리 두 사람 말고는 아무도 없을 거예요……. 당신이 올드 화이트 코스에서 성공한다면."

"저기, 어쨌든 신께 감사드립니다."

나는 그렇게 말했지만 그녀가 약속한 것과 약속하지 않은 것이 정확히 무엇인지 확신할 수 없어서 불안한 생각이 들었다.

내 마음은 인간적인 영역의 맨 가장자리에 있는 마지막 해변과 끝없이 넓고 기쁘고 동시에 두려운 거룩한 가능성의 바다 사이에서 표류하고 있었다. 그러나 나는 당시에는 그것을 깨닫지 못하고 있었다.

마차가 맨션 앞에 서자 그녀가 특유의 아름다운 미소를 지으며 말했다.

"올드 화이트는 70파짜리예요."

26

그날 밤 나는 좀처럼 잠을 이룰 수 없었다. 그린브리어의 그 호화로운 저녁식사를 마치고 그린브리어의 그 호화로운 침대에 누웠는데도 말이다. 아스라한 꿈의 파편들이 창조의 무수한 정신적 차원들을 넘나들며 나를 이리저리 끌고 다니는 바람에 나는 밤새 잠을 설치고 뒤척였다. 나는 아침 일찍 자리에서 일어나 커튼을 열고 화사한 웨스트버지니아의 햇빛을 내다보았다. 샤워를 하고 면도를 하고 나에게 행운을 가져다주는 흰 바탕에 검은 줄무늬가 있는 골프 셔츠와 진갈색 바지를 입고 나는 앨리샤의 방문을 두드렸다. 아무런 대답이 없었다.

나는 카펫이 깔린 계단을 내려가 대연회장을 지나 식당으로 들어갔다. 그곳에도 그녀는 없었다. 나는 테이블 하나를 잡고 1등급 메이플 시럽을 얹은 팬케이크, 신선한 과일 한 볼, 피칸 롤 두 개, 디카페인 커피 두 잔, 물 두 잔으로 풍성한 아침식사를 했다. 나는 신이 다가와 옆에 앉기를 기다렸다.

기다리는 동안 나는 주위에 있는 가족들을 둘러보았다. 그들 모두는 부유하고 아마도 엄청나게 부자일 것이며 각각 지극히 안정적인 보호막 같은 것에 둘러싸여 있었다. 그들의 행동이나 언뜻 스치는 수수한 장신구들, 태도와 옷차림, 아이들이 어느 정도 절도를 지키며 자유롭게 뛰노는 모습들을 보면 그들이 제대로 된 가정교육을 받으며 자랐다는 것을 알 수 있었다. 그들은 또한 그들에게 주어진 삶의 특전과 그에 따르는 숭고한 의무를 잘 인지하고 있는 것 같았다. 아마도 이런 가족들 가운데 대부분은 여러 세대에 걸쳐 이곳을 찾았을 것이다. 그린브리어에서 보낸 특별한 주간이나 기념 파티에 관해 전해 내려오는 가문의 일화도 몇 가지씩 가지고 있을 것이다. 그리고 아마도 그들은 장소에 대한 그들만의 별칭이나 특별히 선호하는 방들, 즐겨 동반하는 골프나 테니스 파트너들도 가지고 있을 것이다.

나는 뭐든 잘 숨기지 못하는 편이라 다음 사실을 고백해야만 할 것 같다. 바로 앞 지상에서의 삶에서 나는 거부들에 대해 일종의 경멸감을 가지고 있었다. 나는 내 클럽에서 그런 사람들을 수없이 많이 만났는데 하나같이 거만하고 지나치게 사치스러우며 다른 이들은 겨우 상상만 하는 그런 것들에 대해 전혀 감사하는 마음이 없는 것을 보고 몹시 싫어했었다. 하지만 그날 아침 새롭게 발견한 평안을 만끽하면서 나는 내가 얼마나 잘못 생각하고 있었는지를 깨달았다. 이상하게도 그린브리어는 전혀 속물적인 분위기가 아니었다. 그런 분위기가 가능했던 것은 아이들에게서 여유가 넘쳤기 때문일 수도 있다. 아니면 웨이터들이나 웨이트리스들이 예의 바르고 공손했기 때문인지도 모른다. 그도 아니라면 그곳으로 휴가를 온 사람들이 부와 지위를 과시하거나 그런 티를 내려 하지 않았기 때문일 수도 있다. 잘 모르겠다. 하지만 나는 마침내 깨달았다. 그 거대한 일이 되어 가는 구조 안에서 보면 부유한 자들은 오직 아주 짧은 기간 동안에만 부유한 것뿐이다. 그들은 언젠가 늙을 것이고 다른 이들과 마찬가지로 집안 문제와 불안, 질병과 죽음을 겪게 될 것이다. 진부한 이야기처럼 들릴지도 모르겠다. 그러나 그날 아침 나는 창조의 그 어마어마한 복잡다단함을 한결 더 온전히 이해하게 되었고, 그로 인해 내가 가졌던 과거의 끔찍한 편견들을 더욱더 확연히 깨닫게 되었기 때문에 그것들을 버리기로 맹세했다.

성대한 아침식사를 마치고 오지도 않을 앨리샤를 기다리며 커피를 세 잔이나 비운 후, 나는 그린브리어의 말쑥한 경내를 어슬렁거리면서 그곳에서 뛰노는 아이들과 팔짱을 끼고 잔디밭을 가로질러 숙소로 돌아가는 노부부를 바라보았다. 남자는 스포츠 코트를 입고 있었고 여자는 머리카락을 단정하게 말아 뒤로 올려 묶고 있었다. 그들이 함께 걷는 모습에서는 무언가 초월적인 분위기가 느껴졌다. 나는 그들이 아마도 수십 년 동안의 힘겨운 다툼 끝에 그들 사이의 장벽을 무너뜨리고 마침내 하나의 영혼이 되었음을 분명히 알 것 같았다.

그 느낌은 정확하게 내가 신과 함께 얻기를 갈망했던 바로 그 느낌이었다.

이렇게 한 삼십 분가량 여유를 즐기며 걷고 나서 나는 테니스 코트들을 지나 골프 숍으로 들어가 로버트 해리스를 찾았다. 곧 말쑥하고 잘생긴 남자가 나와서 인사를 하고 나를 뒤편 사무실로 데리고 가더니 의자를 권했다. 어찌 보면 당연한 일이겠지만 벽에는 사진이며 오래된 스코어카드, 그리고 사인이 적힌 프로그램 같은 샘 스니드의 기념품들이 가득 걸려 있었다.

"앨리샤는 우리와 아주 가까운 친구입니다. 스니드 씨의 절친한 친구이기도 하고요."

로버트가 말했다.

"이미 알고 계시겠지만 오늘 그가 이곳을 방문할 예정이죠."

나는 처음 듣는 이야기라고 말했다.

"제가 선생님과 앨리샤가 그분과 인사를 나눌 수 있도록 자리를 마련하겠습니다. 하지만 그동안 선생님께서는 올드 화이트에서 조용히 라운드를 돌고 싶어 하실 거라고 그녀가 말해주더군요."

"크게 문제가 되지 않는다면요."

"전혀 문제 없습니다."

그가 말했다.

"그런데 그녀 말로는 선생님께서는 조용한 골퍼라고 하더군요. 그래서 올드 화이트보다는 그린브리어 코스에서 플레이를 하시면 어떨까 생각했습니다. 우리는 최근에 그곳에서 라이더 컵을 열었습니다. 올드 화이트와 길이는 거의 같지만 훨씬 더 까다롭죠. 선생님 정도의 실력을 가진 분에게는 더 잘 맞을 겁니다."

"고맙지만 나는 올드 화이트에서 플레이를 했으면 합니다."

그는 뜻을 알 수 없는 묘한 미소를 짓더니 조수를 불러 나의 티 타임을 잡아주고는 악수를 청하면서 좋은 시간이 되기를 바란다고 말했다. 숍에서 막 나오려 할 때 이유는 알 수 없지만 나는 갑자기 그에게 조언을 구하고 싶은 충동이 일었다. 내가 해리스보다 골프 실력이 더 나았을지도 모른다. 하지만 나는 순간적으로 겸손한 마음에 사로잡혔다.

유명한 코치였던 그는 조언을 부탁받는 일을 좋아하는 것 같았다.

"연습 구역으로 가시죠. 제가 선생님의 타구 몇 개를 봐드리겠습니다."

그가 말했다.

그린브리어의 연습 구역은 아름다웠다. 그린, 깃대, 벙커가 제각각 다양한 거리에 위치해 있었고 모든 티에는 완벽하다 싶을 정도로 깨끗한 연습 공들이 수북이 쌓여 있었다. 로버트 해리스가 주시하고 있는 가운데 나는 웨지 샷 몇 개로 몸을 푼 뒤

백에서 여러 가지 클럽들을 꺼내서 샷을 연습했다. 결국 강하게 쳐낸 드라이버 샷으로 공이 멀리 연습 구역 끝까지 날아가 그곳에 있는 나무들 사이로 들어가버렸다. 내가 연습을 마칠 때까지 로버트는 말없이 서 있었다.

"별로 드릴 말씀이 없군요."

골프 숍으로 돌아오는 길에 그가 말했다.

"선생님의 스윙은 거의 완벽합니다. 굳이 말씀드리자면 공에서 약간 멀리 떨어져서 자세를 잡으시는 것 같아요. 실력이 좋아지기 전에 자신감이 없었던 습관이 아직도 남아 있는 것 같습니다. 자신감을 가지세요. 그저 자세를 잡고 자신이 골프의 달인이라 생각하고 스윙을 하세요. 그러면 더 좋아질 겁니다."

나는 그에게 감사하다고 말했다. 그는 직접 나를 올드 화이트의 첫 티까지 바래다주었다. 티는 높은 곳에 있어서 개울 너머로 449야드 파4짜리 페어웨이가 내려다보였다. 악수를 나누고 그는 일터로 돌아갔다. 출발신호원 한 사람을 제외하고 아무도 없는 그곳에 서서 나는 겹겹이 펼쳐진 푸른 산과 방금 다듬어 말쑥해진 페어웨이를 응시하고 있었다. 페어웨이는 밝은 색 잔디와 어두운 색 잔디들로 다이아몬드 무늬를 이루고 있었다. 천국이었다.

바로 그때였다. 무더운 펜실베이니아의 그 오후, 마른하늘에 날벼락 떨어지듯 갑자기 불안 증세로 인한 발작이 찾아왔다. 나는 이제 막 '엄청난 테스트'의 마지막 단계에 들어서고 있었다. 아무것도 확신할 수 없었다. 하지만 나는 이제 기막히게 아름다운 여인과 사랑을 나눌 기회를 잡기 위한 골프 한 라운드를 시작하려 하고 있었다. 그 여인은 바로 신이다. 알 수 없는 흥분을 느꼈다. 죄를 지을 때 느끼는 흥분과도 같았다. 내가 마치 감추어진 도덕적 경계를 넘어서려 하고 있는 것 같았다.

티를 바닥에 놓자 신의 명령을 어겼을 때 아담과 이브도 이런 기분이었을까 하는 의문이 들었다. 오, 그 힘. 그 쾌감. 잠깐일지라도 신과 동등한 존재가 된다는 생각.

나는 하늘을 향해 강한 드라이브 샷을 날렸다. 공은 멀리 페어웨이 중앙까지 날아갔다. 몸집이 큰 출발신호원이 그 샷을 보더니 벗겨진 머리 뒤로 노란 골프 모자를 밀어내고 헉 하고 숨을 내뱉었다.

공이 있는 곳으로 걸어가 보니 공은 완벽한 페어웨이 정중앙에 완벽하게 놓여 있었다. 그린에서 111야드 떨어진 곳이었다. 나는 샌드웨지 샷으로 그린에 6피트까지 접근시킨 후 퍼팅을 했다.

직선으로 된 파4짜리 2번 홀에서도 나는 다시 버디를 만들었다. 긴 파3짜리 3번 홀에서는 파를 기록했다.

오거스타 내셔널과 마찬가지로 올드 화이트의 모든 홀은 각각 이름을 가지고 있었다. 퍼스트, 크릭사이드, 딥, 레이스트랙 등등. 룩아웃이라 불리는 6번 홀에서는 긴 웨스트버지니아 계곡의 그림 같은 경치가 내려다보였다. 그것을 보자 나는 왜 앨리샤가 그곳을 지상에서 가장 완벽한 골프 코스라고 했는지 알 것 같았다. 그곳의 홀들은 주변을 에워싸고 있는 앨러게니 산맥과 메아리를 주고받을 수 있도록 만들어져 있었다. 그곳을 누비며 플레이를 하고 있으면 메아리가 마치 노랫소리처럼 울려 퍼졌다. 이런 꿈의 코스를 설계한 사람은 단순한 인간적인 안목 이상으로 더 큰 스케일을 가지고 있었으리라는 생각이 들었다.

펀치볼이라는 이름의 9번 홀을 마치자 나는 3언더파를 기록했다. 그린 재킷을 위한 경기라도 되는 듯 가슴이 뛰고 손이 떨렸다. 나는 스코어카드에 정확한 숫자들을 기록해나갔다. 내가 그 스코어카드를 저녁식사 자리에서 앨리샤에게 보여주는 장면, 우리가 값비싼 와인을 모두 비운 후 팔짱을 끼고 방으로 올라가는 장면, 그리고 심지어는 내가 그녀의 값비싼 드레스의 끈을 푸는 장면까지 떠올랐다……. 그때 마차 안에서 그녀와 나눴던 대화가 생각났다. 나는 몇 번 심호흡을 했다. 나는 정신 수련자들이 하는 것을 하려고 애썼다. 굳어버린 불완전한 자아의 한계와 습성 너머로 자신을 밀어붙이는 바로 그것.

나는 마음을 현재, 즉 하고 있는 골프 게임에만 집중시키려고 노력했다. 하지만 그와 같은 이기적인 상상들이 계속해서 내 안으로 몰려들었다.

그 때문인지 10번 홀과 11번 홀 모두 보기를 기록했다. 이제 1언더파로 남은 홀은 일곱 개였다. 나는 롱 홀, 알프스 홀, 케이프 홀에서 별 어려움 없이 파를 기록했고, 이제 기대에 벅차

떨리는 마음으로 15번 홀 티에 섰다. 안 믿을지도 모르겠지만 그린브리어 리조트 올드 화이트 코스의 15번 홀은 에덴이라 불린다. 그 홀은 220야드 파3짜리로 폭이 널찍한 강이 가운데로 지나가며 그곳에는 멋진 철교가 놓여 있고 강기슭에 있는 축대벽은 끝내주게 아름다운 석조물로 장식되어 있다. 나는 4번 아이언으로 직선으로 높게 뻗는 샷을 날렸다. 백 에지에 맞은 공은 핀에서 30피트 거리에 떨어졌다. 거기서 나는 래그 퍼팅을 하여 핀에서 3피트 지점까지 공을 붙여놓았다. 그러나 그때 먼젓번 불안 증세가 더 심해졌거나 아니면 앨리샤의 아름다운 몸을 떠올리느라 정신이 산만해졌던 것 같다. 나는 공을 살짝 밀기만 했는데 공은 컵의 가장자리에 걸려 한 바퀴 돌아 잔디밭으로 튀어나가고 말았다. 보기였다. 결국 이븐파. 이제 실수의 여지가 없었다.

설상가상으로 바로 그 시점에 여성 골퍼 두 사람이 내 앞에 있었다. 그들은 실력이 그렇게 나쁜 편은 아니었다. 하지만 나는 혼자였고 이븐파를 기록하고 있어서 쉽게 그들을 따라잡을 수 있었던 것이다. 대개 그렇듯이 대수로운 문제는 아니었다. 나는 방해를 받아도 그리 신경을 쓰지 않는 편이다. 그것도 게임의 한 부분이기 때문이다. 그러나 그날 나는 리듬이 좋았고 실수를 할 가능성은 지극히 희박했다. 게다가 신 자신이 직접 그런 일은 없을 거라고 약속하지 않았던가.

16번 홀은 417야드 파4짜리로 '내로우스'라고 불렸다. 연못을 넘겨 좁은 페어웨이로 보내는 티 샷을 해야 하는 곳이었다. 내가 티에 도착한 것은 그 여성들이 포워드 티를 떠난 뒤였다. 그 중 한 명은 방금 연못을 지나 오른쪽 러프 지역으로 잘못 떨어진 공을 향해 가고 있었다. 나는 그녀가 공을 찾아서 칠 때까지 기다려야겠거니 생각했다. 그러나 그녀와 그녀의 동료는 내가 거기서 기다린다는 것을 알고는 공을 찾기도 전에 나에게 먼저 공을 치라고 손을 흔들어 신호를 보냈다.

나는 다시 한 번 심호흡을 하고 스윙을 했다. 나의 드라이브 샷이 페어웨이를 갈랐다. 두 홀 반이 남은 상황이었고 오직 내가 해야 할 것은 계속해서 파를 만드는 일이었다.

나는 공을 찾아가기 위해 여성들 곁을 지나가야 했다. 그들 가운데 한 사람은 페어웨이에 있었고 그래서 나는 그녀를 지나치면서 감사하다고 말했다. 그녀는 미소를 지으며 이렇게 말했다.

"좋은 하루 되세요."

두 번째 여성은 그때 오른쪽 러프 지역에 있었고 나와는 40야드가량 떨어져 있었다. 그녀에게 감사하다는 말을 하려고 고개를 돌리는 순간 나는 충격적인 장면을 보고 말았다. 전 아내 안나 리사와 너무나도 닮지 않았는가. 그녀의 자세, 나를 향해 고개를 돌리는 방식, 머리채를 손등으로 쓸어 올리는 모습이 너무나 똑같았다. 처음에는 도저히 있을 수 없는 일이라고 생각했다. 내가 사랑하는 친구 화니타는 안나가 천국에 올라와 있다고 분명히 말해주지 않았던가. 그러나 바로 그때 나도 한

때 천국에 있었지만 지금은 이곳에서 다시 지상의 인간으로 돌아와 올드 화이트 16번 홀을 걷고 있다는 사실이 생각났다.

나는 잠시 리사와의 결혼생활에 대한 기억 때문에 몸이 마비된 사람처럼 우두커니 서 있었다. 우리가 늘 서로에게 느꼈던 강렬한 육체적인 끌림, 서로를 행복하게 해줄 수 있다면 못할 것이 없었던 신혼 초기의 즐거움, 이후 서서히 틀어지게 된 일, 끔찍했던 다툼들, 결별을 결정짓기 위해 고민하던 마지막 나날들. 그 모든 기억들이 차가운 파도처럼 밀려와 나는 잠시 폭풍우 속에서 몸을 가누려는 듯 거기 서 있었다. 이혼의 상처를 겪으면서 깊은 슬픔을 느끼지 않는 사람이 있을까. 한편으로는 안도의 감정도 느끼리라. 또 한편으로는 끔찍한 실수를 지워버림으로써 자유로워졌다는 느낌도 있을 것이다. 그러나 가끔은 분노에 허덕일 것이고 거의 늘 슬플 것이다. 안나 리사와 나도 그러한 법칙에서 예외가 아니었다.

처음의 충격이 가시고 나자 내가 다음과 같은 생각을 품고 있다는 사실이 아프게 다가왔다. 그녀가 지금 나를 다시 망쳐 놓으려고 한다. 이제 막 내가 행복해지려고, 정말 행복해지려고 하는 시점에. 이제 막 내가 뭔가를 이루어낼 수 있다는 것을 알고 바로 그런 존재가 되려고 하는 바로 이 시점에. 그때 안나 리사와 너무나도 닮은 그 여성이 한 팔을 들어 올렸다. 그녀는 손을 흔들었고 내 예상보다 좀 더 오래 흔들었다. 그러나 그 몸짓은 마치 예전에 우리가 결혼생활을 할 때 주고받던 은밀한 언어로 이렇게 말하는 것만 같았다. 나를 용서하세요, 행크. 미안해요. 행운을 빌어요.

잠시 망설이다가 나도 손을 흔들어주었다. 미안하기는 이쪽도 마찬가지요. 내 팔은 그렇게 말하고 있었다. 언젠가 다시 보게 될 거요.

나는 안도감을 느꼈다. 실제로 내가 느낀 안도감이 너무 지나쳤던지 어프로치 샷을 그린 측면 5야드 지점에 있는 벙커로 날려보내고 말았다. 나는 칩 샷을 하고 세 번 퍼팅을 해서 더블보기를 범하고 말았다.

다음 티로 걸어가고 있을 때 마치 연기가 바람에 실려 내 앞을 지나가는 것만 같았다. 씁쓸한 절망감 같은 것이 찾아왔다. 하지만 나는 다음 사실을 자랑스럽게 말할 수 있다. 514야드 오크 홀에서 진정한 챔피언답게 버디를 만들어낸 것이다.

이제 내가 이븐파를 만들려면 162야드에 벙커 두 개와 개울이 있는 18번 홀 티에서 버디를 기록해야만 했다. 이상한 기시감이 나를 괴롭혀서 나는 마치 티에 심긴 나무처럼 가만히 서 있었다. 전에 내가 지금 이 샷을 치지 않았나? 아냐, 그럴 리가 없어. 하지만 이곳에 온 적이 있지 않았나? 아니면 이 근처 어딘가 예전에 한 번쯤? 쉽게 결정할 수 없는 어떤 내면의 선택을 하지 않았던가? 용서 대신 분노를. 성공 대신 좌절을. 희망 대신 절망을. 펜실베이니아 오픈에서 참패하기 몇 주 전에 웨스트버지니아에서 어떤 일이 있었는지 앨리샤가 말해주었던가? 나는 안나 리사가 나에게 손을 흔드는 것을 보았다. 로버트 해리스의 조언도 생각났다. 내가 신과 함께했던 모든 시간들이 뇌리를 스치며 지나갔다. 내가 들었던 모든 조언들과 진심 어린 격려들까지도. 그 순간 나를 가두고 있던 과거의 상정들이 산산조각으로 부서져버리는 것 같았다. 그리고 더 크고 더 좋은 나의 자아가 사방으로 펼쳐져 나오는 것이 느껴졌다. 나는 공을 티에 올리고 자세를 잡고 스윙을 했다. 의심도 망설임도 없었다. 동그랗고 하얀 물체가 7번 아이언을 떠나 높이높이 솟구쳐 올라 햇빛을 받으며 포물선을 그리더니 정점에서 잠시 머무르다가 먹이를 향해 내리닫는 매처럼 쏜살같이 떨어져 깃대 위쪽에서 살짝 빗나가 그린 뒤쪽 가장자리 근처에 떨어졌다. 이제 내리막 11피트 지점에서 퍼팅을 하여 버디를 기록하면 이븐파가 되고, 그렇게만 된다면 내가 그토록 바라고 소원하던 꿈이 이루어질 것이다.

얼마나 멀고 먼 여정이었는가! 백을 메고 페어웨이를 따라 걷고 작은 다리를 건너는 동안 내가 살아온 삶 전체가 반복 재생되는 것 같았다. 열정과 실수, 불안과 꿈, 어리석음과 너그러움. 이 모든 것들이 새로운 침묵의 언어가 되어 머리를 스치고 지나갔다. 그제야 알 것 같았다. 모든 영혼은 그것을 통제하는 에너지의 패턴을 가지고 있다는 것을. 어떤 사람들은 거듭되는 생애마다 사람들에게 끌린다. 그런 사람들은 친구, 가족, 공익 사업, 대중과 같은 사회적인 영역에서 영적인 자양분을 얻는

다. 어떤 사람들은 악에 끌려 금지된 쾌락이 주는 위안을 반복적으로 찾는다. 음주, 약물, 성적인 모험 같은 것 말이다. 어떤 사람들은 화가, 무용수, 조각가, 시인 등과 같이 예술적인 영역에 매달린다. 그들은 매 생애마다 그들만의 특별한 내면의 드라마를 예술작품을 통해 발현한다.

그리고 나는 내 에너지 패턴의 중심이 골프라는 것을 아주 분명하게 깨달았다. 나는 전에도 이런 사실을 어느 정도 깨닫고 있었다. 그러나 앨리샤와 함께한 시간이 마지막 남은 미망의 껍질을 완전히 찢어 없애주었다. 이 깨달음에는 엄청난 해방감이 뒤따랐다. 나는 언제나 골프를 치는 것에 대해 약간의 죄책감을 가지고 있었다. 골프 말고 다른 것, 좀 더 본질적인 어떤 것을 더 잘해야 하지 않을까 하는 의문을 가지고 있었기 때문이다. 하지만 그 완벽한 코스의 18번 홀에서 공이 있는 곳으로 가까이 다가가는 동안 나는 골프가 다른 것들과 마찬가지로 본질적이라는 사실을 깨달았다. 골프는 나의 목적이고 나의 운명이며 나를 구원으로 이끄는 길이었던 것이다. 나는 또한 나에게는 골프가 주님과 하나가 되어 황홀경을 맛볼 수 있는 길이라는 것도 강한 직감을 통해 깨닫게 되었다.

그린에 이르렀을 때 나는 아주 이상하고 위험한 일을 저질렀다. 공을 집어서 깨끗하게 닦아 놓지 않았던 것이다. 볼마크를 고치고는 단지 깃대를 꺼내 에이프런에 조심스럽게 내려놓았다. 나는 퍼팅 라인을 한 번 흘깃 보고는 공 옆에 서서 홀의 중심을 향해 흔들림 없이 타구하여 성공했다. 70타였다. 올드 화이트에서 이븐파를 만들어낸 것이다. 나는 떨리는 손으로 마지막 홀 2점을 스코어카드에 기록하고 서명과 날짜를 적고 백에넣어 조용히 프로숍으로 돌아와 조수에게 팁으로 20달러짜리지폐를 주었다. 그리고 전속력으로 메인 건물을 향해 걸어갔다.

나는 고급 상점들이 있는 아래층으로 들어가 서둘러 계단 쪽으로 향했다. 한 상점 앞에서 여자 둘과 함께 서 있는 한 남자를 보았다. 한 번 슬쩍 보았는데도 그가 샘 스니드라는 것을 알수 있었다. 물론 그는 처음 앨리샤가 나를 지구로 데려왔을 당시의 내 나이 정도 되는 과거의 영웅이었다. 그는 특유의 편안하고 자신감 넘치는 포즈로 서 있었고 즐거워 보였다. 앨리샤를 만나러 가는 길에 굳이 시간을 지체할 이유가 없으련만 나는 발걸음을 멈췄고 그에게 나를 소개한 뒤 그 위대한 선수의검버섯 핀 손을 잡고 악수를 했다. 나는 이렇게 말했다.

"선생께서 이루신 그 모든 업적에 그저 감사를 표하고 싶습니다."

왜냐하면 그는 이생에서 이루기로 되어 있었던 것을 찾아냈고 나를 포함한 다른 이들에게 그와 같은 일을 하도록 영감을주었기 때문이다.

그는 너무나 친절하게도 전혀 무안을 주지 않고 내 말을 받아주었다.

"아, 저는 이제 현역에서 물러나 그저 지켜보기만 할 뿐인 걸요."

그는 그렇게 말했다. 때마침 다른 사람이 그에게 다가왔고 나는 미소를 지으며 고개를 끄덕이고 돌아섰다.

내가 계단 밑에 이를 즈음에 샘 스니드는 기억 속에서 이미 사라져가고 있었다. 뜨거운 피가 내 젊은 육체 구석구석을 빠르게 돌고 있었다. 나는 스코어카드를 오른손에 움켜쥐고 있었다. 그린브리어 같은 곳에서는 점잖게 걸어야 했지만 나는 카펫이 깔려 있는 계단을 뛰다시피 성큼성큼 올라갔다. 하지만 그때에 이르러 나는 내가 낡고 시대에 뒤떨어진 역할을 단지 수행하고 있었다는 사실을 깨닫게 되었다. 부디 내 말을 믿어주기 바란다. 나의 일부는 무슨 일이 벌어지고 있는지 완벽하게 이해하고 있었다. 우리들의 일부는 늘 그것을 알고 있다. 나의 일부는 신이 골프 테스트를 다른 것에 대한 은유로 사용한 것임을 알고 있었다. 나는 창조주에게 가까이 다가가기 위해 누구나 항상 해야만 하는 일을 했던 것이다. 나는 낡고 진부한 자아, 그것이 가지고 있는 모든 상정과 반향을 벗어 던졌다. 수명이 다한 정체성을 떨쳐버리고 자유의 몸이 되었다. 그리고 우리의 참 자아로부터 우리를 분리시키는 어둠의 나락으로 뛰어들었다.

나는 단숨에 1층을 뛰어올라가 난간을 잡고 원을 그리듯 코너를 돌았다. 2층을 뛰어올라갈 때에는 자부심과 욕구가 거의 극에 달했다. 우리가 묵는 방이 있는 층 계단 꼭대기에 막 이르렀을 때 왼쪽 어깨 부근에 찌르는 듯한 통증이 느껴졌다. 너무

무리를 해서 그러려니 생각했다. 아니면 내 신체 가운데 아직 삼십 대로 바뀌지 않은 부분들이 있거나 폐가 다리나 다른 부분의 변화를 아직 못 쫓아가고 있으려니 생각했다. 카펫이 깔린 긴 복도로 접어드니 짐꾼 한 사람이 눈에 들어왔다. 잘생긴 얼굴에 진한 피부, 영민한 눈빛과 아름다운 미소를 가지고 있는 사람이었다. 그는 나를 보고 따뜻한 미소를 보냈다. 내가 왜 그렇게 급히 서두르는지 알고 있는 것 같았다. 그의 미소에서는 어떤 마력과 위엄이 느껴졌다. 어서 가요. 지금이에요. 그가 그렇게 말하고 있는 것만 같았다. 그 거대한 영역으로 어서 옮겨가라고요. 우리가 묵는 스위트룸의 문이 보였다. 짐꾼에게 다정하게 인사를 하려는 바로 그 순간 극심한 통증이 다시 찾아왔고 이번에는 얼마나 심하던지 나는 그만 그 자리에서 무릎을 꿇고 말았다. 나는 스코어카드를 더 단단히 움켜쥐었다. 그때 이런 느낌이 들었던 것을 기억한다. 그 느낌을 어떻게 말로 표현할 수 있을까? 나는 신과 육체적으로 접촉하고 있다는 느낌을 받았다. 인간의 경험으로는 결코 측량할 수 없는 지극히 황홀한 느낌이었다. 나는 나에게 달려오던 그 짐꾼의 표정을 기억한다. 나는 바닥으로 쓰러지기 시작했다. 그 이후는 아무것도 기억나지 않는다.

27

의식을 회복하자마자 (이 말이 이생에서 내생으로 넘어간 이후의
상태를 가리키는 정확한 표현이라면) 나는 곧 내가 어디에 있는지
알 수 있었다. 천국은 라일락과 비슷한 향기가 난다. 그리고 비
록 창피를 한 바가지 뒤집어쓰기는 했지만 천국에는 여러 종류
의 층이 있다는 것을 이해하게 되었다. 관할 구역, 칸막이 구
역, 왕국이 있었다. 그것도 모르고 있었다니 얼마나 어리석은
일인가. 엘 란초 오비스포의 13번 홀 페어웨이 옆에 있던 나의
작은 콘도에 천국의 모든 것, 신의 모든 권능, 그 모든 영원한
안식이 있다고 생각하다니.

천국의 이런 부분에 대해 어떻게 전달해야 할지 모르겠다. 단
지 대략적인 묘사만 가능할 것 같다. 그곳은 18세기, 19세기의
위대한 건축물들과 비슷한 느낌이었다. 아니면 유명한 유럽의

리조트 호텔 로비나 러시아 궁전, 이탈리아의 르네상스식 정부 청사 같은 건물 내부와 비슷한 분위기라고 할 수 있을 것 같다.

우리는 건물 안에 있으면서도 동시에 건물 밖에 있는 것 같았다. 내가 방금 '우리'라고 표현한 이유는 죽음의 고독한 여정을 마치고 난 이후의 천국에는 전혀 혼자라는 느낌이 없기 때문이기도 하다. 주변은 온통 아름다운 대리석으로 되어 있었다. 어떤 것은 순백색, 또 어떤 것들은 분홍, 검정, 갈색이 섞여 있거나 금색 띠로 장식되어 있었다. 양편에는 거대한 기둥들이 늘어서 있었고 벽 사이는 아주 멀리 떨어져 있었다. 화환들이 여기저기 놓여 있고, 자동차만큼이나 거대한 꽃병에는 사람 키만 한 백합, 튤립, 글라디올러스가 가득 꽂혀 있었다. 천장이 없어 도대체 어디에 걸려 있는지 모르겠지만 시선이 닿는 모든 곳에 샹들리에가 있었다. 샹들리에는 눈부신 다이아몬드, 사파이어, 루비 다발로 장식되어 있고 광원이 보이지 않는데도 반짝반짝 빛을 발하고 있었다. 이 환상적인 광경 위로 광활한 하늘이 펼쳐져 있는 가운데 빛의 스펙트럼을 모두 모아놓은 것 같은 무지개가 그곳에서 일렁이고 있었다. 은색, 금색, 파랑색, 초록색, 빨간색, 주황색, 호박색, 레몬색, 검은색, 갈색 등 온갖 다양한 색채로 화려하게 장식된 휘장도 있었다. 무슨 색이라고 말할 수 없는 색깔도 있었다. 실로 거대한 느낌이었다. 시간이 멈춰 있는 것만 같았다. 주랑이 있는 벽과 샹들리에, 무지개가 일렁이는 하늘 너머의 배경에는 세상과 세상에 대한 깨달음이 있었다. 각각의 세상에는 수십억의 영혼이 식물과 곤충, 돌, 백만 가지 광석, 십억 개의 발명품과 수백 수천 개의 언어들에 둘러싸여 살아가고 있었다.

만일 나의 뇌가 특별히 평온한 상태가 아니었다면 나는 이 모든 광경에 지레 겁을 먹었을 것이다. 그러나 그 순간 그곳에는 비로소 그 모든 것을 완전히 설명하는 그것, 주위를 둘러싼 색상과 형태들의 도저히 불가능한 그 조화를 가능케 하는 그것이 있었다. 바로 생명이었다.

이윽고 우리는 로코코 풍의 한 법정에 서게 되었고 신 중의 신이 나타났다. 앞서 말한 천국의 물리적 형태는 그것과 유사한 것들을 예로 들어 표현한 것이지만, 그때 등장한 신 중의 신인 그 존재에 대해서만큼은 도저히 설명할 수 없고 시도조차 할 수 없다. 당신이 시스틴 성당*의 천장을 본 적이 있다면 그것을 떠올리면 이해에 도움이 될 것이다. 당신이 '전능하신 하느님'이라는 미사 통상문의 구절을 들어본 적이 있다면 그 또한 도움이 될 것이다. 실제로 그 순간 신기하게도 흔히 우리가 신에 대해 이야기할 때 지겹도록 많이 쓰는 클리셰가 모두 사실이었다는 것을 깨닫게 되었다. 완전한 사랑, 절대적인 권능, 불가사의, 공포, 영광, 진노, 자비. 그 모든 표현들이 사실이었다.

---

* 시스틴 성당 Sistine Chapel : 바티칸에 있는 성당. 벽면에 보티첼리 등 르네상스 화가들의 그림이 있고 천장에는 미켈란젤로의 〈천지창조〉, 〈최후의 심판〉이 그려져 있다.

그런 존재가 나를 주목하고 있다는 것을 깨달았을 때 내가 느꼈을 공포와 경외감, 흥분을 상상해보라. 잘생기고 요정 같은 얼굴의 줄리안 에버가 황금색과 피같이 붉은 색이 섞여 있는 예복을 입고 신 중의 신에게 다가가는 모습이 눈에 들어왔다. 마치 법정의 서기관이 엄격하면서도 공정한 재판관을 향해 정중한 자세로 나아가는 것 같았다. 그가 이렇게 말하는 것 같았다.

"주님, 이 자가 바로 우리가 이야기했던 그 골퍼입니다."

나는 투명한 신의 형체 안에 여러 가지 이미지가 펼쳐지는 것을 보았다. 앨리샤의 이미지(나는 그제야 그녀와 사랑을 나누는 것이 왜 그렇게 불가능했는지 이해할 수 있었다), 에덴동산의 연습 구역에서 처음 만났던 아인슈타인의 이미지, 드라이빙 레인지에서 보았던 조의 이미지, 예수, 마리아, 부처, 모세, 아브라함, 무하마드, 크리슈나의 다양한 현신들, 모든 거룩한 존재들, 남성과 여성의 이미지, 또는 그 모든 것이 한데 뒤섞여 있는 이미지를 보았다.

줄리안 에버가 내민 것들을 살펴보던 그 엄격한 얼굴이 마침내 고개를 들어 나를 응시했다. 나를! 마치 커다란 페어웨이 벙커에 있는 모래알처럼 내 자신이 아주 작게 느껴졌다. 신이 거룩하게 나를 부르는 것이 느껴졌다.

다음 순간 주변의 그 모든 장관들이 사라져가기 시작했다. 샹들리에의 빛은 점점 어두워졌고 보석들은 크기가 작아지는 것 같더니 완전히 사라져버렸다. 기둥들도, 대리석 바닥도, 백합과

글라디올러스가 꽂혀 있던 꽃병도 모두 색깔과 형상이 점점 사라져갔다. 그 장엄한 홀은 일 초에 한 세기가 지나가는 것과 같은 속도로 부패해갔다. '부패'라는 말은 사실 잘못된 표현이다. 부패하거나 썩어 가는 느낌은 없었다. 백합 꽃잎도 시들거나 지지 않았다. 샹들리에도 수가 감소하지 않았다. 대리석 바닥도 먼지로 흩어지지 않았다. 오히려 그 모든 장관은 빛의 분자들로 이루어져 있었던 것 같다. 그 분자들이 일시적으로 정렬하여 특정한 형체를 만들었다가 이제 그 형체가 원래의 형체 없는 에너지로 소용돌이치며 다시 환원되고 있는 것만 같았다.

그 소용돌이의 한가운데에는 형체는 없지만 하나의 '존재'라고밖에 부를 수 없는 어떤 것이 있었다. 그 존재는 처음에는 구약성서에 나오는 전능한 신의 형상이었으나 빠른 속도로 빙빙 돌고 끝없이 늘어나더니 곧 두렵고 뭐라 명명할 수 없는 어떤 것, 크기나 지혜, 권능이라는 말로 규정할 수 없는 어떤 것으로 바뀌어 나를 마주하고 있었다. 그밖에 다른 것은 아무것도 없었다. 단지 그 어마어마한 존재와 나만 있었고 나의 작은 자아는 더 이상 육체를 입고 있지도 않았다. 나 또한 어떤 존재였다. 내가 생각하는 '나'는 내 앞에 있는 그 '물질'의 물질, '빛'의 빛에 비해 아무것도 아닌 것, 내 앞에 있는 그 소용돌이를 치며 빛을 발하던 것이 한없이 작아진 어떤 것 같았다.

연대감, 나를 향한 음성 같은 것이 분명하게 느껴졌다. 그 느낌은 부드러우면서도 동시에 무서웠다. 나는 나에게 이야기하는 음성이 있다고 말했다. 하지만 음성은 없었다. 단지 그 존재와 내가 서로 의사소통을 하고 있다는 느낌만 있었다. 나는 보잘것없고 무력하게 느껴졌으며 동시에 거대한 어떤 것의 일부라는 생각이 들었다. 이런 느낌은 아마도 어린아이가 가족에게 느끼는 감정과 비슷할 것 같다. 어린아이가 가족 안에서 그런 것을 느끼듯 나는 우주의 한 장소에서 그런 것을 느꼈다. 그리고 그 순간 나는 인간의 육체는 엘 란초 오비스포의 페어웨이 옆에 있는 콘도 같은 것에 한정되지 않는다는 것을 깨달았다.

천국은 어마어마하게 컸다. 신 또한 어마어마한 존재였다. 남성인지 여성인지 사물 그 자체인지 알 수 없는 어떤 존재가 나에게 말하고 있었다. 애정이 어려 있었지만 그 순간 아주 무자비하고 공명정대한 어떤 것이 나를 완전히 꿰뚫어보고 있는 느낌이 들었다.

"핀스 윈스턴."

그 '음성'이 말했다.

"해명하고 싶은 것이 있느냐?"

나는 잠시 동안 우왕좌왕하면서 우물거리다가 간신히 이렇게 말했다.

"가르쳐주세요, 주님."

시작치고는 괜찮은 것 같았다. 그 존재가 재미있어 한다는 느낌이 들었다. 대략 나를 좋게 보고 있는 것 같았다. 잠시 대화가 끊어지고 한숨소리 같은 것이 들렸다. 오랫동안 힘겹게 일을 하다가 결국 지쳐버렸을 때 나오는 한숨 같은 것이었다.

"내가 모든 것을 가르쳐주었다는 것을 알고 있지 않느냐."

신이 말했다.

"압니다, 주님."

신은 침묵했고 그래서 나는 한마디 더 덧붙였다.

"저는 지구를 여행하면서 많은 것을 배웠습니다. 감사드리고 싶습니다. 저는……."

"이번 한 번의 여행만이 아니다, 핀스 윈스턴. 모든 것이다. 지금까지 너에게 일어났던 모든 것이 이런저런 가르침이었다. 네가 여러 가지 곤충으로 살았던 수십억 번의 삶들, 여러 가지 동물의 형상으로 살았던 수백만 번의 삶들, 인간으로 살아온 수천 번의 삶들이 모두 가르침이었다. 그런 삶들이 너에게 지구와 그곳에 사는 모든 사람들과 종들과 기후에 대한 온전한 인식을 주었고, 죽음과 창조, 혼란과 장애, 자비와 용기에 대한 무한한 능력을 준 것이다."

나는 공중에 떠도는 티끌과도 같았다. 죽을힘을 다해 간신히 이렇게 말했다.

"네, 주님."

"너는 다른 이들이 부러워할 정도로 아주 드문, 우주가 작용하는 방식의 본질에 대한 특출한 호기심을 가지고 있었다. 너는 실수도 하고 어리석은 일도 하고 좋은 일도 했지만 그 호기심 때문에 결국 이곳, 지금 내 앞에 오게 된 것이다."

"네, 주님."

"우리는 네가 낭비한 수백만 년의 세월에 대해 이야기하려는 게 아니다. 너의 이기심과 질투, 불안과 어리석음과 과도함, 그리고 마지막의 그 욕정에 대해 이야기하려는 게 아니다. 그 모든 것들은 결국 지나간 과거가 되어버렸다. 너는 그 모든 것들과 그것의 결과들을 살면서 겪어냈다."

"감사합니다, 주님."

"이제 분명히 깨달았겠지만 네가 가지고 있는 여러 욕망들과 충동들 때문에 나에게 오게 된 것이다. 물론 내게 곧장 온 것은 아니지만 궁극적으로 그런 것들이 너를 나에게로 인도한 것이다. 언제나 일은 그렇게 되게 되어 있다. 단세포 유기체부터 가장 진화된 인간, 그리고 그 이상의 형태에 이르기까지 모든 피조물은 쾌락을 추구하고 고통을 피해 달아난다. 쾌락을 추구하기 시작하면 피조물은 앞이 보이지 않는 길들을 연이어 따라가다 살인과 도둑질, 탐욕에 이르게 되고 절망적인 중독 상태에 빠지게 된다. 거듭되는 삶은 그런 것들로 소모되고 결국에는 그런 것들이 가져다주는 고통에 이르게 되는 것이다."

신은 잠시 말을 멈췄다. 이번에는 연민으로 가득 찬 슬픔 침묵이 흐르는 것 같았다. 잠시 후 그 존재는 말을 이었다.

"그리하여 마침내 뭔가 변화가 생기기 시작한다. 고통이란 또한 위대한 것이다. 깨달음이 싹트기 시작하고 영혼 깊은 곳에서는 좀 더 심오한 쾌락의 존재에 대한 깨달음이 일게 된다.

그렇게 되면 한 생명은 비록 더디기는 해도 노동과 관대함과 이타심과 사랑을 향해 자연스럽게 움직이게 된다."

"골프."

나도 모르는 사이 내 입에서 그 말이 튀어나왔다. 내 안에 있는 모든 검열 장치가 작동을 멈춰버린 것 같았다.

위대한 창조주가 웃음을 터뜨리더니 한숨을 쉬고는 잠시 침묵했다. 신은 무언가 한 가지를 집중적으로 생각하고 있는 것 같았다.

"그렇다. 골프."

신의 목소리가 한결 부드러웠다.

내가 옳았던 것이다!

"적어도 너의 경우에는. 그리고 우리가 지금 다루고 있는 것은 바로 너의 경우이다. 하던 일을 계속하기에 앞서 더 물어볼 것이 있느냐? 너의 그 식을 줄 모르는 호기심이 다 채워지지 않았느냐?"

"없습니다, 주님."

"더 이상 이기적인 욕망들도 없느냐?"

그 존재가 물었고 바로 그 순간 나는 앨리샤에 대한 욕정의 그림자가 마음 가장자리에서 여전히 떠돌고 있는 것을 느낄 수 있었다. 나는 마치 자석에 끌리듯이 그것에 대해 생각하기 시작했다. 나는 내가 그것을 받아들일 수도 있고 다시 쫓아갈 수도 있으며 또 한 번의 생애를 아름다운 여인들에게 추파를 던지고 동침을 하면서 낭비할 수도 있다는 것을 알았다. 아니면 그냥 포기할 수도 있고. 나는 과거의 내 사랑 조가 그보다 더 큰 어떤 것을 향해 나아가라고 나를 재촉하는 것을 느꼈다. 보이지 않는 천사들의 오케스트라가 내 자신의 다음 차원으로 계속 나아가라고 나를 향해 노래하는 것을 느꼈다.

"저는 섬기는 사람이 되고 싶습니다, 주님."

"아주 훌륭해!"

그 존재가 우레와 같은 목소리로 외쳤다. 신에게 인정을 받았다는 느낌은 마치 따뜻하고 향기로운 욕조 안에 몸을 담그고 있는 것 같았다.

"바로 그거야, 핀스 윈스턴! 바로 그거!"

"저는 골프를 사랑합니다."

나는 효과를 보았던 그 주제에 계속 매달려보려고 그렇게 말했다.

"저는 섬기는 사람이 되고 싶습니다."

"너는 그렇게 될 거야. 아직 배워야 할 게 더 있다. 너를 통해 이루어야만 하는 지속적인 팽창. 너는 너를 너의 참 자아로 이끌어줄, 그리고 '나'에게 더 가까이 인도해줄 더 숭고한 쾌락들이 있는 다른 영역으로 옮겨갈 것이다. 하지만 그에 앞서 한 번 더 지상의 삶을 살아야 한다. 한 번 더 지상에서 살아. 멋지게."

"네, 주님."

"다른 이의사항이 있나?"

"없습니다, 주님."

"뭐 부탁할 건?"

"없습니다, 주님."

"좋아. 이제 너는 이름을 받게 될 거다."

"네, 주님."

이름을 받게 된다. 나는 이 이름을 받는다는 것이 실로 엄청난 대우임을 분명히 알고 있었다. 신은 수십억의 가능성들 사이에서 무언가를 물색하고 가려내고 있는 것 같았다.

"나는 지금 너의 부모를 고르고 있는 중이다."

그 존재가 말했다.

"기다려."

"서두르지 마십시요, 주님."

"너의 부모, 네가 살아갈 시대, 네가 살아갈 장소. 너의 목적은 이미 네 안에 영혼의 언어로 기록되어 있기 때문에 굳이 알려줄 필요가 없을 것이다. 너는 그에 걸맞게 행동할 수 있고 지상의 시련으로부터 자유로울 수 있다. 반대로 너는 넘어지고 흐트러지고 그 일에 실패할 수도 있고 너 자신과 다른 이들에게 고통을 줄 수도 있을 것이며 다시 타락할 수도 있다. 그리고……. 무슨 말인지 알겠느냐?"

"분명히 압니다, 주님."

"아주 좋아. 자, 그러면."

신은 나의 새로운 이름을 불렀다. 어렵고 평범하지 않은 이름이었다.

나는 참을 수가 없었다.

"안 됩니다, 주님!"

나는 소리를 버럭 질렀다. 지상에서 내가 살았던 수백만 번의 삶에서 지녔던 모든 피부색과 인상과 감정 가운데 헤르만 핀스 윈스턴이라는 이름 때문에 겪었던 고통만큼은 여전히 나를 따라다니고 있는 것 같았다. 신의 면전이라 해도 달리 어쩔 도리가 없었다.

"뭐라고?"

"아무것도 아닙니다, 주님. 헤르만 핀스 윈스턴은 좋은 이름입니다. 특정한 장소와 시대에서는 그렇죠. 그런데…… 그게…… 사실 좀 불편한 구석이 있었습니다. 이번 저의 그 새 이름에 대해서도 여전히 그런 걸 느낍니다. 그 이름은 너무 튀어요. 그것은……. 용서하세요. 제발 그 이름은 취소해주세요."

그러자 신기하게도 내 앞에서 보이지 않는 토론이 진행되고 있는 것 같았다. 옛 친구 한 사람과 멋진 나의 할머니, 화니타, 조, 안나 리사, 또는 래리 화이브 아이언 같은 이들이 그 위대한 존재에게 간청하고 있는 것 같았다. 긴장된 침묵이 흐른 후 나는 이런 말을 들었다.

"중재가 있었다. 너의 어려운 이름을 쉽게 부를 수 있게 하기 위해 별명을 사용하는 것을 허락한다. 더 할 말이 있는가?"

"아닙니다, 주님. 감사합니다, 주님."

"자, 이제 놀라운 삶이 너를 기다리고 있다. 여러 겁 동안 네가 디자인한 것이다. 너는 감동을 주고 섬기고 골프를 하게 될 것이다. 됐나?"

"과분합니다, 주님."

나는 약속 받았던 코스를 디자인하는 일에 대해 생각했지만 말하지 않기로 했다.

"좋아. 그렇다면 모든 영혼들에게 들려주는 이야기를 하지. 나의 축복과 함께 가라. 그리고 네가 창조될 때 부여받은 너의 일, 너만의 일을 하라."

그때 불가능할 정도로 놀라운 포옹 같은 게 느껴졌다. 사랑의 홍수가 나를 관통하는 것 같았다고나 할까. 마침내 앨리샤와 사랑을 나누고 있는 것만 같았다. 그러나 그것은 인간이 사랑을 나누는 것보다 훨씬 더 거대하고 훨씬 더 쾌락적인 것이어서 비교한다는 것 자체가 하찮을 정도였다. 그 후 나는 다시 형성된 샹들리에들과 기둥들, 꽃들이 꽂혀 있는 꽃병들을 지나 아래로 또 아래로 내려가면서 그 신성한 포옹의 희미한 울림 혹은 복사본 같은 것 안으로 빠져들었다. 지상에서 하나가 된 두 영혼 속에 있는 것 같았다. 이윽고 나는 그 포옹의 절반을 이루고 있는 한 여성의 중심 깊은 곳으로 들어갔다. 또 한 번의 익숙한 느낌.

이후로 천국에 대한 의식은 내 안에서 작은 묘목처럼 작아져 달콤한 기억 속에 묻혀버렸다. 여러 달이 지나고 천진난만한 어린 시절을 벗어나 장성하면서 또 한 번의 지상에서의 삶은 이제 단 하나의 현실로만 생각되었다. 연도와 분으로 측정되는 현실, 직선의 시간으로 표현되는 현실이었다. 그밖의 다른 모든 것들은 바삐 지나가는 하루하루의 모험 속에서 느끼는 인식의 고통들로 인해 희미해져 갔다. 물론 나는 골프를 선택했고 플레이를 아주 잘하기 시작했다. 그러나 그 선택과 성공은 전혀 신비하게 느껴지지 않았다. 그 무렵 내가 스무 번째 생일을 맞이하기 전날 밤, 나는 내가 전생과 천국에서 경험했던 모든 것을 생각나게 하는 꿈을 꾸었다. 란초 오비스포에 줄리안 에버가 처음 찾아왔던 것부터 마지막 그린브리어의 라운드까지, 지금까지 기록한 모든 것 말이다. 나는 꿈에서 깨어나 이 이야기를 기록하기 시작했다.

에필로그를 대신하여 한 가지 꼭 말해두어야 할 것이 있다. 나는 아직 앨리샤가 만들어주려고 했던 위대한 챔피언이 되지 못했다. 그러나 가능성은 여전히 남아 있다. 내 이름을 말하거나 신원이 드러나는 세부사항들을 공개하는 것은 금지되어 있다. 내가 말할 수 있는 것은 실제로 내가 PGA의 젊은 스타라는 것과 내가 앞으로 큰일을 낼 것이라고 말하는 사람들이 있다는 사실이다. 당신이 골프에 관심을 가지고 있는 사람이라면 분명히 내 이름을 들어보았을 것이다. 나는 엘스*의 우아함, 미켈

---

* 어니 엘스 Ernie Els : 남아프리카공화국 출신의 프로 골퍼. 1994년, PGA에 진출한 첫해에 전미 오픈에서 우승하였고 2002년 EPGA에서 '올해의 선수'로 선정됐다. 부드럽고 아름다운 스윙으로 유명하다.

슨**의 삶의 환희, 싱***의 직업윤리, 소렌스탐****의 용기와 결단력, 타이거 우즈*****의 너그러운 본성과 승리에 대한 의지 등을 조금씩 가지고 있다. 그리고 아마도, 정말 아마도 니클러스의 기술과 아놀드 파머******의 카리스마도 조금씩 가지고 있을 것이다.

하지만 가장 중요한 것은 이것이다. 내가 그들 가운데 어느 누구도 되고 싶지 않다는 것이다. 위대한 챔피언이 될 것이냐 되지 않을 것이냐가 문제다. 이제 내가 원하는 것은 완전하고도 부끄럽지 않은 나 자신이 되는 것이다. 오로지 내가 원하는 것은 우리가 신이라고 부르는 거룩한 지성에 가까이 다가가는 경지에 이른 최고의 한 인간 영혼으로서 (최대한 겸손하게 표현한

** 필 미켈슨 Phil Mickelson : 미국의 프로 골퍼. 2004년 마스터스 대회에서 메이저 경기 첫 우승을 기록했고 2005년 PGA 챔피언십에서 우승했다. 암에 걸린 아내의 병수발을 위해 거액이 걸린 대회에 불참을 하여 따뜻한 가족애를 보여주었으며, 과감하면서도 허점을 드러내는 거침없는 플레이 스타일로 유명하다.

*** 비제이 싱 Vijay Singh : 피지 출신의 프로 골퍼. 흑인으로 '피지의 흑진주'라 불린다. 연습벌레로 자기 관리에 철저한 것으로 유명하다.

**** 아니카 소렌스탐 Annika Sorenstam : 스웨덴 출신의 여성 프로 골퍼. 완벽하고 정확한 타구로 유명하다. 2008년 은퇴했다.

***** 타이거 우즈 Tiger Woods : 미국의 프로 골퍼. 2000년 전미 오픈부터 2001년 마스터스 대회까지 메이저 대회 4연승을 이루어 최연소 그랜드슬램을 달성했고, 이로 인해 벤 호건에 이어 한해 동안 메이저 대회 3관왕을 이룬 두 번째 선수가 되었다. 또한 전미 오픈에서 역사상 처음으로 두 자릿수 언더파와 역대 최다 타수차 타이 기록을 세웠고 전영 오픈에서는 역대 메이저 대회 최저타 우승 기록을 잇달아 수립했다. '골프 천재', '골프 황제'로 불리는 명실상부 당대 최고의 골퍼이다.

****** 아놀드 파머 Arnold Palmer : 미국의 프로 골퍼. 미국 골프계의 살아 있는 신화로 불리며, 독특한 카리스마로 대중에게 특히 많은 인기를 얻었던 골퍼이다.

것이다) 그러한 나의 타고난 권리와 운명을 얻어내는 것이다.

물론 나와 비슷하게 신과 여행을 했던 사람들은 그 외에도 많다. 정치 지도자, 경제 지도자, 운동선수, 음악가, 예술가 등등 지구의 다양한 영역에서 다양한 직업에 종사하는 남녀들 말이다. 그들은 모두 나와 비슷한 사명을 가지고 지상에 파견되었다. 역사를 통틀어 이러한 영혼들은 수없이 존재해왔다. 어떤 이들은 잘 알려져 있고 어떤 이들은 그렇지 않다. 만일 당신이 자세히 관찰한다면 특별한 인내심과 공감의 능력을 소유한 우리 같은 사람들을 알아볼 수 있을 것이다. 우리는 진지하게 일한다. 그러나 멋진 유머감각 또한 가지고 있다. 우리는 다른 모든 사람들과 마찬가지로 고통도 당하고 기쁨도 누린다. 하지만 우리의 일부는 그런 양극과는 별개로 존재한다. 우리는 각자 다양한 육체와 인격을 가지고 살아가고 있지만 결코 우리의 은밀한 목적을 잃어버리는 일이 없다. 우리는 크고 작은 방식으로 인간 사회에 우리의 흔적을 남기고 있다. 장차 나타나게 될 위대한 챔피언들을 위해 길을 닦으면서.

ㄱ —

그린 green : 공을 넣는 홀이 있는 구역.

그립 grip : 클럽을 쥐는 방법 또는 쥐는 부분.

ㄷ —

다운스윙 downswing : 백스윙 후 클럽을 내리면서 타구하기까지의 동작.

더블 보기 double bogey : 홀의 기준 타수보다 2타 많은 타수로 홀 인하는 것.

도그레그 dog-leg : 코스가 개의 뒷발과 같이 왼쪽이나 오른쪽으로 '〈' 모양으로 굽어 있는 것.

드라이버 driver : 1번 우드 클럽. 가장 파워가 센 클럽으로, 티 샷을 할 때 최대한 멀리 치기 위해 사용한다.

드라이빙 레인지 driving range : 연습 샷을 하는 구역.

드롭 drop : 공이 워터 해저드나 연못 등에 빠졌을 때 다른 공 또는 주워 올린 공을 규칙에 따라 어깨 뒤편으로 떨어뜨리는 것.

디보트 divot : 클럽 헤드에 닿아 파인 잔디나 흙.

ㄹ —

라운드 round : 1번 홀에서 18번 홀까지를 도는 한 번의 경기. 전반 9홀과 후반 9홀로 이루어진다.

라이 lie : 공의 상태 또는 공이 놓인 장소의 상태.

라인 업 line up : 퍼팅을 할 때 공에서 홀까지의 경로를 눈으로 가늠하는 것.

래그 퍼팅 lag putting : 다음 퍼팅 시에 확실히 홀 인할 수 있도록 홀 가까이 공을 붙이는 퍼팅.

러프 rough : 페어웨이 바깥 주변에 잔디가 길게 자란 구역.

레이디 티 ladies tee : 여성 경기자를 위해 프런트 티 앞에 만들어진 티 그라운드.
로프트 loft : 클럽 페이스의 경사도. 경사도가 클수록 공이 높게 뜬다.
링크스 links : 해안선을 따라 만들어진 골프 코스.

ㅁ —

마크 mark : 그린에서 공을 집어들 때 동전 같은 물건으로 위치를 표시하는 것.

ㅂ —

백 티 back tee : 가장 뒤쪽에 있는 티 그라운드. 공식 경기에서 사용한다. 챔피언 티.
백스윙 backswing : 클럽을 뒤쪽으로 휘둘러 올리는 동작.
버디 birdie : 홀의 기준 타수보다 1타 적은 타수로 홀 인하는 것.
벌타 penalty : 공이 OB로 들어가거나 공을 찾지 못했을 때 또는 반칙이나 부정행위를
했을 때 부과되는 타수.
벙커 bunker : 코스 내에 만들어놓은 모래 웅덩이 장애물.
보기 bogey : 홀의 기준 타수보다 1타 많은 타수로 홀 인하는 것.
브레이크 break : 퍼팅 시 홀까지 공이 굴러가는 동안 경사에 의해 휘어지는 것.
블레이드 샷 bladed shot : 클럽 헤드 밑 칼날 모양으로 된 블레이드로 공의 윗부분을
강하게 쳐서 낮게 날아가게 하는 샷.

ㅅ —

샌드 웨지 sand wedge : 벙커 샷을 위해 고안된 클럽으로, 로프트가 크고 밑이 넓고 둥
그스름하다.
서커 핀 sucker pin : 핀 앞에 까다로운 장애물이 놓여 있어 어려운 샷을 요하는 홀.
스리쿼터 스윙 three quarter swing : 클럽을 뒤로 끝까지 올리지 않고 4분의 3 정도만
올려서 하는 스윙.
스윙 패스 swing path : 스윙할 때 클럽 헤드가 지나가는 궤도.
스코어카드 scroe card : 자신의 경기 스코어를 기록하는 카드.
스탠스 stance : 스윙을 하기 전 준비 동작에서 양 발의 자세.
스트로크 stroke : 공을 치는 것. 타수의 단위를 말하기도 한다.

ㅇ —

아이언 iron : 아이언 클럽. 헤드가 금속으로 된 클럽.
OB out of bounds : 플레이 금지 구역.
어드레스 address : 스윙을 하기 전 준비 자세.

어프로치 샷 approach shot : 그린 가까이에서 공을 핀에 접근시키는 샷.

언더파 under par : 18홀의 기준 타수보다 적은 타수로 홀 아웃하는 것.

에이프런 apron : 그린 주위로 앞치마(에이프런)처럼 늘어뜨려져 있는 경사진 면.

에지 edge : 클럽 페이스의 밑선.

오버파 over par : 18홀의 기준 타수보다 많은 타수로 홀 아웃하는 것.

우드 wood : 우드 클럽. 헤드가 나무로 된 클럽.

워터 해저드 water hazard : 코스 내에 있는 바다, 호수, 냇가, 수로, 연못 등의 장애물.

웨이스트 벙커 waste bunker : 황무지 벙커. 벙커의 종류 중 하나로, 잘 다듬어지지 않은 상태의 흙 또는 모래 재질로 되어 있고 간혹 풀도 있다.

이글 eagle : 홀의 기준 타수보다 2타 적은 타수로 홀 인하는 것.

이븐파 even par : 18홀의 기준 타수와 같은 타수로 홀 아웃하는 것.

ㅊ —

칩 샷 chip shot : 그린 가까이에서 공을 낮게 굴려 홀에 접근시키는 샷.

칩 인 chip in : 홀을 향해 낮게 굴린 공이 그대로 홀 인하는 것.

ㅋ —

클럽 페이스 club face : 클럽 헤드의 공을 때리는 면.

ㅌ —

티 tee : 티 그라운드의 약칭. 각 홀의 첫 타를 치는 장소. 또는 공을 올려놓는 좌대.

티 샷 tee shot : 각 홀 티 그라운드의 제1타.

티 오프 tee off : 티에서 제1타를 치는 것.

티 타임 tee time : 플레이할 시간을 미리 예약해놓는 것.

ㅍ —

파 par : 홀의 기준 타수와 같은 타수로 홀 인한 경우. 홀의 기준 타수를 가리키는 말로 쓰기도 한다.

팻 샷 fat shot : 클럽이 공을 치기 전 지면에 닿아 깊은 디보트를 남기는 두꺼운 샷.

퍼터 putter : 그린 위에서 공을 굴리는 데 사용하는 클럽.

퍼트 putt : 그린 위에서 퍼터를 사용하여 공을 치는 것. 퍼팅.

페어웨이 fairway : 티 그라운드와 그린 사이의 잔디를 짧게 손질한 지역.

포섬 foursome : 4인 경기에서 2인씩 팀을 짜서 같은 팀의 선수끼리 공 한 개만을 이용해 교대로 샷을 하며 플레이하는 방식.

포워드 티 forward tee : 앞쪽에 위치한 티 그라운드. 레이디 티.

풀 스윙 full swing : 클럽을 뒤로 끝까지 올려 치는 스윙.

풀카트 pull cart : 백을 넣고 손으로 직접 끌고 다니는 카트.

프런트 티 front tee : 앞쪽에 위치한 티 그라운드.

피칭 웨지 pitching wedge : 공을 높이 띄워 떨어졌을 때 굴러가지 않고 바로 멈추도록 하는 피치 샷을 위한 아이언 클럽.

핀 pin : 홀에 세워져 있는 깃대.

ㅎ —

핸디캡 handicap : 경기자의 평균 타수에서 코스의 기준 타수를 뺀 타수. 핸디캡이 낮으면 로우 핸디캐퍼, 높으면 하이 핸디캐퍼, 핸디캡이 한자릿수이면 싱글 핸디캐퍼라 부르며 골프 기량을 표시한다.

홀 hole : 그린 위에 설치되어 있는 공을 넣는 구멍. 컵.

홀인원 hole in one : 파3홀에서 티 샷한 공이 그대로 홀 인하는 것. 즉 1타 만에 홀 인하는 것.

신과 함께 한 골프

초판 1쇄 인쇄 2011년 3월 15일
초판 1쇄 발행 2011년 3월 20일

지은이 롤랜드 메럴로
옮긴이 김문호

펴낸이 김경수
기획편집 도정원 · 김지훈
책임편집 오지연
마케팅 김형열
제작 (주)성인문화사

펴낸곳 팩컴북스
출판등록 2008년 5월 19일 제381-2005-000074호
주소 (463-867) 경기도 성남시 분당구 정자동 159-4 젤존타워 2차 8층
전화 031-726-3666
팩스 031-711-3653
이메일 pacombooks@gopacom.com

값 13,000원

ISBN 978-89-963677-7-2 03840

＊팩컴북스는 팩컴코리아(주)의 출판브랜드입니다.
＊파손된 책은 구입하신 서점에서 바꾸어 드립니다.